綠色

第一卷

歐陽昱

我知道我的作品不可能在任何雜誌上登出來，因此我決定，只忠實於自己的心靈，將我所感受的，所見到的，所愛的，所恨的一一錄下，作為一生的記錄，作為一個在默默無聞中戰鬥的生靈的呼喊，作為他的存在，作為一個試驗，向人們表明，人性是善良的，人心有罪惡和崇高的兩面，但後者永遠戰勝前者。如果將來我遇上一個值得信任的作家，我一定將這些材料無償地送給他，由他寫成小說，我將把我自己當作追求理想的試驗品。

緣，摘自《大稿》原稿519頁

開場白

編輯部主任抱住一部厚重的打印稿，走進他的辦公室。他工作的這家出版社，名叫Wukong Publishing。很多人想都不想就以為，它的中文名字是「悟空出版社」。錯了。根本不是。按現在南太平洋隱居的大老闆的原意，它是「無孔不入」的「無孔」二字的拼音，但因覺得一般老百姓接受不了，就乾脆按照編輯部主任塗一鳥的建議，改成了現在這個說法：Wukong Publishing。反而在意義上有了增益。

塗一鳥把稿子放在桌上，打開電腦，同時朝微信上瞟了一眼。很多微信中，有大老闆的一封，說：這部稿子，你要給我好好看看。這是A國前駐華大使Richard的遺作。此人才華橫溢，能講多國語言，還能以漢語、英語，以及其他語言寫作詩歌和小說。這部稿子是他寫中國80年代的一部長篇，題為《綠色》。他的長篇小說系列還有幾部，如《灰色》、《粉色》、《青色》、《白色》、《黃色》、《黛色》、《無色》等。你看完後，我想知道你的意見。

小塗花了一個星期，把全稿看完，還做了一些與已故作者遺孀聯繫的工作，當即通過電腦，給老闆發了一封微信，說：「此稿可用。本來建議修改書名，覺得《綠色》似乎重名很多，應可改名為《奮鬥記》，因為這位作者生前曾寫過一首題為《奮鬥之歌》的長詩，請允許我把其中第一段發給你看看。」

《奮鬥之歌》

序曲

我用宙斯的雷劈開西瓜的大地直插它
通紅的中心
我乘宇宙飛船的翼翅飛向宇宙無邊無際
黑暗的底
我雙腳踏踩在地獄中心幾兆億著名
或罪惡的屍骨
我的頭顱頂戴著天堂上幾兆億神祕
莫測的星斗

一

我奮鬥！從父母結合的那最激動的一瞬間
我就開始在母體中躁動、翻滾、掙紮，帶著共工頭觸天柱的力量
我一個變成兩個、兩個變成四個、四個變成八個
我像一個小小的宇宙結合了全部燦爛星斗的宇宙
我濺著鮮血赤身裸體像熾烈的岩石
我像原子彈射出母親發射機的機口
我濺著沸騰的熱手撲騰著小手踢蹬著小腳從炮口射出的一剎那
我已命中註定要奮鬥、要飛行、要越過無垠的
空間和時間，要爆炸，要將自己的全體
變作一團猛烈滾燙的強光，光焰灼灼
照徹黑暗的宇宙，炸得我一個分子不留……

我奮鬥！我抬起稚嫩的小腦袋，仰望那滿天燦爛的星斗
我做夢，地獄和天堂同在直立的隧道之中，吱吱嘎嘎，刺耳的怪叫嗡嗡嗡嗡
我順著蟒蛇一樣扭曲的大樹向深深的地獄爬去，
　　　　頭向下，向那令人膽破心裂的
　　　　無底深淵爬去
我不怕，我沿著不停晃動的軟軟繩梯，一級一級，
　　　　爬上天空，爬進扇子一樣輕的月亮，風把
　　　　扇子和我吹走，吹過浮著小星星的宇宙之
　　　　　　　　海，
我看見一條黑暗的大街，屍骨像日光燈發出螢螢幽光
　　　　濃稠的紅血腥氣撲鼻，像初生的太陽，
　　　　　　　　啊，
我在這鮮血的陽光中奔跑，赤裸裸的一個人，
我奔跑，我呼號，我揮著希望的手，跑過
　　　　屍如蟻陣的大街，跑過浸透鮮血的
　　　　殷紅牆壁，人類一切理智的斷垣殘壁，
我感到太陽的手以雷霆萬鈞之力將我摟去，
我感到他灼烤一切，焚毀一切的呼吸
我加快腳步，不，我腳步騰空，全身燃起
　　　　火焰的羽翼，向太陽飛去
我又一次躁動、翻滾、掙紮、帶著共工頭觸
　　　　天柱的神力
我一個變成兩個兩個變成四個四個變成八個
我被燒化成白熱的空氣凝成堅硬的黑子
　　　　在太陽母親的腹中撞擊撞擊撞擊

我看見地球上河水倒流、山崩地裂、所有的人
　　　　　　　　像秋後的落葉在宇宙的風中
　　　　　　　　飄來飄去
我看見整個太陽系晃動了、斷裂了、扭曲了、群星
　　　　　　　　紛飛，像蜜蜂嗡嗡亂轉，到處傳來星
　　　　　　　　球與星球的碰撞，像玻璃杯碰
　　　　　　　　著玻璃杯
我迸著全身的力氣冒著白熱的氣點綴這堅硬
　　　　　　　　的黑子，迸著全身的力跳出太陽
我像一縷火紅的陽光，像一朵燦爛的火焰，
　　　　　　　　像一片無所顧忌的遊雲，像一個張牙舞爪
　　　　　　　　的魔鬼
我再度降臨人間

這本手稿，至少讓我想起三個人。一個是德國的希特勒。他的自傳*Mein Kampf*（《我的奮鬥》）原來德文標題很長，譯成英文是Four and a Half Years (of Struggle) Against Lies, Stupidity and Cowardice，再譯成漢語就是《針對謊言、愚蠢和怯懦的四年半（鬥爭）》。後經編輯建議，簡縮成《我的奮鬥》。他當上德國總理時，該書兩卷本賣了24萬冊。2016年又在德國正式出版。

另一個人是挪威的Karl Ove Knausgård。1968年生，寫了一部六卷本的自傳體長篇小說，起名跟希特勒的一樣，也叫《我的奮鬥》（挪威文是：Min Kamp）。（2009-2011年出版，總共有3500頁）。該書被《紐約書評》評為是一本「strange, uneven, and marvelous book」（十分奇妙，但參差不齊的怪書）。該書已經賣了45萬冊。

如果我們把Richard的這部小說也定名為《我的奮鬥》，的確有一個重複的問題，儘管這是一個據說有華裔血統的作家寫的，而且寫的是80年代中國發生的故事。無論如何，它可以作為標題的一個考慮。

我同時還在網上對照「綠色」進行了一番搜索，結果還是比較滿意的，因為除了《綠色的王國》、《綠色陽棚》、《綠色山巒》、《綠色的遠方》、《綠色野人》、《綠色情思》等長篇小說的標題外，還沒有《綠色》這樣的標題。而且，如果弄成一個「色」系列，今後對該書的推出和擴大營銷，也是很有意義的。

我已對該稿進行了編輯。刪去了一些由於打字而造成的錯誤並通過與不願意和我見面的作者遺孀電郵聯繫，解決了一些無法解決的文字問題和頁碼問題，如323頁。

經她解釋，他原來有兩份手稿，跟希特勒《我的奮鬥》一樣，也是兩卷本，但第一卷的323頁不知怎麼跑進第二卷中，造成混淆。通過反覆對證核查，終於解決了這個問題。

還有一個問題是人名問題。本來男主人公「我」的名字只有一個字，即「綠」，而女主人公的名字也只有一個字「色」，合起來即是本書名，但很多時候一個字的「綠」很容易跟其他文字混為一體，而「色」有時候疊加，成為「色色」，也頗混亂，更兼其遺孀反對，認為「色」這個字過於刺眼，故遵囑改為「春陽」和「盈盈」，而且都有典故。「春陽」的典故出自詩句「蘭若生春陽」，而「盈盈」的典故出自詩句「盈盈樓上女」。

有一點需要指出的是，這本書裏表現的思想和感情有時相當強烈和過激，但若從文學史的角度講，一旦再過幾百年，當今天所有的文字都去偽存真，風掃殘雲之後，就會顯出珍貴之處。我自認為采取了超前中國三百年（其實臺灣早就不進行書報審查，在那兒出書，只要不涉及人身攻擊就行了）的不審不刪做法，保留一切原貌，由讀者自行決定取捨。再說，我們Wukong Publishing的格言，不也是「言論自由，高於一切」嗎？

要言不煩，我把修改編輯後的文本打包，發你電郵，請你過目。

《綠色》

孤鶩

回家第一天的所見所聞真是勝讀十年書。初和他見面，雙方都有些矜持，我用手蓋住嘴巴，大拇指和食指捏著鼻子，他輕鬆自如，滿不在乎地和舉燭談話，但我感覺得出他這是裝出來的，因為他自始至終沒有正視過我的眼睛。大概看出我們之間這種不自然的態度吧，舉燭提議出去走一走。半路上他被他媽媽喊住，說是他的女朋友來了，買好電影票，等著他看電影，他頗有些不情願地離開了我們。

我和凌霜沿堤走去，一路談著spiritualism和materialism，好像在嚴肅地討論什麼似的。我們的話題一會兒從美國文學轉到英國文學，一會兒又轉到中國文學，轉到社會問題，轉到電影。起初我是主講者，我大談的都是些從課堂上灌來的知識，不知不覺地他變得愛講話了，開始談起他自己的事來。

「我現在認識到，還是得承認『對立面』的合理性。她家裏過去對我的作法十分反感，但現在我看她家裏這樣做也是有她家裏的道理的。在她爸爸那方面，他怎麼願意把自己的女兒嫁給一個小小的工人呢？」

「你說的這話和黑格爾曾經講的一段話很相似：人人做事都有他的理由的，不能說誰絕對錯，誰絕對對。原話我不記得了，意思大約是這樣的，她現在還在愛著你嗎？」

「唉，算了，別提這事兒吧，不過——我還是給你講一講。你認為你現在對這個社會認識得很清楚嗎？過去我總有些以為我自己對這個社會多多少少看得比別人穿些，通過這一件事，我覺得我對社會的看法太膚淺，太表面，很少注意到本質的東西。比如說這次我出去的事鬧起的風波吧。沒想到這樣一件小事，竟鬧得滿城風雨，眾所周知了。我那天和她鬧崩後，一氣之下就跑了，荷包裏揣了幾十塊錢，你知道，我是準備潛逃的。可他們知道了這事，便把我身上帶的錢全部扣下，只剩一兩元錢。我在弟弟那裏住了一個星期。她爸爸是縣工會主席。這事出了後，工會副主席趁機告了他一狀，他哪是為我，他是因為他們之間的矛盾。他到地委告狀說她爸身為工會主席，卻破壞女兒同她相愛的人的關係。她爸氣壞了，便想找到是誰告的狀，猜來猜去，猜到景晗的爸爸身上，景晗是我的妹夫，他爸爸是縣工業局局長。於是，縣工會主席和縣工業局局長便你來我去地交起鋒來。再說廠裏關於如何處理我和她的關係的事也出現了分歧。廠長認為應該嚴懲我一下，而書記卻認為該狠狠批評的是她，而不是我。其實書記的行動完全是為了討好工業局局長，並不是真正為我。後來終因兩方勢均力敵，這事就不了了之。她被調到X局，直至現在還未上班，也沒請病假或事假，反正她家有權。我和她的關係就這麼完了。過去我常想，怕它個什麼，只要我們倆人相愛，任何人的力量都拆不開我們的。其實，並不是這麼回事。社會的壓力，家庭的壓力，特別是權力的壓力，使我不得不說，老老實實接受自己的命運吧。我給你講件有趣的事，前些時車間討論憲法修改草案裏的一條：『工人不能進行任何形式的罷工。』我心裏就琢磨開了，罷工是工人能為自己爭取權利的唯一武器，如果連這個武器都收繳了，那將來如有不公平合理的事，工人連反對都不能表示了。我正這樣想著，車間主任要我發言；他說我很會講話。我就發言了，我說罷工作為一種鬥爭形式，在社會主義的今天，完全沒有存在的必要。人民內部矛盾只能通過擺事實講道理的方式來解決等等。他對我的這番談論大加讚賞，說：『你講得真好極了，明天就寫成文章，抄在大紅紙上，寫堅決擁護憲法修改草案！』嗨，我怎麼能把心裏話講出來呢，那還成？」

我們談著談著，不知不覺來到了軍用碼頭。於是兩人折回來，向家中走去。他又談了些聞所未聞的事。

「前幾天廠裏一位小年輕發牢騷說了幾句『攻擊』社會主義和領導的話，不知是誰打了小報告，讓領導知道了。廠長連開了兩晚上的大會，點名批評發牢騷者，他那副樣子讓人想起來都可怕。完全是以權壓人。你知道現在社會上殺人的案子很多。我講幾件給你聽，就在這兒前不久一個丈夫因為愛上了一個姑娘，把自己的妻子殺死了。北京炸火車站的一位據說是XX省的一個工人，他長期以來調動工作都調不動，受行政人員的愚弄。炸死了四個人，傷了大約有四、五十人。還有一個女司機開出租汽車在市內橫沖直撞，壓死好多人。報紙只說她是個人欲望得不到滿足。黃石有個工人被開除，他到書記那兒申訴，說比他差的人多的是，他可以舉出例證，只不過人家比他更狡猾，更隱晦罷了。書記仍舊堅持他的決定。當天晚上，那工人裝了一書包炸藥，潛入書記房中，來了個同歸於盡。我看，這個社會是沒法改變的，咱們還是潔身自好，不與世俗同流合汙為妙。最痛苦的就是幹違背本心的事情，又常後悔不該如此。要麼就乾脆縮到自己的小天地裏，搞自己的事，不理會世上發生的一切。」

我們回到家中，又開始了另一場談話，這一邊我爸爸和他演了主角。他們又談到了現在社會上出現的怪現象，比如說行政幹部的工資竟要加了，其理由之一是工人拿的獎金多。（據凌霜說，這不符合事實）。去年因為教師加工資，上海的工人都罷工了，可今年，憲法明文規定不準罷工，工人怎麼才能表達他們的思想呢？把幹部子弟塞進機關單位的現象仍然有增無已。整個科技情報局沒有一個懂業務，就是那寥若晨星的幾個有技術的人被派到下面基層工作；對知識分子仍然采取鄙視的態度。（又記起凌霜告訴我這次電大考試他政治未及格的事。全靠背誦，錯一個字便不行，要扣分。這是什麼政治？是教條）。凌霜講了一個笑話：「猴子老是算不清黨、國家和工會之間的關係。爸爸氣了，罰他站三個小時，對他說：『知道嗎？老子就是黨，你媽媽就是國家，因為她愛你，而你祖母是工會，給你做飯，提供衣物。』

到了晚上爸爸和媽媽上了床，祖母也回自己的房裏睡覺去。這時兒子恍然大悟，叫道：『我明白了。黨在強奸祖國，工會睡大覺去了。』」

「沒有一個中層幹部不是整天為自己的私利籌劃謀算，他們只曉得怎樣往上爬怎樣過得更舒服，」爸爸說。

當我談到準備寫信勸秋陽不要再看諸如《金瓶梅》之類的書時，爸爸說你別管他，再說你也管不了的。媽媽說，我不相信他連那點識別力也沒有，看壞書不一定就變壞，我十六、七時還讀過性史呢。那不是一本好書，爸爸插嘴說。但我並沒因此而變壞吵，媽說。

＊＊＊

找一盒火柴便找了十分鐘，點好蚊香坐下後，消消停停地開始進行今天的練習了。要說要寫的太多，簡直無法在自己規定的時間內完成，如果按著順序寫，恐怕得花幾天的功夫。嗯，他是怎麼說的？（我只好用意識流的手法來寫了，也許再過幾年，我看到今天這種玩法，還會覺得好笑的吧）。那個穿紅背心的？鄉裏人結婚時要專門找理髮師。為什麼？男的結婚頭一天要找一個中年理髮師，給他理髮，一邊理，這理髮師便一邊給他講有關新婚第一夜要註意的事情，女的同樣由一個給她絞去臉上汗毛的老太婆或巫婆講說一遍，有人敲門，這回該是他了。算定他要來的。本想自己去，因為他昨天先來了我這兒，他會為了我的不「回訪」而生氣的。人家才不會像你那樣心地褊狹，誰說的？他進來了，變了一個樣子，半透明的尼龍港衫，米色的滌綸直板褲，剛洗過澡，頭髮經水顯得黑亮黑亮。他那一身粗壯的肌肉可要受苦了，我想，這不，襯衫緊緊繃在胸脯上，被兩塊健美的胸肌脹得歪了一些。東拉西扯地談了一會，我提到凌霜的事，這一直是我所關心的，他的女朋友後來倒打一耙，反咬一口，說他引誘了她，他說。他氣壞了，便跑得無影無蹤。那天晚上我並沒怎麼去找，他說，倒是他的妹夫領著一幫子人沿河找了好遠，他妹夫說他可能喝了酒，然後跳了河，所以他們想在河邊找到空酒瓶子，我當時想是不大可能的。第二天他們派一個人去E城，找到了他。可那家夥糊裏糊塗跑回來，報告說凌霜在E城，一切很好。等到凌霜的母親趕到E城時，他已不知去向。我後來找到Yellow Stone City，還是請的事假，真倒楣要扣工資的，發現他一點也沒有改變；躺在他弟弟床上看書。腳上靸一雙破拖鞋，小腿肚上沾滿了那個城市特有的煤灰，頭髮長了些，胡子長了些，臉蒼白。伙食不錯，他說，這就夠了。只要有好伙食，他就不會不被征服。他是個隨遇而安的人。喏，他來了，我隨著他手指的方向朝外看去。只見對面樓下一前一後走動著兩個姑娘，我明白了他指的是她，他的朋友，他變得有些不安起來。我明白他打扮得這好的原因了。你去吧，我說，別讓人家等久了。他去了，臨別還叫我去玩玩。她也是怪，媽媽說，到現在還沒有叫你爸爸一聲。她說，我說，爸爸似乎討厭她，見了她總板著個臉，一聲不響，所以她不願經常來我們家。放——放狗屁，媽媽說，爸爸最喜歡她了。他就是那個人，不做聲看他的書。她見我還喊個「雲媽媽」，見他沒叫一聲，就叫「珵伯伯」也可以吵。其實前面的「雲」字都可以去掉，直接叫「媽媽」了。哎呀，我說，我還不是沒有直接用爸爸、媽媽稱呼她的父母，這有什麼呢？我想起離漢前一天晚上她那固執的樣子，一定要堅持認為爸爸不喜歡她，而且還把她不稱呼爸爸的理由解釋為爸爸的名字起得太怪，雙姓，不然的話，她本來是可以叫的。我火冒三丈，為什麼？我也說不清，這不是明顯的rationalization嗎？這是沒理由的理由。那你的意思是不是我爸爸應該改姓，好讓你叫起來方便些呢？你為什麼總不理人家姑娘呀，媽媽質問爸爸。哪裏，爸爸辯解說，她每回來我都和她點頭打了招呼，我未必連這點事都不懂。她老是囑咐我出來進去別忘了和她的同房打個招呼，這時我想。我覺得有些受不了，對她說，在你這裏太受束縛了，一點也不自由。水滴滴答答地敲在桶底上，發出空洞的聲音。水來了，接了三滿桶水，剛才沒看時間，表是翻過來的，表面朝下，現在是12.15分。涼快得很，靜靜的晚風從北邊吹來，撫著裸露的大腿和脊背。她沒來，下午沒來，晚上我從凌霜那兒回來，也沒聽冬陽談起，她到底沒來。她要我下午去的，我沒答應，是我的任性？還是因為她沒順從我？反正你不來我就不去，至於說打家具的事，嗨，腦子裏很少想它，能拖一天便拖一天唄。呸！像什麼話，我聽見她爸爸在罵，咱們給他買好木料，請好木匠，他倒想撒手不管，簡直豈有此理！想吃現成飯啦，沒那事！她好像也挺不高興似的。唉，你也不理解我，我——嗨，怎麼說呢？隨便，你想什麼時候動手便什麼時候動手。可你偏不表態，你是想等著我開口，免得顯得一個姑娘家對此熱心，是嗎？我對此不熱心，不知怎麼搞的，我對什麼又熱心過呢？沒有。在我這一生中沒有什麼東西特別值得紀念、特別值得玩味。在我所有的財物中，沒有一樣東西是寶貴得可以用生命去保衛的，無所謂，手錶你要，拿去吧，如果哪一天碰到一群暴徒，我就這樣對他們說，是嗎，你是不是也有同感？我問凌霜。是的，他說。這是下午。怎麼一下子來到晚上？他說。舉燭對他說，他原先一聽到情人之間談論那些瑣碎的事情，諸如打什麼家具，置辦什麼東西等等，總要皺起眉頭，露出厭惡的表情，可現在和這個姑娘談了上朋友，他不知不覺地就和她談論這些事兒，而且覺得津津有味。嗨，凌霜嘆了一口氣，昨天黃昏時他沒和我們一起出去，卻同著自己的朋友一起看了電影，這就說明他對她的感情比對我們的更深，生活就是這樣的，先朋友們玩得很好，後來談了一個女朋友，就漸漸疏遠了男朋友，而縮到自己的小家庭裏去了。你我以後還不是一樣，是吧，他對坐在他旁邊的穿紅背心的人說。紅背心反駁道，那才不會。我是無論如何也不會被家庭同化，被妻子軟化的，哼，誰抱小孩？你看著吧，我是絕對不會抱自己的小孩或逗弄他們的。我爸爸從來就不和我們開玩笑，但這並不說明我們對他毫無感情，我們對他感情深得很，他這個人就是嚴肅。我生下地時是個中午，他正念著要去學習班，把我瞟了一眼，「喲」了一聲，說：「是個男孩」，便急忽忽地走了。怎麼，我想起了三、四天前哲學考試完了的那天夜晚，為了躲避城市的酷熱，為了忘卻復習帶來的厭倦，我們一同走上磨山的情景，我躺在磨山亭的石欖上，在二樓，受著四面涼風的吹撫，快要昏昏睡去，恍惚聽得腳頭有人說話的聲音，好像在說這幾天盡在做惡夢，夢見鬼怪在礫礫地哭，我一個激靈，翻身起來，見腳頭空無一人，只有黑忽忽的一堆東西，是我的書包，還有剛剛喝完了的水壺。我這才意識到醉中真和小上海正坐在我的背後，在說話。我「哎呀」了一聲，說：「你剛剛不是在我腳頭坐著說話嗎，怎麼剎那間就跑到我的頭前了？」他頭皮一陣發麻，頭髮根根倒立，心裏蹦蹦亂跳起來，說：「我的天，好可怕呀，你真的是這樣想的嗎？」這時月亮還沒有出來，周圍的山野靜悄悄的一片，從林深處惟傳來一只孤獨的夜鳥淒涼的叫聲。遠處城市的燈火發出冷光，鑲在天邊。亭下不遠處有一間供守林人住的房屋，窗口透出的日光燈慘白的光亮象冰霜一樣塗了一地和附近一帶樹林。我說，我給你們講一個故事，我們口渴了，你們倆坐在這裏等我，我便拎著軍用水壺到那家人家去討水，大門是緊閉的，裏面黑燈瞎火，沒有一點光線透出來。我伸手敲了敲門，沒人應聲。我又敲了敲，門發出重濁的聲音。當我敲第三次時，我使了一點勁，感到門在手指的壓力下動了一動，我推了一把，門「吱啞」地開了，我正猶豫是否貿然踏進這個張開巨嘴的黑洞裏，突然所有的燈都亮了，照得大廳如同白晝一樣，我一眼看去，裏面牆壁全是用白森森的人肉糊成的，散發出一股腥味，象用菜刀刮出的魚膏。我轉身便走，忽見一個肌膚如雪的裸體女人立在面前，然而頂在她頸上的卻是一個骷髏，她張開雙臂，那是兩根枯骨，便把我緊緊地箍在她的骨架的擁抱中，還用她骷髏的頭親吻我，嚇得我魂飛魄散，死命掙脫了她的鎖鏈，向房裏跑去，這時燈突然全部熄滅，我戛然而止，覺得四周靜得出奇，靜得可怕，心跳聲大得好像打雷一樣。這時我聽蹬蹬的腳步聲，從那黑暗的中心發出，堅定地向我走來，我想轉身，想後退，可是一步也動不了，全身上下彷彿被定住一般，聽任著那聲音越來越近，越來越近，合著我心跳的節拍。「算了，別再繼續下去了，」醉中真打斷我的話，說：「太可怕了，我全身都起了雞皮疙瘩，咱們回去吧，越早越好。」於是，三個人手挽著手，跌跌跌撞撞走過彷彿含有敵意、深藏危險的林木，走下使人趔趄的階梯，來到了湖邊。爸爸還沒睡，是他含糊不清的聲音：「你打算搞到天亮是麼樣啊？」「不，你別管我！」我說。回到了下午，你想清靜無為是不可能的，我對凌霜說，一般的無所事事還可以做到，可要像你這樣有頭腦的人去過醉生夢死的生活，或者過一天和尚撞一天鐘，我看你決不願意，也搞不長。這世界上有誰真正地清靜無為過？Emily Dickinson與世隔絕地生活，不但沒自殺，反而還寫了1600多首詩，梭羅躲進大自然的懷抱，他還是要著書立說，你說誰能真正做到清靜無為？晚飯後，爸爸說。魯迅說老子是什麼清靜無為？他要真的做到這一點，他的《道德經》就可以用「今天天氣哈哈哈」來概括。我聽了以後不覺有些自傲，畢竟這樣的理論我已經在知道魯迅這句話之前就想出來了，而且是如此的不謀而合，我看要結束了。

＊＊＊

筆在我手中，剛灌滿了墨水，盯看那滴欲落不落包在筆尖上的墨滴，我有點茫然，不知如何開頭，這不，就這樣開了頭，那滴墨汁耗幹了，可我又不知怎麼進行下去。他上午走了。誰？當然是凌霜。穿一身工作服，褲腿挽到膝蓋上，衣服呢？誰註意這些。作家總是教導文學青年平常要多觀察，一個人的衣飾、路相、說話的神態等等……。我盯著他看，什麼也沒看見。他就是他，倒在沙發裏，抽著香煙，一支接一支，不時掏出一個小盒子，打開，取出一瓶風油精，抹在兩穴和額角額頭上。我們談詩，彷彿很懂似的，很想他說把你寫的詩給我看看吧。這是一種要表現自己的欲望，但並不是遏制不住的。他問你寫詩嗎？當然，很快，一兩分鐘可以寫出來一首，積起來的詩稿都有一百多首了，寫容易，改難。是嗎？我看用不著改，詩不能改，詩一經改動，便面目全非，原先的意思便走了樣。莫非他在寫詩，我暗忖到，他這一番話頗有見地，前不久寫了一首詩，是關於一個跳樓自殺的女子的，寫到後面寫不下去了，不知怎麼，一動起筆就感到有些受束縛，總想有頭有尾地寫。那不一定，我上次寫了一首詩，開頭我只想出了兩句，隔了幾個小時我才補上後面的詩行，不信我可以拿給你看。他並沒有說：好，你去拿吧。他對此並不感興趣。對一個對你的東西不感興趣的人有什麼必要去顯示它呢？去年春節，不，是在今年年內的那個春節，他不是背著我讀了我自己寫的那些詩嗎？他有些矜持，不大願意表態，也許他早在心中便否定了它們，只是不便當面批評罷了。這不，自己說去拿詩時，還要補上幾句詩寫得不怎麼好，但可以作為一個佐證的話。幹嗎要解釋呢？這不說明內心有些虛嗎？事先說得不好些，等他讀後，即便真的不好，效果也會不那麼強烈；如果真的好，事先的謙虛反倒可以增強好的效果呢。是這樣想的嗎？他在談別的事，沒有一點想看的意思。幾次意欲起身去取那篇詩，幾次又按捺住了，何必呢？不強求人，這不是我現在的原則嗎？再說，讓他讀無非是想從他那裏得到幾句恭維的話，哪怕嘴上說得好聽「請批評啊」，心裏就是想聽一兩句「呀，寫得真不錯」之類的話，庸俗得很。如果人不欣賞，就不欣賞好了，我的詩是為自己寫的，理解的好，不理解的好，喜歡的好，不喜歡的好，都無大礙，我獨行其事，管不了那麼多。用不著去乞討那麼一兩句不值錢的恭維話，說不定這恭維話後面還藏著憎惡、嫉妒、鄙夷的心理呢。能夠自己知道自己，清楚自己的能力和斤兩，這比什麼都好。何況，你光指望別人能對你的拙作垂青，你卻根本不屑於向他提出拜讀他的詩作的要求呢。這是不是過於寬己責人了呢？還記得今年二月回來度春節時他曾答應給我看他的詩，後來不知是忘記了還是怎麼的，也許他太驕傲，如果我不再提起，他是不會主動出示的。我當然不會第二次提出要讀他的詩，那顯得過於急切，這事還得人願意。如果他不願意，你就是提出一百回也是枉然。

怎麼？光是為了這麼一件小事就寫了這麼大的篇幅，豈不是有點太無聊了嗎？如果個個文學家都像我這樣寫作，那文字一定不值錢。可我不同，我還不是個文學家呀，我要作大量的練習，要想質變，來一個飛躍，量變是必不可少的。昨天本想完成規定的一個小時的練習，無奈頭腦昏昏沈沈，下部疼痛難言，灼熱似火，便早早上床睡覺，其實已是十一點半了。還是自己缺乏毅力的緣故，否則，咬緊牙關挺一挺不就過去了。就是眼下，下部也還在隱隱作痛，像被誰用腳狠狠踢了一腳，其實誰也沒踢，是自己去碰的。難道是自己的過錯？難道不是她的過錯？都不是。可這痛苦是非人所能忍受的呀。你對誰去訴說？無人能夠理解你，就連她也不能理解你。她微笑著，滿意地、心平氣和地、打趣地、沒有痛在她身上，她才不當回事。這種生活簡直叫人難以忍受。你並沒和她結婚，你卻已和她有了那種關係。你和她在一起時，忍不住就要受欲望的控制，並不是任何時候都可以得到滿足的，她能夠得到，可她卻不讓你得到。她難道不自私嗎？到頭來她把這一切都歸罪於你。這公平合理嗎？一個男子和一個女子發生關係，罪過總在前者身上，什麼理由呢？前者破壞了後者的貞潔。後者是人，前者也是人，後者有貞潔，前者難道就沒有貞潔？如果不叫貞潔，總有一個相應的名字來代替。什麼社會道德？純粹是扼殺人的天性，窒息人的靈魂的東西。冬陽告訴我他的一個要好的同學王的女朋友對王說我追求的就是愛，如果結了婚我和愛人之間的愛情淡薄了，我就離婚，再去愛別人，王聽後大怒，說：你現在這樣瘋狂地追求我，那麼，以後你把我的愛情騙到手，你還會做出忘恩負義的行動的。這個王雖說是個大學生，腦瓜子也頗封建的。就像醉中真一樣，表面上熱情奔放，百無禁忌，可叫他裸體在黑夜的湖中游泳他也不敢。昨晚上我和她沿著赤壁山的小路散步，慢慢走回家來。路上我說我們鬧著要「崩」已經有好多次了。可就是崩不了，我說這話時心裏是充滿柔情的，我很喜歡她，愛她，記得前幾天在武漢她住的那個平臺上我對她說，（她在我懷裏），我真不知道如果沒有了你，我怎麼能夠生活下去，你別看我總是那麼狠心地說要把關係斷絕，其實，真的斷絕了，我要後悔死的。昨晚上她聽了我的話，說，真的要「崩」是不會說出來的。是呀，我說，假若我另有新歡，我是不會透一點風聲的，我在你面前會做得你看不出一點破綻。她說，我要是談了另一個朋友，也會同樣讓你看不出來的。我聽了這話，心裏生氣了，就好像她已經交了一個男朋友似的。我說，那你如果真的玩了另一個男朋友，你是無論如何也瞞不過我的眼睛的。你的一舉一動，一顰一笑，肯定都會顯得做作，缺乏過去那種親密無間的感情。你也是一樣，她說，她在這類問題上總是寸步不讓，這與她的愛情和根本觀點是相一致的。她說，如果你不愛我，我便不愛你。我恨她這一點，又愛她這一點。我恨她是因為她對我的愛不能深情表白到即使我不愛她也能保持下去的地步。我愛她是因為她的這種表白表明她是一個性格倔強的女子，你知道，我是很討厭那種毫無頭腦的傻姑娘的。我要肉體，但我更需要精神。但有時，我又完完全全被欲望所控制，我要她絕對服從我，受我野蠻的撫愛，她掙紮著、呻吟著、喘著氣，輕聲叫喚著，皺著眉頭，她從來也不顯得快活，她是一個醫學上被稱為frigid的woman，這時候，我倒希望躺在懷中的是一個像娜娜那樣富有強烈肉感的女人，（你瞧，我寫到這裏回頭看了一下，以為有人在偷看我，因為我在寫心中最隱秘的東西，彷彿這種隱秘的東西只有我一個人有，我是這世界罪孽深重的人），我要把她給吞了，整個的。我要吻遍她的全身（請你這個偷看我寫東西的人不要臉紅，也不要詛咒說看呀：這個人多麼卑鄙醜惡呀，他還是個大學生呢！）我特別要吻她蓮子米似的乳頭，要吻得她全身酥軟，我還要吻她——算了，何必說下去，我已經聽見責備的聲音了：看哪，一個大學生的思想水平竟墮落空虛到如此地步，描寫起性來。這些道學家真可怕！他們好像有股無形的壓力。一到這種時候便來對你施加，還是那些不掛在口頭，不寫在紙上的實幹家好。像我們這種人有時只不過想一想罷了，決不敢越雷池一步。「狠鬥私字一閃念」。什麼？這是什麼時候的陳詞濫調？竟會突然在心池裏冒起。誰個心中不是一泓清清的潭水，潭水下面是一層厚厚的汙泥喲！莫與世人接觸，一接觸便難免不沾染醜惡骯髒的東西，好像和那些茅坑裏的蛆接觸一樣。她昨夜不是告訴我最不喜歡和人家來往，黃昏時間房裏一對一對出去散步，她就掇一只小凳，拿一本書，到平臺上一直坐到天光消失為止，幹嗎要和人接觸呢？她發現，人一旦成年，再也難找到一個知心朋友，人和人的關係完全是建立在物質利益基礎上的。要是我和她們一起出去散步，我會感到拘束和不自在的，她說。我喜歡自己想幹什麼就幹什麼，不受他人束縛。她是個孤獨的女子，和我一樣，孤高，不羈，像只野天鵝一樣，在葦湖上空自由自在地飛翔。

從中午一點鐘寫起，現在快3點，已經寫了兩個小時了，她沒來，她大約也不會來。早上我去她那兒，因為她昨天叫我去的，還帶著書。我怎麼看得進一個字呢？收音機裏大聲地播放著難聽的醜（楚）劇。她要去替我關掉，我攔住了她，既然她姐姐愛聽，我作為一個客人，有何權利去干涉內政呢？想到昨天的痛苦，我打了一個寒噤，我不敢和她在一塊廝混，免得又引起那種痛苦，我只有走，而且我真的走了，她攔了我一下，沒攔住，也就不再攔我了。我說不出是恨她、愛她，討厭她還是什麼。我離開了她的家，像個木頭人一般，我覺得幾乎沒有任何感情。很好玩似的。鬧一下，分開，然後再見面，親熱一番。這就是我們。昨天不是這樣的嗎？前天上午她來了，面孔憔悴，眼神倦怠，一副疲勞不堪的樣子，她說她沒睡好。一來便說出要走的時間。這叫我很不樂意，然而，她想怎麼樣就怎麼樣，誰管得住她？她是要她的獨立的。好吧，你走就走吧。我低頭看我的書。她走了。大半個小時過去了，我出來喝茶，發現她還沒走，在弟弟房裏，有說有笑。這一回，她一點也不疲倦了，我叫她過來，她又是一臉倦意，說：「和你在一起——」她打住了，我知道她要說的下半句話「真沒意思。」她走了，這一回是真的，臨走留下話來要我下午去。我回答生硬得很：我不去。我想著她在弟弟房裏快活的樣子和朗朗的笑聲，我說不上是嫉妒還是憎惡。我自言自語地說：「她喜歡年輕的小夥子，我已經老了、醜了。」可這又有什麼？我的腦際裏閃過許許多多危險的想法。下午我沒去，我指望她來。她沒來，晚上我也沒去，反而去了凌霜那兒。心裏卻惦著她。她要來了沒見我，哼，我心裏升起一股惡意的快樂。回到家中，弟弟在洗澡，可一聲沒做。顯然，她並沒來。第二天上午，她還來不來？不來我就不去。我一定要你到這裏來。8點過了，她沒來。9點過了，沒見她。10點，再不會來了。這本書怎麼這麼不好看，這本Nana，從來沒有看過像這麼乏味的書，外面有腳步聲，停了停，是上三樓的。又有腳步聲，是弟弟的。哼，不來就不來，我就是不去。偏不去，拉倒就拉倒。再也不來往。10點鐘，舉燭來了，讓我吃過早飯去看家具，這不是找借口去她家叫她嗎？穿上褲子襯衣，出了門。怎麼，剛才不是發誓說不來的嗎？現在怎麼忽然屈服了？要不是有關咱倆終身大事的家具，我決不來。決不！請你相信。屋子裏靜悄悄的，她不在，前面不在，後面也不在。她姐姐在弄飯，告訴我她在前頭房裏。咦，剛才前邊來怎麼沒見她？哦，原來她躺在床上，一副病懨懨的樣子。身子蜷縮成一堆，怪可憐的。和我小小的溫存了一番，她爬了起來，臉上的病態一掃而光，有精神多了，她說這是因為我來了的緣故。我仔細觀察她，也覺得像是這麼一回事。不覺心裏有些內疚。她確實是真心愛著我的，這不，我的到來竟可以使她恢復精神！她也說她一定要等著我去，否則不來。咱們倆這不是鬧小孩子脾氣嗎？兩個性格又是多麼相似呀！我恨不得打她兩下。但我哪舍得。她軟起來像只溫馴的小綿羊，硬起來卻像一塊生鐵，我真不喜歡這個女人，有時候，我又覺得她不可抗拒，有時候，好了，該收場了。怕已經有3點鐘了。

＊＊＊

忽然記起昨天沒動筆。為什麼？好像是在那盞落地臺燈下修改了幾首詩，直到兩眼發酸發澀快要睜不開時為止。昨天發生的事好像隔著一個世紀一樣遙遠，我是和她在一起散步嗎？在幽林環抱的湖水旁，綠瑩瑩的路燈隱在樹後，投射在平如鏡面的湖水上，影影綽綽，彷彿一幅印象畫派的畫或是一首朦朧詩。我用手勾著她的腰，感到她柔軟的肢體。一個人騎著車子從後面過來，讓他看吧，我可不在乎。他是在看，已經過去了，還回頭瞧了瞧，「喀啦」。「媽的」，他罵了一聲，自行車蹦跳著從一堆石頭上滾過去。這傢伙，看我們看忘了形。她關心我，不讓我太挨近她，怕我疼。「你疼我的心也疼」。後來談了些什麼，也不記得了，咦，倒好像我在替自己申辯似的。那印象是，她是位姣好的姑娘，品格高尚，性情淡雅，通情達理，聰明伶俐。她（對，她談到）談到她在學校裏的生活。沙那時和我關係挺好。萬就想把她拉過去。萬沒有知心朋友。她想利用沙和她是同鄉關係這點達到目的。沙你知道是個軟心腸的人，對誰都好。萬有兩次把她邀出去玩，有一次我當著萬面把沙叫出去了，這回萬明白了，以後沒敢再插手我倆的事。（我是如此疲倦，寫到這兒我趴在桌子上睡了幾分鐘，稍稍恢復過來了一些。）也許這些事情太瑣碎吧。那就談點別的什麼。吃過晚飯我去找他。一進門就看見竹床上他卷起工作褲腿的腳，我上去往他的大腿上拍了兩下，他嗯了一聲，把書從臉上挪開，一見是我，便爬了起來。看的什麼書？英文的？是一本少兒讀物。（我不知道哪兒來的這麼多瞌睡，又倒在桌邊睡了幾分鐘，一定是中午沒有休息好，那個樣子在沙發上面歪了一下，當然是不會有多大效力的。）出去遛達吧，好吧。他媽媽在抹桌子、椅子、凳子和竹床。她轉過臉來，一張汗流滿面，刻滿皺紋的面孔呈現在我眼前，那張紅活的圓臉龐哪去了？穿這件工作服出去？換一件好的吧，我對他說。裏屋裏，她弟弟和他妹夫席地而坐，面前攤開象棋，一屋子被新做的家具、書籍塞得滿滿的。找了半天也沒找著要換的衣裳。她媽問，什麼時候洗的？他說，洗了有上十天了，又去找了一遍，算是找到。黃昏的堤岸。都說了些什麼？誰記得。哦，他談起了他弟弟的人生觀。什麼文藝、音樂、繪畫、哲學等等等等，全是一種手段，為了達到獲取名譽、地位、金錢、美女，簡而言之功名利祿的目的。說服不了他。為什麼要說服他？我說，任何人的人生觀都有它存在的理由，誰也不能說自己是好的，而人家的是錯的，都有道理。對，他告訴我盈盈的近況。第一個朋友吹了，一段小事。女朋友的母親氣壞了，找到舉燭，大發牢騷說，咱們的家庭不錯，她的父母（指她自己）都是共產黨員、國家幹部，跟了她，將來前途不會不好的。再說他吧，地位又只這個樣，父親在文化大革命中受過沖擊，有歷史問題，自己也應該照照鏡子，別太不自量了。這以後，（當然，舉燭沒有把這話講給他聽）他談了XXX的妹妹。厭煩死了那種洋不洋、中不中、古不古、今不今的談話方式，什麼「你父母貴姓什麼？」他回答說：「我父母姓什麼什麼，但不貴。」以後，又找了一個，這一位以前幾位長得好多了，他對我說他後悔得很，該年輕時像我那樣痛快地玩一玩的。真的，我年輕時還有很多東西值得回憶，幸福的，痛苦的。說到這裏他沉默下來。我也沉默下來。我們沉默地走了好長一段路。河水像一塊長長的冰，凝結在河灘與堤岸之間。漸濃的暮色將河灘上的千萬棵樹溶成綠糊糊的一片。遠處，從沙灘之外的江上，傳來悠長的輪船汽笛聲。我們又談了些什麼？什麼也沒談。兩顆心靈的隔閡啊。我猜想他的心思，有什麼可談的呢？他，一個大學生；我，一個窮工人；他，有光輝的前景可展望，我，將來註定要在泥裏水裏汗裏打滾。他，有了好的地位不說，還有個好的女朋友；我，有什麼可說的呢？她已經走了，現在只有聽天由命，接受無論什麼樣的命運吧，是的，我想起來了，我們還談到我爸爸。他真是個博學多才的人，他感嘆道，過去我常認為像他那樣把一生花在知識的積累上，到頭來不為人用，還是個時間和精力的浪費罷了。現在，我不這樣想了。只有不了解他的人才那樣想，他們覺得挺可惜，而我爸爸他根本不在乎，他學了知識，豐富了自己的精神生活，同時，在學習過程中，又避免了與世上的俗物的交往，潔身自好，又何樂而不為呢？糟糕，我把下面講的話忘了，忘了就忘了。無所謂，我對一切都無所謂，現在大約12點多了吧，無所謂，再寫三個小時那也不在乎，睡意好像減了些，也不想洗澡，一寫完把自己像口袋似的扔在床上，然後呼呼睡去，直到天亮，多有味兒啊。

四個人坐在堂屋裏，四個人，漢Q、建C、凌霜，我，還有Father。談什麼呢？發牢騷。在這個時代，大家聚在一起的唯一樂趣便是發牢騷。教學質量差；教師水平低；濫印復習參考資料牟取暴利；電視大學存在許多弊病，140分的過杠線，低於此線的甚而至於被招收，還有代培生，都是所謂又紅又專、工作積極的先進分子；不一而足，爛瘡多得很。想揭嗎？要揭得你滿身流膿。後來他來了，I mean舉燭，肩膀又横了些，顯得人矮多了。忽然記起那天他說，也好，廠裏不讓我去考試，我也免了老不敢而被人取笑的危險，還想起他老是說，你們用不著太多的家具，因為你們用不著穿像我們身上穿的這種破爛工作服。我那時老打瞌睡，那個中午。我知道她來不了哪，隨她，我無所謂。（怎麼？我糊塗了，那時她和我一起都在她辦公室裏）。哦，我的大腦失了靈，被睡神占有了。剛才要什麼？郵票？哦，住好久沒有寫信了吧，寫給誰？誰在咳嗽。夜好靜。什麼？他怎麼說的？他沒說什麼，他很有趣，我爸爸。她中午和我來了。肉。玫瑰花芯裏的露珠。笑，痙彎，痙彎。深深的隧道。顫動。整個兒在震動。孤鶩啊，孤鶩，回來該做的就要做，莫說你爸爸媽媽受罪。我的影子好嚇人，在我赤裸的腳上晃動。雀子在叫，被我窗戶裏的燈驚醒，以為天亮了。叫他叫吧，灌開水？灌了開水就回。醉中真在哪？他說寫信來的。可能現在玩得正痛快，這倒是的，你說得對，我很相信你的呀。什麼？不應重視語法。本來中國人講話誰註意了語法，可個個講起來，都聽得懂，來不來，娜娜問帆眼澀酸。蟋蟀叫。又等明天？看了好多書，想快，快不了。一會兒這本，一會兒那本。好在都不是選的。要努力上去喲。混混沌沌地過有啥意思？也想過死。總覺得這樣未免太殘忍了，總得幹出一番成績來。誰不是達到了高峰後才知識的，不，才自殺的。如果對這個世界還一無所知便尋求自殺時，最愚蠢的。在夢中糊糊塗塗寫了上面的東西。明天燒掉。

＊＊＊

十一點差十分。今天是幾號了？牆上沒掛日曆，不知道，沒寫的那天晚上幹什麼來著？草地河邊，雷鳴閃電；第二天，車站；夜晚，夏那兒；第三天，也就是昨天，夜裏商量好打家具的事情，在家裏睡的覺。第四天——哦，第四天，也就是今天。整整四天了！我都幹了些什麼？我好像進了一趟瘋人院。好像在磚窯裏打了一個滾。好像掉進了冰窟窿。好像——到地獄去了一趟。經歷了如此多的事情，如果一件件敘述，恐怕不是今天一晚上可以完成得了的。還是用我的特殊方式吧。「他說，」她倚在汽車陰影裏，重又提起道。「你過去曾對他說你不願意到我那兒去，你說如果去我那兒還不如在自己那兒看點書強，到我那兒去反而更痛苦。你是這樣說的吧？」她為何又提起這件事？看來她對這件事耿耿於懷。「我是有這種想法，」我說。「但我敢起誓，我決沒對任何人講過這話。如果他這樣說，那他不是觀察就是杜撰的。難道你不記得過去每去你那兒你都是冷冰冰一副臉相對待我，這能使我愉快嗎？這說明你從內心裏並不喜歡我到來，直接說是你厭惡我。不然，你為何對我要用那種態度呢？你若稍有一點愛心的話，你就會考慮到我是打老遠到你那兒去的，無論我們之間多麼平等，多多少少你還是個主人，我是個客人。如果不考慮這一點，全從朋友觀點來看，咱倆之間有什麼隔閡也可以開誠布公地講清楚。」「我抱那種態度也是有原因的，」她用冷冰冰的語調說。到了這兒，我卡殼了，我還能說什麼呢？發生在我倆之間的無論大事小事，錯總在我頭上。她即便有時候做出不符情理的事，那也是事出有因，因就在我身上。以致細細和她論理起來，她沒有一件事是做得沒有道理的。如果是她冷淡了我，那一定是我先冷淡了她。她是個沒有缺點的女人，簡言之，是個完人。她是個完人嗎？她自己不承認這樣，這倒更使她顯得是個完人了，因為一個真正的完人是敢於說自己不是一個完人的，這表現了完人的謙虛和超凡。」我更了解你了」，我說，心下知道她會如何反應的。果不其然，她說：「其實你根本不了解我。」哼。頗有些驕傲自得。我的心縮緊了，難受得講不出話來。如果朋友間以還有什麼不為對方了解為驕傲，他們之間還存在什麼友誼嗎？不過，在我看來，即便自己知道人家了解自己，人也不願意聽到這句話從他人的嘴中說出。能把自己心中的祕密收藏好，這是一門藝術，也的確是值得驕傲的藝術。她並不真心實意地愛我。我敢說。她的熱情一天天地淡下來，她不喜歡我。不喜歡我的一切，從剪短的髮式，稀疏的牙齒，到逐漸發胖難看的身體，常常自覺不自覺地流露出她心中的厭惡。「如果你真討厭我，希望你還是找一個長得比我強的人，」我對她說。「那也希望你找一個比我更強的人，」她反唇相譏。對此，我沒有什麼可說的。我從她的衣著、行動、言談和眼神中，看得出她內心有一股被道德約束住的欲望。我清楚地知道她把這種欲望深深地埋在心底，只是偶爾把表面泛起來的一些浮渣賜予我。我惴惴地等待著那個危險的一天，那時，我看見惡魔將她從我手中奪走，與她同衾共枕。我萬般無奈，我想殺人。可是殺誰呢？如果愛情失去了，靠殺人是挽救得回的嗎？如果幹出了殺人的事，那不就表明你這樣幹是因為失掉了一件財產。你是把她當作一件財產而占有的，這與你的愛情觀點並不相符，你所追求的並不是一種possessive love，而是一種息息相通，有共同語言，有共同愛好的愛情。你與她的愛最先就是基於後者的。然而，你並擺不脫男人擇偶的第一個觀點：美貌的束縛。你雖沒把名利放在第一位，你卻把美貌放在了第一位。這難道不是說明你並不像重視美貌一樣地重視品德嗎？同時，這不也說明你自身的品德也不是那麼高尚嗎？「我愛你，不管是錯誤的還是正確的，我用我自己的方式在愛著你，」我對她說。「可是你的行動並不是這樣的，」她冷冰冰地說。我打了一個冷噤，身上起了雞皮疙瘩，雖然是仲夏的深夜，我仍感覺到好像是在12月的冰凍的深夜中。我想到和她擁抱，鬼知道為什麼這時候我會想起這個的。但我沒有感受到絲毫半點的激動，我的激情死了，就連性欲也刺激不起它來。在那一剎那間，這個女人對於我彷彿是一個極其陌生的人，一個和我同性的路人。「如果你不相信我，那，那咱們就把關係斷掉，」我氣急地說。「斷掉就斷掉，」她回答得挺乾脆。我心如刀絞，多好笑，一個堂堂的男子漢竟會「心如刀絞」，但當時，我的確是這樣感到的。我覺得與其是我說出了真話，倒不如說是她說出了真話。冷靜地說出的話裏的真實成份比衝動地說出的話裏的真實成份要多得多。「明天你到我家來玩，」她說，接著又補了一句。「如果你不來就算了，我也不強求。」這又是一句刺傷人心的話。「你真是一個心眼狹窄，容易受氣的人，」不知誰在某個陰暗的角落裏譏笑我說，我自己也為自己的敏感而好笑、生氣。但我多麼希望她「強求」一下啊。她的態度好像我是一個——一個什麼呢？反正不是一個朋友，明天到她家去！怎麼度過喲？一起到將要過去的幾個無聊的小時，我就顫抖了。「明天再談，好嗎？」她一臉倦態，眼睛因為瞌睡快睜不開了。明天？哦！多麼想趁著夜色把自己的心裏話都掏給她，而這激情！這激情過了今天就不會再有了。明天，又是冷冰冰的會見，沒有熱情的擁抱、接吻，甚至——性交。我多麼粗魯啊，可是，這是現實，是像面前四堵牆一樣實在的現實，看不到半點虛飾的。討厭這些，可我不能說，也許，明天到了她面前，就會乖乖地做俘虜。昨天不就是這樣的嗎？她用小肚子在我的肚子上面蹭，嘴唇兒開啟迎接我的嘴唇，你事先想好的強硬的話全跑得無影無蹤。她要的是獨立。「你的衣服，我洗這幾件，你洗那幾件，」她說，吩咐道，在外面流浪了幾天，身上的衣服已經臟得不成樣，快散發臭氣了，在她那兒洗了個冷水澡。實指望她能把衣服給洗一下，見她如此說，便回答道：「如果你不是真心實意地想洗的話，那就全讓我來洗吧。」最反感人替你做事又顯出怕吃虧的樣子。「你別以為你很了不起，人家都得為你服務，都得求你玩，」她這樣說道。這是我沒有料到的，我連想都沒想到這一點。細細體會話意，倒也琢磨出些味道來，心裏又湧出難言的苦痛，人什麼時候才能互相了解呢？我揣摩她不願將我的衣服全部洗掉主要是愛面子，爭她的獨立，我替你洗一半，你洗另一半，咱們是平等的，我竟然想起凌霜曾經講過的一個女人的擇偶觀：我不要什麼有知識有文化的男人，我只要一個聽話、馴服的男人，我得和他平等，我洗衣裳他就得挨著我坐著，哪怕不做事也行。真是可恨的女人！這種女人，我要用腳狠狠地從腳邊踹開。寧願過一輩子獨身生活也不要這種女人。她們追求的都是一種表面的東西，虛浮的東西，就像她們自己的青春一樣，到後來只落得個用厚厚的雪花膏填平臉上皺紋的地步的。哪一個女人不愛虛榮喲！她別出新裁想出的幾個家具樣子，全是繡花枕頭，好看不實用。愛的盡是虛榮，嘴上說得挺漂亮，不要許多家具，打少一點，只要好看一點，彷彿將來兩人婚後生活是開陳列鋪似的，專為向人炫耀。時髦、好看，她轉的就是這個念頭。我媽媽問她將來的八床架往哪兒放？她傻了眼，說不出話來。我這時就開了口，悶在心裏多時的話才找到了說出來的機會。我為什麼怕說？還不是怕傷了她的自尊心，好像如果表示了異議就是對她的建議不重視，就是自己任性行事。任性這個詞現在成為她的一個武器，好像只要表示了自己一點不同的意見，或者堅持了正確的，那就是任性，無論如何是要對她說的。「打家具的事情依我看有兩條，一是美觀，二是實用，這第二條比第一條還重要，光美觀將來用起來不頂事是白搭。至於說到打多好還是打少好的問題，我看少不能少得將來連必要的東西都沒地方放，多也不要多得東西放進了還有多的。

總之，適可而止，不能過度，你現在追求美觀，到時候遇到實際問題，後悔也來不及了。」挑選家具的事是我讓她做的，考慮到她的欣賞能力比我高，二來她自己選的東西就是將來不喜歡也不好反悔。假若是我選的，選得不好，那你等著她的抱怨吧。可她過分地追求形式美，竟只要一個單立櫃，不要五斗櫃，我想，她一定是在模仿她那些已經結過婚的女同事們時髦的家具吧。也許，我冤枉了她。畢竟她最後同意了我的意見。這只是在聽了我媽和她媽的勸說之後才辦到的。

今天一大早，她來告訴我家具不打了，因為木頭鋸開不久，還未幹透。好吧，不打就不打，就待一些時候吧。

我到哪兒去呢？我一個人在風雨包圍中的孤亭中思索著。我不敢坐在亭柱間的欄桿上，我怕那猙獰的閃電。我站在亭子的正中央，苦苦思考著，我沒有地方可去，家裏已經鬧翻，我發誓決不回家。現在，她又對我如此冷漠，使我冒雨跑出她的家門，來到這亭中，她家也不能待了，X那裏行嗎？不行，昨夜已經呆了一夜，和他擠在一張床上睡他一定睡得不安穩。況且，還要叫他破費，真是過意不去。凌霜那裏也不行，一大家子人，哪兒有插足之地？再說剛才那句話：「什麼自私不自私，人都自私，都是一樣的。」太重，把他氣跑了。賓戈那裏更不行，他一定還在為那天我生氣沒有搭理他而忿怒。那麼，象前天夜裏一樣，又在野外度過一夜嗎？前天夜裏在堤下河邊的草地上睡了小半夜，後半夜遇上大雷雨，先躲在一面朝西的門廊下，全身正好被西邊來的鞭子似的雨水打個正著，傾刻間淋得透濕，劈雷一個接一個在耳邊炸開，嚇人的閃電在四周發出青光，我第一次看見自己狼狽逃竄的樣子：在瓢潑大雨中，跌跌撞撞，穿過沒踝的積水，一忽兒貼到牆上，一忽兒疾速地跑著，害怕那劈雷會在當頂炸開。後來躲到一家門樓裏，還索索發抖，每閃一下青光，就把身子往石縫裏擠，生怕被雷炸著。人在大自然中是多麼無能為力喲！難道今天晚上又像那樣在這野外地裏過？不行，回去拿走我的提包，那洗好的衣裳怎麼辦呢？這可又是個大問題。沒有塑料袋裝。問她要，她不會給。也行，把衣裳團成一團拿在手裏，然後提著包包到旅社裏睡一晚上，明早買好車票走路，脫離這兒的煩惱和憂愁。可她，嗨，她的溫情，裝出的溫情一下子就將你征服了，沒有辦法。

你要求太多，凌霜說，可你又給予了什麼？是呀，我當時晚上不同意這種說法，心下卻思量開來，我給予了什麼呢？我只求相安無事地和家裏人生活在一起，他們不管我的閒事，我也不管他們的閒事，安安靜靜地過一個假期，這正好符合我的獨立精神。我忍受不了父母的獨斷專行。這上面一句話（當然不包括最後一句）昨天說給母親聽，竟使她傷心得落淚。我即刻悟到我的錯誤了，我和父母兄弟畢竟不是陌路人的關係，不可能象住客房樣的生活在一起。他們對我有所愛，我也必須顯示我對他們的愛才行。可是，說容易，做起來難，總覺得在母親面前表現得熱情主動很不自然，因此雖然心裏有一個聲音說去幫她忙吧，另一個聲音卻說算了，別搞得太動感情似的。有時候說一兩句很心疼的話，說出來卻變得粗聲大氣，叫人受不了。我是怎麼搞的？竟不能很好地流露自己的真情了。不敢想象自己會像電影裏兒子和母親的關係那樣去擁抱自己的母親、感動得淚流滿面。可昨兒夜裏她哭了。她說了好多好多話，都很有道理。我嘴上雖顯得很厲害，其實心裏早服了，還有些驕傲，心裏對坐在一旁的盈盈說：「瞧，我媽可是個通情達理的人吧。」

＊＊＊

「我當時多傻，你鄒媽問我喜歡冬陽還是秋陽時，我說我喜歡冬陽，接著我問她，你呢？她說兩個她都喜歡，她比我會說話得多。實際上我也喜歡秋陽，秋陽老實，很懂禮貌。在我面前總有些靦腆。我和他交往不多，去年春節時，我和他還有你媽，我們一起聊天，他談怎樣替我們遞條子的事情。他出國前到你和我那兒去，誇我下的面好吃！說『真好吃呀』！我還記得清清楚楚。喏，你瞧，他回了。」她大眼睛滴溜溜一轉，盯著才進門的冬陽。「我很喜歡看他那個樣子，他那對大眼，大鼻子。你別看他臉瘦，他身上肉可多了。體格倒挺健壯的。你聽，他又在吹《英俊少年》裏面的插曲了。他最喜歡那首曲子的，他的口哨吹得挺好，我喜歡聽。什麼？你說要是我和他同齡又同班，會不會愛上他？當然會愛上他。就是不知道他會不會愛上我。是呀，他有時就是顯得過於冷淡，不像其他的男孩子們見到姑娘很熱情，有時候我要先找他講話，他才開口。秋陽就不同，秋陽就像個大人樣和我講話，彬彬有禮，帶著幾分羞澀，他則似乎不對姑娘們發生興趣。」

這是我和她在黑暗的平臺上進行的一場談話。

「她們吃過飯喜歡你邀我，我邀你出去，三三兩兩散步，我就不願出去，拿一本書，掇個小凳，在涼臺上靜靜看會兒書。她們起先以為看她們這種親密會引起我的嫉妒，我自己的孤獨和冷落也會使我悲傷，其實她們根本不了解我，我就是喜歡一個人靜靜地待著，做自己想做的事兒，不受別人的約束。我也看不慣她們那種假親熱的勁頭，其實互相之間心存隔閡，面子上卻裝得挺好，這又有什麼意思呢？我要是出去散步，就跟自己最好的朋友，最知心的朋友一起，否則，還不如自己一個人待在家裏。小X最愛面子，妒心又重，本事沒多大，還高傲得不得了，不愛答理人。她訂了《大眾電影》，平常也喜歡談電影演員什麼的，好像懂得蠻多似的。有一次我特地問她兩個電影演員的名字，你知道，我是明知故問的，我怕什麼？她結果答不上來，我說你還說你知道很多電影演員的名字，這不，這兩個有名的都不知道。她一句話也說不出來。還有一次我給哥哥的姑娘打毛衣，他們後來都說打得好，嫂子還照那個樣子打了一件，是我自己出的樣子，自己打起來的。X看了以後卻說不怎麼樣，我心想，你說不怎麼樣，你自己還不知打不打得出來喲！她那時也要給她的什麼親戚小孩打一件毛衣，就去買了毛線，和我買的完全一樣。我毛衣打起來的那天，她透過敞開的門縫看見我在比劃，便說了一句恭維話，我管你說這毛衣象什麼什麼，我把毛衣一團，便裝進袋子裏，準備帶回去，也不送過去給她看一下。我才不那麼做呢！後來我看她自己鉤的東西不像樣子，那是什麼東西吵！但凡人家好的東西她都瞧不起，可她自己又沒有一件值得誇耀的。唯一值得誇耀的就是她不會做飯。這當然是一種值得誇耀的東西呀。因為這說明她從前在家裏挺嬌，沒做家務事。你不知道她們怎麼在背後議論我呢。她們說我是個苦命，將來要做一生的活。她們就是那一次看見你在床上躺著看書，我忙出忙進地弄飯時才這樣說的。這事我不知道，是小李親口告訴我的。她們都把我當成一個在家裏縫補漿洗，裏裏外外各種家務都能幹的姑娘，以為我的家庭條件不怎麼樣，我在家裏也沒有什麼地位。她們根本就不了解我。我還和她們解釋呀。就是吵，根本都沒有和她們解釋的必要，這樣反而顯得自己想掩蓋什麼。她們願把我想成什麼樣就是什麼樣，她們有她們的自由，只要我自己知道就行了。我在家做姑娘那時候很少做家務事，飯是媽媽做，衣服是媽媽洗，我幾乎不插手。可是，你別看我很少做家務事我就不懂，我做起事來比她們任何一個都要快要好，這不是吹牛，你叫她們評說。我們下班回來各炒各的菜，我的菜就比她們的味道好。哪裏像X。「這個菜怎麼做哇，」嗲聲嗲氣，一副嬌得不得了的樣子。她做起事來最莽撞，老是摔東摔西，一會兒油瓶翻了，一會兒湯潑了，沒有一次是順順當當的。有一次她在辦公室裏寫什麼東西，她的語文水平我也不是不知道，裝得那麼全神貫注、聚精會神的樣子。我也壞，我在房子裏走來走去，就是不問她在寫什麼，也不湊上去看一眼，只在眼角裏時時瞟她一兩下，看她那副樣子，心裏直笑。你不知道，她就是希望你去看她寫的東西，我才不讓她得意呢。實際上她有什麼得意的呢？沒有一個特長，自己又缺個主心骨，人家搞什麼她就搞什麼，有段時間你不是常給我朗誦詩歌或小說，很好的。你走了後，我自己也時時朗誦一下，調劑調劑生活。那時候我們幾個都起得很早，一起床便在平臺上讀英語、記單詞，她本來總是最後一個起床，那段時間裏不知發了什麼瘋，起得第一早了，一起來便朗誦起什麼小說來了。小李跑去問，「你讀啥子來著？」她是故意問的，我心裏直好笑，又不敢笑出來，現在房裏的幾個人我都有些合不來，不如原先的幾個。兩杜一萬。這幾個都高傲得很，後來的兩個是77級畢業的，原先那個是工農兵大學生，都傲得不得了，這兩個就可想而知。X的父親是縣委的幹部，自然覺得了不起得很。L還不錯，不是那麼明顯，我和她們的關係面子上都過得去。我和其他人的關係都是這樣，既不吹吹拍拍，拉一幫打一幫，也不冷若冰霜，自視過高。我從不拍任何領導的馬屁，可他們不知怎麼都還對我很好。那個總工程師寫書時要畫的微型圖總是交給我畫，我不顯得受寵若驚或是借機吹拍，我不過說「你就放在這兒吧」。畫好後，便給他送去，問他如有什麼錯誤就指出來，我好拿回去重改，他總是很高興呀，這是可以看得出來的。有一回在樓梯上遇到病休剛回的書記，我看見他眼睛沒看著我，我便也將眼睛轉向別處，心想你若不打招呼我也不打，誰知道他卻先打了招呼，我本來以為一個老領導幹部哪裏把我們這些年輕人放在眼裏，這一下，跟我想的不一樣，我就停下來回了招呼，還問他的病情怎麼樣。我姐姐？姐夫？不是，你不知道內情。姐夫這個人還不錯，他也不是想靠我父親找到了好工作就把姐姐摔了，他不是那種人。姐姐生孩子那會，全是他一人照料。整夜整夜地陪著孩子睡，餵奶端尿，姐姐根本不管。現在他不敢來，怕我家裏罵。你不知道，姐姐在家裏專門說他的壞話，我媽又信一面之詞，家裏人專從自己這一方考慮問題，總以為別人存心想占自己的便宜。其實我家裏已經有了準備，萬一他不同意，要斷，那就斷掉，反正姐姐已經生了一個孩子，而且是個姑娘，將來可以照料她。假如我懷了孕怎麼辦？那，那爸爸媽媽都會罵我，還會罵你。爸爸一定許多天都不理我。機關裏會議論紛紛，特別是那些年齡相仿的姑娘們，我們那個研究所的人最愛議論人的，一點小事很快就會傳遍每一個角落。而且，過去沒有一個姑娘是懷著孕而不結婚的，有的人雖然婚前就發生過關係，但一有懷孕的苗頭，馬上就結了婚。」

這是我們下午的談話。

***

昨天她邀我今天中午去她家吃包面。我去了，走得發熱，把鐵灰色的襯衣脫掉，搭在椅背上，就聞到了背心上發出的汗氣，皺了皺眉頭，對正在包包面的她說：「瞧你洗的衣服，你聞聞，多做汗氣。」她鼻子湊攏來，吸了口氣，也皺了皺眉頭。她坐在一張竹靠椅上，面前一個燒箕，已裝了半箕包面，有幾只蒼蠅在包面上面爬來爬去。「你也太不講幹淨，」我說。「應該把蒼蠅給趕一趕。」「你給我趕一趕好吧，」她撒嬌地說。「我偏不，」我嘴巴很硬，到底還是去拿了把扇子蓋在包面上。不大會，她爸爸回來，這時候，盛包面的燒箕用完了，她叫爸爸給她拿一只來，她爸爸去屋裏拿出一只新竹編的燒箕，一手攥著抹布在裏面來來回回蹭了幾下，然後遞過來。「哎呀，這麼臟，不要，不要，」她喊起來，一邊把他的手從身邊推開。「你不信我就拿包面皮在上面抹抹試試看，保險白的要變成黑的。」接著一陣忙亂，又是找紙又是找燒箕，又是開爐門，又是燒水，等到熱騰騰的包面端上來時，已經12點多鐘了。飯後，偶然問起她爸爸讀過私塾沒有，把老人的話匣子給打開了。他說讀過好多年的私塾，年輕時進過大華藝術學校（是湖藝的前身），48年進了中原大學，校長範文瀾，教導員是孟夫塵，以後南下到這兒。在藝術學校裏愛樂器、愛文學，什麼都讀過，如四書五經，前後赤壁賦，《醉翁亭記》，《岳陽樓記》，《春秋》，《戰國策》等等都讀過不說，好多至今都能倒背如流，她不信，於是他說：「我背給你聽：『壬戌之秋，既望』」。我心裏說是「七月既望」，但我並沒有說出來，繼續聽他講下去。「既望就是過了十五號，蘇子與客泛於赤壁之下。」「應該是泛舟於赤壁天下，」我心裏又改正道，但我還是不說，聽下去。「蘇子就是蘇軾，子是美稱，清風徐來，水波不興，下面是舉酒囑客，誦明月之詩，歌窈窕之章。」聽到這裏，我確信老人是可以滔滔不絕地背下去的，當然，他又興致勃勃地誦起《後赤壁賦》來：「是歲十月之望，……。」倒是我自已記憶力不行，記不起他下面說的了。她談起她父親寫的字如何好。她父親便說自己學的是歐體，已經有40年沒寫了。記起來了，我們是這樣觸及這個題目的：我問她父親明年會不會退休。她便問退休了怎麼辦。「怕什麼？我搞我的文學歷史研究，」父親驕傲地說。「你搞文學歷史研究？」她驚訝地問道，我心裏也提出了同樣的問題。「你這麼大的年紀還搞什麼研究喲。」「怎麼不搞？我的基礎不差呢，」他用著濃重的河南口音說。「我還要搞文學歷史研究，準備寫點東西，教教音音，開開和紫染的小孩子呢。」「你要吃快點吃，我好收場子早點休息，莫在那裏作長篇報告。」她媽從裏屋對他喊著。他吃完包面，端著空碗往裏屋走，隨手從桌上抓了一團揉得皺巴巴的濕毛巾，就頭上臉上頸上到處揩起汗來。那團毛巾是盈盈給小音音揩過鼻涕和眼淚，又落好過幾只蒼蠅的。我不覺回想起前天在她家吃飯時她爸爸五個指頭合攏，捉住酒杯底要喝不喝時，酒杯停在半空，一只蒼蠅停在杯沿上，慢慢走起來，我看它在接近口接觸杯子的地方，很想伸手去揮一揮，又有點怕這手伸過幾個人的面前不大合適，便眼睜睜地看著那只蒼蠅繞場一周，腳上大約沾著酒的殘汁，飛走了。

碗筷收拾好後，又談了一小會兒，他談王勃怎樣寫《滕王閣序》，蘇軾前後赤壁賦裏有哪幾段名句，末後，他突然說：「你該走了吧，你走吧，啊，我要睡會兒午覺。」我試圖聽出話裏面有逐客的意思，但絲毫也聽不出，我倒聽出這樣的意思：「你回去休息休息，這兒不大好睡，我們疲倦了，請你原諒。」但他說出來就成了剛才的話。我反覺得這樣爽爽快快很舒服，不像有些人心裏希望你走，嘴上偏強挽留你。

臨走問她：「下午來不來？來玩吧。」

「不來。」

「那麼晚上呢？」

「不是的，我來多了怕別人厭煩，」她解釋說。

「不，我要你晚上來。」

「——」

「來不來？」

「——」

她的沉默惹煩了我，我頭也不回地走了。

晚上，準備一個人出去散散步，半路上碰見舉燭，他剛同朋友散步歸來，便一同去凌霜那兒，談了半天。

舉燭的話越來越少，偶爾開點玩笑，也是原先聽過的，並不新鮮。似乎共同語言少了許多，後來他找了個借口說，喉嚨疼要回去吃藥，走了。留下凌霜的弟、凌霜和我三個人又聊了一會兒。

「你們不知道曹野這個人？」凌霜的弟弟問。「嗨，他在黃石可出名了，從一月份到四月份，他簡直把一切都變了樣。首先解決知識分子問題。他在那兒每天有40多封私人信件，全是群眾來信。黃石的老百姓提起他，個個翹大拇指。他一上街，就圍一大群人。我們那裏有棟高知樓，裏面住的全是高級知識分子，多年來為垃圾和汙水的處理問題傷腦筋，一直得不到解決。曹野來後，一位老教授寫信給他反映這個問題。接信第二天一早。曹野就打著個破傘，冒著大雨到了高知樓，還通知衛生局的領導和其他有關單位的領導都來。老教授一早看見一個打傘的人站在外面，心裏直納悶，這人是怎麼搞的，老站在這兒不走。曹野也不言聲，一直等了一個多小時，其他的領導才消消停停地坐著小汽車來了，一大堆人。這時候老教授聽人叫曹書記，才意識到他就是昨天寫過信的曹野，忙讓進屋裏。很快，這件事得到了解決，我們學校中文系的學生很受感動，寫了一篇報道，寄給《光明日報》編輯部，（黃石市報門戶之見，把這事壓了）。不久，這篇報道便見了報。為這事還鬧了個小事，寫報道的人把曹野的官職弄錯了，把他寫成黃石市長曹野同志。其實他只是個市委副書記。市委的人激惱了，派人找到那個學生，抓住他的領口，拚命地搖來搖去，一面大吼：「你是怎麼搞的，沒長眼睛嗎？怎麼把個市委副書記寫成市長？啊！」嚇得那個學生事後說，以後再也不寫這樣的東西了，何必給自己招麻煩呢？曹野可不怕這套，他說了，你要我幹一天我就實實在在像個樣子地幹一天，否則我還是回去種我的田。他十三歲出來革命，如今老婆孩子還在農村，平常總穿件破工作服。從打扮上一點也看不出是個市委書記。有一次他給我們學校打電話，那正逢「五講四美」的時候，說他星期一要來檢查衛生。我們領導一聽嚇壞了，連忙通知全院停課打掃衛生，哪曉得他星期六下午穿件破工作服到院裏四周轉了一圈，回來又打了個電話說：『你們學校還可以。』我們領導說：『真是個怪人！』他確實是個怪人，《人民日報》記者采訪，他不見；《光明日報》記者采訪，他不見；《黃石日報》記者采訪，他不見；我們學院裏的學生找他，他熱情得很，都讓進屋裏，有說有笑。人家有事都找他，把他當清官看待。可現在也不行了，聲勢日減，上次去黃石水泥廠要水泥，人家理都不理他。有一個廠三個月沒事幹，沒有原料，工人都坐著玩，他一去，便下令讓他們都去做小工，你說工人不氣？還有個廠就因為缺幾十噸水泥開不了工，要等水泥指標得八個月後，他為了解決這個廠的問題便去華新水泥廠想辦法。這個水泥廠每年都有一定的指標撥給市委，要等到年終結算清了才能提供，但實際上每年都有，所以這次他去就想提前取出來，可人家不買他的帳，對他說『要經市委批條子才行。』有什麼辦法？他只好回去再找正書記商量。這個社會就是這樣，成者為虎，敗者為鼠，你要是做出一點成績，人家便把你捧上天，要是失敗了，人人喊打，哪怕你的動機是好的也不行。人生活在世上，哪個免得了不犯錯誤呢？他的名聲鑾大呢。前幾天我一個在財院讀書的同學來玩，談起他們在襄樊實習的情況，曾提到過曹野這個名字，我便問他是怎麼知道曹的，他說那怎麼不知道，那兒的人民都很懷念他，尤其是知識分子，說他在時他們住的寬房子，好待遇，現在他不在，人家又要把寬房子收回去了。」

＊＊＊

一個人閉著門在這炎夏的夜晚，沒有人來，沒有人問，只有一盤蚊香，燃在腳畔。我坐在桌邊，一動不動，才寫好的一首詩放在面前，對面樓上若有人，偷看了我的坐相，怕會當我是正在沉思，我沉思起來的樣子怕很像一個睿智的詩人吧，其實，我想了什麼呢？什麼都沒想。我盯著桌面，那上面有盧梭的《愛彌爾》，「愛彌爾」三個字被一本筆記本蓋住；有一疊書，從上到下的順序是《德伯家的苔絲》（中文本）和英文本、*The Norton Anthology of Modern Poetry*、《新英漢詞典》；桌角是一塊破游泳褲做的紅抹布。當我想起我在看些什麼東西時，我才逐條記下來，實際上我根本一件也沒往腦子裏去，我只是盯著那兒，什麼也沒看見。我為何變得如此呆鈍，如此遲滯，如此麻木，如此無動於衷？誰在問我？我怎麼知道呢？她走了。我們倆人在黑暗中一言不發地坐了大約一個小時，於是她走了。我要她晚上8點來的。她是8點過了一點來的，我正摘錄《愛彌爾》，我沒有停筆給她讓座。她走到窗邊，嘴裏叫著「熱」，要我替她找一把剪刀剪指甲。我抄完了那一段，放下筆，推開書，站起來，面對著她，一手摟住她的腰部（門是關的，我一眼瞥見），將她往懷裏拉，她做了一個十分厭惡的動作，憤怒地掙脫了我那只並不太熱情的手臂，走到離我遠一點的地方。我從挎包裏取出帶剪刀的一串鑰匙，打算「啪」地一聲重重地放在她眼前的桌上，我的手在觸到桌面時卻變得很輕，使那串鑰匙發出很好聽的叮呤呤聲。我坐在床沿上等她剪完指甲，然後倆人一人一只小靠背椅坐在沒有點燈的平臺上。我敘述得這麼詳細有什麼意思？這些細節根本不說明什麼問題。難道需要我把每一秒鐘內她的表現和我的思想毫厘不差地描繪下來嗎？我記得她低低地說她要走了，我不大清楚她究竟是說她想走了還是要走了，我的眼睛並不看她，仍舊看被我們這邊三樓室內燈光照亮的只隔幾米對過的紅瓦，等我轉回頭時，她正一腳在外，一腳在從屋裏出來，好像是想趁我不注意時走掉，半路覺得不好又走了回來。假若我把這個比喻告訴她，她一定會感到受了很大侮辱，要用這樣的話來回擊我：「哼，腿長在我身上，我想走就走。我光明正大地來的，我就光明正大地走，何必要做得偷偷摸摸的呢？哼！」她走到我的右邊，站在爸媽的臥室門口，又說：「我走了」，這回聲音很清楚，但語調是探詢的，因為她並沒有挪動一步。我向左邊扭過頭，透過隔壁的反射光，看見黑暗中立在桌子邊沿上的那顆梨子，這梨子她捏在手裏有好大一會兒功夫了。是第二顆梨子。剛來時我給她洗了兩顆梨子，她只吃一顆，於是，我吃了另一顆。吃完後我給她拿來毛巾，讓她擦淨手和嘴，仍舊是一言不發。她故意把擦拭的時間拖得老長，惹得我發煩，我煩倒沒煩，反笑了。心裏頓時感到一陣松快，笑到底是一貼良藥，使一顆病痛的心暫時得到了慰藉。可是我們又陷入了沉默。第二次吃梨子也許是我想再次獲得良藥笑的表示吧，然而，人世間好的東西註定只有一次，我洗好梨子，左手握著兩個梨子，把大的一個放在裏面，伸出手掌對她說：「吃吧」。她作了一番簡短而必要的推讓，便用手指頭去撿，我感到她摸到大梨子時停了一下，然後又去摸小梨子，這時我的拇指和食指一合，將小梨子緊緊扣住，舒展開其他三指，說：「這是大的！」聲音頗有些粗野，她把大梨子拿去，喃喃地質問道：「你幹嗎這樣對我說話？」「怎麼，我難道有什麼錯？」「我心裏說。「我是一副好心，不過話說得重了點，難道你更喜歡一個人對你冷冷地表示禮貌而不是熱情地粗魯嗎？」我心裏這樣喊著，覺得很快意。同時，我直接讓空氣裏聽到了她沒有發出的聲音：「你為什麼又對我這樣？你這樣壞的脾氣，將來不改咱們怎麼能在一起生活？你呀，你。」這第二顆梨子，現在立在桌邊，閃著幽光。我不自覺地重複了一句：「你要走呀？」我自己立即聽出了這問話裏隱藏的意思，那是很容易聽成「還是坐一會兒吧」的，我不覺有點生氣，便改口說：「你要走就走吧。」聽到前一句話時，我感到她好像做了一個不易察覺的動作，彷彿再勸上一句，她就會轉回來坐到椅子上去，但我的第二句話一說，她便像聽到號令一般走了。「走吧，走吧，再別來了。」這話已經跳到舌頭上，但我並沒讓它跳出口。「何必呢，」我想。「她要走就讓她走好了，既然坐在這裏沒有話說。這難道能怪她？」我不覺想起她剛才接了梨子後一直不吃的景象。我一邊啃著梨，一面往手裏吐皮，然後丟到柵欄外，感到她的存在，靜靜的存在，她好像坐得很端正（我並沒有正眼看她一下），手擱在一只膝頭上，手裹捏著那只梨。她好像還抬起腕來看了看表。我的梨子快吃完了，我忽然起了一種感覺，彷彿我的梨子一吃完，她的手就伸過來，把那只梨子塞到我的手中，站起來說「我走了」，然後頭也不回地走掉，我準備她如果這樣做，我就趁她還來不及轉身時就當她面把梨摔在地上。她並沒有這樣做，反而問道：「我來這兒是不是不好？可能是我影響了你的學習吧。真的，要是那樣，我可不想打擾你。」她走進房來，我並不讓座，仍沒停筆抄錄《愛彌爾》中的一段話。我抱她，她發怒，作為回報，我不讓她看我的筆記本，雖然她已經打開了。我腦子裏閃過一連串的鏡頭。心裏不覺好笑，她太不了解我。她知道我當時在想什麼。她知道我嘆氣的意義嗎？她若知道十分之一，我的心也安寧了。我還記得下午在她旁邊看雜誌時不自覺嘆的兩聲粗氣，她竟一點沒有察覺，或者她聽到了但卻無動於衷，這是可能的。氣一嘆出，我便意識到她可能聽見，這時候心裏多希望她從書本上抬起頭來問問我：「你怎麼了？有什麼心思嗎？」這樣的話在我和她交往的七年當中我沒有聽到過一次。我多麼希望聽到這一句話，多麼希望啊！現在我頭腦裏轉的還是那些思想，我究竟是否應該放棄我願貢獻畢生精力的文學事業而去為考聯大譯員奮鬥？我覺得像我這樣的人，唯一能走的道就是文學，我過於內向，喜歡自省，對於名利也很淡泊。我雖不善觀察，但我喜歡觀察自己和周圍的人，我所感興趣的是把對他們的觀察記錄下來，除此以外，我再無其他興趣。與其說考聯大譯員是受功利思想的支配，倒不如說是想逃避現實罷了。如果社會總是保持現狀，而她和我的關係一天壞似一天，那麼我處在這種環境中將要有受不完的痛苦，倒不如早早考上聯大，逃出這個國家，在國外進行寫作。但是，我是一個中國人，我的寫作主要是反映中國人的生活，而不是外國人的生活。那麼當我去國外後，寫作還有什麼意義呢？而沒有寫作，其他的生活又有什麼意思呢？我心裏對她的話感到十分好笑，可是我不得不解釋：「請你不要瞎猜，我並沒有那樣的想法。你沒來我就讀書，你來了我就不讀（我本想說，我就陪你）。假若我的其他幾個同學來了，我可以放下書本同他們一直談到深夜。」我說的是實話，我覺得從談話中獲得的知識並不比書本裏獲得的知識少。我當時希望的也是她能開口，最好她能說點什麼有趣的事。不然，猜也可以，但要猜到點子上，像目前這樣猜的東西與我想的相隔十萬八千里，不能不叫人又好笑又好氣。說她傻吧，她並不傻，說她聰明吧，她聰明並不在這個上面。多麼希望她能了解我呀！然而我卻不願主動讓她了解我，她為什麼不關心我呢？她為什麼從來對我的思想問題不聞不問呢？也許是覺得沒有這種能力，也許是不願管閒事，也許是這很使人難堪，總而言之，我們的兩顆心離得太遠，儘管有時肉體隔得很近。現在，連肉體都疏遠了，有好多天，我只能靠強迫才能得到一兩個冷冰冰的吻，更不談那次性交給人帶來的痛苦了，尤其使人痛苦的是她那句不痛不癢的話：「隨便你回去怎麼樣，不關我的事。」我告訴她，一旦精子未泄，這一天其他的時候我的整個小肚子疼得如被人踢過一般，燙得像燒紅的鐵。我竟卑鄙到告訴她惟一解決痛苦的辦法是手淫。這個惡習，自從那個傢伙教會了我，就沒有擺脫過，染上它已經有十幾年了，而現在，她這樣一個純潔的女人也不能使我擺脫這個惡習，反而不知不覺助長了這個惡習。我嘆息著對她說：「曾經有一次我給招辦主任開車，他告訴我談朋友兩年結婚最好。他並沒有講其中的道理，我當時也不大明白。現在我才覺得他說得挺對。像我們這樣談了七年朋友，發生過那種關係，卻不能結婚。雖然總想避免，但由於兩方愛情很深，總難免發生，這樣就使良心總是很沉重。說完全不見面吧，又不可能；說見面吧，那種關係又不可避免。我真願現在就能結婚，或者乾脆我們沒玩這場朋友的。可她總說：「難道你和我談朋友就為的是這個？難道就為的是這個？」我氣得噎住了。我記起過去我背著滿包書到她那裏過星期日，結果是她摟著我在床上躺一整天。在她的擁抱下，哦，請問你這個偷看我日記的男子，當你在一個女子熱情的懷抱中，你會不會有想性交的欲望？這種欲望該是自然而然地產生的吧？這太可怕了，我不想談這些，這顯得太粗俗太下流。然而這卻是有時埋藏在我心底裏的痛苦的思想，折磨我到發瘋。我想我又何必要愛一個人，我不如乾脆割掉我的生殖器，消滅自己的性欲，那時，再沒有人遣責地問我：「難道你愛我就為的是這？」有多少次，我跨出大門的腳又縮了回來，因為我懷疑我去她那兒的動機不純，是為了性交，所以我就控制住了自己，而不去她那兒。又有多少次我一再囑咐自己無論如何要抵擋住她的誘惑，最終卻成了她吻抱的俘虜。我現在才明白我的意志力太薄弱。我的心沒有鐵到足以使任何女人發抖的地步。哪怕像海明威也好，把女人只當玩弄的對象。可我做不到。我希望的還是平等的愛情，可是，愛情能夠平等嗎？在什麼意義上的平等？地位？學識？金錢？感情？性欲？誰說得清喲！今天中午同她還有舉燭一起路經城門洞時，遇見三個姑娘坐在門洞裏乘涼，其中一個穿藍尼龍襯衣的姑娘眼睛直勾勾地盯著我看。我第二次抬頭看她時，她仍舊直勾勾地看我，第三次看她時，她眼睛還盯著我的眼睛，我的心不覺一動，跟著眼簾垂了下來，不敢多看一眼，腳步也不知不覺慢了下來，竟想停在她們面前吹吹這門洞裏的涼風。走在後面的她催著說「到前面去，到前面去」，意即「到那幾個姑娘的背後去。」話音裏頗有些妒意。我琢磨她可能從後面看見那姑娘盯我看的眼神。那眼神確實大膽，含有幾分浪蕩、放肆的意味。我站在她們背後，聽見一個姑娘說「走吧」，我看見她彎彎腰，想站起來，她的襯衣往上去，露出腰帶和裏面花短褲的邊邊。我又看見她的藍尼龍襯衣半透明的，隱隱透出揉皺了的奶罩。她站起身也不拍打拍打屁股上的灰，也不撫平衣角，就搖搖擺擺地朝前走去，並不回頭看一眼。無論從她的衣著、打扮還是神態，都看出一股懶散、隨便、不太修邊幅的味道。她耳語地跟我說：「瞧著她，等會我告訴你。」到藍衣消失在門牆那邊，她才小聲說：「她62年生的，已經結婚了。」才二十歲！我心裏叫道。不知怎麼，回來後我老想著那一對眼睛，好勾人魂魄的一對眼睛呀！那裏面分明發射出貪婪、飢餓、渴望的光呀。我看見自己循著原路來到門洞裏，她還坐在地上，眼睛仍然直勾勾地盯著我，這一回，我也直勾勾地盯著她，四只眼睛目不轉睛地盯著，直到周圍的一切從視線中消失，她倒在我懷中，我們在密林中茸茸的草地上，她的藍襯衣敞開了，白奶罩脫開了，露出一對肥大肥大的奶子，她讓我盡情地撫摸，讓我用嘴含住，讓我解開她的三角褲，讓我把自己勃起的生殖器插進她柔軟的陰道中，我們醉了……。我覺得嘗到了平生以來沒有享受過的幸福。多麼奇怪呀，在一個素不相識、萍水相逢的人那兒，在一次可以說是不道德的相遇中，人竟可以嘗受到在最熟識、最道德的人那兒享受不到的快樂和幸福。這不是巨大的諷刺嗎？我的朋友看到這兒一定會氣得發瘋的，一定會以為我和那個姑娘真有那麼回事。啊，我的朋友，你的心眼未免太狹窄了，你的感情未免太殘酷了，如果你這樣想，難道一個可憐的男人肉體上不能嘗受的東西也不能讓他在精神上嘗受嗎？須知你的這個男人不知在夢中和多少個女子睡過覺，和多少個女子性交過，他的許多次手淫都是有對象的，可是他，在現實生活中，卻沒有糟蹋半個女子。你說他是罪惡的嗎？上帝呀，這只好由你來作出公平的判斷了。我還要問問你，我的女朋友，當你跟一個漂亮的男子談話時，你的眼睛不時和他的相遇，你難道沒有感到一種在我的身上所感受不到的快感，沒有動一動你那最隱密的私情嗎？哎呀，如果沒有，人家可以說你是個純潔的女人，我可要說，你是個最虛假的女人，因為你說的不是真話。

我中午手淫了。午覺睡得很不好，應該說是很糟糕。似睡非睡，醒來頭昏昏沉沉，走起路來輕飄飄的，如同鵝毛。跟她約好二點去她家的，一直拖到二點45分才去，她有些生氣，我連忙道歉。我指望她能賜一個吻給我，但她沒有。好吧，你不賜給我也罷，反正我的欲望已隨著中午的惡習消失了。我也不希求任何這方面的東西了。直到這時，我才感到自己真正是一個人了，能用人的意志來控制自己的感情。

現在，她走了，我點燃蚊香，蚊香冒出一縷青煙，淡淡地裊在房中，好像自己心中的愁也隨著它升起來，要從兩眼中往外冒，鼻子有些酸酸的。我無力地在椅上坐下，呆呆地看著面前的東西，說不出一句話。「我走了你好看書。」看書？看什麼書？我沒有一點看書的心情。

而現在，已是夜12點差10分了，窗外大雨漣漣。

＊＊＊

昨天我還對自己說：「再不去她那兒了，再不去她那兒了。」今天早晨我也曾安靜地讀了一會兒書。到9點鐘，我放下書本，把那堆韭菜收拾了一下，準備繼續看下去，但是，我卻看不進去了。還是應該去一下。幹什麼呢？向她道歉？乞求她的親吻和擁抱？那麼她會作出的反應可想而知。她會不理我；她會冷冷地拒絕我。想到這裏，心裏覺得有股冷氣。難道我真的不愛她了？或者是她真的不愛我了？畢竟，我們的感情不能就此終結。我放下書本，在房間裏來回踱了幾步，停下來，直盯著前面，心想，哪怕不說話，還是去看看她，我去了。

她坐在靠近門邊的椅子裏，裙子下面裸露的小腿搭在小木凳上，她在看書，聽見我的腳步聲，抬起頭來，毫無表情地打量了我一眼，我本來不想招呼的，這時卻不由自主地打了個招呼，進屋找了張藤椅坐下來，把手中的Tess放在身邊的躺椅裏。我把臉對著面前的桌子，不看她，而看著桌上放著的幾個白碗和一張白臉盆，上面全落滿了飯豆大的蒼蠅。我又問了幾句話，她勉強回答了，從她的第一個回答中，我看出她的一絲思想，既然他先來了，就表明他有和好的意思，和他講講話也不妨，免得讓人家笑話自己不寬宏大量。然而，她又垂下頭看書了。那是一本《古代漢語知識》，我已經違背了自己的原則：去她那兒只看書不說話。我連一個字也沒讀，卻講了不少毫無意義的話。我不如走的好，如果我的到來和我的不在沒有兩樣的話。我站起身，把那本書拿在手裏，便向門口走去，口裏說道：「我走了。」她伸出裸露的腿，但遲了，沒攔住。便猛地掙起身，搶過來抓住我的襯衣，把下面的一個扣子扯開。「你回來！」她用命令的口吻說。「不，」我掙了一下，但沒有掙脫，因為怕用勁過猛會把一排扣子都扯掉。她笑了，我也笑了。奇怪的是，當我和她生氣得最厲害時，也是最容易笑的時候。她只要一個動作就行了。

她把我領進臥室。我坐在床沿，從這兒剛好看見門外有一個穿白衣的姑娘，眼睛不斷往這邊睃。「我去把大門拴了，」她說。大門拴了，窗簾子也扯上了，她坐到我的身邊來了。一切又回到了故道上，我用右胳膊圍住她的後頸，她趁勢倒在我的懷中，我藉著她身體的重量躺到床上，將她的左手整條手臂壓在我的身體之下。她叫「疼」，我讓她把手臂抽出來。哦，不，我忘掉了一個細節。（請恕我竟墮落到描寫這種細節）。當我們並排坐在床沿上時，我倆都沉默了一會，這當兒間，她無意中一只手從頭髮上滑落下來，打在我的襠部。「呀，怎麼是硬的？」她觸電似地把手拿開，問道：「怎麼現在就硬了，又沒有……。」「是的，這是事實，生理現象。」她作勢地把那只手伸過來，從外面托住了僵硬的陰莖頭。「請你放開手好嗎？」我說。她服從了，但說道：「我再也不這樣作了，再也不了。」現在，她躺在我懷裏，我把手從下面伸進了她的奶罩裏。往上輕輕一頂，讓奶頭從箍緊的罩子裏滑落下來，然後整個手掌便代替了奶罩罩在奶子上，慢慢地撫來撫去。她並不作出任何反抗。我想吻吻她的嘴巴，但她的唇一觸到我的唇，便皺了皺眉，全身顫了一下，扭過頭去，我的臉貼著她的臉，我的手仍舊撫著她的一個奶子，我這時的內心沉入了一種平靜，絲毫沒有感受到任何欲望的衝動。我不過在重複一個重複了千百萬年的千百萬人所做的同一個機械動作。她笑了，我也笑了。我好像知道這種笑的含意，又好像不知道，但是她卻說：「不，從此以後我再也不和你來了。」我記住了這句話，但我內心是如此平靜，竟沒有起半絲波瀾。過了一會，我倆都從床上坐起。「那姑娘看見你來我便關上門拉上簾一定會起疑心，你看我是開門拉簾好呢，還是不的好？」我不作聲，只是盯著窗簾子看。她偎在我身邊。我倆又一次倒在床上。然而沒有熱情，這從我們第二次的接吻中可以看出。她沒有，我也沒有。也許她連性的能力和欲望也喪失殆盡了，而我至少還有這個。它的表現形式僅僅是陰莖的勃起，不過如此而已。因為此時我並不想發泄，我沒有這種欲望。「再不來了，我發誓。」我又聽見她的聲音。這又有什麼了不起的呢？我到這兒來尋求的不是這個。她把我的手從奶頭上拔下來，把奶子塞進了奶罩中，又將襯衣扯扯平。我低下頭，用口從外面咬住那個乳房，像一個蒸得很好的饅頭。我們再一次地坐起來。她去開了門窗，重新坐到我的身邊，低頭瞧了瞧自己的乳房，襯衣濕了一大塊，那是我的口水所致。「臭涎水！」她低聲地罵道，話語裏帶著怨氣。「你腋下有氣味。」我突然記起這是剛躺下時她說的。我的一切都是臭的，那麼你呢？難道你的一切都是好的嗎？你只不過是因為搽了香才香的。可你的皮膚。「醜皮膚，你的。」「你嫌我的皮膚不好，就去找個皮膚嬌嫩的人好嗎？」「你嫌我的口水臭，就去找個口水香的人好嗎？」我反唇相譏，說完就感到厭煩了。怎麼，自己又庸俗到說出這種話來，真可恥呀！難道這樣的對話多得還不夠嗎？我決不會因為看她的皮膚不好而拋棄她，這是肯定的、明明白白的；她同樣也不會為了我的腋臭而不喜歡我，這也是明明白白的。可為什麼當我看了一次她的皮膚她便哭了，還說我是侮辱她呢？難道把自己的缺點從一個甚至已經知道它的男人那裏隱去是女人的一種美德嗎？我倒希望我能更多地知道她的缺點，不是為了攻擊她，而是為了更愛她。她一定被激惱了，因為當我說完這話拿起書來朝外面走去時，她低聲說「你再也不要來了。」走到門檻外時我又聽到一句「你給我滾」。我竟感到一陣輕鬆，因為我聽出這個「滾」字是對我提及她粗糙皮膚的回報。而那個「你再不要來了」是一句氣話，在這句話之前，還有一句說得很快的話，那是「你別走！」「我偏要走！」有什麼意思，在一起除了卿卿我我，——不，連卿卿我我都沒有，除了肉體each other外，再就是沉默。才走出幾步，我便感受到一種被人趕出門外的感覺，心裏一陣難受。在岔道口，我碰到一位小學老師，我不帶笑容地和他打了個招呼，（在這種時候我裝不出笑臉），他也不帶笑容地和我打了個招呼（也許在這種時候他也難裝出笑臉，他剛和一個姑娘分手，誰知道她是誰呢？）他故意走得很慢，落後一兩步，使我覺得他並不想和我進行任何敘舊式的談話。果然，他簡單問我現在的情況後，就問我這會兒去哪，有沒有什麼事。我告訴他我要上街，於是他說：「我沒有什麼事，可以走慢點，你有事那你就先走吧。」語氣很冷淡。我走在前面，這時便稍稍側過頭表示告別，一句話沒說就邁開大步，朝前走去。我的書在手中晃著，他一定看見上面寫的是英文字，會不會猜出我現在學的是英文？算了吧，他費神猜測這些幹嗎？我跟他之間毫無關係。他是我小學老師，十幾年前我們認識，那時我是一個小孩。我驀地記起一件往事，我在課堂上畫了一張畫，開我同學的玩笑，這是一個男形的人壓在一個女形的人身上。被他看見，收繳去了。過了一會兒，他轉回來對我說：「你這畫我給你留起來，你要注意點。」啊，十多年了，難道那時的我和現在的我竟沒有任何區別嗎？可是，那時候我懂得什麼呀！

下午，我躺在床上看了兩個多小時的《方舟》，我不願早早睡去。爸爸二點去上班，弟弟只要一躺下，就是在身邊打雷也難吵醒他，一直要睡到五點鐘的。我如果這時候睡去，那麼她來了誰給開門？她不會像我，知道弟弟的脾性，會在外面重重地敲門，直到把他敲醒為止。她了不起輕輕敲三遍，然後自言自語地說：他們大約都出去了，於是再半信半疑地敲上一遍，等到確信沒有聽到任何動靜的時候，才離開門廊走下樓梯。可是三點過了，這是她來這兒最晚的時間。那就睡吧，只睡半個小時。還有許多書要看吶。4點鐘她沒來；4點半，她沒來。她不會再來的，何必等。看書吧，又看不進。那就抽一支煙。罷罷罷，再也不去了。「你別再來，給我滾。」既然說出這樣的話，還有什麼意思？如果再去找她，把自己的人格降到什麼地位？黃昏來了，對於她的想念又復活了，她晚上會來嗎？即使會來，又總是在8點來，可現在離8點還有兩個小時啊，那將是多麼難熬的兩個小時喲！何況今天還是星期六。不如出去散步，一個人，對，一個人，在黃昏中，靜靜地思考。思考什麼呢？《方舟》。這篇小說舉燭和凌霜都認為寫得好，可是我卻認為並不怎樣，不過反映了本文女作者對女權社會的渴望，對男人的鄙視心理罷了。他們還說好吶。去找凌霜，把我的種種想法向他闡述。我打消了獨自散步黃昏的念頭，直奔凌霜的家，然後兩人一同在大堤上散起步來。我們談到文學不可能改變社會的問題，這時他說：「改變社會只消一個政黨就行了，要什麼文學?!」（原話竟不記得了，真遺憾，當時聽到這番出格的言論時，還著實高興一番，大叫道：記下來，記下來，只是沒動筆，以為回去再記不遲，這種思想常使我失掉很多珍貴的東西）。沙灘上如波浪起伏般的綠柳沈浸在夕照中，晚風在河面吹起漣漪，空中飛舞著蝙蝠，有一只飛得那麼高，翅兒幾乎擦著掛在西天的蒼白的殘月。我們在草地上小憩了片刻，又沿堤走去，直走到遊人最稀少的地方。右邊是墨綠色的田野，縱橫地鋪展著豇豆架；左邊是被最後的晚霞染紅的樹林。有幾個漁人在河邊搬罾打魚，網上的水珠成串地落到河裏，發出音樂般的聲音。他們的背形襯著閃亮的河光，顯得異常清晰黝黑。我不自覺地說：「美呀，真美呀！大自然真是一個使人忘掉自己的地方。」「對於有些人是這樣，對於另一些人並不是這樣」。我聽到這聲音，扭過頭，才發現他在我身邊。我說：「你這是指你自己吧？你認為你就是在大自然中也得不到解脫，也不能忘我。」「不能！」「那太痛苦了！」我感嘆道。「不過，絕對的忘我是做不到的，只有短暫的忘我，如我剛才便享受到一秒鐘的忘我。只有這一秒鐘才是最幸福的時刻。」「是呀，其實這種感覺我也有。我就是找不到那種永恒的忘我的。很難理解雷鋒的忘我精神，甚至懷疑像他這樣的絕對利他主義者是否存在。」他一面說著，一邊盯著堤下在村道上走的一個姑娘的身影。那姑娘穿著水紅的襯衣，才洗過澡，黑亮濡濕的頭髮披散在肩上，他一直盯著她，直到她消失在村莊裏。我走在他的左邊，他越過我的面前看過去的。我不便抬頭看他，免得讓他知道我發現了而不好意思。最後，我抬頭朝村莊看去，紅衣的姑娘已經不知去向，只有加濃的暮色正把村莊、四野、樹木、山巒混和在一起。他打破沉默說：「現在我的注意力很容易集中在一些小事情上，如一個螞蟻、一個人，一塊木頭等等，眼睛盯在上面老半天拿不開，其實這時間要說想也想了很多，要說不想，什麼也沒想。」我知道這話一半是自我解嘲，一半也是真話。他自從失戀後，在外面散步，眼睛常不自覺地盯在某一個路過的姑娘身上，有時走過去了還不時回頭看看，也許他所看的正是他失去的那個姑娘，因為我沒見過她的面，不知道她的模樣，但即便是她，總不會那麼經常。我們開始談起惰性思維和活動性思維的問題。他講了一個趣聞。一個工程師在家苦苦思索問題，他妻子正好洗衣服，要個人做幫手，便喊他，他沒應聲。妻子又用棒錘敲打木盆，叫他出來，他還是沒應聲。於是妻子便開始往他身上澆洗衣服水，他還是不動。妻子以為他瘋了，便沒有管他，自己洗完衣服，晾好，上床睡了。第二天起來才發現他剛剛上床，問他：「你昨夜坐了多長時間？」「好像只有一小會，」丈夫說。「有什麼感覺？」妻子問。「好像打了會子雷，下了會子雨吧，」丈夫說。

途中，我倆在冷飲店裏一人喝了一瓶汽水，來了一個姑娘，大約十八、九歲，裙子往上一提便坐了下來，露出兩條雪白的大腿，連裏面的花短褲都露了出來。後來回家時，見一個姑娘穿裙子的，翻牆而入，她的情人等在外面。她對他說：「你明天來，你不來我不去。」說得斬釘截鐵，頗有些我情人的口氣。但我情人沒那麼專橫。

「她晚上8點來了，」弟弟告訴我。「那麼明天她會來嗎？」我想。

＊＊＊

怕開燈怕開燈會炫花眼睛怕開燈會消滅思想怕開燈會回到現實現在裏黑暗中聽蛐蛐聲響成一片看大樓在清幽的光中呲牙咧嘴窗棱是黑色的十字架是紅燒青蛙的腿油煎得通紅是胸膛隆起的胸脯裸露的雪白的含在口中黑暗的深深的潤滑的插進去進去進去進去石頭尖利岩石凌峥起來幹什麼幹什麼睡下吧睡過這一夜早早地早早地永遠也不要醒睡在人世這張搖晃的床上吱吱咔咔吱吱啞啞臨死前咳痰墳墓十字架裏屍布這人世一張虛偽的嬌臉生殖器相接精液亂射流氓流氓純潔的愛情不要性交要精神要精神嗎行好的痛苦算什麼只要有貞潔的名聲犧牲天性什麼天性獸性人性束縛讓道德破爛的牆壁塗上一層白灰珍珠霜塗在起皺的臉上美麗的話說在性交之前引起性欲虛偽虛偽公雞騎在母雞身上馴良和諧肉體和精神的和諧困覺愛情不精神和肉體的統一靈魂不喪失啊肉體何必有你死去吧留下精神死去吧肉體去去去精神永存精神不能性交何必要活下去這難熬的苦痛這假裝出來的愛這矯飾的愛這自私的占有

的打扮自己攻擊別人的愛死吧死吧死去再莫復活下去又幹什麼忍受這可怕的虛假獨清不成哦沒有愛的生活沒有情愛甚至沒有性愛下流性愛是野獸的愛是牛是馬是公雞是公豬是天地萬物是起源何必要起源人類有思想就行了有精神就行了不要性愛醜呀卑鄙呀下流呀可惡呀資產階級思想呀無數張床燈熄了帳子裏是什麼聲音嬰兒性交嬰兒繁殖盤古方舟伊甸園夏娃亞當生殖器惡惡惡地獄深深的隧道通向不是天堂何必要愛竟如此受苦又沒有幸福沒有絲毫的樂趣絲毫的享受給予她的她接受了滿意地卻嫌要求太多她厭惡是一個無情的石頭石樹石水石泥巴石屎無情冷酷既然男人都如此醜惡那麼讓女人獨立於世與岩石性交好了她們是純潔的太純潔太不容玷汙好吧好吧是張潔母馬駕轅的倡導者advocate憎惡男子憎惡男人的一切言行哦崇高啊好又何必讓我生存何必歸天吧入地吧十字架黑黑地在眼前活動了露出一個大洞口進去吧進去吧進到裏面去吧什麼也沒有空洞的空虛的無聊的什麼也沒有吸收了一切什麼也不產生死了春天死了夏天死了秋天活的唯一是冬天莫讓人見對這樣就行只要人不知道就行不管怎樣咱倆性交只要人不知道不會知道的因為我看上去還很年輕還很像一個姑娘不不要這樣不能這樣我發誓決不再這樣要等到那一天我知道等到那一天去地獄還是天堂不是是去法院理辦婚結續手請求得到法律許可縱慾的許可是啊縱慾縱慾是合法的可以當著眾人的面是合法的現在不行行不行不這是有罪的別的人都不這樣我們太小太早會弄壞身體的會使青春的壽命減短的活那麼長幹嗎延長肉體的青春還是精神的青春頭髮白了怕什麼有染髮劑皺紋怕什麼用雪花膏填奶子耷拉了怕什麼用罩子兜起延長青春延長虛偽我不要延長青春它來的時候我享受

它過了就過了沒有遺憾好像走完了該走的地段滿意地再走該走的地段朝那個凸起的包包走去那裏面將有我一個骷髏但怕什麼青春沒有白過死算什麼生本沒什麼有什麼意義問什麼意義誰說得清你說你說不過是生活吃吃喝喝哪兒喲是為人民服務囉是偽君子囉哪裏吵是奮鬥奮鬥對呀是白花花黃澄澄是千萬人喊著同一個名字什麼打倒還是萬歲反正在那個凸起的包包裏都一樣全躺著沒有坐的沒有站的都是一個骷髏架在兩根骨頭上紅顏是晚霞消褪了水滾走了冬天也死了是別人的春天為什麼春天後面不是冬天呢生生死死死死生生世世代代代代世世痛苦什麼幸福什麼都無所謂不過轉瞬間的事茫茫啊宇宙茫茫啊星空茫茫啊海洋茫茫啊人生茫茫啊自我誰自我誰沒有兩個要和一個不行兩個生殖器可以合成一個但有一個得死兩個還是不能合成一個兩顆心隔著衣服跳動脫了衣服隔著胸肉跳動剖開需要別的人相幫著湊在一起跳動但是死了不再跳動何時相通何時何時永遠不能永遠不能忍受是呀忍受著那八十歲的老頭不靠忍受怎能活到80歲還有看看頭是過了一百歲的老頭好哇老頭怎麼樣想過沒有為啥要活到這麼大歲數想什麼想什麼活就是了唄不要太動腦筋瞧愛動腦筋的人有幾個活得長別動感情瞧音樂家都活不過60要吃素反正要活久寧願活二十歲知道人生的奧秘探索人生的奧秘死於用腦過度也不要這樣活得像一片長壽的石頭不要見面對從今不要見面就從明天起不早了我要回去不行留到十二點要把話說清有什麼就說吧回去晚了家裏人要講的不說了跟你說又有什麼用啪蚊香著了一下腳掌熄了碎了連同蚊香架啪哧溜在地上滑倏地鉆進箱子底下受了腳尖的一踢穿衣服穿長褲什麼長褲送她短褲行了不送大門開了出去了關上了沒有一句話夜有什麼話各

走各的路各回各的家好吧努力吧拋掉人世庸俗的想法鉆研藝術吧獻身藝術吧他不屑他嘲笑可他究竟有本事多大自己該有些自知之明坦白對這是正直人的襟懷不懂怕什麼是懂的基礎她嘲笑這麼大你還在讀書還在受書中的影響可見多麼差儼然她是一個生而知之的仙女夠了夠了她的一切都是正確的有什麼做得不到的地方又何必對你講又何必對你講為什麼為什麼你難道是我的敵人難道我們不是朋友難道我們之間的隔閡就這麼大難道你因錯向我道了歉就真的覺得傷了你的感情我錯了從來就給你承認可你為什麼老犯錯誤呢你為什麼不問你媽為什麼不生一個完人呢錯了就不承認錯那這種關係又有何存在的必要你以為我不能原諒你啊我們之間的信任和諒解多麼少哇你對我是多麼仇視啊對我是多麼心懷戒意啊結果你將毀了自己這是你自己的過錯悲劇的造成往往是個人的過錯而非社會的你並不知道你從來不思考生活你的生活是早在生下來就安排好了那是上帝安排的也就是那個好爸爸安排的你沒有錯你是perfect然而你卻犯下了無數的小錯你的驕矜你的多變你的猜疑你的妒嫉你的褊狹你的自己仇恨聚成了今天你復仇吧你復仇呀等你的一句話就算就等你的一句話冷淡吧我不怕冷淡我也會你能控制我是能只要消除了愛情本來你就沒有你求的又是什麼平平安安地過活那也是我的扼殺天性自謂貞潔卑鄙卑劣假道學道德經捆住的心猿意馬還不是有一天要生發不要太神經過敏別人哪個別人當然指你可你神經太過敏這意味著什麼這個後面你隱藏著東西要結婚證不那時也不縱慾誰稀罕是個笨蛋自以為是典範恥笑於人討厭一副嘴臉要求太多結婚證意味著什麼愛情的終結縱慾的開始不願意要要要是我的妻不行好打脫離屬於我的有什麼意思不如精神和

肉體的完美結合在哪裏地獄還是天堂還是雞窩裏結合靠什麼一紙公文草紙是你的權利什麼神去你媽的神上帝滾滾滾什麼上帝盧棱相信一定有一個上帝在創造整個宇宙問你上帝是誰生的大上帝那如此類推大大上帝大大大上帝那終極的上帝哪兒來荒唐至極生活吧莫問莫問莫想莫想人生不過夢一場無所幸福無所傷歡笑歡笑人生就是胡鬧一路大唱大跳女人衣裳穿過了脫是什麼就是這講什麼愛情只要有女人她只要有錢你太吝嗇是呀有什麼辦法和你比較相形見絀開玩笑的開玩笑也可見真情事實就是事實沒有足夠的錢使吾不吝嗇想找大方的人多的是你真希望俺如此去吧多情的姑娘把金錢和美男子夢想你是長得不錯別讓你這朵人造的花在我醜八怪手中弄壞去吧我也要去了在高山峭岩上攀登手磨破了出血了留在後面一條長長的血跡大風刮著烈日打著岩石咬掉了皮山頂沒望到好笑要求得統一完美地在這人世永可能永不性溝是呀性溝離別吧讓咱們歡歡笑笑地別離沒有眼淚沒有仇恨兩個朋友來的又兩個朋友去的讓我獨自一人在生活中尋找真諦吧像一片流雲在宇宙間遊蕩哦孤獨我歌頌你永遠不和濁世合流

＊＊＊

一覺睡過，昨夜的事竟忘得乾乾淨淨，心裏開始在考慮今天怎樣和她見面。總要等到吃過早飯，擇過菜，看會子書後吧。假若她以愛理不理的態度對待我，我當即就走。她也許會拉住我，以她嬌柔的動作。她是這樣溫柔多情，當我對她不好的時候。要是我激情爆發時，她卻冷得像一塊冰，硬得像一塊鋼。這好像是個規律。我就遵守這個規律好了，如果我需要她的溫存的話。我還是愛她的，愛她的坦誠，愛她的天真，愛她的溫柔，愛她線條優美的大腿，她讓我的雙唇吻她兩腿夾緊中間的那一點，讓我的眼睛能有一秒鐘時間欣賞它們的妙處，然後將花裙子蓋上。她把花裙子撩開了，那是今天上午，在我的床上，門關著。（看的人，你大約會猜著我要寫什麼了吧，我偏不寫！不使你的低級的要求得到滿足。）她來了。門上響起敲擊聲，輕輕的，輕輕的，不用問是她。也許不是的吧。是的，本能告訴我，她的黑高跟鞋放在地上，我的大腳趾和二腳趾夾住鞋帶，讓鞋跟敲擊地面，發出橐橐的響聲。她來時的敲門聲。思想的一閃。七年前。我倚靠在床欄。今天她倚靠在床欄在我身邊，那時是我一個人。小巷裏響起空洞的腳步，一下一下，我的心跳蕩起來，是她！我受到了欺騙。有老人的腳步，有小孩的腳步，有婦人的，有男子的，可就是沒有我的初戀的。我躺在床上，病懨懨的，像只要死的鳥。她後來來了，救活了我，用她的吻。她的臉頰徘紅。西天的晚霞。桔紅。兩片肉唇，多汁的橘瓣。兩片陰唇。滑溜滑溜，「我愛你！我愛你！」她發狂地叫喊。舌頭相互接觸。乳頭。芬芳的露滴。細雨。溪流歡快地沖激嫩草，雪白的肌膚在一片鮮嫩的青草覆蓋下，她來了，她說：「我一點也不生你的氣，昨天，儘管你對我發那麼大的火。」好姑娘啊，好姑娘！我心裏頭一熱，差點要把她整個兒地抱在懷裏，親遍她的全身。我恨，恨自己，還不如卡西莫多。我缺少人類的情感，難道是一個富魯諾神父？我該在她面前下跪，向她請罪，求她寬恕。她是一個多麼善良的人呀。昨日夜裏我似乎寫了什麼，好像是一堆被雞抓得亂七八糟的垃圾，思想的垃圾。我不過是個靈魂極其卑劣的人，我怎麼值得她崇高的愛。她是真正的愛我，這愛不是用性慾能解釋得了的。她安靜地、執著地、溫存地，含蓄地愛我，可我，竟動不動對她發火，說出許許多多難堪的話來。我還是個人嗎？我何曾是人呢？我要的只是性欲，性交，生殖器插進生殖器中，而不是心靈的流通。我把自己降到一頭野獸的地步。還有什麼精神可言。她能如此愛我，難道我不能如此愛她？我可能的。床上。為什麼愛的表達方式只能這樣，只能在床上呢？推薦她讀了一首馬致遠的《天淨沙》。她眼睛睜得大大的，黑珠子快和黑眉毛接觸了，小嘴微張著，一句一句地背誦著。多麼可愛！她竟有這麼好的記憶！一字不差地記下來。真想把她抱在懷裏。一個絕好絕好的姑娘。她躺在下面，我用胸脯壓著她，其他的地方與席子接觸，她不會再起反感了吧，不會覺得這是一種對她的侮辱吧。

夜。又是一個夜。我倆在電影院裏，這個女人！裙子都撩了起來，大腿壓在二腿上。兩根赤條條的東西在黑暗中。我的她小鳥依人地偎在身旁，裙子一直蓋到膝頭。大腿女人的腳碰著我的膝，移開了。她的肘碰著我的肘，移開了。怎麼！我倒關心起她來，她是誰？她在和身邊的一個男人在耳語。「你有這樣的感覺嗎？」凌霜問道，站在夏風吹拂下的樓頂平臺上。「當你坐在電影院裏，身邊有一位你不認識的姑娘時，你是否有過不安的感覺，是否自始至終意識到她的存在？我時常有過這種感覺，事後，我為自己這種感覺而羞愧，我罵自己心靈骯髒。不知你有沒有這種感覺，就是當你和一個長得並不怎麼漂亮的姑娘談話時，你會感到一種快感，雖則你對她並沒有愛情？我有時也為自己的這種喜歡和除自己女朋友以外的其他姑娘的交往感到羞愧。我想這大約是正常的吧。」「為什麼不正常呢？我也曾有過這種種感覺。我想其他人處在同樣的境地不會是另外的感覺。」（突然，我想起她有一次對我說的話：「不知怎麼當我想到其他的姑娘都結婚了，而我還是獨身，我不覺有一股驕傲」。）「沒有這種感覺才是怪人，」我繼續道。「共性寓於個性之中，我想個人的情感和思想或多或少反映了這個社會和其他人的情感和思想。」我們還談了些什麼？看我的大腦！月亮蒙上了一層金黃的面紗，一片暗雲潛到月下，那是一條烏黑的泥鰍，想從荷花月的下面滑過去。夜已深。爸爸在那邊床上翻身，嘆氣。常聽到他大聲嘆氣，一定是有什麼心思了。他變得沉默寡言，一回到家便抱著書看，再不就睡覺。「我就是不和他講話，」我對她說。「那我坦白地告訴你，你對你爸爸的態度使我——使我有些不大喜歡你。」她可愛極了，有時直率得驚人。「可你知道他說話多麼教人難受，『你跟老子滾出去，老子不要你這個狗雜種。』我是什麼？我是一個人，我有自己的尊嚴，不容任何人這樣對待我，哪怕是父親，因為我並沒有如此對待他，不過是沒有順從他罷了。他用不著這麼大發淫威，不靠他我也可以活下去。」「也許他覺得養你這麼大，應該聽點話，你那樣的態度，當然只能惹他生氣。他是長輩，你是後輩，就忍點吧。」「什麼長輩？什麼舊的傳統，什麼新的道德，全是虛偽！扼殺人的天性！」「你說是扼殺人的天性好呢還是解救它的好？」我在平臺上問凌霜。「這個問題我想過多少次，我看還是前者好，不過在咱們中國，這行不通，還是傳統一點的好。我喜歡中國古典詩歌的含蓄，不喜歡外國人的放蕩，一覽無余有什麼意思，就要像閨秀那樣藏藏露露，我發現，你看，我扯遠了，我發現所謂人與人的關係的就是個有否共同語言的關係。沒有共同語言，關係自然淡薄，比如我們現在同舉燭和納雄。說不清楚。我看自己沒多大才能，抽象思維平平，形象思維也平平，」他嘆著氣。

「我要走了，」她說。「現在已經10點半了，我得回去弄午飯。」她起身走到廚房那兒看弟弟做飯。我出去了一會，回來看她全沒走的意思，站在那兒和弟弟起勁地談著，便提醒她：「走哇，你不是剛才還說回去弄飯嗎？」我們一同走出來，我問：「假若我不叫你，你恐怕會和他談得忘了形，而不回去弄飯了的，是嗎？「是的，」她坦白地說。我起了一陣輕微的妒意，但我更喜歡她的坦誠。真真一個可愛的姑娘。

＊＊＊

我回到這座空房，點燃一支煙，拚命地吸著。我又點燃半盤蚊香，放在腳邊。從有權有勢的人家傳出電視的聲音，他們在電風扇的涼風下，靠在竹躺椅裏，一邊呷茶，一邊悠閒地看電視。我有什麼看的？面前這一摞白紙。我的歡樂我的憂愁我的興奮我的孤獨全都和這張紙緊密地聯繫在一起。惟有我這支筆將我的心和這些白紙溝通，哦，純潔的白紙，我的第二顆心。我最忠誠的情人。她走了，那與我有什麼相干！她走了就走了，對我沒有絲毫的影響。再不像過去，想追上去把她叫回；再不像過去，自己把自己責怪；再不像過去，長時間看不進一個字；再不像過去，流得下一滴淚。「我走了，」她在我背後說。「你想走就走吧，」我對著窗外的夜說。於是，空房和我……。

我們同坐在五層樓頂的平臺上納涼，互相把往事敘講。

「我第一次和你見面時，你在穿褲子，我當時，請原諒，感到有一種——不是討厭——感到有一種——我有點不喜歡你，你扣褲帶的樣子，還有你跪在床上鋪被子的樣子，你的腿多短呀！這也使我，我說還是不說好呢？使我不大喜歡你。」

眼前的萬家燈火成了一座小屋，我半躺在被窩裏，靠著牆。心裏一想到早上那件事就發慌。我讓弟弟給她送去一張字條，請她下午來。她會來嗎？十之八九她不會來。她平時那麼害羞，從來不跟一個男同學說話。她要是不來，我該多麼難堪呀。「呼呼呼，」急促的敲門聲夾著秋陽上氣不接下氣的話。「快，快快，她來了。」我霍地掀掉被子，一把抓過褲子就往腿上扯。可是遲了。可是，那時候她是什麼樣的反應，我註意到了嗎？完全沒有，只記得她和同來的女伴坐在一邊，看我打開抽屜，翻找著我的「藏書」，那是我特別在字條上提到的。當我看到她的手在一本本書中翻撿時，我感到羞愧了。多麼可憐的幾本書喲，還要拿來在她面前炫耀。

「真的，並不是說我不愛你，」她解釋說。（為什麼要解釋呢？）「我對你還是有好感。你知道，在學校裏我很孤獨，不愛與人交往，但我內心裏又希望找到一個同伴，一個和我性格相似的朋友，那時我看中了你，我覺得，你就是個怪人，你也很孤獨，不喜歡和大家在一起打鬧。可是，我有一種感覺，那時你討厭我，你別以為我是個傻瓜，（我並沒有這樣以為），沒有從你的言行舉動中觀察出來，你討厭我性情的孤僻和不愛講話（這話不是我早先告訴過你嗎？你倒把這當作你自己觀察的結果了，難道從前你不是說不知道為什麼我對你那麼冷淡，似乎還有些厭惡嗎？）。後來你走了，我——還想過你。」

「還想過我？哼！」我憤憤地說。「你想過我？我敢肯定地說自從我和你離別，上汽校後，你很少想過我，你很少考慮我們的關係，一句話，你並不打真心地愛我，這從第一個『五一節』我回家在街頭碰見你時就看得出來。你像問陌生人似的問我『怎麼，你回了？』還有第一個『國慶』我回時從你家門口路過，那是有意地路過，實指望你也會像我一樣心焦地等在門口。可我看見你無動於衷地坐在椅子裏，冷冷地瞥了我一眼。我還以為是我走得太快太急，門的寬度只允許你看那麼一眼，你一定會馬上出來，可我在路那邊等了好久好久也沒有等到你。」

「可是那時候我並沒有愛上別的人呀！」

她的話像刀子似地扭絞著我的心。我奇怪過去了這麼多年的事情還會激動著我，這大約太不符合一個男子的天性。我應該學會殘酷，學會無情。此時，我多麼佩服Z呀。在這個世界上能夠成功的人恐怕就只他這種人吧。驀然間，我看見自己焦急地詢問門房有沒有我的信，看見我神情沮喪地徘徊在黃陂河的橋頭，聽見我的筆尖沙沙沙地響在寫詩的本子上，還看見自己同另一個想自己情人想得發瘋的同學翻越院牆搭車回家。汽校的一年，那是怎樣如癡如醉地沉浸在愛情中的喲！可是，她說的話！我的鼻子酸了，眼淚差點滴出眼眶，但我低下了頭，重重地嘆了一口氣。

「你怎麼了？」她待了一會兒問道，看見我不看她，又問：

「你有什麼心事嗎？還是我說的話傷害了你的感情？」

「Oh, my God! How cruel is she! My so passionate love is repaid with such coldness! Why did I love as I did then?」

「你想不想知道為什麼那時候我對你冷淡的原因呢？」

「我不想知道，我不想知道。」我把她俯過來的身子推開。我為什麼要知道她不愛的原因呢？她倒能心平氣和地談她不愛的原因！可我，關於我愛的原因，我能談些什麼呢？我說不出來，我只是愛，只是為一種狂熱的愛所控制著。請問，有哪一個文學家能說清人為什麼愛？為什麼愛她而不愛另外一個人？按現在人的觀點嗎？噢，我永遠也不會把自己降低到逐條例舉自己選擇情人的標準的。我愛上了她那就是愛上了她。再沒有多的解釋。醫生對愛情的解釋也許會從醫學的角度來考慮；市儈則從金錢的角度；道學家從道德的角度；而我，從自古以來就難以解釋的愛的角度。想到一個人用不愛來回報自己的愛是痛苦的；但想到畢竟自己真正地愛過，這還是叫人欣慰的。她如果要談不愛的原因，何必不聽她呢？就讓她談吧。既然過去的愛已不復存在，那又有什麼值得惋惜的呢？還是像聽他人逸事様的聽一聽吧。

「那時候我家父母反對這件事，我很苦惱，不知道怎麼辦。不知道是和你繼續保持關係還是不保持。回到家他們都不理我，不和我講話，我也不理他們，也不想和他們講話。想離開家又沒地方可去，心裏苦悶得很」。

「你看，現在咱們好了。將來，咱倆的生活一定會幸福美滿的。」

「幸福美滿？你太樂觀了。對於將來，就象對於現在，我並不樂觀，我們不可能過得很幸福。我是個壞脾氣的人，你的脾氣也不好，咱倆都任性，剛才，你不是還說如果將來我跟你發脾氣，你也要以同樣的方式來對付我嗎？你既已經想好了將來吵架的對策，我還能有什麼希望呢？」

「你是個好人歹脾氣，只要你的脾氣一改，咱倆一定可以和美地生活在一起的。」她溫柔地將臉埋在我的臂彎裏，這大約又是她的理論：「我越對她熱情，她便越對我冷淡；我若對她冷淡，她反增加了熱情。」可儘管她在我面前做出千嬌百媚的動作，我卻方寸不亂。絲毫不為她的嬌態所動，還把她纏在手臂上的手一下子挪開。難道我不愛她了？是的，我的愛幾乎減到零。當她按約定時間來到這兒時，我是那麼熱烈地吻她，因為怕她熱，我沒有擁抱，只懇求她和我接吻，讓我含著她的舌頭。我還有意不用自己的下部觸及她的，因為她曾告訴我，她很討厭這個動作。我應該尊重她，這是最起碼的。於是，我只要求吻。可是，她變得異常煩躁，顯出很討厭的樣子，把我從她身邊也粗暴地推開。我的自尊心受到了損害，怎麼，如果連一個熱烈的吻都拒而不受，那，那我們之間的關係是否還能稱為愛？「難道你愛我就為的這些?!」是她貞潔、嚴正、一板正經的調子。是啊，難道就這些？難道就這些？我突然發現面前的她是一株亭亭玉立卻中間朽空的樹幹。頓時，我起了無比的反感。我為什麼要這樣地愛她呢？就為了接受她的冷淡嗎？也許，她不願在婚前放縱，連最低限度的愛的表示吻也不受。可是，能想婚後她就會是另一個樣子？那時她會更有權利拒絕我，因為她和我地位平等，是我的妻子呀。即便我有再大的欲望，我也不能強迫，把她像自己的物品一樣擺弄。那時，也許我還是要藉助手淫吧。有了妻子還要手淫！這在別人一定不可想象，在我，卻是千真萬確，然而「愛情就專為的這個？」她又在質問我，語氣中流露著明顯的驕傲和優越感：「你和我戀愛就為的這個？」

「對，就為的這個！」我被激怒了，同時感到極度厭惡。「可是，我是在和你相識整整兩年半才有這種關係的，這難道是我性愛的證據嗎？人為什麼要有生殖器，為什麼要有性欲？沒有這些，人要少受多少痛苦，少受多少折磨，最根本的是，少受多少這類道學家的攻擊和指責喲！」

「我們會過得好的，會過得愉快的，」她柔聲柔氣地說。

「但願如此。可是，難道你不認為我們倆人的性格終將導致悲劇的發生嗎？尤其是你愛情的冷淡。你大約知道我是多麼害怕甚至厭惡去你那兒。每一次我看到的都是一張如冰塊似的臉，而每次的和好常要花去一整晚上甚至一整上午的功夫。難道你就忘記了這些？你當然有你的道理呀，我對你冷淡是因為我想起了過去你曾對我發過的那些脾氣，我要氣氣你，可是我的脾氣是怎麼發起來的呢？無緣無故的嗎？總還是有一定原因的。當然這時你又有道理，固然這原因在你，但這原因的原因還在我，如此類推下去，追根溯源，錯還是在我身上，因為是我先找的你。對於你的這種邏輯，我還有什麼話說呢？只好啞口無言。所以現在我抱定這樣的態度，倘若你不愛我，你可以直接宣布，是你不愛我的，是你首先把我拋棄的。我心甘情願。我也希望你在人家面前把我描繪成一個大壞蛋，那時你一定是很憎恨我的。不過，無論你怎樣說，我相信，你總不能完全使人信服。俗話說一個巴掌拍不響，假若咱倆關係破裂，你不是沒有錯的。你如果老是用這樣的態度對待我，你只會在我心上留下更深的痕跡，你只會使我一天天的疏遠你，也許，這正是你所要達到的目的，因為你從最開始就對我沒有多深的愛情，而且像你這種特愛面子，老在侈談什麼誰還巴著你玩，你不愛我我就不愛你的人，正好以此顯示你的驕傲。我相信我這個醜八怪和你的結合不會損毀你的英雄形象。」

「我沒有錯，我的錯是因為你造成的。即便我有錯我也決不在你面前承認，只要自己心裏知道就行了。你越怪我有錯我就越不承認；相反，你若不提，我還要更深地感到的。」

「那就是說以後我做了什麼對不起你的事，再也用不著向你承認我的錯誤了，因為我心裏已經認可。哦，多麼美妙的哲學！好吧，咱們不要再把精力浪費在這些事上面，回去吧。」

我和她還有什麼感情可言！假若她說「我愛你」，那只是在她性感高潮到來時；可憐的我，讓她獲得那種性感高潮，竟昧著良心給她胡言亂語地編造美麗的句子！可以想象，如果我不給她寫信，她決不會給我寫信，因為別人會笑話：「怎麼，姑娘先寫信給男朋友？」如果我不去找她，哪怕我死了，她也不會來找我，因為別人會說：「怎麼，一個姑娘家竟往男朋友那兒跑？現在的規矩是男的先來。」可是，我還得硬著頭皮保持我們的關係。我得去愛這個不愛我的人。她說：「以後你發脾氣一定不要摔東西，你寧可打我，也不要摔東西！」我不會打她，也不會摔東西，因為愛情一失去，我是連氣都不會生的。愛得太深太烈，有時是會傷人的。對不愛的人，我連眼光都不會去碰一下。

「什麼共同語言，精神的交流，全是鬼話！」舉燭說。「像我們這個年紀的人結婚就是那麼回事，也就是說，非結不可，是生理的需要。跟她談巴爾紮克、托爾斯泰、高爾基、盧卡奇又有什麼用？她不懂，又不感興趣。我現在的觀點俗得很，找個老婆，成個家，以後養個小孩，就這麼庸庸碌碌地過一生。過去的那些高談闊論害了我，真正害了我。找什麼有共同語言的！我把同學中仔細看了一遍，沒有一對可以稱得上是有共同語言，精神和諧的夫妻。惟一使我心安的是我的這位媳婦兒對我還很溫存，人心好，唉，光有這一點我就該滿足了。我還指望什麼？美貌？那不是我們這種人能夠享受到的。對了，前些時又看見那個小的。下班的路上。看見她和一個人談話，她瞥了我一眼，接著我們目不轉睛地盯了一會兒，後來她頭扭了過去。唉，她是我在所有姑娘中最懷念的一個，也是最好的一個，可直到如今我還沒有和她講過一句話，連她的名字——她姓什麼呀？記不起來了。連她的名字都不知道，沒能和她交個朋友真是我終生的一大憾事。看來，人生還是得追求點什麼，什麼也不追求，真要令人痛苦一輩子。我就是怕追求，像你說的，怕花了精力時間和心血結果又達不到追求的目標。嗨，像咱們這些人，胸無大志，只好聽任命運的安排。誰抗得住命呢？算命的告訴我，在29歲時我可能轉運，他說我前半生多災多難，是個殺星，上殺父母，下殺兄弟，他說得真靈，恰恰跟我自身的相符。他還說我十八歲那年差點遭了災。真的，那年我差點被拖車輾死。我該走了，你看你的女朋友來了，可我只穿件褲衩，簡直是褻瀆、褻瀆。」他邊說邊走出了房間。

我上平臺問她的第一句話就是：「你知道假若我知道你有了一個奸夫時我會采取什麼手段嗎？」這句話是接著下午我們中斷

的談話的，那時我問她，假若我在婚前和另外的女人好或婚後有外遇，她采取什麼態度。她的回答是：她更恨我而不是女方。她反問我對她的態度，我說：「我不會恨你，只會不愛你。」「這樣的話我也會說，我本來就要說的。」現在，我回答了她：「我會殺死你的；會把你和他殺死在奸淫的床上。」「不會，你不會的。」「也許我不會，我會采取另一種辦法，我會去放蕩，以其人之道還治其人之身。或者，我對此不聞不問，裝作不知道而專心幹我的事業。可能有那麼一天你回心轉意，覺得對不起我，而向我道歉。不，我得了暴病死去。你這才意識到你失去了一個多麼好的丈夫。於是，你感到無比後悔，你下決心與那個男人斷絕關係。」「為什麼？你已經死了嘛，我為什麼一定要斷絕關係呢？」「請別要打斷，你決心這一輩子再也不嫁人，再也不荒唐了，你一心一意地撫養我們的小孩，為了紀念我，也為了懺悔。真好笑，你會這樣嗎？你不會的！你無所謂了，因為你過去的丈夫脾氣太壞，對你犯下的罪孽太多。唉，你根本不愛我！」

「是的，我愛另一個人。他和你一樣。」

「我也愛別的人，我已和很多女人性交過。」

「聽起來真讓人惡心。」

「有什麼惡心的？哪個男人在沒結婚前沒和人性交過？不過不是實際上罷了。你說哪一種罪過大，在肉體上奸汙一個姑娘還是在精神上？你能解釋清楚嗎？再說，難道每個女人都貞潔到沒有起過一次想放蕩的念頭嗎？算了吧，談這有什麼意思。還是讓咱們談談過去吧，談談農村。你能告訴我為什麼城裏姑娘一到農村便喜歡和鄉下的小伙子在一起交談玩耍？」

「這恐怕是因為鄉下的小伙子大都憨厚、忠誠、老實，肯熱心幫忙。而且他們懂得的事又很多，全是關於鄉下的事，聽起來繞有興趣，姑娘們都愛聽，感興趣，覺得新鮮。咱們那個農場青年隊的小伙子總喜歡和我們住的那排房子那個房間的姑娘玩，總是熱熱鬧鬧，有說有笑，打撲克、走象棋、拉琴；我們這邊房裏就清靜得多。那時有個小伙子，姑娘們都喜歡他，模樣兒長得不錯，一雙黑黑的眼睛，一說話臉就紅。可人心蠻好。肯幫人。他有個妹妹，也是一對黑亮的眼睛，一張鵝蛋臉，好長的睫毛。可愛極了。她上下學總從我們房門口走過，可她從不看我們，大大方方自自然然地走過去，也不是故意裝出或是生氣。隊長也很好，忠厚老實。那時我們下湖插秧，正逢好事來的時候，我們不好直說，便對隊長講：『隊長，我們有特殊情況，你看能不能照顧？』他說：『這裏鄉裏的姑娘就是有這種情況也要下田，你們是城裏的，那好吧，你們就不下田了。』你知道，隊長是個男的，帶隊幹部也是個男的。」

我感到悲從中來。兩年的農村生活我獲得了什麼？什麼？孤獨的一個人，沒有歡樂，啊，艱苦的二年生活，我什麼也沒有學會。我既沒有交一個知心的朋友，也沒有仔細地思索生活。而今，過去殘留在記憶中的是什麼？是最難言的痛苦！

舉燭和我站在平臺上說話：「你還記得那時我們在賈廟住的地方的名字嗎？」我問。

「怎麼不記得？杜皮、上蔡河、下蔡河、黃家灣，我們就住黃家灣，那些同學，胡XX、李XX、王XX，那多麼快活，嗨，那些事情歷歷在目，永遠也抹不去哪！」

又是一陣悲痛的襲擊！沒有一個朋友，在那山溝裏。二個星期孤孤寂寂，如今，它在記憶中淡薄了。那等於說，我死了。本來，我為什麼要活？為什麼？我不能給人帶來歡樂，我自己也不可能感受歡樂。我天生不具備這種能力，彷彿生來就是受苦的。如今，我不會享樂，我不懂得生活。可是，無數個作品的主人公都高唱著：「生活多美呀！」難道我的內心世界同富羅洛神父一樣陰暗嗎？不，我決不承認。我渴求愛，我也渴求被愛。我並不希望把人世毀滅，我說let live and live。我希望人們相親相愛，和平地生活在一起。我憎恨戰爭、不平等、不自由，我憎恨階級。可我，並不希望這麼早就死。我活了快三十歲，全是依賴別人，沒有絲毫自己的創造，我必須創造點什麼，作為我生活在世的回報。那時，我將無憾地結束自己。

***

結束自己？彷彿是件很英雄、很光榮，值得大書特書的事情！Forsooth！對生活一無所知，白白活了一生，又隨隨便便結束了自己，這不過是一個笑話而已。我昨天寫了什麼？胡言亂語，是發狂時的譫語！我懂什麼愛情，不過是只衣冠禽獸罷了。我愛她，這毋庸諱言。可我對她的愛不是從最開始就建立在情欲上的嗎？不是有過那麼一段時期我瘋狂地愛著每一個給我報以青睞的姣好的姑娘的嗎？我不是甚至對路過的姑娘也感興趣嗎？一個由緊身褲勾劃出的豐滿的臀部不是足以使我回味多少天嗎？我的被子上不是塗滿了遺精的痕跡，我的床不也目睹過我多次的手淫嗎？（怎麼，我這是在寫一部《懺悔錄》嗎？只有像盧梭那樣偉大的人寫的《懺悔錄》才是偉大而崇高的，他的直面自己罪惡的勇氣才是值得欽佩嘆服的。像我這樣一個默默無聞的書生，袒露自己的心靈，恐怕不但不會引起人們的欽服，反而會使他們厭惡，反感。有的說：「他本來就是個心靈醜惡的人，當然不怕說出自己的醜惡囉。」有的說：「這傢伙自己心靈醜惡不說，還想寫出來影響別人，真可惡！」可是，我有什麼辦法呢，心靈彷彿是一個裝滿了垃圾的垃圾箱，有時也想求得短暫的安寧和輕鬆，靠這種往外傾倒的辦法。）每一次的手淫不都有一個不同的對象嗎？（我的女朋友看到這兒不知道會氣成什麼樣子。）有許多像夢一般消失了，可還有幾個卻牢牢地紮下根來，雖然她們再也引不起我的激情。不是有那一個陰雨連綿、清冷寂寞的一天，我想起不久前看過的她的臉（我現在的女朋友的臉），那是一張蒼白多情的臉，嵌著一對烏溜溜的大眼，別的就不記得了，這張臉就在我身邊，在我眼前，驚訝地呆看著我的第一次手淫。那時我們並沒有任何聯繫和關係，我甚至連一句話都沒和她講過。後來，我們談上了朋友，一直談了兩年。兩年中從沒起過一次邪念，甚至就在遠離她的日子裏，也從未把她作為手淫的對象。記得有一次她放假到我的車隊來，我給她安排了一間房子，房主是我的同學，他睡我的床，因為我要值夜班。我和她一直談到十二點多鐘，那時她倦了，躺下來，我老老實實坐在她身旁，坐了好久，倆人一句話都沒有說。當時，我的心情是那麼平靜，我看著她高高聳起的胸脯，覺得她美極了。我俯下身，吻了吻她，她像大理石像似的一動不動地躺著，沒有沸騰的熱血，沒有衝動的感情，沒有熱烈的吻抱，也沒有殘酷的自我克制。我那時的心情就如窗外清涼寧靜的夏夜和諧一致了。多麼奇怪呀。是我那時把她看得很神聖，不，把愛情嗎？也許是吧，可是當時腦子裏從沒想過神聖這兩個字。這正像我在手淫時也從沒想過罪惡兩字一樣。當我發現在現實生活中見到的女人和在手淫時見到的幻像是多麼不同時，我不覺大為吃驚，老實說，和任何一個女人見面，我是絕對沒有起任何雜念的。當然，這是在真正從肉體上了解了一個女人之前。晚飯後我去納雄那兒，路上和一個推小孩車的女人擦肩而過，她的一對黑黑的大眼引起了我的注意，好像在哪兒見過。我的思想立時回到許多年前那座不到十平方米的小房間裏，她在窗外那株大梧桐樹下，守看著她家拆房的磚瓦，而我則俯在窗前，直勾勾地望著她，她那時也直勾勾地望著我，我在她這種眼光的誘惑下，竟翻動著陰莖，手淫起來。不知道她懂不懂，也不知道她看見了沒有。她推著小人車，想必已經結婚。剛才迎面過來時沒看見她，她一定注意到我了，她該想些什麼？她一定回想起那段往事，大約感到很好笑吧，現在她一定早已明白了那時的含意，等下回去在床頭枕畔講給自己的丈夫聽。多麼可羞呀！我為什麼偏偏碰到這個女人？好像她是有意來提起我那段往事似的。她還是愛我的（指我的女朋友），她說她身體不好，對這種事沒有興趣，可是怕我生氣，不得已順從了我，我應該感到羞愧。實際上我的確感到羞愧。我昨天都寫了些什麼？那全是個人不滿的發泄，是極端自私的。其實她是認真地在愛我，她愛得含蓄深沉，不像我那樣強烈外露，像燒著的酒精，一會兒就燒完了。還記得昨天問她這一生有沒有幸福的時候，她說「不見得有，一般。」看見我不相信而且有些不樂意，她改口說：「也有過幸福的時候，當然囉。」我這才滿意地點點頭，明白她指的是和我的愛情。（內心裏我仍覺得有些勉強，我只不過是在用這些話來滿足自己的虛榮心罷了。）我又問她對幸福的看法是什麼，她說：「工作上要搞得出色，回家來要儘量過得舒舒服服的。看看書，聽聽音樂，養一個漂亮的小男孩。當然，存一點錢，在收入允許範圍內過得盡可能好，這是起碼的。你的呢？」「一無所求即幸福或無我。」「這是什麼幸福觀？」她有些鄙夷地說。是啊，這是什麼幸福觀！連我自己好像一時都解釋不清楚，倒顯得有些滑稽起來。

下午她沒來，晚上她沒來，是我告訴她的，不用來，因為我要去會一個朋友。納雄今年29歲，仍舊是光棍一條，住在一個人一間的單身宿舍裏。我們一見面就談起上次還沒談完的話題，究竟該怎樣處理他同目前女朋友的關係，女朋友虛歲19，像貌雖一般，心地卻好，人也天真活潑，溫柔可愛。他就喜歡她這些。兩人前後相識不到一個月，就讓姑娘家大人知道了。姑娘的爸爸（實際是她的姨父）是個性格古怪、脾氣暴躁的老頭，不大喜歡她，也不喜歡她和一個比她大十多歲的工人玩朋友，威脅著說要把她從E城調回，姑娘的媽（姨媽）給她物色了一個年紀相仿的小伙子，也不同意這件事。姑娘年紀小，缺個主心骨，決定不下究竟是屈服家庭的壓力還是不顧一切地愛他。但她表示了她的根本觀點，決不做對不起家裏的事情，因為姨父姨母把她當親生閨女一樣看待（他們無兒無女），撫養到如今，吃了不少苦，她不願做個沒有良心的人。上個星期納雄告訴我這件事時，表示他打算退還姑娘的照片，將這層關係斷掉算了。當時我勸他不要這麼輕率，因為畢竟姑娘本人還是愛他的。只要姑娘本人愛他，一切就好辦。如果這樣絕情地對待姑娘，那會在她心上留下永久的創痕的。今天他談到已有好久沒和姑娘見面了，原先寫過信，但她沒收到，被人拆了。前不久讓姑娘同房帶去口信向她問好，那姑娘竟情不自禁當著許多人的面哭了起來。現在，他拿不定主意是繼續和她保持關係，還是將關係斷絕。反正他還沒有退還相片。有幾個問題也頗使他傷腦筋。一是家庭阻撓，二是年齡。「我心甘情願等她兩年，那時我31了，可誰能擔保她那時不變心呢？」三是怕花了大精力，浪費了許多時間，結果一無所獲。假若我花了半年功夫和她談朋友還是談垮了，就不如現在拋掉她，再談一個，也許那時能談成。要不就浪費了半年。」我告訴他，這一切都不成其為問題。家庭阻撓就讓他們阻撓，可以完全采取不理睬的態度，或者來個緩兵之計，讓姑娘告訴家裏說她現在已經同他沒有關係，但在近一兩年內不打算再談朋友。而他在這段時間內就可采取攻心戰，贏得姑娘的心和感情，在兩人之間鞏固他們目前還是薄弱的愛情基礎。「只要能使一個姑娘真正地愛上了你，那就夠了。關鍵的是，要舍得花精力，花時間，一句話，要舍得為了追求你的目標而付出代價。」何況這是一個多麼純潔的處女呀！這樣的姑娘最重感情，她們的愛也來得純真、自然，而且，她對他的要求並不多，這在今天這個以物質利益為人與人關係準繩的社會裏，是難能可貴的。他也說過，這是他在所有接觸過的姑娘中第二個最好的。總之，他愛這個姑娘，卻又怕付出代價得到她。後來，他不知不覺透露了兩件事，都同樣地叫我吃驚。第一件是他告訴我前兩天有一個人給他介紹了一個對象，條件是將她調往黃城。這個對象，他說，長得不錯，身材很好，可以和我的女朋友媲美。他說他無論找到什麼樣的對象，總要在心裏衡量一番，她是否長得有盈盈那麼好。沒有，他就心裏不舒服，他說這番話時顯得很局促、不安，彷彿很害羞似的。那時我想，他大約就是因為這件事猶豫不決，不知道該不該繼續和那位保持關係。他說出第二件事時我確實大吃一驚。那是在我們談了一番關於武術的回憶後發生的。他說：「看來得打一場架了。」我心裏「格凳」一下，但立即我就從他陰郁的臉色和低垂的眼瞼上看出，他說的事情事關重大。雖然，他不大情願地告訴我，他要和車間主任打一架，「因為那個家伙太壞，特別喜歡報復人，常常找我的岔子。車間幾乎所有的工人都對他不滿。」當我問到究竟發生了什麼事使得他要訴諸武力時，他幾番欲言又止，只是說小事情。但他又自我解嘲地說，像他們這樣的小工人，日常生活中本來就沒有什麼大事，惹人心煩的就是小事。他還是個頂能忍受的人，而現在他已到了忍無可忍的地步。找廠領導解決，廠領導和他車間主任串通一氣，不解決問題。找誰呢？什麼人也靠不了，只有靠他這兩只手。他要用這雙手說話，要使那個主任從此老老實實，再不敢隨便挑刺，隨便施行打擊報復了，他說無論怎樣避免，總被他找著岔子搞一頓。「我要讓他先動手，打我兩個耳光，要讓人看看是他不講道理，然後我就動手。他不是我的對手。」後來，在我一再要求下，他講了一件小事，大致是這樣：四間房子分給8個人住，他提出要獨自一人住一間。這事得到了廠長的同意，但沒有得到車間主任的同意。後來，車間主任同意了，卻讓他住頂潮濕的一間，他又不幹。等到分房子那天，車間主任耍了個手段，把他的名字寫在一間好房間門上，卻告訴兩個該分到一起的青年那是他們的房間。他想這樣一來，就讓你們自己去鬧矛盾。但納雄把前因後果講給他們兩個聽，取得他們的同情，了結了這事。第二天，主任一看計畫落空，便大罵了納雄一通。事情雖這麼簡單，倆人之間的矛盾卻越來越深。我勸他不要采取這種動武的態度。小事上忍一忍也就過去了。只要做到不讓他拿把柄。要是真動起武來，不是兩敗俱傷，就是一方受損失。而最可能受損失的是他，因為你若把他打重了，你吃不了要兜著走，搞不好公安局的人還要來找他的麻煩。那又是何苦呢？再說，他同車間其他人的關係也並不那麼融洽，倘若打起來，恐怕不一定能得到廣泛的支持。結果落得孤軍奮戰，要吃大虧。最好的辦法是忍耐，或者如果他人做得太不像話，便當眾向他指出，用不著動武。他說跟他講不通道理，他主任憑的就是權，他以權壓人，誰也鬥不過他。而且他還有一幫子心腹。

＊＊＊

我的心為什麼又充滿了淒涼，充滿了不可名狀的痛苦，在這靜靜的夜晚，在蟋蟀的叫聲中？為什麼別人都能感到幸福，而我不能？為什麼我的過去既不值得回憶，我的將來也不值得向往？為什麼啊為什麼？一團模模糊糊的亮光在龜裂泥土般的雲層中穿行，那是月亮嗎？猶如走廊盡頭昏黃的路燈，大江象一匹巨大的寬帶子（這時傳來突然的喊殺聲和軍樂聲，震耳欲聾，我怎麼寫得下去呢？為什麼電視裏播的盡是這些表現人類互相殘殺的節目呢？為什麼還有人熱情地謳歌戰爭呢？人們在這個世上能活著相處的日子本來就不多，如果不能平平安安，和和睦睦地相處，反而互相殘殺，那人生在世又有什麼樂趣呢？然而，那個看電視的人顯然熱血沸騰或者說殺氣騰騰起來，竟把電視的聲音開到最大，讓喊殺聲響徹整個寧靜的夜空。哦，人類！）大江發著幽光，在兩岸間緩緩向東方流去。城市彷彿妒嫉月亮似的，打開了開關，點亮了電燈，於是，那團時隱時現的月光此時變得更加暗淡，瑟縮在濃雲後面，偶爾出現一下，也只是為了憋悶得過不得，換換氣，很快又嚇得躲在烏雲後邊。我多麼希望它出來呀！我多麼希望整個城市沉浸在廣大的黑暗中，讓月光來照明呀！在這五層樓頂的平臺上，獨自坐著我一人，有一個空椅子陪伴著我。這是為誰預備的呢？誰也不為，它現在被我用來踏腳。本來是應該坐著她的。她手裏拿著一個啃了一口的蘋果，背對著我慢慢坐下來。我開了一個小小的玩笑，把椅子悄沒聲地拿到一邊去。她的臀部已經與椅子邊齊平了，她全身的肌肉放鬆了，舒舒服服地讓全部重量往那塊沒有椅子的地方上放。在這一剎那間，我想趁她還沒完全坐下之前把椅子塞到她的臀部下面，又想丟開椅子用雙手伸到她的胳肢窩下去扶她。還沒等我來得及作出決定，她的臀部早已接觸了地，人失去了重心，身子朝後倒去，像個晃動的木馬，先是腰部、背部，後腦依次壓在地上，腳高高舉起，接著又是背部、腰部、臀部壓在地上，頭高高仰起，身子彎成弓形，兩只腳掌「啪」地打在地上，還伴隨著一串笑聲，一眨眼間她就站起來了，完全變了另一個人，眼睛裏噴著怒火，嘴裏聽不清楚地罵著什麼，猛地轉過身，惱羞成怒，拔腳就走，同時用盡平生之力將那個才啃了一口洗得幹幹淨淨的蘋果朝水泥地面擲去，蘋果「砰」地發出一聲脆響，「骨碌碌」地滾到欄桿邊去。這時候要攔住她，那是不可能的。（電視裏在高聲喊「毛主席萬歲！」成億的人都喊過他萬歲，可他現在在哪裏？連100歲都沒有活到！真不能想像他這樣一個偉人怎麼能允許自己迷醉在這種虛偽的祝福中。從古至今，那些想長生不死，萬壽無疆的人而今安在哉？How are the mighty fallen！）如果她走了，她大約是不會再回的，想等著我追上去拉住她，或是明天登門道歉。一個小小的玩笑，there is no harm in it，她倒真的動氣了。這一定是傷害了她一直保護得很好的自尊心。特別是，她對於摔倒在地是很敏感的。曾以活到如今沒有摔過一次跤而感到自豪。「瞧她們有些姑娘被石頭絆倒在地上的樣子多滑稽好笑，我就從來沒有摔倒過一次！」大約就是在她發表這通豪言壯語的話的當天晚上，她在露天電影場裏摔在溝坎子邊，一個看電影的男子腳下。她一聲沒吭就那麼軟綿綿地倒下去，似乎並不急於起來，還舒舒服服地蜷縮了一會，用一個手勢制止住了我的幫助，然後才消消停停站起身，好像不認得我似地，頭也不回地徑直朝前走去。到了外面沒人的地方，她才上上下下地瞧哪兒沾了泥點，拍打起灰塵來。有好一會兒我們都不說話，我說什麼呢？笑話她？那太殘酷。把事情點破說她當時怕羞，不敢立時起來，那也顯得沒有意義。倒是她自己先開口，說這是她第一次摔倒。她不無惱恨地提到沒有燈光的露天場和坎坷不平的路。彷彿她的摔倒全是人家的錯，又彷彿她受了一次奇恥大辱。而今天，該是第二次了吧。你會很自然地把這次玩笑看成真的。「隨便她怎樣看，我無所謂。」咦，我是什麼時候使自己的語言裏帶上了這種冷冰冰的味道呀？凌霜下午到這裏來，看了一會書，睡了一會兒覺，又看了一會兒書，話沒談上幾句，就不說了。沒話談就沒話談，無所謂。舉燭每天上下班經過對面樓下，有時，剛好打個照面，隔著那麼遠，打招呼也不好，於是，他低下頭裝著沒看見我，我也管自看我的書。有時，他來了，坐在對面的椅子上，「咄咄」地吹著口哨，一句話也不說。我吧，一時找不到話題，也保持沉默，心裏卻想，如果沒有話說，這樣坐下去不是浪費時間嗎？他大約也有同樣的想法。不過，當我向他提問時，他還是願意回答的。這就跟老師在課堂上對學生提問一樣，是不得不這樣而不是樂意這樣。今天上午他來時，我忙著洗菜洗衣服，她坐在沙發上看書。他從進來到走，除見面的幾句寒暄到走時的一句招呼，再沒說過一個字。她依舊看她的書，連頭也沒擡一下，好像忘掉了身邊坐著這麼一個人似的。我呢，強烈地體會到他這時難堪的情狀，卻又一時找不到話語，竟沒有開腔。過去我們之間的感情是多麼融洽呀！那些在一個被窩裏長談的夜晚至今還活在我的記憶中。而如今——無所謂！對於一切我都將無所謂。她前幾天曾說過這話：「你真的要和我把關係破裂？你不感到後悔？你不感到痛苦？」言外之意：你不感到你失去我是一件莫大的憾事麼？也許幾年前我會覺得是終身的憾事，我會大哭、我會發瘋、我會自殺，我甚至會殺掉她連同她的新歡。可是現在我對她的愛消失了，對她的恨也隨之消失了。我無所謂了。愛和恨的關係並不是絕對的，不一定愛一個人就必須恨另一個人。可能會同時愛上許多人，同時恨許多人，也可能不愛也不恨。哪一種境界最好？不愛不恨而具備思想恐怕是最超脫的，光愛不恨恐怕是最幸福的；光恨不愛恐怕是最痛苦的。幸福我得不到，痛苦我不願要，我還是做一個超脫的人吧。拖鞋「瓜噠瓜噠」一路響著過來了，懶洋洋的聲音，莫非是她的？扭回頭，果然是她，似笑非笑地站在一旁。她還在生氣呢。得給她解釋，說自己弄不是故意的，本想扶住她，但來不及了，她坐得太猛。她笑了，這是和解的象徵。於是請她坐下。她就勢伸過手，下死勁地在胳膊上揪了兩把。好疼！還是讓出位子，讓她坐那張較舒適的椅子。她氣仍未消，手一揮，那張椅子便倒在地上，大約在她的眼中，是我倒在地上了吧。這還不算，她又找上一腳，踢在我的膝頭上，大約這回她以為踢的是椅子吧。可是，我的耐性已經到了盡頭。給她解釋了，道了歉，在我這方面不能做得更多，蘋果扔了，椅子踢了，人揪了，在她那裏氣也該出得差不多了，還要找上一腳。大約是沒有服從她要撿起那只蘋果去洗幹淨的命令吧。可是，她不在時，風從那邊吹來，送來一陣陣尿味——那是有人在那裏小便的緣故。這些我本來都可以忍受。叫我不能忍受的是她的報復心，強烈的報復心。對於過去我感情衝動時的作為，她從來都沒有原諒過，一而再，再而三地反覆提起，還以種種冷淡的態度和行為刺激我。她的報復心可謂強烈之至。誰若做了一點對不起她的事情，她也睚眥必報。我自問自將來是否能夠同她幸福地結合，幸福地生活在一起？也許有那麼一天，我將會因為我過去久而久之積累起來的小惡而被殺死，她的報復心是不會饒過我的。這是個可怕的女人！在她溫柔的外貌掩飾下有一顆冷酷的心。曾記得我是怎樣為了自己的行為而自譴自責，羞愧難當呀！誰料一向她當面承認錯誤，她總是冷冷地說：「說得好聽！」難道我真的是說得好聽？不信任是不和的開始，前幾天她不是說我希望她死嗎？她是怎麼瞎猜到這種地步的呢？現在想來，她既然能想到這一點，她就並不是不能想到她做這種事情的可能性。她會這樣做的，我相信。一個報復心如此強烈的女人！和我形成多麼鮮明的對照呀。小時候常挨打，也並非沒有起報復之心。可是隨著歲月的推移，報復心減弱了，對別人的仇恨逐漸消失。我惟一所表示報復的形式乃是采取不理睬的態度，也許這正好說明了我的無能吧，而不是說明我的寬宏大量、豁達大度。一般想報復而沒有報復的人恐怕大都是因為無能為力，心有余而力不足；二是因為膽怯，如我就是這樣。能夠原諒而寬恕他人而不進行報復的人才是真正的人。其實，從前的那些「敵人」如果願意主動同我和好，我是會很快忘掉舊仇的。我和漢B的關係就是這樣。我兩次都是他的手下敗將，又兩次成為他的朋友，雖然我們的關係從那以後多多少少隱伏著危機。（從父親剛才清醒的咳嗽中，我知道他尚未進入夢鄉，他在想著什麼呢？我和他到現在還沒有說話，兩個人都在等著對方先開口，但我決不願做第一個開口的人。他的「你跟老子滾出去，再不要回來」的吼聲現在還像打雷一樣響在耳邊，那實在是難以忍受的。）在這個世界上被我欺負的人不多，雖然有一兩個，欺負我的可不少，但如今我卻忘掉了他們，恨不起來了。有什麼用呢？人就是這樣，強者為勝！最強的人欺負整個世界，最弱的人欺負不倒人，便欺負動物（如一篇微型小說，主人公以飼養老鼠然後虐待致死為樂），不強不弱的人，受強者欺負，然後遷怒於人，欺負弱者。但現在我失去了欺負的能力，只願不擾他人地生活下去。她走了，走了多麼好！我又自由了！我不僅對她的到來不感到快樂反而感到痛苦，我不僅對她的離去不感到痛苦，反而感到快樂，這真是一個奇怪的變化，然而卻是一個確實的變化。有時我覺得她是最美的人，有時我又覺得她是最醜的人。現在她走了，覺得輕鬆得多。抬頭看，雲塊已不知去向，星斗燦爛，明月皎潔。清風一陣陣從北邊吹來。她走了，如果她再不回來呢？我也不去。那麼，她也不會再來了。就像那天深夜越牆而過的那位穿裙子的姑娘嬌橫地對站在外面的情郎說：「你明天來，你不來我不去。」我倒覺得那句話是有意說給我聽的，好讓我瞧瞧她這位姑娘的「狠氣」。再不回來就再不回來吧，無所謂。那麼我不是永久地失掉了她嗎？為什麼呢？她又不是一件商品，我從來也沒有這樣看過她。如果有什麼東西把我們聯繫在一起的話，那就是愛情和友誼；如果有什麼東西把我們分離的話，那就是這兩者的消失。失去了就失去了，也無所謂。在這個世界上，在我的二十七年的生涯中，我本來也沒有得到什麼。童年淹沒在孤獨中，黃金時代消耗在狂熱的政治洗腦中，青年丟棄在一個偏僻角落的泥土中，而今，我雖上有父母下有弟兄，近有「妻子」，遠有朋友，我卻體驗到從來沒有過的孤獨和淒涼。我在他們眼中是一個最順利最幸福的人，是他們嫉羨的對象。是一個「成功型」的人，我在自己的眼中卻是一個最不幸福、最失敗的人。我一生是默默無聞的，既沒有在運動場上拿冠軍，也沒有在學習上拿頭名，既沒有得過任何嘉獎，也沒有受過大的處分。哎呀呀，細細想起來，不過是千千萬萬普通人當中的一個，知識淺薄，胸襟褊狹，眼光短淺，不求上進。儘管我內心深處仍舊存有許多幻想，把自己想象成一個多少具有一些才華的藝術家，但那畢竟是幻想，是想象起來才甜蜜的東西，現實本身是苦的。我拚命地學習，充其量得到了什麼？連好分數都沒拿到。雖然可以拿「分數並不能說明學識」來自我安慰，但這種自我安慰未免太可憐。一看到爸爸，就想起他曾說的那句話：「你學習得很晚我們不反對，可是你總要搞出點什麼名堂來呀。」這句話裏既包含有關心，也含有譏諷、輕蔑的意味。人們總是以「名堂」來衡量一個人的知識水平。搞出了名堂，就肯定有才學；沒有，便是一大蠢蛋。什麼才算「名堂」呢？在報紙或雜誌上有個名字。

算了吧，到此為止。

＊＊＊

不想動筆。寫了好半天的詩，是英詩。抄在小紙片上的，都是幾個月前寫的，現在稍加修改潤飾，謄正在筆記本上。眼睛枯澀了，身子麻木了，文思幹涸了。唉，像我這樣，詞賦詩曲沒背幾首，能作一個詩人嗎？資質，詩人需要的是天生的資質。許多人能夠當文學家，偏偏當不了詩人，就是缺乏這種資質。我具備嗎？不具備喲。難道你忘記了小時候他們叫你寫一首歌頌韶山的詩，你一句都想不出來嗎？現在，你竟儼然擺出一副詩人的架式，胡謅起什麼詩來。其實縱觀你寫的全部詩無非是吟風弄月，無病呻吟的發泄。不說激動別人，有時候就是連你自己也激動不了。那是因為你沒有下過苦功呀！真的，你想過沒有，在你的一生中，你曾在什麼上面下過苦功，以致作出了可以引以驕傲的成績？沒有。你的beginning都是好的，但都從沒有一個good end，你答應別人的事一般都能做到，你答應自己的事，卻不能做到；這不是挺滑稽嗎？昨天你給自己規定今天應讀五章原文的《德伯家的苔絲》和二章譯文，你按規定讀完了五章，但沒有讀完那兩章。也許你可以扯客觀，因為這一章特別長，占了好幾頁；又因為該看書的時候卻來了凌霜，但不管怎麼說你總能夠原諒自己。能夠原諒自己的人大約一般都是不能原諒別人的吧。你原諒了你的爸爸嗎？你原諒了你的「妻子」嗎？她今天一天都沒來。你晚上散步回來，以為她會在常來的8點鐘來找你。她並沒有來。她不來你就不去，你賭氣地說。內心裏卻有些不安。假若她明天也不來呢？（那是很有可能的。）後天她就要回漢了。不見面嘛。也不寫信。那麼，就讓我們之間的感情自然而然地冷卻，讓我們的關係自然而然地中止吧。「噢，讓一切都過去吧！再也不找一個女人了。讓她們都見鬼去吧！」你為什麼要這樣痛苦地大叫呢？你畢竟還是舍不得這個女人。你畢竟還是同她有著不可割舍的感情吧。那麼她呢？她是無所謂的。她的傲氣會使她永遠不會主動找你。你以為你能打掉這股傲氣嗎？你以為如果她沒有了這股傲氣你會喜歡她嗎？你是一個凡夫俗子，你在事業上註定不會幹出一番驚天動地的大事，因此你在愛情上也必然要循規蹈矩，老老實實。你把個人的東西看得太重，超過了一切，因此你常常舍不得放棄一點哪怕是對你毫無用處的東西。你自己為什麼要如此殘酷地咒罵你自己呢？因為你自己deserve it。你即使不愛她，就如她不愛你一樣，你還是應該和她保持關係，以便報答她過去為反抗家庭的意願而作出的犧牲。你不是早已看出來，她並不愛你，對你並沒有過多的熱情，只是為了良心和道德的緣故才同你繼續保持關係嗎？不過，你也沒有什麼後悔的，你過去確實瘋狂地真摯地愛過她。一個人一生如果真有那麼一次瘋狂的愛，那就死而無憾了。我怎麼感覺到如此疲倦。不寫了！

＊＊＊

「8月1號12.55分」。上次日記的結尾明明白白寫著這麼幾個字。可是，今天清清楚楚是8.1號，而昨天我根本就沒動筆。我把前面前幾頁逐日翻看了一下，28號、29號、30號、31號、8.1號，一天也不少，那是哪裏多出的一天呢？是不是我嫌人生太長，想縮短一點，把明天的日子當今天過，把明年的日子當今年的過？我自問自地說。或者用現在時髦的話說，我是一個走在時間前面的人？呸，我才不願意做一個走在時間前面的人。時間就是時間，無所謂走在前面或掉在後面之分。這全是人無聊的想法。呀，想起來了，昨天是31號，雖然在它的末尾我沒有動筆，但我在30號結束時動筆的文章，是在31號開始時寫完的。31號和8.1號這兩天竟有這麼長，這倒是有些令人奇怪的，青春長駐是不可能的，但盡情地享受青春的每一秒鐘，這還是辦得到的。要想完完全全地領略人生的樂趣，恐怕就在於正確地對待人生的各個階段，理所當然地接受它並享受它。不因為舊的失去而痛苦，也不因為新的到來而惆悵。比如說當童年過去，到達青春年華之時，我們就忘掉童年，讓我們這一把青春的火焰猛烈地燃燒一番，愛自己所愛的，幹自己所想幹的，追求自己的目標，構築自己的幻想；當這個時期過去，進入了安家立業的時期，就不該追悔童年的無憂無慮，青年的熱血沸騰，因為這些東西失去了就失去了，再也得不到，只該為曾經沒有浪費掉每一分鐘而慶幸，不該為它們再不能回來而難過，唯一的辦法是，正視生活，直面現實，在生活的鬥爭中顯示自己的才幹和能力，盡情地享受一番甜蜜的家庭生活和生兒育女之樂。依次類推，如是而已。後悔無益，展望也無益。自然的規律已經給人們安排好了他的歷程和歸宿。要想幸福恐怕就只能這樣。說得更具體一些就是，該過一過童年無憂無慮，終日嬉遊的生活時，就不要埋頭讀書，去追求什麼「神童」，那只是大人們的榮譽，決不是「神童」們自己的幸福，實在是他們的痛苦。該談情說愛的時候，就不能按世俗的道德觀念或響應什麼「計畫生育」、「晚婚」的號召，強制性地約束自己，那到後來是懊悔無窮盡的。如盈盈對凌霜年輕時的放蕩表示出十二分的佩服，嘆道：「年輕時要是像你那樣就好了！」然而，他只能悲嘆，因為他已經過了青春期，無論現在他找到多麼年輕貌美的姑娘，他絕對不會得到年輕談戀愛時得到的感覺和體驗。以後的幾個時期都是這樣。甚至老年，我現在推想，也自有老年的樂趣。這種樂趣肯定是談情說愛的年輕人或養家糊口的中年人所感受不到的。因此，有什麼可惋惜，什麼可追悔的呢？我自己這樣問我自己倒是心平氣和的，如果換了另外一個人這樣問，我就要不耐煩了。「沒有什麼惋惜？沒有什麼追悔？文化大革命的十年我們應該得到應該享有的東西卻沒有得到沒有享有的難道少了？」現在大學生苦苦的用功，回頭想起來，全是在重複一種打基礎的工作，在努力挽回那已經永遠失去的東西。然而，挽得回嗎？精神上也許挽得回，實際上永遠永遠也挽不回了。有些人喜歡romantically認為挽得回的，只要自己努力。他們都是一些prone對真理閉目塞聽的人。一提到這些人，我禁不住恨得全身發抖。虛偽啊，虛偽！自從人知道用樹皮遮身的時候起，你大概就產生了。我討厭你就如同討厭我自己。我自己本身就是一個半真半假半紅半黑的人。瞧，寫了快滿滿兩頁，談的卻盡是些大道理，這與現代西方的文學標準是背道而馳的，不要didactic，而要盡可能地將你自己要表達的思想由人物和事件體現出來。人物？我哪裏有什麼人物？人家聽我說要當一個文學家的話大概耳朵都聽得起了繭子。可實際上，我連一篇小說都沒寫過。我能行嗎？這個問題自己提出過那麼多次，現在一想起來都害怕。恐怕最好的辦法是不再提問，而實實在在地動起來。何嘗不想呢？心裏有很多很多想說，有很多很多想表現，只是能力太有限太有限了，是什麼時候想起的這個問題？大概是當他和她並肩坐在露水微濕的長堤青草上，遙望著夜色籠罩的龍王山時所想起的吧。那時，他看見在深藍色的天幕上，勾劃出龍王山起伏綿延的黑黝黝的山影，和那些星星點點、疏疏落落的燈火。村莊在一天煩重的勞動後靜了下來，人們有的在村道上散步，有的坐在竹床上乘涼。儘管眼前一片黑暗，他清楚地知道哪裏有一座修築了近千年的城門，門洞裏有清涼的風，哪裏過去是一條窄窄的不能過車的青石板路，旁邊一家豆腐店裏冒出湯湯的熱氣，他知道這一切，他在心裏描繪它們，但他發現詞匯太少，往往找了半天也找不到合適的詞，再不就是說了上句接不了下句。他想象哈代一樣，在自己的小說中創造一個小城鎮，這個城鎮有縱橫交錯的道路，有櫛次鱗比的房屋，有機關、商店、澡堂、學校等等，反正，就和眼前這個小鎮一樣，還有各色各樣的人。幾乎就在這個思想的同時，他內心深處有一種helpless的感覺，他知道自己是沒有足夠的能力來描繪這一切的。靠拚命地努力行嗎？他不自信。那麼，還是放棄這種思想，求助於意識流或無標點的文學形式吧。那其實是一個偷懶的借口。要想學好一種什麼東西，只有從最難的下手。否則，很難有成。或者是由易到難，由淺到深，但決不能在困難面前低頭，怎麼，我用起這種陳詞濫調來了？真討厭，我最恨陳詞濫調的了。不，他最恨陳詞濫調。她對他敘述著做姑娘時的祕密：第一次來月經。血怎樣滴下來，媽媽聽後顯出怎樣討厭、不耐煩的神色，姑娘們怎樣為了這事而遲到，誰是班上第一個，大家怎樣忍著不適下田插秧，因為害羞不敢告訴男老師，誰把這事第一次在女同學中宣講，並學著老中醫的土腔土調說：「這是月經哪」；又是誰不注意在經期跳繩，把紙都跳松了，掉在外面，等等等等。我不無興趣地聽她談著。不，是他不無興趣地聽著。然後，也不知是誰提起來的，他談到了打架。打說，對了，他先說，對了，她說她很容易動感情，有一次聽他媽勸他時說的話很有道理，眼淚快要掉下來。昨天聽見她媽媽的一個同事談到死了丈夫時，身上起了一身雞皮疙瘩。她說她對人家的死呀病痛呀都很同情。於是，他說他越生活得長久，便越覺得沒趣，人也變得越發冷酷了。於是，他談起原因來。他說那是過去的不幸造成的。她插嘴說：人家都說他是一個生活工作上極其順利的人。他說有些人看到他現在的境遇時，早已忘記了他過去的處境。那時爸爸是歷史反革命，媽媽是「地主的女兒」，他過著非常苦悶、枯燥的生活，成天擡不起頭來，還遭人歧視。他談起小時候被人欺負的事情。在農村插隊期間他和同學XXX的兩次打架，還有他和另一個同學在中學時經常發生的衝突。他將自己被打敗的情景略去不談，但他並不掩蓋曾被打敗的事實。他只提到在兩次打架中他本來可以使用手中的武器，一次是飯碗，一次是鋤頭，但他都沒有利用，覺得用武器對付赤手空拳的人彷彿沒有意思，即便贏了也是一種恥辱。「其實，你仍舊掉了底子，even more so，」她說。「因為你事先裝得那麼大膽，好像滿不在乎，勝券穩操的樣子，結果卻敗了，我呀，就不會像你那樣。他是強者我要麼不惹他，要麼跟他關係好一點，這樣保險吃不了虧。」他不同意她這種說法，認為哪怕實際上輸了，也不能顯示自己的懦弱和膽怯，也要在精神上勝過人家。（咦，這不是「精神勝利法」嗎？恐怕還是像她說的那樣好些吧？趨附強者，欺凌弱者，這樣才能生存呀！）他又提到還受到其他一些人的欺負。「那人家欺負你不會無緣無故吧，」她幹巴巴地說。他一聽這話火冒三丈。心裏埋藏的這些痛苦平常從來未對任何人吐露過，現在對她傾吐了，實指望得到她的同情和了解，卻不料她說出這種半遣責半指斥的話。難道欺負人還需要什麼理由？你不聽話我就要揍你，這就是強者的邏輯。倒好像他們打是打得應該的，因為我沒服從他。他越想越氣，越說越氣，兩個眼珠子瞪得老大，聲音也提得很高，最後，他再也忍不住了，便霍地站起來，撇下她一個人在那裏，管自走了。他大踏步走出去了十來步，心想就這麼走了算了，她的話說得太氣人。但不知不覺他的腳步慢下來，他想回頭看一看她怎麼樣了。但他太驕傲，他決不回頭。回頭就意味著投降。於是，他硬著頭皮朝前走去，耳朵卻變得格外尖起來，捕捉那哪怕是最輕微的走路聲。終於，他聽到「瓜瓜瓜」一下一下的拖鞋聲。她走來了。好像走得挺慢。哼，才不等你，你得跟上我，向我道歉才是。偏偏這腳聲就是若即若離不遠不近地響，多麼惱人呀！她可是個更硬的。剛才她不是還說真不應該脫生個女人，多許多麻煩。那再走慢些，乾脆停住，等她過來。但別回頭。決不回頭看她。腳聲近了，近了，就在背後，一轉頭就可以看見，來了，她的黑髮，白襯衣，藍裙子，紅拖鞋，過去了，一步，兩步，三步，怎麼？竟全然不回頭，竟沒有停腳的意思，反而更快了一些，這簡直是豈有此理！難道還要向她道歉不成？不行，不能讓她就這樣走。他想到這裏，拽開腳步就追上去，和她並肩走起來。他大發脾氣，說她不該對他過去的痛苦抱那樣一種冷漠甚至嘲笑的態度。她一聲不做。繼續往前走。他拉住她，逼她坐下，她並不反抗，但也不服從。後來，他生氣了，大踏步地走向家去。在拉開腳步的一剎那間他腦子裏閃過一個念頭：「也許她會跟著來的。」然後他認為這不可能，便走了。回到家裏，這念頭又出現了，像鬼影子附著他，他一揮手，差點把開水瓶揮到地上摔碎，說：「她決不會來！」但是這時門響了，他去開門。一聽門聲就猜到是她。他卻又不信，問一聲：「是不是弟弟呀？」一開門，就見她，他心裏平靜下來。把她引進臥室，還客客氣氣地問她喝不喝水，吃不吃蘋果，她一一謝絕，說自己剛在街頭冷飲館喝了一瓶冰凍汽水，她像沒事人一般，用一種柔和卻微帶譏諷的聲音說：「我才不像你，我一點也不氣，所以喝得下。」

他們互相道了歉，很快就和好了。在送她回去的路上又絮絮地談了許多。她睡意朦朧地聽他講述一個同學的私生活，說：「我不想聽了，以後再聽好吧？你講得沒有味。」可是快到家門時，她卻變得活潑了，講起她的同事的事來。最後，他倆要分別了。她深情地望著他，好像頗有些不經一番熱烈地吻抱便離別不了的味道。他倒不覺得有什麼特別不舒服的，何況這時候，他並不怎麼想吻抱，因為如果這樣做，一來顯得勉強，二來不誠實，所以他說：「咱倆自從相識到現在，離離別別太多了，也無所謂了。就這樣吧。」她一聽就懂了他說的意思。於是，告了別，倆人就分了手，她回上坡走進家門，他轉身朝家走去，還回頭相顧了一下，其實他只看見她在黑暗中模糊不清的臉。

＊＊＊

改寫完最後一篇英詩並謄正在詩本上，眼睛已澀得睜不開了。到堂屋籃子裏摸出一個蘋果，在自來水下洗了一遍，沒削皮，便在月光下慢慢咬吃起來。今夜月色真好。對面的紅瓦漾著靜靜的銀灰色，而我的身影則清晰地印在地上。天空沒有一絲纖雲，甚至看不到一顆星星，那是月亮的清輝太光明了的緣故。不知怎麼我記起了他（勝鋼），記起了他激烈的語言：「咱們班上的女生太驕傲，我才不會找她們呢？」我在想象中對他說：「不全是這樣吧，我就可以當場舉出一兩個又聰明又謙虛的來。」於是，我列舉了那一對常在一起學習，不太愛講話的「老處女」，其中一位和他有些叫人捉摸不定的關係。他沉默了，就如現在的我是沉默的一樣。我由他想起了那個現在沉睡在東湖邊的校園；想起了他曾鼓勵我加入他的事業的話；想起我在選擇道路上的彷徨；想起我將面臨的去向。也許永遠是一個默默無聞的人，甚至連個教授都混不上。過一輩子清苦的生活，眼瞅著人們的生活越來越現代化。一股憂愁，一股對自己的無能為力、感到無可奈何感驀地浮上心頭。畢竟，自己只不過是一個頂普通的人，註定要平凡地度過這平凡的一生。那麼，這樣苦苦地寫作，這樣苦苦的求索又有什麼作用？誰希罕你的東西，甚至你死後，也沒人要讀你寫的東西，因為它們太平凡。我這時的感覺有如一個人懸在懸崖峭壁的半空中，他拚命地向上爬，但他已經使完了最後的一點氣力。他眼望著頭頂遠遠的峰巔，卻不能移動一下，最後，他閉上眼睛，松了手，讓自己像一片羽毛似的落下去。他感到一陣輕鬆，是累到頭倒在床上時的輕鬆。這意味著死！粉身碎骨！我若不能在這個世上幹出一番轟轟烈烈的大事業，苟活著又有什麼意思呢？爸爸和他的老同學在客廳敘舊，談起他們的一些朋友和同學，有的作古，有的卻青雲直上、升官發財，不覺慨嘆道：「古人有『宦海沈浮』之說，這人生也確確實實是一片大海。海中的小島就是各人的目標，有的遊到了小島，便走了好運，有的還未遊到便淹死了，這是不幸的。生活呀，生活，不管怎樣，人還是要生活下去。你我不是活到現在來了嗎？」活到現在來了！Forsooth！中國人的哲學：好死不如歹活著！「我看能平安無事地生活就是最好的了，」媽插言說。「是呀，是呀，像我們這把年級的人，健康就是最幸福的事情，」老同學贊同道。健康？我恨不得把自己變成個殘廢，要那種「智無四兩，肉有千斤」的健康有什麼用！太長了，扳起指頭算一算，我還有至少50年要過。50年啊！意味著什麼？孤獨、孤獨、還是孤獨！她已經走了，這在我心中並沒引起特別的情感，他（舉燭）也走了，這和他的不走並沒多大區別，因為即便他在家裏，也交往得極少，互相見面時常是沉默的時間比講話的時間多。他（凌霜）也沒來。不知出了什麼事？病了？還是到E城他父親家去了？還是不願來，怕耽誤了他看書的時間？那麼，他就不怕耽誤我的時間？既是如此，咱們就不必往來了，各人讀各人的書，各人想各人的心事。可是，他為什麼不來了呢？這確實令人奇怪，昨天晚上還到他家去找過他，偏偏找不到他的人。今天再去找？不了，不了，如果他不來，我又何必去呢？可他是朋友呀。他的不來好像在無言地指示著什麼。彷彿聽見他的聲音：「有什麼意思！成天書呀書的，好像學問很多，其實——。」知道他會說出怎樣的話來，因為知道他的性格。嫉妒心特強，虛榮心也特強，但自卑感也特強。誰希望他讀我的詩，只不過他那種有意不讀的嫉妒的樣子倒確實令人好笑又好氣。虧得我們還是朋友呢！媽中午回來了。一回便累得躺在床上，中飯沒叫她，怕她太累吃不下去。沒想到中飯一吃完，她就從床上爬起來，動手打掃起房間來。她攥著一個大拖把一個個房間的拖，一會兒說這兒泥土多了，一會兒說那兒有痰跡，一會兒責備爸爸在家幾天連桌子都不抹，一會兒罵冬陽把家裏弄得像狗窩，對於我的房她最看不順眼，也最沒辦法，只是說：「我不管，讓你自己去。」後來，她還是忍不住把房間地板拖了兩遍。冬陽說：「你不在家我們過得挺好。」「呸，可這是我的家，我在家就要按我的辦，」媽專斷地說。她拖地板、抹桌子、洗洗澡間的地板、沖廁所，忙得不亦樂乎。在這種時候她還不許別人插手，理由是別人做的她都不滿意，而且要揩屁股。她一回來，屋裏就不安靜了。爸爸在廚房裏問：「油抹布在哪裏？」媽告訴了他。他耳朵背，又問了一遍，媽又說了一遍，已經有些不耐煩的聲調了。等到問第三遍還沒問出口，媽就尖聲大叫起來：「在洗臉臺邊上！巴掌大塊地方，花點功夫就可以找到。」整座房子幾乎都要震聾了。我的全身上下都起了雞皮疙瘩，頭皮也有些發麻。她喜歡大叫這一點令我有些不快。她，爸爸和冬陽在家裏可以組成一個活潑、可愛的家庭，but not I。我漠不關心地聽他們一邊吃飯一邊談話。媽講說著武漢市男女最時髦的裝束；弟弟談論著菜的好壞、可口與否；爸爸談著全年大學招生的情況，那是他總感興趣的題目，誰考得最好，名牌大學今年在這兒招收了多少，這次語文試卷和以前有什麼不同，等等。我並不參與他們的談話，而是悶悶不樂，一聲不響地吃我的飯。對媽的好意的夾菜，反而說：「你夾的菜我不喜歡吃，我要吃我自己夾的菜。」我並不是有意這樣。好菜壞菜對於我來說只不過使我吃得快一點慢一點的關係，彷彿我對一切失去了興趣。其實也不然。我赤著腳，穿一條短褲衩在樓臺上來來回回地躑躅著，仰望著明月，竟不知不覺地哼出了曲調，然後配上了歌詞。這時我才重又感覺到年輕時的狂熱。我在月下記下了曲子，寫好了詞，這才拿回來修改。這時，我初上平臺時那種孤寂清冷的感覺不復存在。我的生命在燃燒，創造力在閃耀，如果我有任何創造力的話。

還是讓我把昨天和今天看到的晚霞的景色寫下來作為結束吧。

夕陽已經西沉，西天上有大塊大塊的雲彩。雲彩和雲彩之間是明淨如洗的金紅色的天空，使得這些雲彩看起來像浮在湖上的島嶼。有一塊頂大頂長的雲彩，樣子像一只駝鳥，伸長了脖子，從湖上滑過；稍候，這只駝鳥張開了嘴，兩條長腿筆直向後伸去，爪子向上抓握起來。在它兩片張開的長喙中，飄來一條鱖魚一樣的浮雲，然而這條魚並沒有被駝鳥吞掉，而是漸漸向後退去，漸漸變瘦變小，而駝鳥的嘴也不知什麼時候變鈍了，腿也短了，活像一只掉了毛的公鴨子。河水落在晚風的吹拂下，泛起細細的漣漪。這是一條紫色的河！打魚人的背影映襯在河上顯得格外清晰格外分明。他側過臉來時，不僅可以看見他鼻子的鉤鉤，兩片抿緊的嘴唇的線條，甚至連搭在額上的頭髮和眼睫毛都可以一根根地分辨出來。

今天一上堤就看見太陽在往下落，一個紅番茄似的太陽，但這時的紅色頗有些像倒了瓤的西瓜。一直看到它被西天邊濃黑的雲埋掉，像炭灰埋掉最後一點余燼，才繼續向前走去。天空沒有一絲纖雲，彷彿被北來的晚風吹淨了似的。西天除了天際的一抹暗黑的雲外，再沒有那些桔紅的島嶼了。因此，太陽落山後的紅光，沒有昨天的明顯。

＊＊＊

我為什麼要寫作呢？消愁解悶，像喝酒的人一樣？像打撲克的人一樣？像喜歡酣睡者一樣？都不是！那麼究竟是為什麼呢？為什麼近兩天來我怕拿起筆，怕在這紙上寫下自己的思想和感受？也許這是因為自己本來就沒有什麼新的思想和實在的感受吧；也許前些日子的過度寫作造成了如今的厭倦心理；也許是為自己到目前為止還沒能寫一篇小說和一篇詩。虧你還說得出「無創造即無生命」呢！你創造的東西呢？昨夜那首小曲和小詞嗎？今天你就把它們視同草芥了。過去那些詩嗎？你早就將它們歸於無病呻吟的一類了。最近的兩篇小說嗎？你甚至不願再看第二眼。那麼你這種寫作又有何意義？是為了使自己睡得安穩些，良心上沒有什麼過不去的嗎？咳，只要正直地活著做該做的事，就沒有什麼良心上過不去的地方。你在為誰寫作？你自己？你自己寫後卻不願再看。為別人？連你自己都不願再看的東西，恐怕沒人願看了。即便在你死後，也沒人要看。你的這些東西是死的，因為你在寫作時並沒有熱情並沒有全心全意地投入到裏面去。你好像僅僅為了寫作而寫作。你好像僅僅是在練筆。你難道不認為現在更重要的是練腦筋嗎？如果頭腦裏是空的，筆下不也是空的嗎？儘管字寫滿得無一空處，那實在是浪費時間。你難道沒有意識到在練筆這麼長的時間裏，你所取得的進步仍是微乎其微嗎？可是，為什麼要責備你自己呢？既然你已選定這條路，你就該照直走下去，義無反顧。你可並不是個計較得失的人啊！說起計較得失，倒讓我想起今日下午發生的一件小事。爸爸樓上樓下走了一遭，進來向媽媽宣布說：整座樓除了咱們家沒安紗門，其他的全部安了紗門。他說著說著便發起脾氣來。他罵他們：「這樣不把人當人！真是欺人太甚。」媽媽制止了他的詈罵，說：「你嚷嚷個什麼？再等等看吵。你又不是這裏的幹部。」「可我是家屬呀！」他打斷了她的話說。「別讓人聽了惡心！讓他們有紗門好了，我反正抱定一條：得之不喜，失之不憂。」

晚餐時，爸爸提到五四時期的幾個有名的詩人。他說其中一個叫朱湘的，極有詩才，寫很優美的新詩，可惜三十剛剛出頭便跳海自殺了。還有一個類似的事情。北大教授王國維也是自殺的。於是，我想起了很多自殺了的名作家，如Hemingway，Fitzgerald，茨威格，等。作家為什麼都傾向於自殺呢？爸爸自言自語道，大約是他們的思想太複雜，喜歡鉆死胡同，結果陷入了不可解脫的矛盾境地，只好一死了之。畫家就不同，他們常活到七、八十歲的高齡，從沒聽說畫家自殺的事。那麼音樂家雖然活不長久，也沒有誰自殺。為什麼我偏偏選中了文學這條道路呢？我在心裏說。我不也有一種自我毀滅的傾向嗎？我不甚至也起過一種念頭，只等一舉成名天下知時，就自動離開人世嗎？我後來為這種想法感到羞愧，那是當爸爸提到一個被人稱做「叛徒」，含羞忍辱生活了十幾年的人的遭遇時。那時我想，跟這個人比起來，我自己的痛苦又算得了什麼呢？我過去寫的東西不是一種空洞無聊的發泄嗎？文學如果一旦成為發泄的工具，它的價值不就沒有了嗎？難道我的寫作不就是替他們鳴冤叫屈，為不幸的人們說話嗎？畢竟我們的社會還沒有發展到西方現代化的那種程度，精神和文化也還沒有墮落到那種地步，文學還是應該作為一種對人民表示同情，減輕人民的精神負擔，解除他們的心靈痛苦，消弭貧窮和落後的思想，淨化人們的感情。西方的文化是使人走向死亡的文化。也許要想排解孤獨，最好的法子是觀察人民、研究人民、描寫他們吧。如果不這樣，活在世上又有什麼意思呢？

***

整整有四天的時間，淩霜沒有來他這兒玩了。他也有四天沒上淩霜家去了。他一直堅持認為如果淩霜不先到他這兒來，他是不會首先到淩霜家去的。雖然這樣，他內心還是盼著淩霜的出現，想看到他那張雖接近30卻絲毫不起皺紋的非黃臉，和那雙有時出神地望著遠處，有時好奇地閃著光的眼睛。淩霜一來，小屋子裏便談笑生輝，煙霧騰騰。時間也過得比現在一個人獨坐在書桌邊時快。有時候他們沒話說了，他心裏就希望淩霜起身告辭，還有點不樂意，為了淩霜耽誤了許多時間。現在時間固然多了，可他坐在這兒什麼書也沒看，什麼字也沒寫，茫然地盯著面前的一堵白牆或是窗外的一方藍天，時間也白白地放過去了。這時候他就特別希望淩霜的到來。樓梯上響起的每一聲腳步，他都不放過，凝神傾聽著，他知道門是敞開的，因此如果有人進門，是聽不到敲門的，就格外地注意門邊的動靜。逢到這種時候，他顯得異常不安和煩躁。到後來他總是一聲不響地穿上涼鞋和長褲，滿臉陰郁地走出了房門，一個人往江邊走去，下到樓梯口時，有時碰到樓下一個中年婦人對他的盯視，（那婦人曾背著他誇說他貌美），他也漠然置之。對於這種complimenting，他既不感到flattered，也不感到grateful，因為他一來認為自己相貌平常，二來這種口頭的讚美並不是禮物。而現在，淩霜的情形同他自己的也一樣。自己這麼盼著同他在一起度過幾個小時，他也並不感到flattered or grateful，不知怎麼，他老愛認為他所做的這一切淩霜早已知道了，就是有意不來，他總覺得他們是約好了的，而淩霜的爽約是對他的侮辱和背叛。

想到這裏，他有點討厭凌霜了。他有什麼了不起，他不就是新近考進了電視大學嗎。那地位還不是一樣，過去誰又拿他另眼相待了呢？來了，自己倒茶，自己拿煙抽，想坐床上坐床上，要靠椅上靠椅上，無拘無束，又沒誰冷待過他。怕耽誤了他的學習？難道他的到來不就耽誤我的學習？難道朋友之間該計較這個？他越想越氣。朋友，什麼朋友！在我的girl面前說他壞話的是誰？跟我的girl談話那麼親熱的又是誰？難怪凌霜有一段時間經常往我家跑哇，原來是為了她的緣故。他大約懷著一點希望想在這兒碰見她。哼，這可辦不到。不過，我也並沒有流露出任何不滿或討厭的神色。只是那一天向她暗示過，她似乎很警覺，連忙追問是什麼意思，她為什麼如此敏感呢？他回想起他們三人在一起時的情景。他常看見凌霜和她互相交換眼色，他只當這一切都沒有看見似的，時而看看外面，時而環視周圍，就是避而不看凌霜向他這兒拋過來的警惕的目光。他們三人在一起他總覺得坐立不安，心裏只有一個願望，那就是快快結束談話。從那以後，凡是有可能使她和凌霜相遇的機會，他都竭力避免。他還記得她和他談她對凌霜的印象。她說過去不喜歡這個人，但現在她覺得他很好。他當時心裏「咯噔」了一下，起了一種不祥的預感。不過，他臉上裝作沒事人一般。他比誰都清楚像凌霜這樣的人在對付女人方面所使用的手段的效力。任何女人，（也包括貞潔的女人），只要和他來往一個月，就保不住要被他完完全全地控制住而掉進他的情網中。而正當她和他的感情出現波動的時候，來這一個第三者……他不敢再想下去了。

他走到大堤上，注視著燦爛輝煌的晚霞和金光閃爍的河流。他的心裏逐漸變得平靜和柔和。那些黑暗的冷酷的思想被眼前的彩光一照，不知躲到哪個角落去了。也許，這一切都只不過是庸人自擾，是無聊的多疑吧。他和凌霜是十幾年的老朋友，他深知凌霜的為人，除了在愛情這個問題上是玩世不恭的外，對待朋友可算得誠摯熱情，忠心耿耿了。他總不至於玩世不恭到去破壞自己老朋友的幸福吧。他回想起一個月夜和凌霜的閒談。那時，凌霜說他有一種感覺，在和姑娘談話時，哪怕她長得一般，也覺得挺有樂趣，並且這種談話裏雙方並不存有任何個人的目的。也許凌霜在和她談話時也有同感吧。可是，凌霜這個人畢竟太可怕。他過去的那一段羅曼史是叫任何男人聽了既佩服又膽寒的，如果他們肯把她同自己的情人聯繫起來的話。她呢，正如在一個深夜他倆大吵了一番後，她躺在他懷裏說的一樣，已經沒有過去那樣愛他了。他毫不懷疑她說的是心裏話。其實，他也有同感，但他不肯說出來，因為他還不想做任何有害於他們友誼和愛情的行動。如果要做的話，他也要讓她先做。即使如此，他還是不能看著她和另外一個人瞞著他偷情的想法。畢竟，他還是愛著她的呀。他記得那天對她說，如果看見她和另外一個人同床共枕，他會將她和奸夫全殺死的。她並不相信這話。她說她不相信，他自己也不大相信。即便發生了這樣的事，到了生米做成熟飯的地步，又有什麼辦法可以補救呢？殺人能解決問題嗎？一個人如果是寬宏大量，他就決不至傻到這種地步。愛情終結就讓它終結好了，這是個自然規律，也可以說是命裏註定的。對這種事情抱聽之任之態度，恐怕再適當也不過了。

可是，為這種事情這樣煩惱著值不值得喲？或許根本就沒那麼回事。最近一段時間他對你不是挺好嗎？你和家裏鬧翻了，他便到處陪著你，你要看什麼書，他便給你送來。他在交情方面沒有話說。當然你可以分辯說，如果你處在他的位置，你也會同樣做的。但是，也不一定。因為你太自私。如果說你有理由不去他家，他就更有理由不來你家了。他是個工人，白天要工作，晚上的一點時間除了休息，就要看點書。假如全用來陪你，給你消磨你的寂寞，那他就既不能休息，又失去了寶貴的學習時間了。況且，他每一次到來犧牲了你的時間，也覺得抱愧呢。

今天吃過中飯，他就開始考慮是去還是不去。他設想他們見面的情景。兩人的臉都顯得不自然，眼睛互相避開，口是心非地說著話或者沉默。如果那樣，就太難堪了，他想道。後來，他想到了書。是呀，幹嗎不去借兩本書看一看。像往常一樣，見面就大談一番。對，就這樣。於是，他便去了。

凌霜臉上沒有笑容，平靜得驚人，像什麼也沒發生似的。他對他「這幾天一直待在家裏呀？」的問題解釋說，近來一直加晚班到晚上11點。

後來他們又坐著談了一會，凌霜總時陷入沉思，使他感到非常後悔，非常不安。在這之余，又有一股輕鬆的感覺。

＊＊＊

真可恨，這電視裏傳出來的機槍聲。這些象徵著人類互相殘殺的血腥的聲音什麼時候才能消失呀？連在和平的時期也不讓人得到片刻的寧靜。心裏頭煩悶死了。想寫一兩首詩也寫不成，想構思構思散文也不行。遠處工廠煙囪噴出強大的氣流，聲音隨風飄來，和密集的機槍聲差不了多少。你為什麼這樣仇恨戰爭？你為什麼這樣仇恨工業？你為什麼這樣仇恨城市？你為什麼這樣仇恨現代生活？有一個非常道貌岸然的人問。我仇恨任何形式的戰爭，因為它是毀滅性的、災難性的，對交戰的雙方都是一樣。我仇恨工業，因為它破壞汙染了美麗的大自然，也破壞、汙染了人類的性靈。我仇恨城市，因為它使人的私欲集中、膨脹，使人變得更加殘酷無情。我仇恨現代生活，因為它使人感到窒息、受到束縛，並把人分隔開來，扼殺了真正的友誼和愛情。寫到這裏，我驀然想起剛才發生的一件小事來。媽媽在熄了燈的客室裏嘆著氣說：「將來你兄弟仨工作了，我們也不指望什麼，只想你們能湊錢給家裏買一架彩色電視。」我聽了笑了一聲，心想這當然好辦。不料聽見媽說：「你笑什麼？啊！你到底笑什麼?!」她聲音裏明顯地含著怒氣。「難道連笑的自由也沒有了？」我明知道她是誤會了我笑聲的意思，可我不願把自己的口氣換得溫和一點。事實上，我並不覺得這件事好笑，倒覺得是極其自然的。「你、你，你又要給氣我受，」媽氣得說不出話來，好像還有點喉頭硬咽的味道。「你也太神經過敏了，」我故意冷冷地說。「你怎麼就知道我不會這樣做呢？這種事我是辦得到的。」「你不一定，你哪來那麼多錢。」這一回她的口氣緩和得多。事後我想，媽媽她神經過敏也是很自然的，人到了這個年紀，還求個什麼呢？無非是生活的舒適安寧，心境的平靜和精神上的溫暖。兒女一大，遲早要遠走高飛，留是留不住的。靠他們的退休金，前二條是完全可以辦到的，而這後一條卻是需要兒女努力才辦得到。他們哪怕只得個兒女的口頭保證，心裏也舒服多了。就像那天凌霜說的一樣，一句溫暖的話要比一架錄音機更使父母親歡喜高興些。一句話可以使人成為仇敵或者親朋。下午，十姨來了一封信，我是到晚上才看的。信裏頭有一種淒傷、孤獨和悲觀的意味。她說她要退休了，準備回到老家去，那兒好歹有親戚，有人照顧。我猜測她的言外之意，如果退休後住在漢口，那是沒人照顧的。她絕不提我。我想起那一次我在她面前表現的粗魯態度。那以後，我曾後悔過多少次，曾在心裏打過多少次草稿，求她寬恕，又曾多少次想去她那兒向她請罪。但有什麼東西阻住了我，使我沒有這樣做，而是采取了另外的行動。我逢年過節必去那兒，給她送禮物，如蘋果、橘子、糕點之類，還幫她做事，如提水、掃地、抹桌等等。我不知道為什麼我要這樣，要采取這種使人痛苦得多的方法。也許我以為實際行動比口頭道歉要更好，更真情實意，更能表示我的悔改之意。也許我以為只有在內心裏狠狠地批判自己，無情地折磨自己，才能澈底地補救那次過失。總之，我覺得，一旦在口頭上表示了內心的痛悔，那就多多少少減弱了它的真實性。可是我不知道，多年來她一定一直在等待著我一句話，等待著我主動要求她寬恕我的那個時候，儘管現在的每次見面都是很親熱很輕鬆，有賓至如歸的感覺，但過去的那種親密，活躍和水乳交融的感覺再也沒有了。有時，我也想，即使我寫了信，她會原諒我嗎？即使她原諒了我，這道裂痕能彌補得起來嗎？即使能彌補得起來，能夠嚴絲合縫嗎？今天讀信時，一個思想閃電般劃過我的腦海：假若她死了，我去要求誰寬恕呢？我不將永遠永遠地生活在自譴自責當中了嗎？然而人是不能滿足自己原諒自己的。我心中還存有這個願望，不久的某一天，一定要寫封信把這一切心中的痛苦都告訴她。

在晚飯後沿堤一個小時的散步中，我忽然想起了一個問題。充斥西方現代文學作品中的那些人物，幾乎個個都是被animal instincts支使得團團轉的人。彷彿他們除了吃飯、睡覺、性交外，滿足七情六欲外，就沒有其他一點人類的東西。真是這樣的嗎？記得一個法國作家筆下的主人是個一上街就專瞧女人大腿胸脯的人。這種人看了真叫人厭惡之極，同時也厭惡自己，因為讀了這樣的作品，讀者的心靈彷彿也降到同樣低級的地位。堤上時而有結伴的姑娘走過，我也時時朝她們投去一兩下目光。並不覺得有什麼特別。她們不過是異性罷了。難道人真的就野獸到那種地步，一見了女人就要勃起生殖器的嗎？決不是這樣的。西方的現代作品揭露了人的心靈，可是看了很討厭，使人悲觀厭世，輕生恨己。不像十八、十九世紀的文學作品，有一種動人心魄的力量，有一種蕩滌靈魂的威力，有一種看後使人久久不能忘懷的魅力。究竟人為了死而活著，而是為了活而活著，我看值得很好考慮。成天悲觀厭世，我看還不如一頭撞牆或是一躍入江算事。我媽總誇我爸爸，說他這樣的性格，天論什麼樣的病也壓不垮。我奇怪自己怎麼是這樣一種sentimental的性格，頗有些女人氣，長期以來，臉上見不到一絲笑容。我缺少的是樂觀，我需要樂觀起來。

要做生活的強者，常常聽見成名的作家這樣說。可是，如何做一個強者呢？有才能、有智慧、有膽識的人或者哪怕只是有健強體格的人都可以稱作強者。那麼，像我這樣無才無學、無膽無識的人，只好一輩子做弱者了。在這個世界上誰能做真正的強者？那些權力至高無上的人嗎？他們還不是受著自然法則的支配，總有那麼一天人們會對他們發出巨大的驚嘆：How are the mighty fallen！作家固然能夠塑造幾個英雄人物作為世人的楷模，虛構感人的情節，自如地操縱世人的情感。然而，他們在特定的社會環境中還不是要受到特定的統治階級的制約的嗎？在這個意義上，他們又何曾稱得上是強者呢？舉重運動員也許舉得起一千公斤來，但他未必能靈活地運用一枝羽毛似的筆。母親可以隨心所欲地打罵自己的孩子，似乎是個強者，但她又難免不受丈夫的擺布，or vice versa。生活中真正的強者似乎是沒有的。如今的世人把那些紅極一時的明星，小有名氣的暴發戶崇拜得不得了，捧到天上去了，好像他們就是強者。事實上，有幾個明星的聲名在死後不是無聲無臭的？凡是追求名利的人，即使卓有成效，也不過曇花一現。我是不是因為自己無能而對強者產生了嫉恨呢？或至少產生了恐懼和緊迫感？雖然我目前是個弱者，但我畢竟還是想做一個強者，我想主宰自己的命運，而不能聽任命運之波的擺布呀。可我這個強者的意義何在呢？當一名作家，過一種世人皆濁我獨清的生活，請息交以絕遊，不過問世事，這難道是個強者嗎？也許在實現了自己願望這個意義上可以這樣說吧。凡是自己認為是美好的願望能靠努力得以實現的人恐怕都可以稱為強者。難道我的妻子不是一個強者嗎？她不渴望名利地位，她討厭闊氣排場，她憎恨虛偽貪婪，她希望的只是有一個好的工作和一個好的家庭，在外幹好自己的本職工作，在內料理好家務，使自己和丈夫以及小孩的生活舒適如意。她對生活要求得並不多，她比較容易能夠滿足。她的願望很快就會由她辛勤的勞動而實現了。她難道不就是一個強者嗎？在生活中唯有強者才能感到幸福。誰不因為比別人解題解得快或解出了別人解不出的題而感到驕傲？哪個不因比別人跳得高而自豪呢？強者，幸福是專供你們享用的！那麼我的不能感到幸福是因為我不是個強者了？倘使我現在是一個名揚海內的文學家，我是否會感到幸福？恐怕不會。那我一定會對生活的意義理解得更深，把紅塵看得更破，我會陷入Fitzgerald和海明威以及茨威格等同樣的困境，倘使我現在是一名中央委員，我是否會感到幸福？恐怕也不會，那我一定會因為我的頭上有更高權勢的人壓著而痛苦。我也一定會為觸目皆是的虛偽和欺詐，貪汙和賄賂而痛苦的。如果是這樣的強者，我寧願一輩子也不當。我希望的是有一個非常靈活的頭腦，有敏捷的思維，閃電般的反應力，鉆機似的理解力，同時有一對鋼筋鐵骨，經得起任何磨難。而且，above all，一種超然的精神。可惜的是，這些我都不具備。所以，當我讀到司湯達寫完《巴馬修道院》只用了五十一天功夫的時候，驚嘆敬佩之余，我不能不感到深深的羞愧和一種催人淚下的無能為力感。像我這樣一個沒有才華的人，竟異想天開地想當文學家，這豈不是做夢嗎？我好像聽見命運在耳語：「放棄這個打算吧，趁著還年輕，幹點什麼別的。別把你一生最寶貴的時間和精力浪費掉了。」這耳語聲雖然細小，但它裏面的確有著一股不可抗拒的力量，我不得不停下來仔仔細細地從頭到尾把我檢視一遍，看我這個身體中，究竟是否contains any文學細胞，我發現我比耽於幻想，一些不切實際的幻想，比較不容易控制自己的感情，比較內向。但這些都不是成為一個文學家所必須具備的氣質。豐富的想象力，你有嗎？廣博的知識，你有嗎？博大的同情心，你有嗎？正確無誤的記憶，你有嗎？敏銳的觀察力，你有嗎？沒有！沒有！沒有！你有思想嗎？你有藝術嗎？直到現在，當許多同齡的人早已出名，你還在練習寫50個字或者100個字的人物或景物素描，你還不能準確地抓住一個人或一件事物的準確特徵。你，你，你確定沒有絲毫文學家的氣質呀！你哭吧！你哭吧！你哭也沒有用。命中註定了不能幹偉大事情的人，哪怕有偉大的抱負也不可能實現，也不敢去實現。想不到自己竟是這樣一個平庸的人！與其這樣活著，倒不如死了的好！口才沒有口才，文思沒有文思，知識不豐富，思維不靈活，脾氣又壞，心靈不潔，而況愛情淡薄，友情消亡，如此地活下去一天，只能多一天的憂愁，多一天的淒涼。想一想吧，還有多少40年好活呢！

她走了，他也走了。她不來了，他也不來了。到哪兒去尋找愛情？到哪兒去尋找友誼？如果我是像Z一樣的人，我也許會泰然處之。他說過：「我這個人是沒有多少朋友的。我也不大習慣於有朋友。我生性倔犟，要在人生為自己劈開一條路。人家都不大喜歡我這個性格。可是，我有我自己的想法，我按我自己的想法去做，做到底。」我不能像他那樣，我如果沒有愛情的陽光照耀，沒有友誼的雨露滋潤，就要死亡。然而我又過分倔強，到了任性的地步，如果我的朋友們不來找我，那我就要認為他們是看不起我，覺得和我交朋友沒多大意思。於是，我便決不先去找他們。他今天晚上來了，我當時不在。回來後爸爸告訴我他將書還來了。是《愛彌兒》和NANA，他並沒有讀完這兩本書。這明顯地表明他想以還這兩本書來結束我們的關係，至少他是想表明，他再也不想來這兒了。這不是明擺著的事兒嗎？昨天他答應說今天來的。可他上午、一下午都沒來。我本來想使自己相信，他沒時間，他也有書看。但是昨天中午他看一本舊雜誌和今天還來這兩本書的例子足以disapprove我的猜測。他並不想到這兒來。這就是殘酷的現實。好吧。如果他願意，那就讓我們把這個朋友關係結束了吧。我並不感到惋惜，也不感到悲傷，要過去的都要過去的。新的友誼若不是在舊的友誼死亡的基礎上，就不能生根發芽。去吧，讓我對你微笑一下，結束整個舊的時代把！難道我們之間心的隔閡還少了嗎？難道我們互相猜疑的程度還低了嗎？難道他不嫉妒我，甚至痛恨我嗎？何必要偽裝呢！過去那種睡在一個被窩裏談知心話的日子已經一去不復返了！他雖然對自己這次的挫折絕口不提，但我能揣測到他內心的思想，能體會到他難言的苦衷。他對過去的種種浪蕩的行為已顯出改悔之意，他知道大部分錯在自己，但這種錯誤他當我的面說得出口麼？正如我對我「妻子」有時采取的粗暴態度或行為也覺得對朋友難於啟齒一樣。我並不強求。如果心的大門關上了，靠拳頭擂得開的麼？有時靠心的摩擦可能效果倒更好，然而在我們兩人中間，這個方法已經不適用了。

是的，我不再等待，因為那個時代已經結束，而一個新的、燦爛的、光明的正在到來！

＊＊＊

洗完澡已經十一點過了十分。我們有四五天沒見面，可今天一見面便不歇氣地談了將近四個多小時。這在我和他近兩年的關係史上，還是前所未有的。7點過了，他和我同往堤上走去。那時，已經有很多閒人在周圍梭巡、盤桓。我看見一個年輕的姑娘，苗條的身體裹在一件貼身的淺紅連衣裙裏，手裏挽一只精致的皮包，在路人好奇的眼光打量下，裊裊婷婷地背對晚霞站立，我覺得這個景象挺富有詩意，於是就掏出紙筆，dashed off幾行詩。我感到他就在旁邊等著，眼睛盯著我，不覺有幾分得意。寫完後回頭一看，他並沒有如我所料地問我寫的是什麼，只是默不作聲地抽煙。他嫉妒了！我們保持沉默走了好長一段距離，互相避開對方的眼光，也許我自己極力避開他的眼光吧。他拍了拍我肩頭，我一扭頭，見他手指著堤內大道上的一個人。那人挑著一擔破爛，他自己一身上下也是破爛不堪，正無精打采沿著大道走。我不明白他的意思，也許明白得太多了，不又是要發一通沉默的人民生活太苦的議論嗎！我也拍拍他的肩膀，一聲不響地用手指著西天的晚霞。這時，我又忽發奇想，或詩情激蕩吧，跑到附近一根水泥管上坐下來，剛寫了兩行，覺得過路的人都把注意力轉過來，便又把雙腿從管上拿過去，整個身子調換過來，背對著大路，寫下了那首詩。一寫好便拿給他看，他用左手拿著那張紙，大拇指壓在詩行上把詩看完了。我注意地看那個大拇指是否擡了起來，我終於滿意地看到它抬起來，讓眼睛從側面看了看被捏住的字。他把詩遞還給我，仍舊一言不發。又走了幾步。這時他突然說：「恐怕今後我和你兩人的分歧就在這兒。」「什麼分歧？」我感到十分驚訝，同時也有幾分不快。「你的詩太不現實。你的詩作中唯美主義的傾向太濃。現實並不如你的詩所描寫的那樣，充滿了美，現實是醜惡的。我們的文學作品就是要真實地反映現實生活，揭示生活的真諦，而不是像現在的文藝作品那樣極盡美化之能事，永不能讓人有真實之感。」「可是，既然現實是醜惡的，你難道願意永遠生活在這種醜惡中？你難道不願意尋求片刻的解脫？我每天唯一的一個小時的散步能使我靈魂超升，能使我精神得到寄托，能叫我忘掉人世間的煩憂，我何樂而不為呢？再說我的文藝觀點與你的並無二致。我也主張寫真人真事，也主張反映生活的黑暗面，揭露人的內心世界。這與你的寫現實又有什麼相悖的呢？你難道在這種生活中還沒過夠？你難道就願意成天這樣的作無益的沉思默想，這樣無休無止的懺悔，這樣沉溺在對往事的回憶中嗎？如果你認為過去有錯，那你就下決心改正，跟過去一刀兩斷，開始你的新生活吧。也許，你並不認為你有任何錯吧。」

「錯？」他似乎有些愕然地看著我。「其實我倒並不認為我有什麼錯。我是在沉思默想，在短暫的一剎那間我似乎想得很多，可是在一天的末尾仔仔細細回想一下又什麼都想不起來，彷彿並沒有思想過似的。痛苦也並不痛苦。我現在發現，過去的要求太高，可現實生活中壓力卻太大，我的那些願望實際是達不到的。」

「你現在想的接近節梭的思想。盧梭認為，如果一個人的願望超過了自己的能力，你就會感到痛苦。」

「是嗎？為什麼我的思想總和盧梭的非常接近呢？我行為上的放蕩不羈，思想上的標新異不都是他曾有過的特徵嗎？」

「我也覺得那句話還是對的：即使不學習，到一定的時候，人還是能夠領悟某種道理的。如上次你讀到張潔說人之間有層東西隔著，人們想打破它同時又想保留它，我還說這一定是受了Robert Frost的『Mending Wall』一詩的啟發。現在想來，也不足為怪。看呀，這景色多迷人呀！」

河水、長堤、灘樹全都浴在一片金色的霞光中，河水的反光極其清晰地勾出河邊人體的輪廓。每一個人都像一座浮雕。我們注視著晚霞由淺變深，由濃變黑，蝙蝠在晚霞中翻飛，黑色的老鴉在頭頂哇哇地飛過，岸邊每隔不遠就並排坐著甜蜜的戀人。

「我覺得，從遠處欣賞他們的背影比真正地成為其中一個得到的感受要美得多。面對遠方情人的懷念又要比近在眼前的情人的撫愛要來得美妙甜蜜。有時候，我們在懷念中常把對方理想化，相隔得越久，對方的形象就越純潔、高尚、完美、可愛。你是否也有這樣的感覺？」

「我的同房有一個長得奇醜無比的男子，他也找了一個奇醜無比的姑娘。當這個姑娘不在身邊時，這個男子想念她，便寫詩抒懷，把他的情人比作玫瑰、天鵝，還用很多漂亮的形容詞。」

話題漸漸從美轉到自然方面。我說：「我熱愛大自然，熱愛大自然的一切。如果沒有了大自然，我不能想象我怎麼能夠活得下去，我發現一個現象，那就是無論古今中外的偉大作家都熱愛大自然，崇拜大自然，如中國的屈原、李白、陶潛，外國的勞倫斯、茨威格、黑塞、羅曼・羅蘭等。我並不是把自己和他們相提並論。我只覺得人只有在大自然裏才能找到和諧、安謐和自我，才能得到精神的淨化，我覺得你和舉燭都不大喜歡大自然，我想，將來我們的分歧恐怕就在這裏吧。」

他隨口「嗯」了兩聲，沉默了一會，然後說：「我並不是不喜歡大自然，只是覺得在大自然中也還是難以得到解脫。我記得你說過，生活中強者是幸福的。什麼是強者呢？我看，能損人利已達到自己的目的，能走後門拉關係使自己過上優裕的生活的還不能算得上是個強者。像你說的XX成功全憑他個人的努力，因為他是個強者。他損害了別人的利益沒有？名額有限，他成功了，就意味著別人的失敗。他的幸福就意味著某一些人的痛苦。除非他不活在世上，否則他或多或少地在損害著別人的利益。也許可能有你所說的那三種。一種是以專門損人為目的的，一種是以損人達到自己的目的的。一種是客觀上起到了損人的目的的。最後一種恐怕要好一些，但結果都是一樣。按存在主義的觀點，他人即地獄。人既生存就難免不對一些人有利，對另一些人不利。什麼強者，什麼理想，都是一場空。我記得你說過，暫時的成功又有什麼意思呢？在人類整個歷史長河中，那只不過是流星的一閃罷了。咱們找個位子坐下吧，可這些情人！他們為夜掩蓋得多麼好呀。咱們還是別驚動他們吧。為什麼他們喜歡到大自然裏來呢？難道他們也是來追求性靈的解放？我看不一定，他們只不過是利用大自然來遮羞罷了。」

「最可悲的是大自然，」我說。「漁人在河裏打魚，樵夫在山中砍柴，獵人打飛禽走獸，農人墾殖開荒，情人利用黑夜作庇護，文學家在其中求得解脫，受到摧殘、毀壞的都是它，它不是可悲嗎？

「情人用大自然掩蓋他們的身體，文人用大自然掩蓋他們的靈魂。」

「真可怕！我們竟得出了這樣一個結論，連人在大自然中尋求解脫也是一種罪惡。那人該幹什麼呢？既然作生活的強者脫離不了金錢、地位和名譽，既然熱愛大自然也是出於一種功利的動機，那麼，最好的方法是百事不管，上山當和尚，或者乾脆一死了事。」

「說起和尚，我倒想起了那個大肚和尚兩邊的對聯：『肚大能看世上難容之事無非七情六欲，佛門常笑世上可笑之人在劫難逃。』這副對聯道盡了人間一切真理。比幾十卷百科全書還強。實際上你看，人類哪一種思想，哪一種理論，哪一種信仰不是束縛人的思想的？人類的苦苦求索，到頭來得到什麼呢？人類不管到什麼社會，他與原始的人又有多少區別呢？物質文明和精神文明並行不悖的發展實際上不可能，人的欲望是無止境的。到人類大徹大悟that人類不過和他起源時差不了多少時，那也就是人類的末日。」

這時聽見一個姑娘的聲音：「我粗魯是出於我的本份！」循聲而去，隱約可見四個黑影。到走攏，其中兩個黑影顯出是兩個姑娘，正轉身走去，而坐在一邊水管子上的兩個青年男子則罵罵咧咧。顯然，他們想調戲她們。

我們走到另一段堤上，他開始對我敘述《晚霞消失的時候》的故事情節和中心思想。他對這本書推崇至，大加讚賞。他說人類文明的每一進步便包含著對人類野蠻的屠殺。他說不管怎樣基督教教義的基點還是對的。它強調人人相親，富人仁慈，窮人忍耐。他說有共產主義狂的人與一個有宗教狂的人本質上無任何區別。他說即使取消宗教，總得有另一種「宗教」取而代之，而這個宗教的教義從根本上不可能同前一個違背，總不可能是人人相恨的吧。他說他讀了那些有關宗教戰爭的故事後發現，引起戰爭的主要原因只是他們各自所信的主不同罷了，其實教義在本質上無絲毫的區別。他說他憎恨民族與民族、國與國、人與人之間的界限。

後來我們回到家。在平臺上繼續中斷了的談話。媽一再囑咐「莫談國事。」當然，我們是沒有談國事了。這一回他跟我談了他的心事。他說他對他弟弟上次說的一句話很反感，想得很多。他說弟弟要他別再濫玩女朋友，趕緊找一個女人結婚了事。他回去後想了又想，他問自己「我真的沒有愛情了？」得到的回答是否定的。他有熾然的純真的愛情。他說這是因為人身具有動物性的性欲和人性的情欲。有時候人和他妻子之外的女人性交僅僅只是一種生理上的需要和滿足，並不表明他對自己妻子不愛或不忠。他就是不同意愛情只有一次的看法。「真正的愛情還可能有二次、三次！」他幾乎喊著說。茶花女的愛情難道不真？法布利斯對克萊莉亞的難道不純真？決不能因一個人放蕩就否定了他人性好的一面。他說他現在習慣了看任何事情象稱天平一樣，黑白各一半。這時我朝房裏看了一眼。臥室沒電燈，是黑的，堂屋裏燈亮著，媽坐在桌邊。她的臉在日光燈的映照下蒼白得可怕。頭髮象焦幹的黑紗。簡直有些慘不忍睹。我一下動了惻隱之心。多少年來她為我們辛辛苦苦，在這風燭殘年的時候，難道我們不應該多為她做點事，分點憂嗎？我不覺暗暗恨自己這些時對她的態度來。

我記得我後來說，不要再談任何終極的東西。否則只好當和尚做死鬼算了。是像「羊子不著」那樣。以後又談到他算命的事。好幾個算命的都說他三十歲前倒楣，三十歲後出好名是了不起的名，出壞名也是了不起的名。後來又分析了我直到現在才開始真正思考人生的原因。現在是一點半。

＊＊＊

我沒拿起筆時，有許多話要說。等到筆拿在手裏時，這些話一個字也不剩。長長的夜啊！厚厚的紙！我用什麼來填滿你呢？用我的憂愁？那豈是這麼幾張紙片所寫得下的？即使拿「人生這張白紙」也寫不完呀！用我的孤獨？我的孤獨本身就是一張白紙，它也需要什麼填滿呢。憂愁、孤獨，除了這兩點還有什麼呢？長長的白天，長長的夜晚，長長的一生，我又不能像風燭殘年的老者，用睡眠打發走難熬的夜晚，我又不能像風華正茂的青年，用歡笑來度過短暫的春天。我既沒有俊俏的姑娘，伴在我身邊給我消愁解悶，我又沒有佳肴美酒，使我能暫時忘憂。我生就了一副「賤骨頭」，只好獨坐在一盞昏黃的燈下，with我的朋友黑夜，它就在窗邊，一伸手便可以摸到，用這支孤獨的筆，寫我自己孤獨的篇章。我不敢上樓，然而我還是上了。夜風給我帶來許多回憶，痛苦的多，少的是甜蜜，還有更多的是恐懼。那個遠方的人，我有好多天沒想她了。也許，只有兩次，唯一的兩次，我在心裏嘆道，她是一個好姑娘。然而，今夜好像有什麼人在我耳邊輕輕說話。聽得不十分清，彷彿是城市皆暗的燈光，又彷彿是透過雲層閃耀的星星。也許，只是這濃如墨汁的黑暗，它包裹了我的心，浸濕了我的心。這聲音不停地響著，具有一種令人毛骨悚然的意味。我全身起一陣雞皮疙瘩。這許是清涼的夜氣的緣故吧。好像在說「我不如從前愛你」。這是千真萬確的，是從她蒼白的唇上摘下的冰冷的詞句。心為什麼如此地悸動？脖子上為什麼感到這樣涼？眼前為什麼這樣黑？是全城的燈滅了嗎？可為什麼又這麼亮？是整個城市起了火？這聲音固執地繼續著。你們的關係不好，這我知道。他對我說她不喜歡去你那兒。你是這麼對他講的？你為什麼這樣？這是什麼呀，這麼鋒利尖銳的兩把匕首，啊！它們直朝我的兩眼刺來。這又是什麼呀，這麼冰冷，血液彷彿凝固了。他，他，他，她，她，她！他她，她他。她他她他。他她們在幹什麼呀？這是我嗎？在雷鳴電閃的夜晚，誰的臥室？殺死了誰？我自己！慘白的面容在慘白的月光下。慘白的面容在慘白的面容下。步槍，梳著長辮子的後影。啊！香消玉殞。猿猴，人。瘋狂的嫉妒啊，血腥的仇恨。然而他，這個道貌岸然的人！多少年輕的姑娘曾遭他的蹂躪。多麼可怕的一個人物！而你竟和他稱兄道弟！還要引狼入室。哦，瞧她和他那兩雙對視的眼睛，多麼熱切，多少渴望！你，一個可憐可悲的人，迂腐到相信要以仁愛之心愛人、愛敵人。最親密的朋友即最危險的敵人！誰說的？一個默默無聞的青工。真理！這是真理！你看他的妒火中燒哇！他的整個人是用嫉妒做成的！可她，啊，她對我的愛情死了。是因為他？我要把她們殺掉！連同我自己。如果失去了她的愛，剩下的人生是比地獄更地獄的地獄。他，可以走。等著我的，還有許許多多的新朋友。她，如果走了，上哪兒去找新朋友？她仍舊年輕貌美，還可以找到英俊的小伙子，建立幸福的家庭。而我，友誼和愛情一旦失去，你叫我怎麼活？像野獸一樣地過？那樣已經過了好多年，哦，想起那些日子，茅屋裏點著草把，燃起濃濃的嗆人的煙，薰跑那滿屋子的蚊蟲，它們的聲音可以蓋過夏日的蟬叫。那些個解除疲勞的明晃晃的水塘，那些條山路。我的心碎了，我的眼是幹燥的，可我的心沒有一次不是早已淹沒在淚水中。我的眼早已不能表達任何感情了。哎，我何必要等著？自己的幸福生活得自己創造。何必要在前進的路上舍不得丟掉那些沉重的包包？舊的友誼，它實在是可怕的。不要寄希望了。過去的永遠過去了。我的雙眼發澀了。我的兩手機械地在眼皮上面運動，消除疲勞。可是疲勞是一只蚊子，在我耳邊嗡嗡叫，是誰的手指在我眼皮上摩動？快拿開！快拿開！「砰。」桌子，喲，手痛？表。書。蟋蟀。蟲人方舟舞女人裙子笑，以為我要上鉤誰夜燈筆在陰影下移動夢瞎夢他驚不是個好東西為自己辯護罷了她一個逝去的夢或凋謝了的花發麻水大貨吧青蛙叫蟋蟀苔絲法布利斯獵人日記lonely wolf筆名真怪思想沒有死死就總會有一天的賓戈他可好她有她不他玩朋友了瞞不著我說話教導反黨分子是的嘛蛙again兩張紙發泄如果發泄就手淫好了對象是誰人類可以吧在目前的社會制度下合乎拿破侖波拿巴那是多麼偉大的人回來再講給你們聽快讓我睡覺上帝夢見過對的誰創造了這個面技英國人還有美國人寫布谷4月份魯迅三十幾歲出名有名還不是有名的是的我曉得不能搞定沒辦法調查完全可以是思想感情寫一點是一點那怎能要鉆研解不完還說我巢好涼快魚骨那個洞真是天下絕美欄山太高後來都去武大水院薩克雷沒人送他他有時太驕傲環境衛生有幾張電影票什麼一角二分錢等於打我晚霞奔馬松樹倒在湖水黑方岩升天節wearing white for easter tide壓抑壓抑呀空氣快豁開泄出晚上也有的陽光不是自然是嗎兩位老愛開玩笑的老張不懂事後來買了一件東西睡呀睡談就是要睡只有這樣才能有所成巴爾紮克寫了80多篇小說我還不是寫了什麼小說了No Nein Non之國語言付之流水怕被迫看不下棋礦石寫系梅心淹死了近百萬的人人民是什麼被人折磨推來轉動松柏常青有一支國際舞臺唱歌怕手指之間形的亮班好像認出了她的臉又多了結婚以後這事規律燈黑了什麼！

他想死是因為他曾處逆境，我為什麼也想死呢？大約因為我是個蠢才。不不不，要頑強地生活下去，像父母親一樣，要頑強地生活下去，哪怕她拋棄了我，他拋棄了我，都要盡力活下去。看看那些殘廢吧。

我寫了一些什麼東西呀?!!

＊＊＊

我總在對自己說：「不要浪費一分鐘的時間，要利用一切機會學習。」可有的時候我卻辦不到。一天中，黃昏是最難熬的時候。它使我想起在汽校生活時度過的那些寂寞難耐的黃昏。同學們相約結伴出去散步，宿舍裏靜悄悄沒有一個人。我獨個兒守在窗前，面前放一本日記本，讓黃昏把字跡模糊，讓夜色一分分、一分分地染黑我的全身。那時候，我的情思總把她攀繞，孤獨的意味同現在不同。現在，當黃昏來臨的時候，當晚餐撤去，室內出現一種奇怪的平靜，我總是感到內心煩躁，坐臥不安。我彷彿有所期待，眼睛盯在書上，耳朵卻在門上。雖然我知道這種等待不過是枉然，不會有人來找我，可每到那個時候，我就會不知不覺陷入這種狀態。我的憂郁癥和孤獨癥大約就是被黃昏加重了的吧。常常在廣播裏報了19點整的時候，我就會感到一陣短暫的輕鬆，彷彿這個時刻宣布了對我監禁的解除。我一個人，拿了一本書，獨自來到長堤上，且走且讀，或低頭沉思，或仰頭觀景。沐浴在晚霞的金光中，我幾乎忘掉了一切。可是，回房打開電燈的一剎那給我一種陰森、淒涼的感覺。雖然每天經歷這種場面，可每天的感受都又不同於昨天。昏黃的燈光鬼火般的一躍，整間房便沉浸在一種不可言說的淒涼中，四堵白牆，緊緊包圍著一桌凌亂的書籍，在我眼中，它們不能帶來任何回憶或憧憬，有的只是痛苦。我在桌邊坐下，隨手翻翻這本書，隨手翻翻那本書，把書放下，起來走到客室，倒一杯茶，在沙發躺一下，重新走進房，被一個偶然的念頭所支起，譯一兩首詩，暫時地沉溺在工作的忘我中。詩譯完了，還有改詩、寫文章的任務。我走出門，走進門。徘徊，停步，拿起筆，放下筆，望著窗外，走到外面，找了一枝煙，又走進來，找了一盒火柴，把煙點著，想起牙齒該掏了，東翻西找了一會，找到一根別針，——我儘量地找這些小事做，以使自己不感到寂寞。可是它仍在那兒，在心裏。只有一次我成功地驅除了孤獨寂寞感。我在池邊洗碗，回味自己剛剛寫好的一首長詩——苦悶的詩——我把自己認為是現代大學生苦悶的特徵概括地寫進去，我想象著編輯讀了這首詩的模樣，想象著讀者的反應，我被突如其來的思想激動了：他們愛讀的，一定愛讀的，因為他們積蓄在心中的話長久不敢說出來，通過我的口全都說了出來，他們是一定歡迎的。我眼前頓時出現很多幻景：一封封信從四面八方雪片似地飛來，它們大都是訴說寫信者內心苦悶的信。我在仔細傾聽一些受迫害受欺凌的小人物的遭遇，內心充滿著最深厚的同情。這時，盤據在心中的孤獨感和寂寞感一下子消失得無影無蹤，代之而來的是與人民息息相通的溫暖之情。我的心和他們的聯在了一起，我用我的筆為他們寫作，替他們傾倒一腔苦水，我找到了千千萬萬個知音，我找到萬萬千千個朋友。這時候，我才第一次感到我的生命有了意義，才感到它第一次放射出奪目的光彩。我不覺眼眶都紅了。果然是個愛動感情的人。誰這樣說？我知道，這是我心中那個威嚴的法官在說話。他總說這是我的缺點。他勸我把它改正。可是「江山易改，本性難移，」有什麼辦法呢？而剛剛要提筆時，那一個法官在一邊冷眼旁觀，用冷冰冰的聲調說，不如說是重複：「你寫的東西沒有意思！你寫的東西沒有意思！沒意思！沒意思！」我的自尊心受到強烈的損傷，但我卻不能抗拒這個鐵的事實：我並不是一個有才華的人。我終歸是個loser，而不是個winner。無論怎樣學習，到最後還是一個最平庸的人罷了。別的人自殺是因為失戀或羞辱或痛苦或神經錯亂或被逼，而我的自殺只是因為無能罷了。不能在任何方面研究出成果，不能有所創造，推陳出新，不能很好地同世人相處。因此，我的自殺是最不值得憐憫和同情的。我恨這瞌睡，它總是重甸甸地壓在腦子裏，灌滿了每一個毛孔，隨時尋找機會find expression in my yawns。為什麼我不能不睡地生活？頭腦變得如此地昏濁，象一片泥沼。沒有幻想，沒有激情，只有這一身逐漸發胖的肉。哦，這可惡的肉！正是靈魂空虛的寫照。

我沒有找到他，便沿著山道慢慢往赤壁走去。暮色正在加濃，路上行人的臉變得模糊不清，樹影和雲影溶在一起倒映在平靜的深藍色湖水上。游泳池裏有人跳水。游泳池現在看起來竟是這麼小！該有女子在裏面浴身吧。可是即使人的肉色已經快和水色分不開了，哪裏還分得清男女呢？傳來女子的嘻笑聲。正前方的道路當中有一白一黑的兩個人影，走走停停，嘻嘻哈哈，時而俯下身子，時而轉過腦袋，時而跳到路一邊，時而擠在一起，聽得見腳底在沙地上的摩擦，還夾雜著一個小孩快活的尖叫。待我走近一點，我才看清那是兩個個子高大的姑娘，至少高我半個頭。我的目光一下子就被那個身著黑衣黑裙的女子吸引住了。看不清她的眼鼻口，但從她那團模糊的面部輪廓和那一點裸在袖子外面和領子外面的肉，可以看出她是個有著濃密的長髮、豐滿的身材的人。她那把一雙黑色高跟皮鞋全部脹滿的肉腳更證實了這一點。我把眼盯在她臉上，直到走過去為止。她好像無意中也投過來一絲眼光，但不甚分明，像夜光裏漂過的遊雲。她的嘴裏好像是肺裏，發出輕柔但卻清亮的聲音，她在逗小孩玩。她說著一種武漢一黃城混合型或武漢音退化到黃城音的話。這使我產生了一個欲望。我上去和她說武漢話，道地的武漢話。她的第一個反應一定是改變腔調，也操起純粹的武漢腔來。那，我們一定可以找到很多話說的，武漢人鄉土觀念是很重的。假若她真是一個黃城人，只會操這種半生不熟的話呢？那，她也願意和我說話的。小地方的姑娘對大城市的小伙子都有一種神祕感，一種親近感。我不覺回過頭來——她們掉在我後面有上十米遠了，而我這時已來到交叉路口。你並不想她。你的心中也沒有什麼激情，我對自己說。

但為什麼不可以等一等呢？你並不認識她。你這樣只是因為她在暮色中黑顯得特別迷人。你喜歡註意美貌的姑娘。那是很自然的。No harm in it。

你不要管她們了。這個地方不是來過了嗎？和她一起，那時你不是那樣渴望著擁抱，甚至性交嗎？她並不喜歡這樣，在擁抱下流著粘糊糊的汗，如果她不喜歡，你用那種方法決不能誘使她的情發，而只能叫她厭惡。走吧，等一下吧。我停了下來。轉過身來。走到路邊林蔭裏。背後傳來拖鞋曳地而行的噪聲。這聲音好像直逼著我來。好像是要來抓我的，走得很急，我並不回頭，卻慢慢沿來路下山走到路口，心裏恨著這腳步聲。面前這條大道從我剛來的地方伸過來，在這兒拐了個彎向山下伸去。她們已經在往山下走了。忽然，她們跑到路邊去，隱在那座陡峭的土坎子上深深的草中了。我向來路走去又折回，隱約可見她們是在用手采摘著什麼。是野菊？一片黑蒙蒙的草，根本看不清顏色。但是她們離開了那草岸，往山下走去。為什麼不上山去玩一下呢？為什麼不往這條路走？一個念頭迅速地閃過腦子。你站住！幹什麼？我有話要跟你說。你是誰？我是你認識的人，我也非常熟悉你，你來我只有一句話講。可我並不認識你。你當然認識，不信你就把臉湊近看一下吧。不，你，你這——對，我認識你。你曾經愛過我，可你現在不了。我同樣地愛著你。一道強光從背後射過來，切開了前邊道路的黑暗。同時聽到鳴笛聲。我往旁一讓，一輛摩托貼著我的身體駛過，我的眼睛因被車燈所眩，看不清那摩托上坐的什麼人。車子走後，一切重歸平靜。密密的樹木排在道兩邊，形成兩條道，一條在地，一條在天。蟋蟀的鳴叫好像是從樹葉上滴落下來又撞在路邊草尖上的迴響。迎面走來三個男人。看他們一下。算了，不看，三個白影。走攏來了，帶著一般風擦過去了。並沒有惡意。假使有惡意呢？我手上戴著手錶，兜裏統著錢。那好吧。就對他們說，別這樣兇，手錶送給你們，可是得有言在先，是送，因為咱們都是弟兄，你們要就送給你們。不過，請留下姓名地址，日後拜訪。可以想見他們聽到這話時的狼狽樣子了。也不一定。也許那一個兇神惡煞的會說：「別他媽的跟老子稱兄道弟，再來這一套就把你殺了。」「殺了？殺了我，你難道將來就不會被別的人殺了？」「老子不怕，以後是以後，現在把你宰了再說。」「不過，先別動手，給你們講一個故事。」「故事？好吧！」可是講什麼故事給他們聽呢？講什麼呢？過去讀的小說可一篇都不記得了。

我這樣胡思亂想著，不知不覺間走了好大一段路。這時聽見黑暗的林子裏傳來喁喁的說話聲，四顧一周，發現在路邊的石上坐著一男一女，旁邊還有一架摩托。真會享福。最現代化的工具，可是用來做什麼呢？最原始的事情。

後來我想到一件非常可怕的事情。他給她寫了一封信，極盡挑撥離間之能事。這一次我倆的見面格外不同，她根本不理我。說話裏面怨氣沖天。問她她也不說，最後她提出終結我倆之間的關係，話沒說完便哭了。我追問原因，撫慰她，好久好久她才說出真情，並給我看那封信，我差點氣昏過去。想不到他竟做出這等卑鄙齷齪的事來。更使我氣憤的是她竟信了他。她和他之間，自從那次談話後，似乎有某種心照不宣的默契。

＊＊＊

今天黃昏心境很平靜，再沒有往日那種煩躁不安來攪擾了。甚至門口的腳步也不再引起我的幻想了。在堤上散步的時候，我想，這大約是一個時代的結束吧。心中湧出一個願望，回去寫一篇《祭友誼》。剎那間，腦子裏閃過各種各樣的景象，有使人回味的，有催人淚下的，有苦的，有辣的，或兼而有之的，可就是沒有甜的。這只是一瞬間的事，很快我就使自己平靜下來，想道，甜的會有的，只要自己願意。當時路上看見的一件什麼事情使我想起小時候打架的事。「那時候的失敗是由於魯莽，膽怯的勇敢和受了一種迂腐的精神勝利法的支配：即使失敗了，也並沒丟臉，因為並沒有藉助其他人的幫忙和武器。再說，也有人被我欺負過。人就是這樣，強者侵凌弱者。這是世代相沿的真理。還是小品的哲學對：打不贏便避開。實在是明智的辦法。」如果現在再發生如過去一樣的事情，一定要用智，而不要蠻勇。書生氣的正直只有吃虧，在戰爭中更是這樣。反正只要打贏，無論什麼手段都使得。在社會中也是這樣，正直的人從來就生活在逆境中。想起自己在最初踏入社會的時候，還在日記本上寫下了「要做一個正直的人」的誓言。多少年過去了！吃了多少虧啊！晚上媽媽開玩笑地說：「將來你們弟兄都當了官，也好讓我這個老婆子過幾天舒心的日子。」「你別指望我！」我不客氣地說。「我是個最不爭氣的，永遠也當不了官！我也並不希罕這個！「爸爸一定聽見了，他就隔著茶几坐在另一張沙發上看書。可是他默不作聲。也許他對他兒子這種超然的態度感到高興，因為他在兒子身上找到了自己當年的影子，也許他根本就一句也沒聽進耳朵去，being too absorbed in his reading，就像媽媽常批評他時說的那樣：「他呀，別人講話的時候他根本就不聽，不是把頭垂在胸前，像打瞌睡，就是把對眼睛釘在什麼東西上面，不曉得在想些麼事。」每逢這時候，爸爸就會從書上抬起頭，爆發出一陣尖聲的大笑，笑得整副牙齒都露了出來，笑得頭仰到後面去，後頸上便出現幾條肉襉。他一面笑，一面反駁媽媽的攻擊：「我哪裏是那樣呢？你就專門出人家洋相。上一次盈盈問我問題時，你也這樣說我。其實，他說的每一個字我都聽進去了。」我記起那次是詢問他詩歌中一個問題，他不理我，只呆呆地盯著面前的一張凳子，媽從裏屋出來，見他這樣，便數落起他來，他像被人將下巴往上撥了一下似地仰起頭來哈哈大笑，笑完了便告訴我他對那個問題的看法和理解。這一回媽可不饒他：「你呀，你還不承認。上次老張來你不就是把眼睛死盯在茶杯上面嗎？忘了？我非要找架電視錄相機，到那時看你承不承認！」媽認為這是他的一個缺點，我倒認為這是他的一個不可多得的優點。我有時和他講話，他會突然不聽我而沉浸到書中去，過一會兒才猛然抬起頭來，意識到我好像是在對他講話，便「嗯嗯」地要我說下去。這也就是說，他可以排除外來一切干擾，一心一意地鉆進他的書本裏。事實上他看書時從來沒抱怨過誰講話聲音大了，誰收音機開大了。在這個喧囂紛擾的世界裏，他自有他清靜的一隅：那就是心靈的平靜。他看書的樣子很好笑。坐在那張吃飯的方桌前，顯得很矮，面前並排放著一本打開的書和打開的字典，幾乎把整個前胸遮沒了，顯得他更矮。他的腦袋從這本書移到那本字典上，又從這一頁移到那一頁，而手指則忙著翻書頁，查字典。「你這樣每字必查的讀書法該是多麼吃力而又不討好哇！」我半譏諷半憐憫的說。「那當然不能像你們大學生那樣。我看一點就要看懂，一個個的生字查，慢慢積累就多了。再說現在記憶不如從前，把字典打開，忘了要查的字；再回到書上，又找不到原來讀的地方。」他嘆息著說。但即使是這樣，他的記憶力還是相當驚人的。前天在飯桌上他談起外國作家描繪景物人物的細致時說：「哈代寫苔絲眼裏流下一滴眼淚，說它掛在頰上，晶瑩透亮，像放大鏡樣把臉上的毛孔都放大了，你看他寫得多細致！」我暗地裏感到一陣羞慚，因為我讀完「TESS」還是不久前的事，但很多細節都忘了，更不提這個小淚滴了。今天看《紅燭》，讀到關於王叔遠的核雕《赤壁賦》，不知此人是誰，便問他。他剛剛說出「不曉得」便改口道：「哦，是清代一個有名的雕刻家，專精雕桃核之類的小玩意，很有名呢。古代《散文》（下）裏有《刻舟記》嘛，是專寫他的事跡的。應該讀『胡』而不是『刻』」。

今晚上，我第一次和一家人，爸、媽、弟坐在客廳裏看了兩個小時的書，第一次嘗受了一個和睦家庭的氣氛。我奇怪爸媽有時吵得那麼厲害，幾乎要打起來，有時卻又像小孩子樣開玩笑、逗樂，看到他們那樣快活，我不禁要妒嫉了。為什麼我一天到晚眉頭緊鎖，愁容不開呢？為什麼我把生活看得這麼灰暗呢？一定是我自己有什麼錯。不熱愛生活的人，生活也不熱愛他，是這樣的嗎？媽媽抱著「得之不喜，失之不憂」的觀點，活過來了，爸爸笑著活過來了。生活，不就是要生活嗎？厭惡它有什麼用呢？既然投生到這個世上，那就是要讓人生活的，否則，何不死去呢？我想起Edgar Lee Masters說過的一句話：「It takes life to love life！」我想他說得很對。我的父母熱愛生活，所以他們才有今天。唉，能讓人熱愛生活多麼不容易呀！當這些思想在我腦子裏翻騰時，他們卻都在各人看各人的書，爸爸是他的《英國文學選讀》，媽媽是她的《十月》，弟弟是他的作業，我被一種突如其來的念頭所攫住，我必須從新的角度來觀察人生，觀察我的父母和這個家庭。

＊＊＊

記得魯迅說過，有錢人是無聊才讀書。我現在把這句話改動一下，變成無聊才寫書。回到家裏，打開燈，脫掉衣褲，換上涼鞋，木然呆立了一會，不知幹什麼好，便走出去當著媽媽的面，點著一枝香煙，獨自走上平臺，無聊地徘徊了一陣，一個勁地打呵欠，又在欄桿上坐下，我的下面與平臺齊平伸出去有一段寬寬的水泥板，砌成槽狀。在黑暗中我想象著有個人匍匐著從後面接近我，突然伸手將我一拽，我便從五樓上倒栽了下去。我驚慌地轉身看去，什麼也沒看見，只有那片黑糊糊的突出物。我看見一個女人渾身脫得精光，張開雙臂把我抱住，便要和我——我掙紮著，附近有幾座大樓，像啞巴一樣瞪著黑洞洞的眼。一座大樓的走廊上亮著燈，燈下看得見一個下棋的老頭子幹疲的身形。我和她躺在雨水淋濕的水泥板上，——突然，有人高喊起來，許多條電棒的光柱威嚴地從我們身上掃過去，——我從欄桿上跳下，口裏喃喃地罵了一聲「無聊！」，便慢慢走下樓去。

今天怎麼這樣無聊啊？無聊浸透了我的全體，並從每個毛孔裏往外散發著薰人的氣息。就像那兩個姑娘一樣，她們像幽靈般從我們身旁經過，曾給我們一股幾乎要使人昏倒的香水味。還是劣等的香味！瘦瘦高高的那個滿口武漢話，也是劣等的帶著土腔！我想起某個小說中曾描寫的一個貴婦人，臉上擦的粉太厚，一笑起來便成塊成塊地往下掉。剛剛過去的兩個女子使用在身上的香粉和雪花膏一定不下於那個貴婦人。大約不僅臉上擦了，頭髮上抹了，衣裙上也灑了吧。「很可能四肢和身體上也浸過了吧，」他說。這未免太深究了一點，但誰說得清呢？

我們沿著那兩個姑娘消失的方向走了很久，一直走到離城好遠好遠的地方，四周一片寂靜漆黑。聞得到田野上夾帶著豆禾牛糞的香味。時而看得見一兩匹驢子，靜靜地啃著堤上的青草。除了一兩個路人外，再沒有任何人跡。不用說是沒有碰上那兩顆黑暗中的明珠囉。我杜撰了兩個故事，都未免有些陳舊，倒是後一個故事引出了他的一小段經歷。那是一天晚上他看完電影出來，已經十一點多鐘了。路上碰見一位年約二十一二，戴副眼鏡的姑娘。後者拉住他，懇求他送她一起回家。他猶豫了一會，便說和她走的不是同一條道。那姑娘說她很害怕，還想他能送她一下。但他安慰那姑娘說不用害怕後，竟丟下她管自走了。後來想起這件事總感到良心中有什麼在譴責他。「以後，還是要多做點好事啊，不然，想起後心裏總不舒服，」他嘆道。

我們在堤邊一排排的水管上坐了下來，談了一陣愛情。諸如絕對正派的人是沒有的，任何人都有一種放蕩的本能。只不過受自己的教養和道德觀念的束縛罷了。男女長期親密交往的結果，只可能是愛情以及不可避免的性交。要多讀書，思索生活的真諦等等。在回家的路上，又碰見兩個往相反方向走的姑娘。我們受了一種不知什麼思想的支配，轉身跟了上去，這兩個姑娘像幻影一樣消失了。在這期間倒是聽他講了一段很感人的故事。他說：

「我有個戰友的弟弟下放在羅田，有三年多了，名字你莫管，眼看跟自己一起下去的都一個個進了工廠，上了大學，自己沒有路子，也就死了心，打算就在農村扎根算了。當然，還是經過了一段痛苦的時候的。那時，隊長很同情他，把他接到自己家裏住，在生活各方面都關照他，就像對待親人一樣，他漸漸對隊長產生了感情，覺得和他以及他一家都分不開了。隊長家有個姑娘，年紀比他大三、四歲，倆人在共同生活中好上了，那姑娘長得並不怎麼樣，但是他愛她。後來他抽出農村進了工廠，還忘不了那個姑娘，一定要和她結婚，他家裏從上到下沒有一個不反對這門親事，但他鐵了心。他說：「你們要是不許我和她結婚，我就去死！」他媽聽見他口氣這樣堅決，便先軟了下來，想到她自己做姑娘時也是個做臨時工的，不覺原諒了他。他們大家反對的原因就是嫌姑娘是個農村戶口，無法轉正。現在已經結婚了，兩口子過得很美滿，女的在這兒做小工，已經懷了孕。她心地又純樸，又善良，真是個好妻子。不管天晴下雨，起風走暴，她總在外面做，一天也不缺。人的像貌——不怎麼樣，可以說很一般。男的長得也一般，但無論如何如果他願意，他還是可以找到一個城裏的姑娘的呀。他的家庭情況也一般，父親——伙夫是個。母親嘛，普通工人，對這事廠裏的人都有看法，說他太傻，他不為自己考慮，起碼也要為後代考慮呀，大家都不明白他為什麼要這樣做，我也挺納悶。」

我打心眼裏佩服這個男子，真是個實心眼的男子漢！是個有真正感情和情操的人！我內心騰起一個想望：我若有那樣一個妻子該多好！長得醜便醜一點，只要我們彼此有真誠的愛，不吵架就行。

我一個人在堤上走，看到河邊曬著網的漁舟和舟中聊天的漁人時，不禁想去和他們攀談一下，轉念一想，他們會歡迎我嗎？決不會的。他們和我之間沒有共同的語言。要同他們打交道，得要那種非常逗人喜歡的人。可是，什麼人才具備這種本領呢？知識分子中受歡迎的人在工農大眾中不一定受歡迎，反之亦然，因為他們之間並沒有共同之處呀。真的沒有？那為什麼文學家的作品可以打動千百萬讀者的心？使不管工人農民還是知識分子，都可以流下眼淚或發出哭聲呢？恐怕是他們掌握了打開人類心靈大門的鑰匙。那是什麼呢？是人性、是愛，還有呢？是生活。

九點多鐘回到家時，見媽媽還坐在椅子裏看書，平常這時候她早上床了。「你該去休息了，」我說。「還看一會兒書，」她說。從平臺上轉回，她還在那兒。「你怎麼還不去休息呀？」我問。「你別管！」她說。許久以後，我聽見鑰匙轉動門鎖的聲音，接著門開了，弟弟回來了，第一句話便是：「你怎麼還不去睡呀？」

「等你呀，」媽慈愛地說。——我羞赧了。

我不知道我為什麼每做一件事便譴責自己，好像從來就沒做過一件好事似的。這大約是看《懺悔錄》看壞的吧。彷彿有個什麼完人總在指手劃腳說這不對那不對應該懺悔。我覺得簡直生活不下去了。唯一的辦法是忘掉過去，從新開始。要每做一件事都站得住腳，都要合情合理。

***

剛剛熄掉客廳裏的日光燈，屋裏突然出現伸手不見五指的黑暗和一片聽得出聲音來的寂靜。這聲音是如此的響，以致壓倒了外面的蛐蛐和其他夏蟲的鳴叫。我覺得這黑暗和寂靜彷彿是一個巨大的生命體，正從四周擠壓著我，使我不得不緊貼著牆一步一步地接近我的房門，伸手在黑暗中摸開關。時時刻刻我都覺得有人埋伏好了，準備隨時一躍而起，at my throat。

我在大堤上散步。今天我要通盤考慮我和他的關係了。在友誼結束的當兒，不能不舉行一個簡單的儀式，雖然這友誼的開始並不隆重，也沒有什麼禮儀。畢竟在一起生活了多年，建立了一些感情，因此，在走到終點的時候，應該回想路是怎麼走過來的。星期六、星期天，應該來的時候他沒有來，那麼，還等什麼呢？直接去他那兒吧，這已經是絕不可能的了。我的自尊心不允許我這樣。他應該知道我曾經去他那兒等過他。他知道了卻不來，這意味著什麼呢？厭倦了我們的友情嗎？很有可能。上次談話中我不是曾說過，如果他認識到過去所做的一切是錯誤的，那就應該改正過來，從頭做起嗎？當時他好像吃了一驚，接著喃喃地說，他並沒有感到自己錯了。後來，他跟我提到他弟弟對他的輕蔑態度，後者認為他不應該再放蕩下去，而應改邪歸正，找一個良家姑娘，結婚生孩子過一個平安的生活。他說到這一點時十分氣憤，他說他絕不認為自己錯了，而且對所有反對他這點的人都表示不滿（包括舉燭）。既然這樣，想必他對我那句話耿耿於懷。進一步來說，他還會想到一年前我們的不和，一次口角，一封絕交信，還有在這之前的一次不愉快的聚餐。他一定是對我久有怨毒吧。我記起我那幾封類似懺悔樣的信，記起那時候我的痛苦心情，多麼像失去了一件寶貴的東西時的感情呀！可是隨著時日的過去，那種感情竟煙消雲散了。我的記憶蒙上了一層灰塵，一層有意識不抹去的灰塵。那是冷漠的繭子，是對一切無所謂的甲殼。我們的關係變得逐漸冷淡下來，我們並無多大興致地來往著，我們的談話常常中斷。——有什麼好說的呢？可為什麼他前一段時間常來這兒呢？確切地說在她未走之前他為什麼常來，有時差不多是一整個上午或一整個下午？難道……？不過事情也湊巧，往往他來時她卻恰好沒有來，可是她來時他的樣子喲！也許他的目光過於大膽熱情奔放了吧！「哎喲，他那樣子看著我，我都要快睡著了，」她有一次在會面後告訴我。他難道真有這種想法？那未免太卑鄙可恥了！不，他決不會傷害一個朋友的感情的。可是，你能找到任何一件證據來證明他不會這樣做嗎？他剛剛玩垮的女朋友相識時，女朋友正在和另外一個男的玩朋友（他在部隊）。他並不在乎這，靠著他的巧舌如簧和無堅不摧的手段，他贏得了那個姑娘的愛。他也輕而易舉地玩弄了許許多多無辜的姑娘（一部分是他自己告訴我的，一部分是別的人告訴我的）。我一直原諒他，我甚至就在別人已經從他嘴裏知道這些事後還給他保守祕密，（因為他曾經囑咐我不要泄露出去），就連自己的女朋友我也沒泄露這個祕密，我總記得他告訴我的那個故事，他被一個姑娘拋棄，他曾愛她愛得發瘋。後來，他發誓要對其他的女性施行報復，他的的確確報復了許多女性，多麼無辜純潔的女性啊！一個19歲的純樸農村姑娘；一個活潑可愛的中專生。提這些幹什麼呢？我也不打算給他開黑名單，也不想背地裏控告他。我開始懷疑他的這種「報復論」是否合理；在這種高調後面是否懷有不可告人的醜惡目的。我聯想起同班幾個失戀的同學，他們各自對我表示雖然被女性拋棄過，但他們決不向任何其他的女性施行報復。相比之下，我的那些同學真是高尚得多、善良得多。人們總要為自己的行為找理論根據，可為了自己獸性的發泄而找根據可以說只有極端下流的人才幹得出。我總是對自己說，他是我的朋友，應該相信他，信賴他，而不應對他滋生任何懷疑。可是那一天她告訴了我那一句話後，我開始用另一種眼光看他了。他彷彿是一條蟄伏不動的蛇，靜靜地躺著，但卻睜著一對銳利的眼睛，一有機會，便倏地縱身而起，向獵物撲去，閃電一般，還讓人根本看不出痕跡。我對他產生了懷疑。也許這是我的無聊——我竟推敲起他當她面說那話的動機。他說：「春陽曾對我說過，與其到你那兒去，還不如在家學習好。」他還追問：「你倆的關係到底怎麼樣了？」這樣問是什麼意思呢？她把這話告訴我時（真謝謝她，不然我要一直蒙在鼓裏），是很有怨氣的。我把我自己放在他的位置，想像我同我朋友的女朋友的談話是個什麼樣子，我立刻就斷定，他所問的兩句話我是絕對說不出口的。我嘗試著把它們問出口，我感到臉紅了、心跳了，彷彿幹了一件罪惡的事情。雖然以「小人之心，度君子之腹」不免有些荒唐，但這種推測至少給我一個警告：他的問話裏如果沒有什麼惡意，也沒有什麼善意。跟著我被一個幻象纏擾著。我看見他寫了一封信給她。而且幾天後甚至坐車前往武漢，去她那兒。我試圖向我自己證明她對他的到來並不歡迎，但我明明看見她滿面春風地迎接他，端茶倒水，弄飯弄茶，忙得不亦樂乎。我想這是一個夢。這確乎是一個夢。我在夢中看見他們結合了。他怎樣無恥地獻媚，用他那張巧舌，說著世界上最動聽的話，而且像他從前對我表演過的那樣，伸手往她面頰上摸了一把（他當時說，這在無人看見的時候絕對可靠，不會引起任何反抗。）她當然是沒有反抗的，別看她在我面前裝得正正經經，那是因為我個性太倔，相貌太醜，又不會說漂亮話的緣故，而只要有漂亮話，任何一個姑娘都會立刻變成俘虜的。他和她結合了！他還在她面前說了我許多壞話，正如他過去對我談起他在領導面前說一個同事壞話講的那樣：「媽的，無毒不丈夫！」他竟對同事做得出這等事，對朋友又何嘗做不出同樣的事呢？像他這種百無禁忌的人，是無所謂道德標準的。只要有可能，他可以和任何一個女人睡覺，只要有可能，他可以損壞任何一個人的利益為達到他的目的，因為按照他的觀點，人活在世上就是在損害人家的利益。啊，他真是一個可怕的人！後來幾次我避免和他在一起同她見面，他一定猜出了，也許他是為這個而對我懷恨在心吧。他可能會想，多麼不夠朋友啊，對自己的朋友竟這麼懷疑！可是，除了他，我並不懷疑其他的人，如舉燭等等。正如舉燭說的那樣，他是一個魔鬼，我在和一個魔鬼打交道。有時想到這一點，我不禁毛骨悚然。可她還說，過去對他沒好感，現在對他已經有好感了。啊，魔鬼的爪子已經伸出來了。我能夠等閒視之嗎？也許，我可以這樣安慰自己，她接受了他的愛就等於說她已不愛我了，我又何必要強求呢？更何況我們的愛情並不是possessive，她的失落不等於物品的失落。可是，這些思想在鐵的事實面前變得微不足道了。如果他獲得了她，我的自尊心、我的愛、我的名譽、我的一切都將毀滅。

他真是一個可怕的人呀！也許我自己是一個可怕的人吧？但我永遠也不敢起害人家的念頭。可是，他並不把這種事兒看成害人啊。

＊＊＊

在動筆之前，我總要找些小事如灌墨水、拿紙、鋪紙、擰開擰上鋼筆帽，來占住手，常常我有意延長做這些小事的時間，彷彿害怕什麼似的。還沒動筆，先就起了一種空虛感，一種無能為力的感覺。等到真正動了筆，我就會忘掉身外的一切，沉浸在自己的描述中，記得晚上冬陽一邊整理他收集的郵票，一邊說他自己的思維形式很怪。他不能將注意力集中於一點，常常忽東忽西地想著，一會是看過的電影中某個主人公的模樣，一會兒是某個同學曾說過的一句笑話，或者是許久以前發生的一件小事，或者是夢境裏看到的幻影。因此，他很愛看意識流的小說。我發現他在這一點上和我很相似。也許我們這個家族的人都具有這種特性吧。

張伯伯一會兒前還在黑暗中起勁地打呼嚕的，現在卻開著燈，一支接一支的吸煙，一會兒出去解手，用那條不離手邊的花手帕在身上擦汗，一會兒躺在床上看今年的試卷。「這是我的習慣，深夜看書，安靜些，」他走過我身邊時，我正在改自己寫的詩，便用手掩起來，他忙說：「我看不見的，看不見的。」我朝他看了一眼，只見他睡眼惺忪，蒼老的臉上掛著些疲倦的皺紋。我記起媽媽對他的評價：「他眼睛並不壞，我開始還以為他是個近視眼，後來看他倒是個善於察言觀色的人。」我問她是怎麼看出這一點來的，有什麼證據，媽卻不做聲了。我忽然想起他坐在沙發上的模樣。他脫掉那雙灰塵染白的黑涼鞋，抬起瘦骨嶙峋的大腿，伸出腳去擱在剛拖到面前的一張方凳上，露出骯髒的壓得扁平光滑的腳底板，大腳趾頭從側面看像切得齊嶄嶄的香腸。他從旁邊的挎包裏摸出一盒「大前門」的煙，取出一枝來，銜在嘴角上，劃火柴吸著後，便連煙帶火柴全放進袋中。他吸著煙說著話，不知怎麼煙熄滅了。他挺有耐心地取出火柴，劃著點上。過一會兒，煙又熄了，於是往復竟有五六次。可他後來也不急。在這期間我更多地是注意他那雙擱起在凳上的雙腳和伸在短褲外的精瘦的大腿。忽然發現腳動了一下，向後退去，悄悄地滑下來，代之而來的是一雙顫巍巍的手，一只手的中指和食指還夾著點燃的煙。這活手彷彿害羞似的把凳子從腳邊拿開放到一邊去了。早上當我還朦朧地半在夢境半在現實當中時，我聽見一個男人問一個女人綠豆好不好買。那男人用一種很隨便但卻多少有些命令的口吻說，那女人則表示願意，聲音裏卻透著不願意。起床後媽笑著對我說：「他才有意思，一早上要我替他買二斤綠豆，還要給他十斤糧票。並且還問這些糧票他是82年還，還是83年還。」可晚上，媽走到碗櫃邊聽見她說：「有四個蘋果，是周師傅把的，兩個大的給你和冬陽，我和爸爸吃小的，不給他吃。」又聽見冬陽說：「大的給你和爸，我們吃小的就行。」從旁邊伸過一只捏著蘋果的手，擋住了面前的書頁。「我不想吃」，不知怎麼，我覺得好像如果吃了，我就betrayed了他，因為這時的他在僅隔一間房的平臺上和爸爸在談話。有一次他臨走時留話今天要來吃飯。結果他並沒有履行諾言。第二次他來時又留話要來吃飯，說他只吃素菜，不吃葷菜，媽媽真的辦了幾個素菜，燒冬瓜、燒南瓜、炒莧菜，只有紅椒炒蝦子和摻湯圓子是葷。他的玩笑也只開到圓子跟前為止。爸爸請他將來調到這裏以後，輔導輔導會計培訓班的英語基礎教學，他說：「我不是搞會計的，不懂。」爸爸又請他指導指導我的畢業論文方面的問題，他說：「我不懂文學。」晚飯前媽告訴我說他來過了，捏著兩張電影票。他說看見附近這個電影漂亮，便買了票，雖然《魔術師的奇遇》他已看過，我們家的人也都已看過，但無論怎樣得叫個人陪他去。「我不去。再好的電影我也不看，何況是在大熱天！」爸爸一面抹桌子，一面大聲說。我和冬陽早宣布我們的反對立場，因此媽只好說她去了。看完電影回來（巧，我記起爸爸講的一個笑話，從前一個財主買了件古董，他拿回家後便將它擦得光光亮亮，把上面的碑文全都抹掉了，真是個大傻瓜！）他又在平臺同爸爸說了會子話，然後就要走。我便說了句挽留的話，哪知他說：「真的？那我就在這裏睡吧，我還要洗澡、洗衣服呢。你肯給我洗衣服？啊，你這不是真心實意吧？到目前為止你屋裏除了你還沒有一個人發出邀請呢，既然你邀請了，那我就不走了。」於是，我便給他打洗澡的熱水。媽媽附著我的耳朵說：「他就是想在這裏睡覺。」

我寫這些幹什麼？連我自己都不願看，中午睡過午覺，我又想起了她，我開始重新盤算起那個從昨天起進入大腦的念頭：去她那兒玩兩天。可是沒有便車，我就一直等著。有好幾次曾想到汽渡那兒找輛車子去。中午吃飯時不自覺地嘆了一口氣，媽說：「想到她那裏去了？」「誰？」我問。「我，」她嘲諷地說。我於是搪塞說飯菜不好。實際上，我這一聲嘆息裏的確有著她的成份，雖則我並不承認。

想念她到了極點，便使用了極端的手段，這樣，情思沒有先前那樣強烈，身體卻感到異常疲軟。大腦已經滯重得近於麻木，那時只絕望地想自己將什麼也成不了，只是個一生庸碌的人罷了。

＊＊＊

可是，我寫些什麼呢？這麼厚厚一疊空白紙，這不就是我的將來的象徵？寫得滿滿的那一疊，信手塗鴉，亂七八糟，恍如夢境一般，那豈不是我的過去的象徵？何況在這四堵白牆中另有四堵白牆。——摞得高高的書堆，我感到壓抑、窒息和盈滿的空虛。「盈盈啊，你此時在幹什麼？你知道我在想你嗎？你知道我剛才為什麼心境一下子平靜了嗎？那是我突然決定的緣故呀。我決定明天起一個早床，到碼頭去找一輛便車，兩個小時內便可以見到你了，你一定不在寢室，我不得不硬著頭皮到辦公室去找你，可我願意，因為我找的是你。我發覺有什麼不對頭，他們幹嗎用這麼奇怪的眼神上下打量我？他們為什麼一句都不搭理我？而且還皺起眉頭，厭惡地扭過臉去？我找不到你，我開始發瘋地呼喚著你的名字，我發現人們把我的手腳全綁了起來，有一個穿白制服的人兇狠地站在一邊。我怎麼了？犯了什麼法？他們要把我怎麼樣了？可是你，我的盈盈，你在哪裏？哦，那不是你嗎？快來呀，你看他們把我弄成這樣，快來搭救我吧。可這是怎麼回事？你為什麼也扭過頭去？你的眼神為什麼如此冷漠，彷彿根本不認識我似的？那個人是誰？你身邊那個高高的、剃著短平頭、自命不凡的年輕人是誰？他在幹什麼？我的天哪！他怎麼敢用手摟著你的腰！放開我！放開我！我要把這豬玀撕成碎片！可是，我的盈盈——怎麼我們分手還不到半月，你竟變得這樣絕情，這樣冷酷，這樣殘忍！難道我有什麼錯？啊，我明白了，一定是我有錯。我對你犯下了不可饒恕的罪過，我——我奸汙了你，使你喪失了貞潔。我——我那雙骯髒的手打過你，我那張骯髒的口罵過你，我那邪惡的天性對你發過脾氣，這——這不是暴殄天物嗎？難怪你對我失去了所有的熱情，難怪你的臉上布滿了愁慘的烏雲，難怪你的話音裏浸透著刺骨的寒冰！我，我是個惡魔。我是個不值得你愛的人。可是，可是，可是我的的確確真心實意地愛過你，我的過錯在於愛得太猛烈，我幾乎把咱倆全燒毀了。不，我燒毀了我自己。我這顆心已經燃得黑炭一般，它再也燃不起來了。可是，你不該——不該背著我——拋棄我同另一個人相愛，你——不該這樣啊。難道這就是你對我罪過的懲罰嗎？你可以當著我的面打我的耳光，唾棄我，踢我，破口大罵我，對我說：「我不愛你！」然後揚長而去，我一定都忍受，因為這是我罪有應得。可你決不應該就這樣愛他——這個矮個兒、白臉皮的色狼！你有一顆善良的心，你也有兩片愛聽恭維話的軟耳朵。你知道這個色狼是多麼垂涎於你，他有著怎樣的一副花言巧語的舌頭啊。可是，我不怪你，我知道無論多麼貞潔的女人，內心仍埋藏著一股放蕩的欲望，那只是因為你對我的愛太深，才忘卻了這股欲望。而今，他——這個色狼，這個欲望的開采者——來了，來向你下手，對你進攻了。你屈從了他。——他的利舌的武器，我不怪你呀，我的盈盈！你以為我瘋了？啊，不，如果我瘋了，那是因為我愛你愛得太深，想你想得太久的緣故。我恨不得現在就在你身邊，我要把心裏話都掏給你，我愛你，我忍受不了任何人的挑撥離間。我不能看著他戕害了一個個純潔天真的姑娘，現在又來引誘你、戕害你，他這個寡廉鮮恥的色狼！你知道你同他的相好意味著什麼嗎？這意味著我要把他殺死。很可能，在狂怒之下，我會殺死你，連同我自己。如果沒有了你，——愛情和友誼的化身——我的生命將失去意義；我不能沒有了你。即使你年華將盡，皺紋頻添，我還是愛你，我不能愛別的女人，她們對我只是肉體、肉體、肉體！我要的是你，精神！這折磨人，幾乎置人於死地的精神。我是多麼孤獨啊！可是難道這是我的過錯？是我自己願意這樣的？他們都不來，難道我得罪了他們，難道我有什麼對不起他們？沒有！沒有！沒有！一千個沒有！我和他們都有過友誼，純真的。我們有同床共枕、推心置腹的不眠之夜，我們有漫遊四方、縱情飲酒的歡樂時候，我們有過理想，然而，是因為我的脾氣？我這脾氣是致命的根源，是我把人們分隔在外面的銅牆鐵壁？那為什麼父母要把我教養成這樣？為什麼？為什麼？父母啊，我問你們！你們把我塑造成現在這個模樣，叫我不能愛、不能恨、氣量窄小、胸襟褊狹、好色貪欲、冷酷無情，你們該當何罪？還有社會，難道你沒有錯？不就是你把我塑造成了一個榆木腦殼？不就是你教會我背誦死教條，教會我像牛一樣地幹活。教會我把青春拋棄在荒漠嗎？還有我自己，難道你沒有錯？你何曾細細思考過生活？你何曾認真為別人著想過？你是極端的自私自利者，你是最無恥、最無良心、最無道德、最無能、最愚蠢的人。你——可是既然如此，我幹嗎還要活下去？別的人活下去有他們的理由。可我，我有什麼理由？給別人增添痛苦？給自己增添無聊？給社會增加累贅？活下來的應該是有用的人！既對社會人民有用，又對自己有用的人。而我對兩者都是廢物。我何不早早結束這個完整的殘軀喲！盈盈，我是該這麼做，因為，我敢肯定，只有這樣才能給你帶來幸福。你是那樣一個善良的人，怎能和一個野獸過一生？你會悔恨一輩子的。可是我——沒有了你，我是不必活了。沒有了他，我可以活，他並不算什麼。雖然他曾對我有過幫助，我對他也同樣有過幫助，我們兩人之間是沒有什麼值得遺憾的。我們都沒有做過對不起對方的事。也許，凌霜，我做過對不起你的事。我沒有認真地教給你英語，我因為你「笨」，常常不耐煩；我還有一次當你面說我不想和你一起出去喝酒。但無論怎樣，這是我的性格，我並非有意要傷害你。如果實際上起到了這樣的後果，我向你道歉！現在，你不屑於來了，你認為用我繼續保持友誼不必要了。那麼，讓我通過黑暗的夜空同你握手告別吧。我們曾經有過友誼，正如這個世界上曾經誕生了一個人一樣，現在他死了，我們的友誼死了。這是大自然的規律，不可抗拒的，讓我們笑一笑，然後忘掉過去的一切，分手，登上各自的前程吧。我知道你對我好，在最困難的時候，你支援過我一元錢，並把我們的友誼比喻為李杜的友誼，當時我心裏雖覺得有點誇大，因為至少我沒有那種才能，但我卻感動得流淚。你無論在何時何地都想著你這個朋友，你信任他——可是，你現在不了。你妒嫉他，你討厭他，你瞧不起他。那好吧，既然朋友之間沒有了信任而產生了嫉妒，友誼就該結束。澈底結束吧。我討厭那種扭不幹打不濕的拖拖拉拉作風，我喜歡爽快，喜歡快刀斬亂麻，斬斷過去的一切綿綿的情思。我已經清楚地意識到，我們已經來到了一個新的時代，在這個時代裏，人不可能有真正的感情交流和心靈相通，人們已經被金錢和地位自然地分開或聯結起來。好了，好了，既然上天已把我塑成這個樣子，我註定是要孤獨一輩子的。我何必要因此而大發脾氣呢？我何必還要苦苦地等待呢？我其實也並不孤獨，因為我有孤獨作伴。多麼可怕呀，社會家庭竟把我造成現在這個樣子！盈盈，難怪你喜歡和孩子們玩，喜歡和我弟弟交談，你是喜歡青春、喜歡男性的青春啊！而在我身上，這兩樣東西一樣也不在了。多麼可憐的我呀。可是，我還想見你。我可以想見你現在是多麼討厭我。可以想見你會用怎樣的臉色，怎樣的態度，怎樣的舉動來迎接我。唉，既是如此，我還有什麼臉去見你呢？

下午，到賓戈家。他家的住房很寬敞，是自家做的。屋外是一個不大的庭院，種著一簇簇蓖麻；屋內被分隔成幾個單間，堂屋居正中，每邊各兩個耳房，正對大門也有一間。我坐下後，他打開一座嶄新的電扇，端來一杯綠褐色的水，一喝才知是綠豆湯。我們開始隨便地聊起天來。他時時起來到廚房照看爐子，我便有機會觀察一下我所置身的堂屋。水泥地，打掃得很幹淨，有幾處潮濕的痕跡，表明這兒較低。牆壁刷得很白，很高，一直與瓦相接，中間沒有天花板。除正面牆側有一幅松鶴圖外，沒有其他的畫。對面牆上掛著個竹籃子，蓋塊格子布；大門一邊是一個用舊了的工具包，一邊是一把新秫稭掃帚，被一個簸箕半遮著。我旁邊桌上那只盛像豆湯的杯子，我現在才注意到杯外沿有塊漬斑。這時他走了進來，穿條褲衩，打著赤膊，使他顯得更長了。（哎呀，我的老天，當我要描寫他的面貌特徵時，我竟無從下手了！多麼蠢笨的我呀！不行，我得練筆。）我們的話題漸漸轉到愛情方面去，談起我們認識的同學的愛情史來。如某同學才談的朋友是另一同學才棄的；某同學近30的人，已經談了一個朋友，就住在他家裏，並不大急於結婚，卻同幾年前認識的一個女圖書管理員很好，那個姑娘雖是60年生的，卻不幸斷了一條臂。他的這種奇怪的行為叫人不解，如果他是在同她交了朋友以後她才斷的臂，這情有可原。可他們的友誼是在斷臂後建立的。考慮到他現在正在寫小說，以此作為收集素材或乾脆以此作為一種為理想主義獻身的崇高證明也不是不可能的。還有一個同學最近人家給他介紹了對象，恰恰是他過去的同學，真是天地如此之大，又如此之狹。他聽到賓戈說最好是靠自己的努力談一個朋友的話後，便當即決定不接受這個對象，宣布他要自己找一個朋友。誰說得定不久以後他碰到釘子不會轉彎的呢？有許多人就是這樣，一年一年等過去了，年齡越大，越羞怯，越怕被人拒絕，所以只好等別人介紹了事。我有一個同學現在就嘆道，那時如果下決心追求了那個總是和他相視的女孩子，就不會有這終生之憾了。沒想到這句話竟引起賓戈的一番感慨。他說原先在學校裏集訓時也是用這種方法愛上一個姑娘的，後來因為他在農村，姑娘的家長不同意，這事兒便吹了。我又談到談朋友所要具備的素質：大膽、謹慎，他加上「會耍花招。」我又告訴他曾想給他介紹女朋友的打算以及許多有關他現在還單身的話，終於他憋不住了：「算了，看樣子是瞞不住你了，我——已經談了一個，是同班的。」「真的？」我的驚訝多多少少是裝出來的，因為我早就注意到這一點了。我記得上一學期他說並沒有認真地看過什麼書的話，又記起了他有一次在街頭碰見我時躲躲閃閃的神色，我看見一個穿天藍學生裙的姑娘和他弟弟在一起，當問到我什麼時候去他家合宜時，他吞吞吐吐最後彷彿下決心似地說：「晚飯後最好。」我想起剛才他拿相片時花了很長時間。這些疑團全都清楚了，只聽他說：「我給你拿她的相片，她其實這次是和我們一起去的黃山。」（難怪他聽到我要看相片的話有些為難的樣子。）這是他第一次對我敞開了心靈的祕密，其實也是可憐的公開的祕密了，因為他們班上的同學乃至指導員都知道了這件事。（我還記起他表示決不願畢業分配到黃城的話，而原先他是很想回黃城的。）他說他畢業不管分哪兒都行，只要倆人在一塊兒，他的父母也不願退休住在黃城。（真怪！）

＊＊＊

昨晚上抽了三支煙，決定今天早上動身去她那兒，我的決心很大，一定要去那兒。早上醒來，這決心和勇氣竟跑得無影無蹤，好像一個夢，但留著一個影子，它不斷地haunted me，最後，我懶懶地打好了行裝——我的書包，裏面塞了一本《中國新詩選》，一本《沉船》，是給她帶去的，還有一疊沒改的詩和幾件換洗衣服。冬陽聽說我走，吃了一驚，覺得很突然。「怎麼沒跟媽媽說一聲呢？」他問。「那你就告訴她一聲得了，」我懶懶地說，然後上了路，在過交叉路口的時候，我遇到一個瘸腿人，我從他身邊走過，他好像瞅了我一眼。路上灰很大，我便上堤走，沐浴在八、九點鐘的太陽裏。有風，因而不覺得熱。前面走著幾個婦女，看樣子是農村的，互相玩笑打鬧。有一個扭過頭來，喲，長得挺醜。可是，我這是幹什麼去呀？我問自己，是去看她。可是她會怎麼樣呢？她喜歡你來嗎？她會不會像往常一樣把臉拉長然後板起來？甚至說一聲：「你幹嗎來？」或者乾脆一言不發。「你別了不起！沒有誰求你，如果你討厭我可以走開！」我聽見自己這樣對她大聲喊叫。又看見自己打開大門沖了出去。她竟絲毫不攔擋！啊！辛辛苦苦跑去一遍，就為了落得這個下場。腳步更慢了，周圍的景物也完全失去了光彩，幾次都想停下來轉身回去，可不知有股什麼力量牽著自己往前走。也許是那輛飛奔的汽車吧，和坐在駕駛樓裏專注地盯著前方的姑娘。她不是從前也在車頂上和我並排站過，風兒撩起了她的襯衣角，鼓脹了她的胸衣。她還用勁地壓住它們呢。可是我幹嗎要去？幹嗎要去？難道吵架過後的難堪局面經驗得還少嗎？天哪！是什麼力量在支配我去？可去去又怕什麼呢？她能用沉默不理的態度對付我，我也可以同樣的態度回報她呀。我可以看書，不理她。到最後她會沉不住氣的。腳步快了，身上有勁了，有精神了。是啊，怕什麼？去吧。既然決定了辦什麼事，就一定要把它辦了，還要辦得好。可是，這車好找嗎？即使沒有車又怕什麼呢？那就不找吧。這好像是個惡兆。果然，在碼頭上空空地花了一兩個小時，還是一輛車也沒找著。多怕那些閒人的冷眼，多怕那些傲慢的目光啊！只問一句，沒有就算了。惟有那個老師傅，問了他三句，可那是怎樣一個倔老頭喲！怎麼，過去的那種幹勁到哪兒去了？師傅長師傅短，又倒水又遞煙，還做自我介紹的勁頭都哪兒去了？人大了，人的尊嚴也大了。誰願求人呀？不求人，等著的就是厄運。向後轉！我向後轉了。現實是殘酷的，而理想——啊，確實美呀！得付出辛勤的勞動呀，不懈的辛勤的勞動啊！這倒成了一股動力，我沒睡午覺，整整一下午譯詩，一晚上寫詩，黃昏的時候將所借的書全部還給了凌霜——友誼結束的象徵。

她沒來信叫我多麼氣憤呀！我甚至又惡狠狠地對媽媽說話，我多麼不應該呀。我告誡自己，活在這個世上，再也不能把別人的心傷了。

＊＊＊

中午我決定去他家了。我有理由，畢竟玩了這麼多年的朋友，他總不至於拒絕我查查字典的要求吧。是的，在最近譯詩當中，出現了幾個字和地名，我的兩本字典上都查不到，他那裏有幾本大字典，可能會起點作用的。在第一眼下，他會是什麼樣子呢？我自己呢？心跳了起來，現在就去還是午飯後？現在吧，那正趕上他吃午飯，又得來一道多余的禮讓，那可不好，還是午飯後吧，趕在他睡午覺前。對，就這樣。「轟隆隆！」好響的雷呀！窗門劈裏啪啦亂響一陣，媽在大叫：「快去關上！」豆大的雨點猛烈地敲擊著窗子。去是不行了。這雨要下到什麼時候停呢？飯已吃完了，再等一下吧，他現在該已經躺在竹床上，看什麼書吧，還是那本卷了邊兒的雜誌？那一副疲倦的樣子？去了再說，誰猜得出？雨小了一點，怕什麼，通身淋得透濕都沒怕，還怕這點小雨？大踏步地上樓，他會是什麼樣子？注意觀察他！一定不放過這次機會。門是開著的，他妹妹發得很胖的身體。「哎呀，他在下面車間，」他媽媽迎上來。下面車間裏沒找著，按照一個人的指點，又指示給他媽找到了他。頭從平臺上伸出來，一臉的笑，還拍著手，這是個好兆頭！半個月沒見面了，想不到見了我他能這麼親熱！

「忙啊，公事私事，」他說，他媽也說。我瞥了他一眼，濃密的染過的黑髮下是一張蒼白的憔悴的臉。沒有笑容，很嚴肅的一副表情，眼睛盯著某個地方，我的手？睡在旁邊的她的弟弟身上？不，好像什麼也沒望，瞧，轉過來了，迅速地、探尋地盯著我，可沒有光！沒有表情！「什麼時候走？」就這樣一句話，接著是解釋，妹夫馬上結婚，家具才油漆，忙得不亦樂乎等等。慚愧呀慚愧。幹嗎還不趕快跑回家把寫的那些東西全部撕得粉碎然後付之一炬？多麼丟臉呀！竟卑鄙無恥地懷疑一個朋友！看他疲勞的樣子，看他消瘦的面孔，看他嚴肅的神態，他像嗎？該死的是你自己！對他說，對他說你懷疑過他，求得他的寬恕，不，不，不！他會勃然大怒的，就像英語說的那樣even a worm will turn，這太叫人難堪了。看來，醜惡的是你自己，你自己。啊！讀書人，越讀越空虛、無聊，竟起了這樣的懷疑！去死吧，去自殺吧，你的罪惡將永世難消。去把石頭推到山上滾下來，重又推上去滾下來吧，去用無底桶打水吧。就是把這些東西毀掉又能怎麼樣呢？能保住同樣的事情不再發生？「他是個好人，凌霜，」Father說。「可惜沒人教，不然，會學得很好的。會的，人很聰明。」啊，你為什麼永遠也避免不了犯罪？那是因為你的心靈是黑的啊。去，去告訴他！不然，那就一切都完了，一切，包括她，又沒有來信，空等了一天。是她的錯？她沒有真正地愛過你？她愛過，只是現在沒有從前那麼深，沒有你愛她那麼深，從最開始起。不是說如果你不寫信她，她就再不回信了嗎？不是說你不愛她，她就不再愛你了嗎？這麼不平等的愛情。要的是她比你更烈的愛情。可是，一個美麗的女子能對一個醜陋的男子這麼做嗎？不，雙方的愛情永難相當，一方強些，另一方就要弱些。可是，你過去做得對嗎？那個晚上把她送到漢陽橋頭就一人開著小車回來，她是怎麼一個人孤零零地乘船回去的喲？那個晚上，冬天的晚上，你讓她一人渡江走了，又沒送她，還說：「讓她體會體會這種味道。」可是，沒有道理？沒有道理？那一個十月，你在冷風中在她家門外踱來踱去，她置若罔聞；還有她的冷淡，這些，這些——怎麼，難道是你在報復？那時可沒想到這個字眼。她現在這樣不斷地不理睬你難道不也是一種報復？她也許沒想到這個字眼。啊，愛情原來是隨著原諒和報復而增強和減弱的啊。可是誰能說得清即使原諒的一方不是不自覺地在進行著報復呢？這報復的愛情！可是，當我要求查字典時，我卻說成了借字典，最後不得不抱著兩本沉重的大字典回家。雜誌他已準備好了。那是昨天寫好字條要他還的。這麼說他是昨天去拿的，那麼他是有時間的，只是——只是什麼？只是他不願意來這兒罷了。是的，是這樣。不然他何必要解釋，何必要在分手時猶豫一下，似乎決定不了該來還是不來。無論如何，他心裏有著什麼。為什麼我不想法探明呢？為什麼，這麼說他那天說的話「我們兩人的友誼將持續一生」是真的了？啊，多麼希望是這樣！沒有友誼，我將死亡，就像沒有愛情一樣。

可是我能工作，我要工作，《譯林》三期來了。我喜得心發狂，為著將要到來的緊張工作而激動，第一名獎100元，不稀罕錢，可是，一定要拿第一名，一定！把全付精力投入進去。全付的精力。爸爸已經失望地把書分開，說：「不行，看不懂！意識流我連中文都不懂，何況英文」。

＊＊＊

媽媽不在家，我便可以大吐其痰。我隨便地叉開腿半躺在沙發裏，一會兒便吐了一潭痰。這時門鎖響了，我一跳而起，東一腳西一腳，頃刻之間就把潭水蕩平，成了一片潮水剛退的淺灘了。對門的大胖子蔣媽象只沉重的大口袋，落坐在另一張沙發上，沙發面立刻與沙發底接觸了，她費力地擡眼瞅了瞅我，又瞅了瞅了那片淺灘（我好難受啊），彷彿她是通過那片亮閃閃的東西第二次檢視我的面孔似的。媽在對面一張靠背椅裏坐下，剛好和她形成鮮明對比，像演相聲的配角，蔣媽用她那渾濁不清的紅安土腔講述著兒子的事情：「跟他介紹了他不要，說沒得共同語言，這一個又大三歲，是他自己玩的。麼事用啊！只知道做事，爸爸退了休，媽媽也退了休，她一回家就做家務。五月一過，拆厚被子換薄被子；到了十二月，拆薄被子換厚被子，春節的菜都是她一手做成。這次來還不是辦了一回，十二個菜。深度近視，文字還可以，平常總是出刊，我的兒子英語還可以，兩個人互幫互學，你不曉得他，上次寫封信回來，一二十張紙，又是馬克思又是恩格斯，不曉得哪裏找來那麼多例子！人家後來作過調查，燕妮比馬克思小，而且長得特別漂亮。她來了勤快得很哪，桌子地下都收拾得幹幹淨淨，還倒痰盂呢，我看了那封信氣得個要死，好久不回信，問她爸爸的意思，他爸爸不表態，本來有個同事的姑娘蠻好的，他硬不肯，非要自己找，要找個樸素的黨員，可是年齡大了吵！」

媽則在一邊力勸她：「人還好，又勤快又能幹，又能體貼人，而且你兒子搞考古長年累月在外面跑，需要個知疼知熱的妻子。像那種愛打扮的嬌姑娘，他招呼得了？」晚上媽媽談起了這件事，很不滿地說：「你聽聽她說的什麼話：權當多了一個保姆的。她把兒媳婦當保姆！這真是窮了富不得，富了窮不得！」

早上賓戈來，談了件趣聞，他在從女生那兒借來的提琴盒裏發現兩張女同學的小照，這個女同學已經在上海學習德語準備出國，他便對一個同學開玩笑說是送給他的，那同學信以為真，硬是將相片要去。而且還刨根問底，要知個究竟。甚至告訴他是開玩笑他還不相信，反而將相片從賓戈的抽屜裏偷去，連同一封信寄給學德語的那個姑娘，把事情鬧大了。那個女同學來信說她只能猜測三個原因：要麼是吃飽了飯沒事幹，要麼是學習時間多了，要麼是別有用心，結果，這個男同學倒和那個女同學攀上了，信來信往，但後來看看她將要出國，怕成不了事，便了結了關係。這個同學還追過好幾個其他班上的女生，得到了這樣一個回答，還是叫別人帶的：「請你將我從你的記憶裏抹去吧！」賓戈對這樣一些在愛情中失敗的人是毫無同情的，他說：「虧他們還學過心理學，對姑娘們的心理簡直一無所知。」

有時候即便全神貫註在某項工作上或在看書時，腦子裏彷彿仍在無意識地思索著一件與正在做的事情毫不相干的事情。或者這樣說，有時思索什麼東西得不到解答，這時彷彿腦子裏什麼也沒有思索，竟是空白一片。而另一個不相干的思想卻停在一個角落裏，隱隱約約，若有若無，好像是裊裊升起在藍天中的一縷淡淡的藍煙似的。寫到這裏，我多少有點灰心，因為我感覺到兩天沒動筆，筆頭已經生澀，寫出來的東西辭不達意。我知道這個原因：我的大腦變得遲鈍了，如果不逼迫自己思想，它就像停下來的機器，再也不運轉，雖然還是有形有實地存在，記憶力已經喪失得很厲害了，剛剛記得的東西，轉身便忘。一個人學業上是否有成，跟他記憶力的好壞有很大關係。過去花了很多時間很大精力學習，結果所獲不多，就是吃了這些記憶力不好的虧。現在再提這又有什麼用呢？這兩天一直埋頭於翻譯那篇征文「Son」，到今晚十點才算在理解上有些眉目。爸爸第一天拿回來時要先看，不多久他便出來把書往桌上一扔，說：「算了，看不懂，意識流的東西我中文都看不懂，更別提英文的了，這篇文章講的什麼我到現在還沒看清，究竟誰是兒子，誰是父親，關係混亂得很！」他表現的這種灰心倒給我增添了幾分信心。夜裏，倚在床頭日光燈下，把全文看了一遍，懂了個大概，第二天便直接動手譯了。一下筆，就知道不是那麼容易，但由於有一邊譯一邊理解的思想支配，便硬著頭皮譯了一整天，到晚上十點算是譯完了全文。心裏頗有些沾沾自喜：「你不懂的我卻給譯了出來。」第二天特地把這個消息告訴了賓戈。昨天晚上送給爸爸審稿，看完後還是不知其意。一大早在朦朧睡意中就聽見他大著喉嚨在客廳裏同媽說話的聲音：「太難懂，一會兒父親，一會兒兒子，一會兒他，一會兒他，根本弄不清楚。」他和我媽媽早上總是起得很早，媽媽打掃房間，買早飯，他便上街買菜。

今天是星期天，他有空閒給我仔仔細細地審閱了，這一審閱，他看出了好多問題，好多我認為一目了然，不加思索便譯錯了的問題，如「fat」不應是「肥」，而應是「笨拙」，「rat」應是「討厭鬼」而不是「小老鼠」等等。下午我睡了一個甜甜的午覺，還做了一個夢，夢見他們給我送來許多信，可我竟不知道是誰寫的——這個夢記得不太清楚了，現在只有一些模模糊糊的人影，我醒來時他剛走進門，他告訴我什麼地方他是如何理解的，怎麼樣譯好。我懶懶地聽著這些，忽然感到一陣羞愧。我的人生哲學就是完全獨立儘量不依靠任何人，尤其在智力上，這一次翻譯征文一是想測測自己的水平，二是想獨立地成功。然而現在——許多問題是爸爸指出來的，許多難懂的地方也是他首先解決的，即便此文入選，這成功的滋味到底要差多了。然而，再也沒什麼辦法可以挽回這些。下午和晚上，我又重新把原文從頭到尾細細研讀了一遍，又看出了一些問題，有些是自己看出的，有的是爸爸看出的。每當自己弄懂了一個問題時，心裏別提有多暢快。吃晚飯時爸爸指出某一個很難懂的地方我譯得很對時，我心裏真是喜滋滋的，好半天都合不攏嘴，雖沒有笑出聲，媽媽一定看見我這副嘴臉，我意識到她在注意我，但出乎意料的是卻未加任何評論，這使我更加想笑了。

晚上媽媽早早睡了覺，爸爸和我各坐在一張沙發上看書，屋裏靜悄悄的，我有點奇怪，難道他在我們兄弟們都離家了還能這樣坐得住嗎？60多歲的人，還一本字典一本書的看，這又是為的什麼呢？我想起他把自己讀書比做人家打撲克；想起早晨收音機裏播送老戲時他的樣子：眼睛從書本上抬起來，凝神側耳聽著那一板一眼的腔調，雨水打濕還未幹的球鞋隨著腳上下擊拍子，嘴裏念念有詞地讀出唱詞，唱的人還沒唱完，他已經把下一段讀出了。可我還要關掉收音機呢。我們這一代和他們那一代之間差距也夠大的。他們所喜愛的完全不能為我們接受，而我們所喜愛的又令他們討厭。也許我們之間的差距也並不是不能填補的吧。隨著年齡的增長，我們說不定也會愛上京劇的呢，好像京劇和老年是配套的。舉燭不就很喜歡京劇嗎？他多多少少就缺乏一種青年人的氣質。爸爸的記憶力真好，上午打開收音機時正好聽到「剛才播送的是XXX詩人的詩《圓圓曲》，這次古典文學節目播送完了。」我便問爸爸這是什麼詩。「你不知道這是什麼嗎？這是清代詩人（我忘了他的名字）寫的關於吳三桂放清兵入關的事。陳圓圓是吳寵幸的妓女，後被李自成霸占；吳一怒之下，放了清兵入關，有一句有名的叫『一怒傾國為紅顏』。」那一天談到譯名難譯時，他也講了一個anecdote，那是三、四十年代有名的美國電影《鴛夢重溫》。本來譯做《鴛夢重圓》，後來改成溫，音節響亮，琊琊上口。男主人在與妻子多年失散後重婚，這第二個妻子正是原先的那一個。然而男的記憶力已完全喪失。女的為了使他想起往事，便一件件地對他提起，但他毫無印象，最後，女的把他引到他們初戀時常幽會的地方，逐漸使他憶起了那時的情景，喊出她的原名，電影就在這時戛然而止。媽媽說：「你爸爸是博古通今，知曉中外的人，就是不會琴棋書畫。」

已經寫了一個小時，看來得就此住筆，剛才還對自己說每天一定寫上兩滿頁紙，但老習慣終不能隨意改變，一個小時就是一個小時。

＊＊＊

僅僅兩天，我的寫作水平就下降了好多，想起來真叫人寒心，我得增加練筆的時間。

＊＊＊

整整一個下午用來弄清「Son」中第二段的意思，到晚飯時，才有個眉目，吃過晚飯準備繼續譯下去，這時門「砰砰砰」地響了，這是誰的聲音？我幾乎疑心是自己在外面敲門，這急促的節奏多像我的呀。但我穩坐在椅子上沒有起來，讓媽去開門，因為她一邊起身一邊說：「肯定是小周。」進來的是凌霜，許多時日沒來的凌霜。

他的到來給爸爸提供了演說的極好機會。爸爸一只腳在地上，一只腳就放在沙發扶手上；凌霜是常客，所以他也並不見怪。他隨手拿了一只蘋果，一邊削，一邊聽爸爸的高談闊論。爸爸一張口便發牢騷，從中央到地方，從科學到文化，從外國到中國，從古到今，都是他發牢騷取之不盡的泉源。他稍一停下，凌霜就插進來，提供新的資料：他們廠實行新的醫療監督制度，由選舉產生五名委員，目的是要把批病假條的大權攬在手裏。投票前廠黨委早已選定這五個人，群眾知道後大為憤慨，一致在選票中提那些長期病假在家不上班的人，因為一旦真的按黨委的辦，將來誰請三天病假回來就要被扣成一天，請一天的還得帶病工作；前天看了一本有關美國經濟發展狀況，根據趨勢，將來有一天是會發展到社會主義的，因為它們並不搞壟斷資本，而是提倡競爭。爸爸接口說，馬克思早就說過，資義生產力發展到一定程度，是會向社會主義制度發展的。在他們談這些話時，我感到頗不自在，因為我對這些不感興趣，或者乾脆說我對此不懂，談了不多久，來了媽媽的一個同事，還帶著小女孩，是來請教爸爸幫她解決作業上的難題的。

於是，我和凌霜來到我的臥室。談了會兒話，看了我寫的一兩首詩，他便要走。一直送他出門，他卻並不急於回家，倒打開了他的話匣子，一面沿著泥濘的道路向前走去。

「現在感覺到很為難，廠裏有個姑娘愛上了我，簡直可以說愛得如癡如狂，就住在我家對面，可惜年齡太小了一點，64年的，但她愛我。她說如果你願意，我可以當眾宣布說我愛上了你，對於過去我在愛情上的失敗，她一概不管，她只要愛我就行了，她說明年滿20歲，她就可以和我結婚。可見現在的姑娘愛得多麼瘋狂。我自己那時都還沒有像她這樣愛過。現在我對她說，你以後會後悔的。她說她永遠不會後悔。你知道我經歷了那些打擊和挫折後，自信心和自尊心都下降了許多，我不敢貿然接受她的愛情，怕她會有突然醒悟的那一天，那時候——唉，何必又為自己的失敗鋪平道路呢？她是個很可愛很天真的姑娘，她愛我到了崇拜的地步，她總是提出這樣那樣的奇奇怪怪的問題，我便一一給她解答。說實在話，我倒並不能說愛上了她，我只是對她發生了興趣，很喜歡她，你知道，她的爸爸將她的姐姐介紹給我，我媽媽已經同意，可我不大同意，雖然她姐姐比她長得還好一些，可我和她姐姐沒有共同的語言，完全談不來。她還為我設計了好幾個圈套，第一個是姐妹易嫁。她姐姐現在在G縣工作，她勸我現在和她保持關係，一待她姐姐調回黃城，便開始對她冷淡，使她拋棄她，然後她便主動地愛他，以示同情。你說她天真，可她竟想得出這麼些道道，可見一個姑娘家在愛情上真是絕頂聰明的。我不知道自己為什麼不管到哪裏都受姑娘們的歡迎，也許如你所說：一個是自己能說會道，第二是自己長得——還可以，第三我自己認為是自己膽子大·這個膽子大是說在姑娘們面前不拘謹，要表現出男子漢的氣度來。有一次一個姑娘告訴我她對另一個男子的看法，說『他有才華，也耐看，但就是有些女人氣。』姑娘們就是不喜歡這種女人氣，再說，姑娘們天生好打扮，以吸引人為自己的能事，她把你吸引到她身邊，她的虛榮心便得到了滿足，並不一定對你有意。許多男子就愛在這上面產生錯覺，以為姑娘愛上了他。除了吸引之外，還有選擇，我就是打破這種吸引，達到選擇這一地步的，讓她把你當作選擇對象考慮，你的成功就多少有些把握了。實際上我在這上面很少失敗，只有一次，那是因為對方事先已知道我另外有一個朋友。你看，我又對你談這些最隱秘的事，可你——我總覺得你對我嚴守祕密，不真誠，我覺得我總是對別人掏心，但別人對我總是捂心——當然，我不是指你，我知道你並不把我對你講的事到處亂傳，你決不是那種人。有時候我覺得很孤獨，雖然我身邊有一大群朋友，可我總覺得心裏有話想對他們傾吐，又不便傾吐。我便覺得孤獨還好些。」

「其實你這種對孤獨的要求，正是你對於不能互相交心而不滿的表現。你對自己說：『你們都不了解，這還好些，就讓我一個人孤獨下去吧。』你內心裏卻不知多麼渴望著有一個人走近你對你說：『朋友，我知道你有痛苦，可是，為什麼不能對我講一下呢？也許，我可以替你分擔的吧』。」

「真的，我就是這麼想的。」

「我在學校裏就常常陷入這種不可解脫的孤獨。有一段時間我看不到這樣學下去究竟有何意義。我看到自己彷彿是在自己周圍建造一座鐵牆，一座冰冷的鋼堡，裏面裝滿了知識，卻沒有人情、沒有愛。我看到那些向上爬的人無非得到兩樣東西：名和利，而這兩種東西我都不感興趣。難道生活的意義就在於此嗎？假若不在此，那麼在什麼地方呢？究竟誰的生活更偉大，一個教授的生活，還是一個農民的生活？每個人都想偉大，可誰知道偉大的意義呢？一個偉大的出現難道是要造就千百萬個其他偉大的出現？倒不如說一個偉大的出現是使千百萬個人過上平庸的幸福的生活罷了。生活就是生活，我看歷來的偉大作家說來說去總是兩件事：愛美好的生活，愛人民；恨醜惡，恨邪惡的東西。」

「有一段時間我甚至想到農村生活，我覺得在城市生活我天性中純樸、溫良、厚道的成份越來越少，人變得越來越自私、冷酷了。我當時還找了一個農村姑娘，準備和她結婚。後來覺得她太世故，這事便吹了。」

＊＊＊

我習慣地在打開紙以前把筆插進墨水瓶中。我捏了一下筆膽，筆尖上便出現一大滴墨水，掉進瓶中。我捏了四五下，直到膽空為止。然後，我將筆插進墨水裏面，壓迫筆膽，使它發出「吱吱」的吸墨聲。我原來以為筆裏的墨水早空了，現在仔細一想，這些天來自己何嘗動筆過呢？當我打開這一疊紙看到上次落款的8.23幾個字樣時，不覺吃了一驚，這就是說到今天為止我已有4天沒有動筆了。這麼長時間不動筆對於一個學習寫作的人來說應是一種大的損失和浪費。可是，我寫什麼呢？寫自己無聊的生活、無聊的心境嗎？畢竟寫作不是為自己，而是為了別人的一種事業。腦中彷彿有一個地方盛著使人昏昏欲睡的液汁，不斷地滲透擴散到全身，使我坐時想躺，躺時想睡，又使我讀書時懶得動腦筋，做事時懶得想後果，還使我看什麼忘什麼，眼前腦中全如空白一般。下腹中有一個地方盛著使人疼痛難當的液汁，也不斷地膨脹著、煎熬著我，使我坐立不安。這兩種液汁從上到下串通一氣，叫我昏昏沉沈、無精打彩，眼中無光，腦子發脹，身上軟綿綿、心中懶洋洋，彷彿一具活屍。內心深處有一個意識告誡我：振作起來，寫吧，寫吧，你會成功的。另有一個懶懶的聲音回答說：「你有什麼可寫？靠這種東西你還想出人頭地？你的身上沒有成功的素質，你只不過是一個極為庸碌的人罷了。」那時我就會半醒半睡地蜷曲在床上，恍恍惚惚地感到一切希望都破滅了，所有的努力不過是人家的笑柄。如果這時她回來，我便把她緊緊摟在懷裏，欲火把我燒得通紅，把朦朧的睡意和迷離的意識全部驅跑；只剩下一個赤裸裸的欲望。那時我更強烈地感到理想是無足輕重的。只要有一個漂亮的女人，有一個安樂的小家庭，一生也就滿足了。難道不是有句老話說，知足常樂嗎？本來就不是個有大才的人，靠著塞亂稻草一般往腦子裏塞書本，能成得了材？活在世上總還是以能活得幸福為目標的，那麼能解除這個因理想不能實現的痛苦，能滿足於現實，不也就是幸福嗎？——我倒抽了一口冷氣，怎麼，我真的變得如此庸碌，變得如此猥瑣？

那個走起路來像大南瓜骨碌碌滾，胸脯肥胖得像奶牛的姑娘對她說的話又在耳邊響起：「你真辛苦呀。」我沒有做聲，為什麼心中卻起了一陣波瀾？是產生了同感？她下班回來買飯弄菜，我坐在床邊不動窩，看書，這在我們倆之間是很正常的，正像我倆一同外出，我替她拎包包一樣。那另一個說話齉聲齉氣、面皮黝黑的姑娘時常用憎恨的眼光偷偷地打量我。為什麼我一來便引起了她們的憎恨？盈盈不是告訴我，她們都看不慣我不做事的樣子嗎？她們不是宣稱，將來要找就找一個勤快能幹的丈夫？那個矮胖的不是驕傲地吹噓她丈夫對她如何如何好，如何如何肯做事的嗎？她又告訴我她們甚至對她替我母親打毛線的事也表示隱晦的不滿，她們語意雙關地講了一個故事，說某某姑娘拒絕了給她婆婆打毛衣的事。於是，我火了，我幹嗎火了？是因為她們對人家的事這樣橫加干涉、多管閒事，還是因為她們通過這種方式對我表示不滿？我究竟在什麼地方得罪了她們這些狗東西？我憋不住讓這句臟話沾汙了口。我仍然要我行我素，我甚至還要故意做給她們看，我是個怎樣懶惰的人，她們有她們的標準，那就是男子須得替女子做事，就如那個矮胖子實行的，她的丈夫替她打洗腳水，燒飯弄菜，難道她那時候忘了她也處在同我一樣的地位嗎？婦女的解放就意味著家務事全由男人來做嗎？這未免太淺薄太庸俗罷了。她忽然變得極度煩躁不安，臉上出現很痛苦的表情。突然，她霍地跑向平臺上隆起的小平臺的牆壁邊，便坐在地上哭起來，兩只手拚命扯著自己的頭髮，兩只腳像小孩哭鬧那樣把鞋踢出去老遠，在地上一屈一伸來回蹬著，還不斷把後腦勺撞著牆，發出「咚咚」的悶響。我著慌了，忙抱住她的頭，她的腿還在蹬，我又壓住她的雙腿，好歹止住了她。勸她不要哭，她只是不肯。好久，她才平息一些，我想貼近她安慰她一下，她扭動著身子，做出很厭惡的樣子。我只好站在一邊。我仔細回想著剛才發生的一切，忽然意識到她的內心的痛苦。她本來好心好意招待我，卻在同房那裏引起那些非議，在我這兒不僅得不到半點溫暖，反而還引來我的大發雷霆和汙言穢語，她夾在中間兩頭受氣，當然是相當難受的。我便把這個意思對她說了一遍，乞求她的原諒，誰知話沒說完，她又爆發了，頭不能往後撞牆了，便用雙手拚命抓自己的身體，我費了九牛二虎之力才制住了她。最後，我的忍耐到了頭，便說：「今天我都錯了，請你原諒，我保證以後不再說諸如此類的話。這是手帕。」我把手帕塞在她抱在胸前的手臂臂彎裏，轉身走到平臺另一邊去。

她後來告訴我，這是她有生以來第二次這樣發作。第一次是小時候哥哥威脅要打她，她又哭又叫，鬧翻了天，幾乎把嗓子都喊啞。還有一次是媽媽最後一次打她，她像今天這樣在床上亂踢亂動。把媽媽嚇壞了，以後，媽媽只敢罵她，從來不敢再動手。她說：「要是她罵我，我就罵她，我可不管她是不是媽媽，她什麼都罵得出口，我也什麼都罵得出來。」

她躺在我身邊，我要吻她，她別過臉，我不想吻，我壓在她身上，她在下面蠕動著，「我不要你壓。」我摸她的乳，她把我的手拿開，「我不要你摸，你讓我好好安靜躺一會。」「你怎麼今天變得這樣煩躁不安，這兩天的溫柔到哪兒去了？」「我已經夠了，太多了，」她無精打采地說。我不無感傷，懷念地回憶起兩天來我倆的溫存。真可謂「好花不常開」呀。今天她看上去面色焦黃，眼神無光，捲髮失去了往日的光澤，兩唇是灰白的。「憔悴了，老了，」我說。「是啊，你還是去找一個十七、八歲的姑娘吧。我呢，就去找一個比我大，也比你大的男人，」她說。我火了，掙脫她的摟抱，我從床上爬起來。「我是開玩笑的，」她解釋說，又一次把我擒在她無力的擁抱中。

＊＊＊

我把這一面寫滿蠅頭小字的紙頭翻過來，準備在角上寫個2字，忽然想起還沒看看那一面是多少，翻過紙見是147，便在這邊寫上148，心裏不由暗暗吃驚，回家不到兩個月，竟寫了這麼多張廢話。外面有一只筒子發出爆裂的「咔咔」聲；樓下大門旁邊露天裏的彩色電視在哼兒哈兒地唱著戲；對門誰在懶懶地走路，鞋底嗤嗤直響；盥洗室方向一只口哨響起來，隨即消失。昨天這個時候我在哪裏？我在朦朧月色映照下的荷塘邊。自己那個模模糊糊的影子倒在墨色的亂草叢中。墨汁一樣的溝水裏，影影綽綽可以看見幾棵孤零零的荷葉，有一棵萎縮了，邊緣向中間卷去，桿子中間彎下來，形狀像一只鴨子。「蚊子好厚，」我說，用手將剛停在手臂上的一顆蚊子揮走。「你說話好怪呀，」懷柔說。「人只說蚊子厲害，或密或多，從沒聽說過厚的。」他們哄堂大笑起來。「厚！多麼有意思的形容詞。」我得意地乘著他們的笑風出了會議室的門。有時候，年代似乎在相同的事情中不起任何作用。不然，我在荷塘邊剛拉了一下她的手，為什麼轉瞬之間就覺得我倆正在攀好漢坡呢？而那是一年前的事。將近中午時分，我提著那個塞滿書籍的包包，在幾株遮天蔽日的梧桐的涼蔭下停下來，想喘口氣，擦擦臉上的汗。我不知道今天為什麼這麼累。剛上岸就看見12路車拐著彎兒向起點站開去，我拔腿便跑，以為我這個兩條往日每天鍛鍊15分鐘的腿一定會忠實地載我追上那條狂奔的狗。可是，今天，它們出賣了我。眼看最後一個乘客露在車門外面的腳縮了進去，聽見兩扇車門叭嗟、叭嗟地關上，就是使不上勁加快步伐，只好放慢腳步，喘著粗氣到候車棚的椅上落坐。

終點站。稀稀落落幾個乘客。幾顆梳得油光水滑的頭，蛋剖面型花園。車子要在這兒轉個大彎，然後車頭對著來的方向停下。花園裏沒有花，只有樹和草，暑假中無人光顧的樹和草。櫻花開的時候，紅男綠女逗留其上，它們不肯長。現在長得和前年一個在假期中去學院拿書時滿園齊腰高的野草一樣。這片地方回家時誰曾記起？彷彿從來就沒在記憶中存在過似的。現在一切都回來了。「山喳子」——蟬把它們響亮的聲音織滿了濃綠的大樹。路旁邊的足球場該被雜草掩沒了吧。綠色的野草茂盛地托著一個土黃的盤子——球場，在熾熱的太陽下閃閃發光，照著些流汗的球迷。這些蟬叫！彷彿拔開了熔爐的塞子，通紅的熔鋼流出來，把巨大的毀滅的「吱吱」聲留在它經過的路兩邊。令人特別燥熱。

屋裏只有他一個人。他的第一個動作是想笑，這個笑剛剛浮現在嘴角，他控制住不使它擴展，繼而，他彷彿是——他伸出雙臂大叫著My dear，my dear，快過來擁抱我——有些不好意思，彷彿有什麼東西夾在喉嚨裏不容易說出來，他對著我的後背說，關照地：「沒吃飯吧？快去，還趕得及。」於是，我感到房間桌子的那一邊有一個沉默的他，這一邊有一個沉默地疲倦的我。他郁郁寡歡的臉；故意擺過去的頭；恨恨的眼光。過去同現在在一瞬間聯繫起來了。

我本來打算把床鋪移到Z原先睡的床上。第一眼就看出，那床上分明鋪著席子，我臨走時留在上面的一床表示我已占據此地的被絮，被絮沒看見了。H現在睡這兒，他解釋說。一股無名業火舉了起來，又被按了下去，算了，既已搬，吵也沒用。對一切無所謂嘛。畢竟，是我先占的這個地方。你不應該在人家沒到之前來這樣一手哇。算了，和為貴嘛，為此等小事，不值得。他來了，寒喧了兩句。「你幹得好快呀，」我說。「這個床位是我事先同Z訂好的。」「是嗎？」「算了。」就這麼簡單幾句。因為他是在微笑，所以我忘掉了一切。啊，微笑。

Z進房，打了個招呼。「沒吃飯？來吃兩塊魚解個口吧。」好的，吃魚。一股暖意。第一場談話，關於Tess。下午，睡不著覺，為什麼？太激動了？不，太疲倦了？也不，反正，睡不著覺，忽然想起一句：「留與伴煙霞。」這是哪兒的句子？誰寫的？睜開睡不著的眼，它就在面前，一莌蘭花下面。睡在自己的帳子裏，帳子上貼的畫和詩彷彿會潛入腦中。見到了他，R：「我有很多話要告訴你。這是照片，我離家的前夜照的。咳，玩得痛快。車鑰匙掉了，眼鏡丟了，連我自己都不知道是怎麼丟的，只差我自己沒丟。玩，玩，玩。忘掉一切，他們有的分海關；有的分雜誌社；有的即將go abroad；有的——有的——反正都比我強。「他的誇誇其談又來了，當我們走在從電影院回來的路上。「你不是也譜過曲嗎？」?!。「是呀，我是譜過曲。我還讓他們在吉它上彈了一下，很好聽呢。」醉中真說以後再細細給你敘來。S說早來了二天，假期裏忙得很，新老朋友川流不息。A說河南淹大水，千裏平疇，一片汪洋。逃荒的人擠滿了大路，村莊房屋親眼看見一個個地被吞沒，鐵路路基與水齊平，火車像蟲一樣蠕動。T說大病了一場，在青島洗瀑布水，涼徹骨髓。T穿著漂亮時髦的網眼衣，神氣活現地立在一邊，臉上莫名其妙的笑。My dear，dear的打招呼，笑把臉的整個形狀改變。L把他買的詩集給我看，說：「At your service。」

中午起了一陣大風，樹葉的迎風面全是白的。天烏沉沉的，雨卻沒下下來，雖然打了幾聲閃雷。

＊＊＊

洗完澡回到房間，把那條千瘡百孔的濕毛巾往繩上晾，腦子裏殘留著盥洗室那個影子，郁郁寡歡、微帶怒氣的，差不多要不理人了。他為什麼？和你並無什麼密切關係，不過平日點頭微笑打個招呼罷了。他是另一個班的，卻和你班上的幾個人交上了朋友。你呢？和誰交上了朋友？幹嗎老想這些瑣碎事，難道就不能考慮些更重要的事嗎？人無遠慮，必有近憂。你的遠慮呢？朋友，他走了，無影無蹤，連回憶都不給留下。他們倆個，算是朋友吧，可你和他們之間總似乎隔著一層什麼，年齡？他卻和他那麼好，那是因為他佩服他呀。他並不佩服你，儘管他的才學遠在你之下，這就是事實，而且又沒有什麼能入夢的感情。五十多天，不是一場夢都沒夢到過嗎？倒是夢見了他，my凌霜，令人痛苦的凌霜，還是不想的好。那麼他，Z呢？H不是說他需要你時同你推心置腹，不需要你時一腳踢開嗎？你是這種人？你是這種人？他，Z，不是過得挺好，有個溫暖的窩兒，溺愛的老婆。那麼H呢？怎麼就像約定俗成似的，一個假期他來兩次，我去兩次，上頓飯後來，下頓飯前去，還要在一陣談話後來一段沉默。怎麼，這就是朋友？他告訴你那件事——一件在他的範圍內盡人皆知的事——彷彿有罪似的，也許是惠予似的吧。「看來，再也瞞不住了，還是告訴你吧。」可是，她卻坦然得很：「我並不渴望一個。」那麼他呢，J，他好像也很處之泰然？他，A，寫的小說中不就是單單把你和J除名了嗎？你倆在他們的生活中是微不足道的，甚至可以說是被忘卻的人。難道是你的城府太深？你把心計過多地用在學習上，太少地用在與人打交道上，也難怪，有了書朋友，就丟了人朋友。那又何必感到良心不安、內疚、羞愧、怨恨、痛苦呢？你自己也難說清是怎麼回事。

＊＊＊

是夜幕降臨的時候，外面已經沒有人在散步或流連，可是，我要出去，我渴望藉著最後一絲天光辯認書上的字跡，而不願在日光燈雖強卻有些慘然的光下讀書。走過草色漸濃的土坡邊，穿過深草淹沒的小徑，在枝葉的穹隆下小憩，在空蕩蕩的石階上徜徉，夜色一分分地加濃。風在高樓的陰影處增強力量，桂花該吹落了許多吧？暮色蒼茫中，灰撲撲的石桌石椅，憂傷而寂寞地彷彿在等待什麼。等待什麼？梧桐落葉砸下的清響？還是如霰的桂花？桂林中，一片寂靜。如果是陽光燦爛的白天，這兒一定溢滿了歡聲笑語，還時時夾雜著「咔嚓」的折桂聲。現在，襯著灰黑的天空，桂葉彷彿是用鐵雕出來的。桂樹啊，你是喜歡洋溢生命的白日呢，還是喜歡闃無一人的黑夜？我無論怎麼使勁聞，也聞不到一絲一毫香氣，難道你的小寶貝們——桂花——睡熟了？很想看看它們那黃澄澄的小圓臉蛋呢。——可是，這手中的書，還看不看下去呢？在這種濃重的夜色中？在這麼幽雅的環境中？應該慶幸啊，沒有人，也沒有天光逼你再多讀幾行。風颯颯地掀動那邊壁立的梧桐，而這兒，竟像夜深的房中一樣安靜。沙沙的風聲推著我飄然地向林深處走。無意間，我一抬頭，看見一炬漆黑的烈焰呼嘯噴吐著直沖夜空。原來是一棵隨風搖曳的柏樹。為什麼古人的文章寫得那麼好？一篇篇都是玲瓏剔透的牙雕和完美無缺的藝術品。無論在哲學、文學、詩歌、繪畫方面，都不是現代人所能比肩的。什麼現代派等等，只是藝術走向墮落的象徵。雖然我承認這一點，但我知道要想讓歷史倒轉回去，也是不可能的，正如我知道，要想在藝術上達到古人那種高超的程度也是辦不到的一樣。涵義的博大精深，邏輯的縝密、嚴謹，寫景的生動傳神等等，都非現代人所能比。難道這是因為人們的大腦因為科學的出現反而變得遲鈍、想象力反而變得貧乏了嗎？

＊＊＊

整整一個星期我沒有動筆，沒有在這張的紙上塗鴉一個字。我以為做小說家還是不如詩人，遊翔於山水之間，捕捉稍縱即逝的美景，或者乾脆在夢裏做詩，醒來補綴。一個星期寫下不少詩篇，怎麼稱得上是詩篇喲。

野外的公雞鳴得好清亮呀。L剛剛把收音機拿上床，關了帳子。他才將還嘆著氣，說：「明天怎麼才星期五呀。這個星期的星期六來得太慢了。」「你這麼盼望星期六，可真正的星期六來了又怎麼樣呢？」J說。「還不是看書，看書，看書嗎。也沒有什麼差別。」「可是，總覺得有點不同，似乎更自由些，雖然是坐在屋裏，但至少不用擔心還有哪道題沒有做完，不會打聽明天上什麼課吧。唉，讀書喲。」「我看還是什麼也別想的好。」一個第三者說。「不想即無煩惱。」「那你就乾脆把這些書全給扔了，去做一個平民老百姓，除了柴米油鹽醬醋茶，百事不想，保管你什麼憂愁煩惱都治好。讀書給人帶來了什麼呢？」

他輕輕推開門，對我招了招手，樣子有幾分神祕。「這是她的信，你看吧，」他說。他讓我看他女朋友寫的信，這是第一次。過後我倆坐在黑屋裏談起這件事時他說：「我現在根本不把這當回事。她給我寫信就像是寫給第三者的。我和她沒有什麼關係可言。臨走的時候她送我上車站，倆人一句話也沒說，火車開動的時候我招了招手，她也招了招手，就分手了。我心裏一點什麼都不覺得。這一個現在已經達到了高潮，她對我甚至說出了這樣的話：『無論你分到什麼地方，我都願意跟你一起去。』不過，我好像對她也沒什麼感情，玩也可以，不玩也可以。」

「可是，既然你已經獲得了她的愛情，你就不應該隨隨便便地對待它，而應該保持下去。你目前這種腳踏兩只船的處境是很棘手的。你若不早早決定取舍，後果將是不堪設想的。」

「我不怕。這一個我什麼時候想丟就丟。你讓我真心實意地愛她，這辦不到。說心裏話，當初和她玩時只不過是一時的性欲衝動，很空虛罷了。第一天晚上我和她出去，用肩膀摩著她的，她老往一邊讓，到後來，她急了，說：『你再擦我就要哭了。』她長得並不怎樣，身材馬馬虎虎過得去。假若她長得好又怎麼樣呢？長得再好我也覺得不過是那麼一回事，總像是一朵讓人摘的花，玩過就算了。感情這東西再也很難產生。你的同學說，真正的愛情可能有一次二次三次以至數次，我認為只有一次，真的只有一次，現在無論誰都不能激動我。這能怪我嗎？要怪也只能怪家庭。是父母親活生生地把我同第一個拆散了。我和她的愛情可以說是兩小無猜，純潔之至。她曾對我說過『非汝不嫁』的話。

有一次在大街上我和她並排地散步，她悄悄說『你和一個工人走路不怕人家笑話？』我大笑起來，反而靠得更近。不行，不行，我是無論如何也不能再撿起我們的老感情了。她當時密密麻麻地寫了一封五張紙的信，充滿了少女的幻想的熱情的語言。我也給她寫了同樣多頁的信，有時六張七張紙都嫌少，不知哪來那麼多話，山泉一樣就洶湧著奔出來了。不行，不行，我是不可能，也再不願重提那段舊情了。我心裏痛苦得很，有時真恨不得給自己兩刀，我恨我自己太軟弱，竟屈服了家庭的壓力，但現在，再讓我和她重溫舊夢，那是絕對不行的。我在那兒的親戚也不會同意，而且，他們一定會把我的信扣下來。我的表哥會這樣幹的，因為他最反對我和她的關係，他說如果愛上了她，我的一輩子就完了，就丟在那座默默無聞的小鎮上。不管怎樣，我心裏總是懷念著她，她為這事受了多少苦呀。她的同伴笑她，她的工友妒嫉她，說她是『癩蛤蟆想吃天鵝肉。』這一次回去看見她，我在時她老躲著我。不在時她又在我家附近轉來轉去，希望看到我。可我直到走都沒和她說上一句話，只是在臨走的時候，看見她在門外，我什麼也不顧了，就向她奔過去，心裏亂跳，你知道當時我的感情，我怎麼說得出一句話呢？你說對這一個坦白承認自己另外有一個朋友。這個——因為我一開始和她接觸時就告訴她我是個被人拋棄的人，拋棄我的是個工人。當時我純粹是鬧著玩，像做小說似的，覺得很有意思。誰知道她竟看得很認真，對我非常同情。現在如果向她坦白，那她會覺得受騙，不，不會原諒我的。我不能對她挑明。反正離畢業也不長，一分配工作就不來往了。至於她自己怎麼想我可不管。XXX拋棄R的時候替他想過沒有？她好像也不在乎，她說過她不干涉我的事，如果我的女同學來玩，來玩就是了，她並不覺得有什麼不好。我好像有個感覺，她對此無所謂，玩也可以，不玩也行。不過，她說了：『如果你不和我玩，在兩年之內我將失去笑容』。」

＊＊＊

你瞧，我又開始「寫作」了。你不會認為我是無聊才這樣的吧？你不會這樣的，我的朋友，如果你了解我的心。你知道孤獨的心需要安慰，需要溫暖，需要熱情的話語，需要——簡而言之，需要什麼東西來占住它，充滿它的空間。因此，你看，你就給我提供了這一片一望無涯的天空，雪白的天空，像我的心一樣的天空。我又覺得自己像一片橫空出世的遊雲，自由自在地飄蕩起來，沒有固定的方向，沒有確定的目的，——誰能告訴我哪兒是真正的目的地？古時候不是有人從地球的一端出發，想走到地球的終端，結果發現他所到達的地方仍是出發點。喲，我們大家不都有點像那個人，希望達到一個目的，最後也會恍然大悟，我們所到達的境界和我們出生前的境界全然一樣，是虛無的——我想到哪兒去呢？我根本不想，我indulge myself in the gentleness of the wind，只要此身不受羈束，掙脫人間一切慾念就行。有時候坐在桌邊看書，我不知道自己讀的是什麼，我彷彿陷入了極度的沉思，你一定註意到我分散的精力、恍惚的神情和迷離的眼光，可是你不知道我原是什麼也沒想的。一個27歲的大腦彷彿一座密封艙，不是很輕易地就能取到裏面的東西的。或者，它就是一個

27歲的大腦，full of sleep, and vague imaginings, animated sometimes by過於遙遠的希望。它象黃昏樣，只在黑夜即將來臨時放射最燦爛輝煌但卻稍縱即逝的光芒；當清晨降臨，它卻變得毫無生氣，空空如也起來。十八、九歲時看到晨光便吹呼雀躍的心情哪兒去了？那時綠色的田野上閃耀的每一粒露珠，都會從我的雙眼drew出同樣明亮的淚珠來。而現在，morning變得使人討厭，使人煩躁不安，使人感到了生活的urgency，它的腳步太快，彷彿鐮刀的一揮；它的手也太無情，老是拚命地搡著你，使你hendlong跌跌撞撞地向前跑著。只有黑夜才給人以心靈的平靜，才使人享受到生活的甜美、迷人，而且嘗受到一種言傳不盡的神祕，就像桂花nameless fragrance。你知道，我的生命一旦囚禁在這四尺方桌邊，八尺cabin裏，就會半死不活，惟一具有起死回生、靈丹妙藥神力的就是大自然。我一出大門，整個兒人就變了。滿眼的綠色代替了黑螞蟻的鉛字，將我的荒蕪的心點染成一片綠。林蔭中啼唱著不知名的鳥。我雖不感到它們的存在——因為它們的叫聲fit Nature so well that我根本感覺不到這歌聲是一種額外多余的東西，而是天衣無縫地嵌在皇冠上的珍珠——但我能從它們用美妙的歌喉織成的一片彩色的背景上毫不費力的辯認出任何jarring sound。我踏著被數日小雨潤濕的泥地，在背後留下一個個新鮮的腳印。我仰望著高掛在西天上，在晚霞的彩光中微沾著輕紅的一彎細月，眼前便出現一個裸體的美女，半躺在藍色的天鵝絨椅上。我到濃密的梧桐樹下，到馥郁的桂花林中，在綠草如茵的草地上徜徉，這時我便忘記了一切煩惱，大腦活躍起來，思想一個接一個跳了出來，像黑夜來臨時漸次出現的星星。在大自然中，我有說不出的喜悅和安適。（這時收音機裏播出十點的信號，是我們寢室自訂的十分鐘音樂欣賞節目了。我一面聽著斯特勞斯作的優美的圓舞曲，一面讀著法國詩人的抒情詩，沉浸在極度心醉神迷的境界，我覺得音樂如果配上與之情調相適的詩歌，那真是妙不可言的。我想如果今生今世有幸成為一個詩人，我一定要為貝多芬的田園交響曲作詩，還要為其他世界名曲作詩，讓人們在錄音機旁聽交響樂的同時欣賞那美麗的詩歌。如果有人對此表示懷疑，我就要對他說，世界上沒有什麼事是人不能想不敢做的。我為什麼就不能創造呢？為什麼創造的事業只屬於幾個有名的作家而不屬於整個人類呢？現在已是11.15分了）。回到宿舍，我就死了。我的大腦蒼白得可怕，跟蒼白的日光燈一樣——寫到這裏我覺得該住筆，談點正經事。

今天上午老師布置了一個作文題「Your Most Unforgettable Character」，題目拿回家好半天動不了手，原因是竟找不到幾個most unforgettable ones。即便找到，也記得不甚分明。我暗自慚愧起來，在這個世上活了二十七年，卻沒有幾個傾心相與的知交，也沒有一個非常值得尊敬的師長。說自己的性格有點像于連，但他畢竟還有那個睿智的神父作向導啊。父母並沒有給我多少社會知識，曾經給我的那些現在看來有許多都是不可取的，至少對於我這樣性格的人來說是這樣。忽然想到父親不也是沒有一個知交嗎？這多麼可憐！值得慶幸的是我至少有一個。畢竟我生活過來了，not with much difficulty, but with some regrets。

＊＊＊

一天又過去了。他自己也不知道是怎麼過的。是一邊打著呵欠一邊讀著《基度山伯爵》過的？還是從湖岸邊走過的？思想停滯了，情感消失了，只剩下軀殼。他有點奇怪自己怎麼在吃晚飯。他記得吃中飯時菜裏面有只蒼蠅，周圍的人為了使他吃得更愉快些，拿蒼蠅大開玩笑。他差點要吐，但他強壓著惡心，大聲說：「你們可以隨心所欲地談最惡心的東西，我保證絲毫不受干擾。我還可以向你們提供一個小資料。有一天我看見廚房裏飯上落滿了蒼蠅，這樣想象道：手裏白花花的飯變成黑麻麻的蒼蠅，人們在大口大口津津有味地嚼吃蒼蠅，濃黑的汁水順著他們的嘴巴往下流。許多人甚至津津有味地咂著嘴。」

「快不要往下說了吧，」羅博掉過頭去，顯出惡心的神氣。

他有時確實有一種變異的能力，使自己喜歡不喜歡的東西，而討厭可愛的東西。後一種情況也許是嫉妒造成的；前一種呢，（他忽然想起一件久遠的事情：小時候住在姑媽家，表哥騙他說到廁所聞臭可以治鼻炎。他那時鼻炎很厲害，吃藥也吃不好，聽表哥如此說，他便很容易地相信了。每天解完溲後他便要聞上一分鐘。因為多少有些害羞，他並沒有把這件事告訴表哥，這種療法有什麼效果呢？絲毫沒有。）大約就是產生於那件事情吧。他想起這件事時完全沒有羞愧感，彷彿是一件別人幹的事。他隱約記得曾經有過懷疑，這懷疑的產生是不知不覺的，所起的作用也是不知不覺的，因為不久以後，他便停止了那種做法。

現在他對什麼都不相信了。愛情是性的結合，真正純潔的精神戀愛人生只有一次，那就是初戀。一旦性交，人的愛無可避免地要摻雜性的因素。友誼，當一個人進入了社會，當他同自己的家庭和少年時的遊伴的紐帶解開，這種寶貴的東西是再也難以尋到的。他認為人與人之間的關係純屬利害關係，誰也不敢把自己的真心掏給另外一個人，因為每一顆隱秘的心就像一顆炸彈，一旦揭開，就會爆炸，毀滅它的所有者。也許人家都像他這樣想，所以社會就變成現在這個樣子，人人都是貌合神離地生活在一起。他從心底裏恨這種現象，總是努力做到襟懷坦白，他知道說話的一吞一吐，眼睛的閃避低垂都表明著一種不誠實，也表明當事人心裏有難言的苦衷。他知道人們總是最相信懷有赤子之心、忠誠坦白的人。因此，他儘量在談話時做到不矯揉造作，不高傲自大，而是像對一個朋友一樣款款而談，尋找用心去碰心的方式。他是不成功的。不知道為什麼，除了少數幾個人，他得不到其他人的信任。他並沒有同他們作過很多交談。但他一有機會和他們談話，他總發現無論如何談不深，好像是在雲裏霧裏飄著。他自己心裏有許多苦衷要對人傾吐，長期的孤獨生活使他習慣了只對自己說話，或者對著四堵白牆，或者對著蒼天，或者在無人走過的小道，自言自語，聊以自慰。他並不憐憫自己，他不過有點恨自己，為什麼變成了現在這個樣子？其實若是真的讓他向別人傾吐心曲，他又什麼也不肯講了，那時，他覺得所有這些都是微不足道的，而且全是因自己錯誤造成的失敗。他的自尊心太強，不願讓別人知道自己的弱點。

端著飯碗經過隔壁門口，瞥見桌子周圍坐了一圈人，臉上帶著笑，在談什麼。他自己的屋裏一個人也沒有，如果他願意，他盡可以坐在桌邊吃完飯也沒人打擾。他放下飯碗，脫掉黃軍衣，準備坐下一邊吃，一邊讀讀詩。這時，一個念頭閃過他腦際：幹嗎不去加入他們的談話呢？這個想法使他忘掉了進門時的孤寂感，他掇起碗剛要走，又停下腳，把碗放回原處，穿上那件黃軍衣，他怕自己腋下的汗氣使人討厭。

那邊房裏的幾個同學正在討論family這樣的問題。L正在慷慨陳詞：「沒有哪對夫妻不吵嘴，可以說不吵嘴即無夫妻。夫妻間的愛情是不可能長久的。有的男的結婚前對女的好，一結婚就變了臉，女的也不服氣，於是就吵起來。這樣吵來吵去，還有什麼愛情可言？其實，愛情的基礎就是性愛，沒有性就沒有愛情。柏拉圖式的愛情荒唐得很。你知道，還有intellectual love，這些都是從書上看來的。」

「愛情這東西就像吃的菜一樣，再好的菜你一天到晚吃也會膩煩。這倒不是說人壞，喜新厭舊是所有人的共性，」一同學說。

「究竟是解放天性好還是束縛好？」一同學問。

「束縛好！思想水平越高，對自身的約束能力就越高，人的罪惡的欲念就會減少。」

他一直靜靜地聽著，他很奇怪人怎麼會突然對這個題目如此感興趣。

晚上，他和辛穆閒談，辛穆講了講他個人的情況，說他渾身上下都是病，肛門到直腸頭上曾割去十幾個瘤子，患著牙炎，一漱口便流血，醫生說是不治之癥，到四十歲就要全部掉光，搞不好還會引起癌症。他說他一家人都有病，「這是先天遺傳的！」他臉上出現很痛苦的表情，他的話音裏有一種悲觀的調子。

他聽到這兒垂下了眼睛。他想到了什麼？他只覺得此時心裏很不是味，辛穆是這樣一個值得人同情的人，患著這麼多可怕的病，自己卻不知道，不僅如此，還把他當作最強壯的人，鄙視他的懶惰。（這些日子他睡得早是因為牙炎的緣故。）他覺得自己才是患著病的人，這是心病，是不治之症。

＊＊＊

到頭了，生命已經到頭了。前面是什麼？黑茫茫的一片，是無邊無際大海危險的口。花兒、草兒、鳥兒、蟲兒、露珠兒、美人兒——一切一切美好的東西都死了，萬劫不復地死了。詩歌？這荒涼貧瘠的砂石地上還能長出嫩草？這汙濁的廢水還能濾清？小說？不過是積儲痛苦的酒罐，越積越多。研究生考試？政治，那罪該萬死的政治，難道再次讓自己已成為廢墟的大腦又遭受一場浩劫？難道還沒讓這些毀滅性的東西把記憶摧殘個夠？聯大譯員？出國？夠了！夠了！這名這利這地位給這所有人類所創造的虛榮、虛偽、罪惡，哦，我還要什麼？我什麼都有過，我現在已經是一個百分之百的乞丐，沒有一個親人，沒有一個親人！「我不願再這樣繼續下去了！」眼淚滾下她的面頰。「我不願再同你繼續下去了！」牙齒緊緊咬住我的下唇，快要出血；充滿死氣的大道逼住我的眼睛。「你！你！你是什麼時候有這種思想的？你，我不相信你是現在才這樣想的！」「從今年起。」從今年起！從今年起！從今年起！這一句話為什麼這麼固執地在腦子裏旋轉、擊打、敲擊、跳動？難怪她對你如此冷淡，難怪她動不動便發怒，動不動便長時間地不理你。你做錯了什麼？你不是一直愛著她嗎？可那是因為她好。你並沒有好到使她愛你。你沒有。不願再這樣繼續下去了！不願再這樣繼續下去了。她竟是第一個說出這樣話來的！這麼說你成了被棄的人？被棄的人！你被她拋棄了。可是，你不是對自己說過，決不首先做出拋棄她的行為嗎？你不是也告訴她，如果要決裂，你決不會先做任何行動，你要等著她來宣布，你說是你促成了你和她之間的愛情，你是罪魁禍首，你既做錯了一次，你決不再錯第二次，如果真有那麼一回事，那還是讓她親手來了結這場愛情吧。你心裏是怎麼想的？你不斷地重複說：不會的，她不會的；不會的，她不會的；不會的，她不會的。我也不願意，我絕不願意，因為我愛她，我還愛她。可是今天，在那棵梧桐邊，在大街上，她說了，她說了那句我不想聽卻逼著她說的話。你為什麼要說那句話？你，你就真的不愛我了嗎？我為什麼要問這話呢？難道我有什麼留戀？我還期待什麼？她說這話時並不激動，沒有眼淚，這種異常的鎮定和平靜不正好反映了她意志的堅決嗎？既是從今年就開始了的，那麼，有好長的時間了，半年，不，十個月，好長好長的時間了！她竟在計劃著這麼一天，也許她什麼也沒計劃，只是在等待，等待這一天的爆發。「你沒有什麼了不起！你越了不起我越瞧不起你。你是繡花枕頭！是敗興的人！倒胃口！你若敢再罵我一句，我就把你的臉打扁！我就把你打死！我絕不受人侮辱！」「你敢打我，我就叫人收拾你！你打死我，也有人會打死你！你對我好什麼？在你那裏是他們倆人對我好。」你難道不氣？「要不是看我的面子，人家才不會把你當人。人家知道你是哪裏的喲？你跟誰都過不好。你將一生一世做個孤獨的人。」求她原諒吧！求她原諒吧！我看見自己跪在她腳下，向她請求寬恕。「我不能沒有你呀，盈盈，我不能沒有你。沒有了你，我的生命將真正的完結，我將如一具活屍活在這個世上。」「可是，我不願再繼續下去了！」「我不願再繼續下去了！」這是大海，是地峽，是無法逾越的鴻溝，是無法度過的關山，是死亡。從今天起，你將不再是你。你的過去是一座墳墓，你的將來還是一座墳墓。一座新鮮的墳墓。七年！七年呀！一個仇人，一個愛人！甚至就在分手時，我還對自己說：「我一點也不恨她，我愛她，我愛她，我愛她，然而她愛你麼？她愛你麼？她恨你呀，恨你恨之入骨，恨得咬牙切齒呀。」沒有任何力量可以挽救這一場失敗。一切的一切的一切的一切都完了，澈底的完了。「你毀了我，你自己永遠地毀了我！我決不求你，如果我們的關係破裂。」「我知道我也不會被人求。」這不是希望的火花嗎？她希望有人求但卻不敢想是否有人求。去求她，明天！去求她。我不能失去她，不能，決不能！讓她去吧，管它喲。隨便找個什麼湊數的，找一個極市儈、極庸俗的，草草建一個雞窩，豬窩算事。解決肉體上的需要。可我的肉體還需要什麼，如果精神的支柱完全崩潰？「我不到你那兒去！」「你不去我還不想讓你去呢！」「哼，我根本都不想去。那是一座地獄、地獄、地獄、地獄！」不，不哭，不嘆氣，不後悔，不傷感。振作、振作！一定要成功。成功後便去死。一定要活下去！難道為了失戀就自殺？太不值得。有多少比我處境更糟的人失戀後還頑強地活下去了。愛他們吧，用自己的筆去描寫他們吧。你去了就解決得了問題？這些話她是永遠也難忘記，永遠也不能原諒的。「如果我恨起來，我就是惡魔，我什麼都做得出來！」「我知道，我看得出，我心裏早就明白。」再也不能繼續下去，再也不能繼續下去。分成兩半的心還能合成？還能合成嗎？那麼裂縫怎麼辦？

我寫些什麼喲？我有什麼可寫的？我真不如歸去。歸去！歸去。

《訪友記》

上上上個星期賓戈對我說：「下下下個星期天你來玩，來之前寫個信。」

時間如期而至。早上起遲了點，到他那兒時已經快十點鐘。他的宿舍房門敞著，裏面只有一個人，坐在桌邊畫畫。他既沒有讓我進去坐的意思，我便也沒有進來的意圖，站在門檻上來來去去的問了幾句話。賓戈一早背著書包出去，不知上哪兒，也許到圖書館去了。這人說完話便埋頭做他的事，他的冷淡使我感到他和賓戈之間有什麼齟齬。

我硬著頭皮進去，坐在賓戈的床沿，因為沒事幹，便四面瞅了一眼：三層雙架床、兩張桌子，桌上靠窗一溜兒排開著各種書籍，全是書背朝上。賓戈的床上很幹淨，床腳是兩床厚厚暖和的大被子，疊得整整齊齊。我想起幾年前我的女朋友到車隊「探親」，睡在他床上時的情景。那時她說，我的床真臟，一點也不如賓戈的幹淨。應該好好改一下。他床頭放著幾本書，我順手拿過一本翻翻，是《凱旋門》，下面是一本看了一小半的《苔絲》，讀了幾頁《凱旋門》，覺得很有些意思，便決定看下去。這時從門外進來一個姑娘，打扮得挺時髦，走近時我才看清她，是賓戈的女朋友。她嫣然一笑，露出一嘴白牙。她眼睛不大，頭髮卷曲，笑的時候嘴很大，眼睛就小了些。但她全身有一股青春氣息。她轉身去找賓戈。不一會，他回來了。他個子高高，一表人才，黑黑的長髮覆在額際，一對大大的黑眼，圍著許多皺紋。一笑，嘴角兩邊也擠出許多深紋。他老多了。

我們倆人的談話很少涉及私事。大都不過是學習如何，將來分配去向如何，以及道聽途說的新聞。因此有時不覺出現短暫的沉默。談話間，有個人一直坐著畫畫，我睃了兩眼，好像畫的是個女人，但還不成形。過了一會兒他出去了，我便問賓戈：「他愛畫畫嗎？」「誰知道呢，」他冷冷地說。於是我們話題一轉，扯到將來考研究生的事，正扯得帶勁，那人進來，賓戈連忙對我使個眼色。我尚未意會，頓了一下便又問起來。賓戈便伸出手揮了一下，這是他常作強調的一個手勢。我便不言聲了。我知道同學和同學間是有很多是需要保密的。

閒談中，他提到豐整來漢進修學習的事，說他現在擔任職工學習的老師，自己水平卻極低，連找出一篇小學課文中的重點都不會找。又說他過去老是那種考高考極刻苦的人，半年不出廠門，冬天蓋薄被子把自己凍醒，抓緊時間。「這些人都不行，能力太差，沒有學習方法，」他說。他告訴我豐整想到我那裏去玩。接著又談起另一個同學，名叫國松，是個松滋人。國松我當然知道，過去和他打的交道不少呢。他說吃過午飯便去找他。

午飯後我們便往常那兒去。他在教育器械廠，就在華師隔壁，是個很安靜的地方，即使在上班時間，也是如此。路上的景色常使我想起一些往事。那條下坡路曾結著厚厚的冰，我開著車燈，掛著一檔，不帶剎車讓車滑下去的。那個小小的汽車房，我和他在一起還下過我那個吉普的輪胎，看輪軸是個什麼玩藝兒。

而賓戈呢，也想起了一些事。「這兒是老來的，過去常給這兒拖石頭，這條路不是靠我們還建得起來？」他不無驕傲地說。

走下一段石級，是一片長滿秋草的場子，大約有一個半籃球場大，場子上現在植了些瘦瘦的樹；場子對面是一排平房，一天到晚顯現出個灰色陰暗的面孔。我記得在房檐下常有鴿子籠。「那是這個廠的一個生產項目，」常過去對我解釋說。關於他，我記得不多，只有一件事還記得非常清楚。我的女朋友來我這兒，就坐在他的床沿。（因他正睡我對面。）我對常說她是我的同學。常是個愛閒聊的人，遇上我朋友也是個愛談話的人，他倆就絮絮叨叨地講了起來，他就隔開她不到一個人的距離在床的另一端坐著。我插不上嘴，便默默地看著他們交談的樣子，他們的眼光時有交流。我心裏很想有個機會單獨留下和她談談話，（我們有大半年沒見面），但一直到吃過飯很久，常還沒有倦意，仍興致勃勃的在談。看樣子，要是沒有干擾，是會談到夜深的。我再也忍不住了，便去搬救兵。我把我的困難告訴了賓戈。他一聽便說包在我身上了。我進屋不一會，賓戈就喊常到門邊，一把拽住他的衣袖，扯到外面，悄聲對他說：「喂，你怎麼這糊塗！他倆是朋友關係，人家半年多沒見面了！」

「哎呀！」國松事後捶著頭說。「我真沒想到她就是你的朋友，真的沒想到，我還以為你們是同學呢！」他不好意思地笑起來。我卻感到內疚。

屋門鎖了，沒找著他。便去外面找。在一個龐大華麗的自行車停車處（為何把一個自行車停車處建得如此闊氣？真難以理解）碰到他。穿件黃上衣，一雙洗得半白、周邊有破洞的布鞋。他對我比較冷淡，這是毫無疑問的，他只跟我說了句把話便問賓戈怎樣了。我們一同走上坡。坡上坡下垂下一片黃中透紅的野菊，開得正濃。

在屋中坐定後，便開起玩笑來了。好像不管在哪裏，碰見這個常，是不能不使人想開兩句玩笑的。什麼夫人怎樣了哇？何時吃喜糖呀？錢攢了多少呀？摔了幾多女朋友呀？等等諸如此類的事情。他可是變得完全不像從前了。開口閉口地位身價，關於女人的談論也肆無忌憚起來：「曉得你跟朋友搞了幾盤；」「搞這種事要有譜；」「我們工人嘛，自然說不好話；」「知識分子好，可以找好老婆，錢也拿得多」等等的話，從他的口中傾瀉出來。雖多卻不覺厭人，倒常常使人發笑，覺得有趣。在過於文明的圈子裏生活久了，是渴望有一點粗魯的空氣。我想起一件很舊的事。進校之前跟工友說要他們啥時有空來校玩。有一天回來發現門上寫了這樣幾個字：「春陽，爺門來了！」落款是船廠的弟兄。不知怎麼，想起這幾句話，我心裏感到暖乎乎的。大部分時間，賓戈花在跟他互開玩笑上，我更可以仔細觀察他。他是驚人的未變，臉上皮膚光潔，沒有一點皺紋，沒有一絲操勞的痕跡，兩只形如桃核的眼靠得很近，常帶著笑，全身上下幹幹淨淨。上衣的料子有點特別，在燈光映照下微微泛著紅色。屋裏除了兩張床外，塞滿了東西，大部分是他打的家具，樣子不好看，正如賓戈說的那樣，而且有一只已經擺上了油鹽柴米樣的東西，房內有兩壇煤氣罐，這倒是武漢工人的一個優越的地方。

「搞點東西來吃吧，」賓戈玩笑地說。

「你們沒吃吧？那我來弄，」他說著便起身準備弄飯，眼看他真的打開櫃門，要把米倒出來，我再也沉不住氣，便說：「吃過了。」

「你看，這是什麼？」賓戈從床上扯來一張報紙，指著天頭上一個字說。

「我一看，是「常歡喜」三字，兩人不禁爆發出一陣大笑。這個名字起得真好，正是他這個人的性格。

他嘆著氣說想讀書，又嘆著氣說怎麼也讀不進。我看床上有本書，翻來一看，是三俠五義之類的書（名字記不清了）。還有一架收音機是我們大笑的另一個原因。這種樣式可以說絕跡了，上面有毛主席的紅語錄：「我們的文學藝術是為人民服務的。」他直到現在還用那個收音機，他的談話中還經常帶出一兩句八個樣板戲中的辭句，什麼「沙老太婆和阿慶嫂打起來了。」

我們談起了熟識的一些同學。都已各自東西。拖著兩條長鼻涕，說話齉聲齉氣的葉鼻涕；半夜偷雞，校長說要把他五花大綁起來的嘶喉嚨成鋼（據說他已成家立業，改邪歸正了，可我懷疑他的劣根性，如借錢不還，自以為是的毛病是否改得了）；靠拈皮子、攜妻帶子，同遊半個中國的肖X，他那副正人君子的儀表確實不會使人想到他會做出那種事；三八節偷偷摸摸跑回家結婚的馮X，據說現在吵著要和妻子離婚，盜賣白銀以圖出國（我到現在還記得有一次上課時看見他出神地盯著某個地方的樣子，我想，他那時一定想著同女朋友在一起甜蜜的時候。以後，我想我自己也有過同樣忘我的經歷的）的馮，他可是長得清秀俊美的；

有很多人追，卻最後跟一個胖大而且似乎脾氣不好（常語）的妻子結了婚的江X；像大姑娘樣，一說話就吐一口一痰的謝X；女人氣十足的陸老師；還有那些都結了婚的人，那些沒結婚的人（松滋人居多，這是常引以自豪的一點：「我要等到你們都結了以後再結，我就喜歡談戀愛，哪怕一輩子都行。」）

「都結了婚了，」這是大家的慨嘆。「時光過得真快，一晃眼便今年了。」這恐怕是經久不衰的感嘆吧。但總能引起人的感觸以至傷懷。我幹了些什麼？過去的生活給我留下了什麼？都不記得了。很多事情都淡薄了，淡薄了。我們各人都有自己淡忘的事，各人又以自己所能記省的事彌補他人所淡忘的。

隨後，我們去看豐整。他住在學校。賓戈這大的人，還喜歡開玩笑，告訴我房門後，便躲到一邊去，示意讓我去開門，好讓豐整吃一驚，怎麼我會找到他那兒去。

進去時他正在洗衣裳。給我們讓座後，他揩了揩手上的肥皂泡，把一只茶缸的剩茶倒進身邊的痰盂，並不用水涮一涮，我看見還有一兩片剩葉貼在缸肚子裏，就摸出一個茶葉盒，抓一把茶葉丟進去，找來另一個杯子，也照此辦理，然後倒了滿滿一杯開水，就放在桌上，並不遞過來。（我忘了記下，常在我們進來時只倒了一杯茶，是醬菜瓶子外面包塑料套的那種，是他原來喝過的基礎上的茶，我只喝了一口便放在桌上，過會他又接過去喝）。這個豐跟常可是相去甚遠，就是跟過去的他自己也大相徑庭。過去他常常無緣無故地爆發出一陣陣大笑，或做出許多天真的動作，現在他的動作帶著故作的修飾，想顯得穩重、嚴肅，卻流於拘謹、板滯。他頭髮梳得光光，明顯地顯出生得很上的兩根突出的眉棱骨，眉毛很濃很黑，眼睛也很黑，一說話，露出兩顆大虎牙。他現在說話的方式是不緊不慢，抑揚頓挫，頗想裝得像個威嚴的老師，但他的舉止裏做作的成分太多。他的語言裏渣子的成分也太多：「他媽的個屄吔那個裸兒的課真真不好學。個婊子養的，我們現在想考好電大的考試也不容易了，」等等。賓戈悄悄用筆在手心寫了幾行字，把手背對著豐，讓我看，是：「注意：黃岡地方語言的典型特徵」幾個字。我笑了一笑，但很快便藏起來，因為我已意識到豐已注意到這個動作。好在他並不是那麼敏感的人，也許敏感卻不露聲色也未可知。他把賓戈借給他的書借給另一個姑娘看，現在想去拿回來，臨走時指著右頰上一個紅腫處說：「你看這不要緊吧？真倒楣，早上關門時不小心撞了一下。看來我得這樣著去見她」。他說著用掌蓋住半個臉，走了，腳上是閃亮的皮鞋。

他告訴我樺欣已結婚。「他談什麼精神！說穿了就是要『麥子』（相貌）長得好的。什麼談不談得來！他跟現在這個有什麼談得來的地方？那天早上他的那位說他：『麼買這樣的菜吔！』我就看出她不是那種舞文弄墨的女流。說實話，他跟她之間就冒得個裸精神。什麼裸精神呀！我不相信那個裸東西。結婚就是那個事。」

後來，我和賓戈兩個東扯西拉。打了一會羽毛球。在校園裏散了會步，到4點多鐘時便分手了。

我只記得坐在那間房子裏時感到的那種安靜。我到世上來，白天是絕少又過那種安靜的時刻。靜得彷彿我們的談話聲都聽不見，只有嘴唇的移動。

***

她吃驚地抬起頭來，「我以為你不會來了」，她孤零零地一個人坐在桌邊看書。同宿舍另外兩個姑娘親密地頭挨頭，在靠窗那張桌子上俯身討論著什麼問題，更增添了她的孤寂感。我站在門邊，並不急於進來。她一時呆住了。也沒有起身來迎。兩個姑娘中有一個一見我來便離開了房間，這是個放我進去的信號，至少我是如此看的。

她將靠椅翻個面，放在床前，便坐下，挨著我。我們談詩，她已讀完了那本《新詩選》第一冊，並按照我原先告訴她的那樣，把最喜愛的詩的頁子疊一個角，做個記號。我發現她喜歡的幾個詩人都是我所喜歡的，如沫若、應修人、戴望舒、徐志摩、朱湘等，而且她所喜歡的詩大都是情景交融的詩。她不喜歡直接抒情而沒有景物描寫的詩。詩談完了，再談什麼呢？「我們前些時分了桔子，本說留給你的，又怕放壞，」她說。「吃已吃了，還說這話幹嗎？」我故意生氣地說。「若真願留給我，無論如何也找得到保存的方法的。」（哎，我是無論如何也回想不起當時的細節了，記得她給我剝了一個桔子，削了一個蘋果，偷偷地吻了我幾下，她的眼中閃著渴望的光。臉上出現一種受著情欲折磨的表情，我覺得挺奇怪，自己身上卻絲毫未感受到任何感情的流動，冷冰冰的，像看電影。看電影時也會比這激動。記得她好像說自己和她沒共同語言，不願同她講話。什麼叫共同語言？一天到晚在一起談論詩呀、文學呀、等等等等，那就叫有共同語言？

持續不了多久的，時間一長，就沒有許多話可談，有什麼共同語言比互相諒解更好呢？就是不想說話，只想舒舒服服地脫掉鞋子，雙腿伸直擱在床上，背靠枕好好躺一躺。到她那兒，一切變得簡單起來。沒有詩，沒有文學，沒有任何高深的討論，這些都沒有必要。門一閂，拉進懷裏，躺在床上，吻呀、抱呀、性交呀，滿足後的疲倦呀，恢復過來後的閒談呀，就是這些。可現在這一切都不行，門不能關，她不敢關，同房的雖已離開房間，但都在隔壁房間學習，並沒走遠。還是把那雙高跟鞋試一試吧。這雙鞋是全高跟牛皮的，頂時髦的樣子，鞋子挺尖，她一穿上，立刻增添了一種少有的魅力，象誰？象那些招遙過市的摩登女郎？她們的大喇叭褲長到蓋住整個腳面，只露出足尖和鞋底的尖跟。心情不自禁地動了一下。為什麼在這時候動心？而不是剛才？剛才她的樣子樸素得多，額上的捲髮平直了，原先散披在肩上的波浪也束成一團在腦後。不能激起人的幻想，誰的？一個二十七歲人的幻想。那麼就需要物質刺激了？就需要這種只穿在那些珠光寶氣，華麗動人的女人足上的高跟鞋來引起某種聯想？怎麼會想起買高跟鞋，還是這樣高的跟呢？她問。夾腳呢，她不會穿這種鞋，膝蓋都彎了，應有的那種庸容華貴的樣子沒有襯托出來。我想，那一天商店櫃臺裏一雙皮鞋是那樣好看，一下子就吸引了我，立意要買下來。今天下午沒去這個商店，因為路太遠，而且是背道而馳。好在去她那兒要經過鬧市，那裏有一座座的店鋪，不會沒有賣的。婦女用品商店。鞋櫃。女營業員就站在櫃臺後面緊貼櫃臺邊站著。好像一座座石碑，瞪著木然呆鈍的眼睛，瞧著前方來往的人。我不敢在櫃臺前久留。各式各樣的高跟鞋，非常誘人地擺在那兒，挑逗似地像喜歡賣異風情的姑娘。我一個普普通通的男人，竟如此大膽地在她們面前走來走去，放肆地用挑剔的眼光打量她們，這本來就是件很不道德的事，更何況還有這些立在櫃臺後的「衛道士」們，虎視耽耽地監視著我，我膽寒了，只來回掃了幾眼，就匆忙離開了商店。路上我真有點恨自己的無能。怕什麼，男的就不能買女鞋？給自己的朋友買嘛，是件正大光明的事。又跑了幾個商店，猶猶豫豫，總拿不定主意，究竟買什麼樣的。最後在一家商店，一眼就被尖頭吸引住了，便買了下來。為什麼如此喜歡高跟鞋，自己也鬧不清，但彷彿是，只要看見一雙美麗的高跟鞋，常把它們同一個更美麗的姑娘聯繫起來，這大約就是自己為什麼對她說：「我要給你買，只要有錢，我要給你買一切漂亮的衣飾，把你打扮成世界第一美的人，哪怕我穿得破破爛爛也心甘。」我所希望的也就是這樣。「那麼，我老了以後怎麼辦呢？那時我就沒有美了，打扮也打扮不好了，」她說。「那是那時候的事，我要談的是現在，青春時能儘量美就儘量一下，莫到以後後悔。」內心深處自己也知道這種思想很庸俗，把姑娘打扮得美麗有什麼意思？純粹是追求外表罷了。這就好像是給桌子上漆或給磚牆塗灰，而且，太美了以後，誰又保得住沒有逐臭的蒼蠅呢？那與我無關，我何時嫉妒過她？可是，這門不能夠關上，是今晚一大遺憾，出去吧，在冷風下。在什麼地方不行呢？只要有黑夜寬厚、仁慈、慷慨地幫助，什麼地方不行呢？但她並沒有滿足，從100度降到了0下一百度，又發起她那種從沒有實行過的誓言，臉色蒼白，目光呆定地望著遠方，這時全身倒有一種魅力，不過，已經失去了挑起情欲的任何力量。

這是昨天，今天上午。我們有了機會，我們做了應該做的事。她講了一些驚人的話，而這些話驚人地同我的思想吻合。「我不大愛你了，這時候要能愛上另一個人多好。那有什麼了不起呢？玩朋友時不能像這樣，結了婚後就可以了。男的有男的情婦，女的有女的情夫，這樣感情也不會破裂，說不定會生活得更好。」我的天！她是從那裏得到的這些思想？自己思索出來的？從書上學來的？將來倆人的關係如果真像這樣，簡直不堪設想。我不寒而栗，又不無快樂。自己不也一心想在她之外能結識另一個女朋友嗎？雖然這一個女朋友的性質是完全不同的。她說我很自私，有許多事瞞著她。她怎麼知道的？也許是試探？繼而，她又說我老練得多，「狡猾」得多。但我做了什麼對不起她的事？我是很看重倆人的感情的。正是這樣我才從不輕舉妄動，想入非非，而一心地搞學習。我就不相信她心中沒有這樣的時刻。不過說不出口罷了。人是很危險的，正如他隨時隨地會遇到意外事件而死去一樣，他也會隨時隨地掉進自己造的陷阱中去。

借宿的那個人是才分到單位的79級大學畢業生，安徽人，當了二年工人，三年學生，離家6年了，也不想家了，什麼都喜歡，什麼都感興趣；發現現實和理想相距太遠，離校前學友間互相勉勵努力工作學習，到單位上都怎麼也學不進去，懶散了；學校裏嘛，保持中遊就行，能力自己也清楚，只那個樣子。（很坦率。）這兒無聊，喏，書很多，各種雜誌，可現在的小說沒意思，不久前看了《人啊，人》，寫得好！一直看到半夜三點。看小說的勁頭還是挺大的。喜歡到處玩，上海寶山鋼鐵廠、葛洲壩，真開眼界，長江的水每年流走大量能量沒辦法，實在是可惜。

去了大舅那兒，見到了小舅舅。小舅舅個兒較矮，風度翩翩，象個德高望重的長者，一頭雪白的頭髮。「不要學我扯頭髮，春陽，」他告誡我。「年輕就是因為怕白頭髮，扯多了，才長成這樣。」他對我講了許多處世哲學，要提防別人，但自己心裏不存害心，他又講自己的經歷，反右時當科長，許多人嫉妒他，想把他整垮，但抓不住把柄，他自己當時也驕傲，領導重視，堅決保他。現在更是重視他了，某書記上班專等他等了半個多小時，最後走了還三番五次打電話請他，而且他不到會不開，他一說了話領導便說「就按老左這樣辦。」「假，」他說。「現在一切都是假，人們都知道這一點，卻不得不幹。不過，你也不要太沖頭，小心槍打出頭鳥，比如你的詩。貴州三十幾所大學所出刊物全部被禁嘛。搞不得這個東西的。」很多有趣的事兒：（在席間）大舅小時叫——叫「二反叛」（因他總愛頂大人）。媽媽叫三閻王。（太好哭，她一哭家家就打；不哭家家也打；過年過節親戚送東西來，給做哥哥姐姐的多了，媽就要，不給她，就哭，哭就打，一邊打一邊還說：「哭喪、哭喪。」不哭了，又打，說：「你不哭了？媽小時候最造孽。）大舅最好，爸爸媽媽都喜歡他，吃飯可以坐在桌子邊，媽和小舅舅都不能的，一定要大人將菜揀到碗裏，躲到一邊吃，吃完了是不能揀的，只有吃白飯。媽晚上同她的媽睡覺，她媽不容得一下擠，若不然，就用手去揪她，疼得媽直叫。家公爹爹不吃牛，有一次他聽見牛叫，就說：「咦，這兒像鄉間一樣，有點鄉土風味。」隔壁一家說：「哪裏，那是宰牛場的聲音。」從此他再不吃牛肉了。大舅小舅那時去看了殺共產黨：「揪住頭，嚓一刀，頭就骨碌碌地滾到街角去。」最喜歡大舅的一個中學老師就是共產黨員，被殺掉了。中午吃了螃蟹。小舅談到自己的兩女如何如何，成績，三好生等等，我又感到羞愧，發誓，心中，要趕到最前頭去。

後來發生了一件事，忘不了，晚飯，我忽然想起秋陽同表妹（小舅的大姑娘照相的事），便問，她是否來漢玩過。媽抬起頭說沒有。咦，她是照過相嘛。不是的，那是菊芳表姐，驪驪說。我正欲分辨，忽然感到拉筷子的右手被什麼東西輕輕地撞著，馬上明白是小舅舅的手在撞，我立刻閉嘴，一切都明白了。這時，大舅和驪驪還在解釋說是表姐不是表妹，我心裏卻說不出是什麼滋味，既像受了騙，又象出了個賊似的。總之，難受得要死，也感到非常對不起大舅。須知，我正在吃他的飯呀，那是舅媽和驪驪表妹花了好幾個小時做成的。這以後，我就發現小舅舅幾次（我用余光看見的）窺察我的動靜，而坐在我左邊的舅媽似乎也覺察出了什麼。我想笑，我真怕笑出了壞事，便起身出去擤鼻涕。舅媽要我到痰盂裏擤，我執意要出去，也許她已看出，只是不動聲色罷了。哦，真是場絕妙的戲呀！

＊＊＊

現在是11.5分，星期天快收尾了。咱們的房內，還沒有收尾的跡象。我在「寫作」，辛穆在洗臉，他說「兩天沒洗腳了。」懷柔在讀《第三帝國興亡史》；裏普在看他的法律，準備考研究生。我們房裏的日光燈，一直要點到明天早晨兩點，至少是兩點，因為這是我的限度。張有時會在最疲倦的時候，打上一針，也就是喝一杯濃茶，結果是在床上輾轉反側難以入眠，第二天早上睡過頭。但今天是星期天，誰在乎？（我已經感到筆頭的生澀和語句的幹巴，但我不顧一切地寫下去，因為我並不是要寫給人看的，用不著矯飾一番。）我睜開眼睛時，看了看表，喲，已經是9點了。即便在星期天，我也從沒睡到這麼晚起來。心裏面狠狠地責備自己。我掀開被窩，唉，這薄如棉紗的被窩！蓋了一件毛毯，腳頭搭了棉襖，身上還不見熱氣。兩只腳冰涼冰涼。每天晚上洗冷水，照說是不怕冷的。可這一雙腳。屋裏靜得出奇。東西還是昨天晚上一樣，原封未動。一桌子的書，東一堆西一堆。又加上臃腫脫下的衣物，看去雜亂無章。他們顯然沒有起來。心裏彷彿好受一些。洗口回來，聽見裏普睡意朦朧地問幾點鐘了，答說9.20。他啊了一聲翻了一下，含含糊糊地說乾脆不起來了。星期天，誰不願在被窩中多呆一會？起來又有什麼可盼的？除了書還是書。外面下雨，沒地方可去。即便去了，沒有錢也是白搭。睡覺是人們星期天裏最大的樂趣。還有熱幹面。「你去吃嗎？」懷柔問。「當然。」我眼前出現黃燦燦的麵條，黑糊糊的芝麻醬，切成小方丁的榨菜，口裏流水了。先去吃熱幹面，吃了再回來看書，我這樣計劃著。可是，昨天晚上怎麼計劃來著？我想。8點鐘起床，看兩個小時的課文，然後去圖書館，下午寫作文，再不能引起人的興趣也得寫。外後天便要交。還有好多其他的事：翻譯、讀、寫等等。現在已9：30分，吃過面差不多要到10點。什麼也做不成，只好去圖書館。

下午關在房裏寫了幾個小時的作文，寫的時候，只想早早完成，到珞珈山新華書店轉一轉。這個念頭害得我時時不能正常思維。外面的一切對我的吸引力真是太強烈了。寫完作文後，又有點躊躇起來。去幹什麼呢？還有一個小時便要吃飯。這一個小時可用來看幾首詩，或讀篇文章。再說，手頭書本來就多得看不完，如果買了書，無益跟自己添麻煩，而且又沒有多大用處，因為一時半會不能看，只好扔在角落裏接灰。這樣灰色無趣的生活你忍受得了？我問自己，你不想出去呼吸呼吸新鮮空氣？不想瞟一眼外面可愛的姑娘？我不知道自己怎麼會想到姑娘，但內心深處總有這樣一種不太鮮明的想法。也許因為想她？不，我上次和她見面才僅僅一個星期呢。感情碗中的水尚未積滿。並不想她。我只想見到一些新鮮的事物。

出門時，看見醉中真。何不把他喊來一起去呢？一個念頭閃過腦子。「沒錢啊！」他說。我有嘛。我等他穿好大衣，雨衣，自己拿了把傘，便一同出了門。好久沒和他在一起談話，這次就想好好地談一談。先扯了些不相干的事，後來便談到他自己的事上。他開始欲言又止。（長期互不接觸的結果，我知道。）慢慢地才說開了。

「並不是我又在想什麼主意，或是耐不住了，有些事情又使我倆纏到一起。有一回她在我房裏，哭了，我出去打水的時候，同房的XX恰好這時進門，看見她臉上的淚，她已經來不及躲避。臉上全濕了，眼睛裏也含著兩包淚。那個人呆了一會兒便出去。可是，他便把這事兒到處講。過一會兒他又回來。沒話找話地跟她搭腔，這傢伙最討厭。連咱們班上最不中用的女孩也討厭他。他問她學什麼科目，哪個年級的。她說她學的他都沒學過，她是79級的，實際上她是81級的。她後來對我說，你們班上那個男生真叫人惡心。我故意傷他，一來他那樣子看了不舒服，二來也被他看見自己哭了。那傢伙對我怎麼說呀。他說他一進門，那個姑娘便盯著他看，他好像很得意似的。過了些時，他又告訴我，說那個姑娘給他寫了一張便條，並讓我看那張便條。果然是她寫的，說什麼請原諒之類的話。我當時看了真不知是什麼滋味。也說不上是嫉妒。很難說是什麼。他臉上那股小人得志的樣子叫人受不了。我責備了她，說她這樣幹是愚蠢，她現在墮落了，她告訴我什麼也不想學了，只想睡覺。早上貪床，她說沒有我就活不下去，甚至只要看見我便感到寬心，我也挺可憐她。」

我們快到書店，走過一片爛泥地，抬頭一看，書店門關了。不想往回走，便走了書店側面那條鋪著兩條石道的坡路。剛剛路遇的兩位姑娘早已經忘掉。一身黑色的西服，紮成辮子的捲髮，不過如此。我們繼續談著。

「屋裏那位我恨她。真心地恨她。你知道曾有一段時間她為了我的初戀把我拋棄過。我當時痛苦得很。我發誓要報復她一下。頂原先我和她並沒有什麼感動，不過信來信往，有一回在信中寄給她一首詩，題作《給春天》，她誤會了，以為我是對她有意，所以來信中充滿顛三倒四的話語，叫人摸不著頭腦。還是XX看出來的，他一把從我手中把信搶過去（那時候我們都很純潔，關係也很融洽，所以互相看信並不介意）說：哎呀，恐怕這姑娘對你有意思了。寒假時我回家見到她，專門為這事向她解釋。但這種事情，你知道，越解釋越出鬼，她反倒更堅信不疑是我愛她了。瞧，前邊走的姑娘身上的衣裳，跟她的一樣，她還有一件紅的，穿上很好看，別的我都不喜歡，我只愛她的美。而這一位，也不是不剛，也不是不柔，總覺得她缺少點什麼。說不上來。也許是那種受過良好教育的優雅的風度吧。她有些俗。唉；被一個女人瘋狂地愛上了真是可怕呀！你簡直就無法擺脫。」

「你瞧！」我停下來，用一只手擋住他的去路，另一只手指著路邊說。他順著我指的方向看去：一排大樹，缺了幾棵，豁開一個大口，露出操場斜對面的梧桐，不見樹幹，只見雨水浸透的枯葉，重重疊疊，閃著金光，從下到上，遮了半邊灰色的天空，操場上積了大灘的水，與黃葉交相輝映。

我們繼續前行，忽然，我又看見一個奇景，綠樹掩映中，隱隱約約透著暗紅。這是深冬，怎麼有花開？我驚奇地看。但我馬上明白了。前面就是櫻花樹，櫻樹的葉子才落下之前，格外地紅，呈暗紫色，遠遠看去頗像櫻花。我把這告訴他時他說他絲毫沒有這種感覺。「這是因為你心中有春天啊，」他感嘆道。

再往前走。我們看到更美麗的景色。一棵不知名的樹，秀麗挺拔，綴著嫩黃嫩黃的葉子，使人不覺精神為之一振。在這樣的時候，還有這麼美麗的樹。雨水把樹葉洗得明光水滑，每株葉子就像一朵盛開的鮮花，地上密密地鋪了一層，我低頭看，象小扇子樣，貼在黑泥上。「象蘑菇，」他說。在濃黑如墨的松樹背景下，這株——黃樹（直到現在我還不知它的名字）顯得無比嬌美而艷麗。

正走著，迎面跑來一個姑娘，黑髮在頭頂一聳一聳，髮尖掃著紅紅的兩頰，三下兩下便掠過身邊不見了。我看得清清楚楚她的面貌：黑亮的大眼，甜蜜的薄唇，唇角一絲淺笑，鮮紅的上衣，多麼可愛的姑娘！

她來了！他回頭說。只見一個紅衣人向我們方向跑來，「不是的！」我說：「是的」他話剛出口，那個人跑攏來，原來是個蓄著長髮，穿紅運動衣的男學生。

「真晦氣！」他說。

我們開始談詩，我對他講Blake，又讀到自己對詩的見解。「像咱們這種詩，社會不會接受。即便是佳作，也不會，人家瞧不起你。同時代的人都有這種弊病。可是，為什麼咱們就不能寫悲歌？我們並不反對這個社會。這不就夠了嗎？全是那種硬裝出來的歡歌誰愛聽？誰愛看？即使是再快樂的人，心裏也總有一兩件難言的苦衷。難道咱們不該寫詩來替所有的人傾傾苦水嗎？歡樂中是很難找到真正的朋友的。外國有句諺語：『只有同你一起哭過的人，你才記得住他。』為什麼人都愛看那些略帶感傷的東西呢？並非因為他們真願使自己不快樂，而是他們心中的痛苦總希望找到一個渠道發泄。誰會相信一首抒寫痛苦的詩真會令人一蹶不振，喪失信心呢？人生就是在痛苦和幸福中煎熬著的。這兩個東西互相交替，沒完沒了。而前者總是多於後者。幹嗎偏要違心地寫呢？」

＊＊＊

下午，我在做習題，忽聽裏普「啊」了一聲。只見他頭扭向門邊，我一回頭，門邊站著一個人，原來是父親。

他沒戴帽子，頭髮略微有些凌亂，手裏拎個黑皮包，往床上一放。是空的。

「秋陽來了一封信，」他說。「沒什麼大事，說他要回來渡假。」他見我有些驚奇，便解釋說。

我看信的當兒，他就在我的書堆裏翻著。

「喲，這是郭沫若的詩選，是不是五四時期寫的？哦，是的。個雜種的，沫若的詩真寫得好。那確實是有才，不過人品稍微差一些，你看這首，《筆立山頭展望》。你說寫得不怎麼樣呀？不哦，寫得好喲，你聽：『大都會的脈搏呀！／生的鼓動呀！／打著在，吹著在，叫著在……／噴著在，飛著在，跳著在，……』這還寫得不好？我年輕的時候可愛讀他的詩吶。（我說凡是折了書角的詩都是我所認為的好詩。）但當他讀到『一枝枝的煙筒都開著了朵黑色的牡丹呀！』說『這是他的名句』時，當他讀到『哦哦，二十世紀的名花！近代文明的嚴母呀！』時，我不覺羞得無地自容。我讀的什麼詩！這首詩的確不愧為名作。一個思想電樣地閃過頭腦：我的思想淺薄，只能欣賞那些如畫圖一樣的詩，而不會欣賞那些既有畫意又有濃厚的詩意的詩。）這是你買的！這本Norton Anthology of—Anthology是什麼意思？怎麼一個人都不認識？哦，翻錯了，這是編輯者的名字，哈哈哈，都有，Percy Bysshe Shelley，Gordon Byron, Keats，Wordsworth。他的作品選得最多是不是？那是理所當然的，歷來就是這樣，他在英國文學史上的地位相當高，Shelley的地位也不低，占的頁數也不少哇，巧的是Byron，Lord Byron的詩卻登得少，你看，連《哀希臘》都沒選。這正可以看出選家的傾向，那邊的註重於藝術性，這邊的著重政治性、社會性。好詩都選出來了，這不，Wordsworth的『The Solitary Reaper』，雪萊的『Ode to the Skylark』，Bryon的『She Walks in Beauty』，Coleridge的一首枯不那枯不那汗，據說是他夢見的，醒來時只作了一半，後一半忘掉了，寫的是成吉思汗的事，把皇宮描寫得非常華麗輝煌。這些詩都是必選不可的，無論在哪種選本上都見得到，等於中國的古典詩歌選本之中總少不了『春眠不覺曉，處處聞啼鳥』，『床前明月光，疑是地上霜』一樣。他一會兒拿起這本書看看，一會兒拿起那本書看看，像個小孩子樣，對什麼東西都感興趣，而且無論看哪一本，他都要加點小小的評論或談一個與之有關的印象。過了一會兒他問我德語字典在不在，問時態度好像有幾分拘謹，彷彿一個向人求借的人，怕受拒絕似的，也許是因了我的粗聲回答：「收拾起來了，不好拿！」吧，其實我是懶，況且字典就在外面，一伸手就拿得到。我把字典裝進他那空包包裏。又過了一會，他說要走了，留他吃飯他也不留。忽然他想起了什麼，便說：「你的那首詩我看了，凌霜把信和詩都拿過來了。」他說這話時不知怎麼眼睛有點避開我，臉上也帶著種羞怯的表情，我幾乎已經能猜到他嘴裏要說出的「寫得好」的話，但他什麼也沒說，只是簡單說了一句：「不要搞了。」話語很溫和。

一起走到外面。他和我談起他的工作情況。

「翻譯稿送給出版社，他們說不能付印，倒不是譯得不好，而是我沒有名聲，怕出版了沒人買，蝕本。那人別的都說了，只是沒明白說這一點。他說武大有位名教授譯了一本什麼書，銷路很差，他們只好靠出版一些銷路好的書來彌補，諸如什麼復習資料之類的書，因為現在考試多，很俏。他不過沒明白說出來我是個無名小卒罷了。考高級會計師的事可能馬上要開始，要求是進行答辨。這次審查的那些總會計師的水平我也不是不知道，一般得很。不過是黨員，有地位罷了，學識上一般。有個總工程師寫的東西內容空洞，用了一些詞，旁的人看了直搖頭。說實話，還沒一個水平高到我瞧得起的。很多人都是大學畢業的，比如說剛才那個總工程師，他就是什麼西南聯大的。但都只學過兩門外語，可我有三門。我的俄語比德語還好。惟一不足的是，我的單位小了，據說有個要求，小單位的會計師不能參加高級會計師考試，還要求有一定水平的論文。這個我一下搞不出來。一來單位小了，二來，平常沒有積累。

我一直送他到車站。

＊＊＊

到11.30分時，聽他們問今天多少號。一個人說12.1號，我不信，看看日曆，這才知道今天真的是12.1號。我推遲過了一天，本來打算明天寫首詩來紀念下放到現在9年的生活，可現在——12.1號已經過了。現在是12.15分。

＊＊＊

我猛然意識到，我在朝一條非常安全，非常保險的目的地走。這條道是一條頂頂平庸、頂頂瑣碎、頂頂乏味，象從前開車行駛在千裏曠野上一望無際的道。只要像頭公牛一樣拚命地幹，前途是保準有的。前途，forsooth！什麼樣的前途？碩士，多少塊？100？Then，博士，200塊？受人尊敬，除此而外呢？洋房，別墅，汽車，老婆——老婆是肯定有的，那麼，小老婆？假如這一切都不能使我發生興趣呢？我是怎麼了？我瘋了？我發狂了？我神經錯亂了？那麼我的頭呢？我的眼睛呢？這不是一個無頭的領子嗎？瞧，血！一滴滴發黑的血，像豬血，在慢慢往下滴：叭噠、叭噠，地上出現一塊塊黑斑，我的生命哪兒去了？哪兒去了？哪兒去了？靈魂呢？靈魂呢？沒有！沒有！沒有！彷彿有一只無情的鐵爪，把它撕得稀爛，揉成一團，塞進汙水溝裏，塞進臭錢裏。我這是往哪裏去？腳，我的雙腳呀，告訴我，你在把我向何方引？那不是極樂淨土，那不是天國，那只是人人都要去的地獄哇。我看見我，我可憐的靈魂，這個誠實、無罪、可愛的靈魂，被我的肉體出賣了，可恥地出賣了，我一定是被妖魔纏身，一定是的。一定是鬼迷心竅。難道就為了世俗的觀念，就把自己的創造精神推翻、拋棄嗎？難道為了害怕走更艱苦而崇高的道路，就把自己藏身在鐵殼一樣的冰書窖裏嗎？想想那些和日光燈一樣灰白的臉吧。想想那些呆鈍遲滯的月光吧！想想那些毫無表情的舉動吧！他們還是人嗎？他們也不是野獸。他們只是一個個石頭，一本本無動於衷的書罷了。哦，哦，我的心是如此地被痛苦煎熬，我的靈魂是如此地被莫名的欲望焚燒，我何不死去，也比這無聊地生在世間強。魔鬼啊魔鬼，你那青面獠牙的迷人的微笑曾經使我醉倒，你那白骨森森的身體的魔力曾是何等地忘乎所以，然而我清醒了。我清醒了。我清醒了。我活在這個世上惟一的目的是學習和勞動，但我討厭學究式的學習，我討厭牛馬似的勞動。我要創造性地學習，創造性地勞動。我要像個鞭炮，盡全力將自己炸得粉身碎骨，看看自己有多大的能量，夠了！夠了！夠了！研究生？去你的！那是一副鎖鏈，那是陰暗的地牢，那是無底的深淵，我的精神、我的心靈、我的一切不是已經死得夠慘的嗎？哪兒還有什麼詩？哪兒還有什麼音樂？哪兒還有什麼創造？一只蠢動的田鼠，一頭愚蠢的黃牛——可怕呀！可怕！這生與死間的徘徊。可怕啊，可怕，這地獄與天堂之間的抉擇。我覺得我像一列開足馬力的火車，知道深淵就在前面，但剎不住車，仍以巨大的慣性向前沖去。我怕是要粉身碎骨了。可是，這樣地死去太不值得。要死，便要死得堂堂正正、氣貫山河。鉆故紙堆的生活是你渴望的？過無所事事、大腹便便的生活是你渴望的？可是，冷靜一些，冷靜一些。（啊啊，Terrible！Terrible！在中國，沒有個人！沒有個人！沒有個人！沒有個人！不允許個人的存在！我不存在！我已經死了，死了一百次，一千次，一萬次，我已經死了一億次了。我和周圍所有的人毫無區別，整天為了前途未卜的目標而忙碌，完全忽視了生活中最本質、最珍貴的精華。你想把自己變成什麼？小爬蟲嗎？那個在日光燈上結網的蜘蛛嗎？守在那兒等待落網的蚊蟲。可是，冬天到了，蚊蠅全凍死了。你等什麼？你將餓死。你可憐的無告的小蜘蛛。我愛人類，愛周圍的生活，可是，我的愛心卻半分也移不出胸膛。它只是狂暴地在胸腔中跳動，啊啊，這鎧甲一樣的軀殼啊！這鋼壁一樣的皮囊呀！這頭、這手、這臉，這一切彷彿全是用花崗岩刻成。我看得清清楚楚，絞索吊在前面，從天頂上垂下來，套子已結好，圓圓地在前面，只要伸頭，便可套住，於是，生命結束了，一個毫無用處的生命結束了，既不會引來一絲嘆息，也不會招來半點同情。大笑，世界仍然虛偽地大笑著向前。把它悲慘的死者扔在後面，踏成爛泥，用它虛假笑容的陽光曬幹，用瘋狂旋舞的腳踏平，踩成一條通向什麼主義的路。可是，我不得不虛偽，我不得不用無情的利刀每天將新生的多情的嫩芽刈去，until我的心成為一片荒漠，成為一片焦土。但我反倒轉憂為喜。因為，在這片沙漠上，再也不會留下任何東西了。誰也別想企圖把什麼高尚的思想刻在上面。它是一片流沙，在風暴下，眨眼便卷走一切，露出堅硬如鋼的地面。——我不知道怎麼辦，我可以對一個年輕人提出這樣那樣的忠告，但我對於自己，也無能為力。沒有人指導我。沒有北斗引領我。一切一切都要靠自己。我是怕那絞索啊，這我知道。我是怕那地位名譽的喪失呀，我這才明白。可是，怎麼辦呢？剛剛開始，又打退堂鼓？——我不知道。I have no idea！Je ne sais pas！Ich weiß nicht。我不曉得。我找不到！啊，horrible terrible terrific abnominable——morte。

***

下課鈴響了。我伸了個懶腰，在座位裏轉過身來，朝向H。

「決定了嗎？」

「唉，難哪！真難哪！我的情況可不同一般，非同小可呀！不得了哇！父親來電報，不要我考。有什麼辦法呢？我還是要考。」

「要知道考上研究生的路是很明白清楚的，碩士、博士，到了頂，別想幹出什麼很大的成績，除了寫幾篇經院式的文章。」

「這我知道，這我當然知道囉，沒有前途的。」

「還有，考上研究生就像把自己置於一座小鐵箱裏，與世隔絕，一天到晚埋頭在沈悶枯燥的故紙堆裏。上次我去某大學研究生樓找一個熟人，那座大樓給我的印象是陰森恐怖，毫無生氣，出出進進的人臉上沒有絲毫笑容，臉色不是像日光燈便是像走廊裏的昏黃燈光。他們冷冰冰的。我在走廊裏看書等了一個半小時，沒有一個人問我是幹什麼的，就連熟人的同房明知我就等在他的門外，也沒有做出任何請人坐的表示。當然，我也決不會要求那樣的。那一個半小時對我來說真是漫長而可怕呀。」

「這我知道。我知道。考上研究生，會埋沒自己身上的才能。」

「是啊，不過是為了名利的關係，而將自己所喜愛的事業拋棄，逼迫自己幹自己不願幹的事，實在是可悲。」

「這我知道。我知道。」

課後，我回宿舍。腳步比往常輕。經過一個同學身旁，還猛地拍了一下他的肩膀。

9點半鐘。到11點45分有一個小時零15分。平常按照復習考試計劃，應是讀《儒林外史》英漢對照本的時候。我借來《英國散文集》，開始譯起幾篇我喜歡的文章。《儒林外史》的對照本？就讓它們躺在書堆中吧。

中飯。房裏桌上一桌書。沒人。我把碗放在字典上。L進來，掇看盛水的藍漆電熱杯，和一掐洗淨的嫩大白菜。向他尋貝多芬音樂的磁帶。說在抽斗裏，讓我去拿。隔壁房裏滿是人，滿是熱氣，滿是聲音。一個人朝我笑著說：「這回你可好了，以歪就歪！」「什麼意思？」「據說，」另一個人說。「有規定，凡至此為止各門成績總和達到85分或者每門皆過75者，才允許報考研究生。」

「我敢肯定，夠這個標準的我們班上沒有一個人！」一個人激烈地說，彷彿和人爭吵似的。這是一個好勝心特別強的人。而且，有些自命不凡。

「不一定，某某就超過了，」我說了一個名字。

「他？哼！他也沒有，」言外之意——

「他超過了，」另一個同學證實道。

「怎麼辦呢？」H大聲說。「這可把我給毀了！我準備了那麼長的時間。」

「你好歹準備的是對自己有利的東西，可我呢，完全是與專業無關的東西。」

「誰出的主意訂這個規矩？」

「當然是課部。」

「我就不信沒人過線，這是怎麼搞的呢？」

「什麼怎麼搞的？」H大聲說。「誰把分數當成很大的事囉！這幾年來哪裏管了分數？要是也像她們女生那樣埋頭鉆課本，哼，那我的分——哼！絕對不會是這樣。我還有一回不及格，有兩回在60分之內，我才不在乎。」我忽而想起他走路、課間、試前讀書的樣子。大部分時間，這書都是課本。

「咱們班沒有一個人過了那道線，」Z又大聲念叨著這句話，彷彿是安慰自己。

「可是，某某據說已讓他考，他過了線。」

「是嗎？」

「誰說的？」

「真的？」

一連串疑問，驚嘆。

「我不信，讓我想想看，」Z在思索。「某年某月考試他得了74分，對，正是74分，他怎麼夠格呢！那是不可能的！」

「唉！唉——唉～～～～～～唉～～～～～～唉，完了，完了，完了，」H在長吁短嘆。

我沉默不語。走回自己的房間。拿起筆，繼續上午未完的翻譯。

房門從外推開，一個人站在門外對我招手。是醉中真。

「糟了，你聽說沒有，不讓考了？我的意思是，不過標準分數線的就不讓考。」

「知道了。」

「那怎麼辦呢？我本來想考回去，家裏那個大學有熟人，我的各門功課也不差，數學分析第一年學得很好，都90多分，這一下真的完了，我還搞什麼呢？這空下來的半年，空虛得很咧！」

「不想搞文學了？不想寫詩歌了？往日的激情哪兒去了？獻身的精神呢？」

「不是不想搞——我是想，即便考上了，也——你不知道，我現在多麼頹廢，精神空虛極了，無論什麼也引不起我的興趣。我寫了許多極度悲觀的詩，比如這一句：『我提著我的屍骨在墳堆走，讓我的愛情在酒罐中流。』我現在不管看哪個女人，或是路邊，或是雜誌封面上的，再美麗的人，只要緊緊盯上幾分鐘，就會變成一具骷髏，你說可怕不？我真不知道該怎麼辦？哎，我告訴你一件事，」他壓低嗓門說。「前天，我跟一個女的出去了，對對，就是頂原先我讓座給她的，個子不算太高，也不矮，對，眼睛挺大，挺黑，可惜有點近視，要戴眼鏡，她就坐在離我不遠的地方，我一看她她臉上就紅，雖然她並沒有抬頭看我一下。我想她一定心裏感到了。過了一會她出去了，大概上W.C.或者散步去了，我想。可是，過了一會兒還不回。我便起身背起書包去碰她，正好在樓梯口沒人的地方碰上了。我停下腳，想，說呢，還是不說。這時，我的舌頭不由自主地說了：『小姐，您能賞光出來一下嗎。』她沒出聲就跟我出來了。我又說：『您能接受一個詩人的邀請，在這月夜一起散散步嗎？』她沒言聲，我知道糟，這句話說得不好，忙說：『如果可能的話，是否，』我沒讓後面的話說出來，因為她已明白了意思，而且也沒表示拒絕。我們在月下散步了好久。說得很少。有什麼可說的呢。兩人心裏都透亮的。後來還看了一場電影，完了，只兩天。已經不來往了。我現在發覺這種玩兒確實沒意思，肉體的東西太賤了，太容易到手了，簡直值得唾棄，真正高貴的還是精神。還有一件事呢，你知不知道我對你們班上的那一位有意，就是口口。她當時老坐在我的對面，她看很多書呀，我就知道她有才華。不過後來聽說她已有了朋友，就作罷了。這事靜不知道，不讓她知道。她現在變得很可怕，她不僅僅是不願離開我，她還想玩弄我一下呢。她說過一句一針見血的話：『你並不愛女人，你不過需要她們罷了。』」

我給他講了許多文壇上的奇聞趣事，鼓勵他努力。還推薦存在主義的作品《深夜的酒宴》給他看，晚餐時他還書，說：「看過了，只感到一會兒壓抑，但很快就過去了，因為，來了一個穿天藍的……。」這時有誰說話打斷了他，我就沒聽到下文了。

《星期天的早晨》

這個名字對我具有一種特殊的魅力。它涵意豐富，常常不是一兩個形容詞所能描繪，諸如快活、輕鬆之類。簡言之，星期天的早晨就是暖烘烘裹著一個迷迷糊糊的你的熱被窩；就是整座大樓的寂靜；就是令人垂涎的一碗澆著黑芝麻醬的黃燦燦的熱幹面。除此而外還有什麼呢？也許是路上偶爾經過的打扮得花枝招展供人觀賞的姑娘吧。

我咬緊牙關，掀掉蓋在身上的被子，伸頭看了看天：灰蒙蒙的，像塊鐵板，風從窗縫鉆進來，嗚嗚地響。意志稍微薄弱一點的人，聽到這尖利的嘯鳴，早會重歸睡鄉，但我對熱幹面太感興趣，便舍棄了這培養懶惰的溫床。可見，食欲有時比睡欲更強烈。

上十分鐘的路，穿過一條自東向西的大道，踩得落葉吱吱作響，便來到餐館。也許因為天冷，今天人不如往常多，櫃臺前只有零落的一兩個顧客。穿紅戴綠的姑娘，沒有。順牆一溜排開的幾張桌旁，稀稀疏疏地圍著幾個藍灰的塊塊，是人。屋裏本來陰暗，他們衣著的顏色增添了陰暗感。買了票，便走過穿堂，進了廚房。只見下熱幹面的大鍋旁已經站了一排人。一個燙髮的腦袋扭過來瞧了我一眼。蒼白的臉，略微浮腫。眼睛無光，她身邊站著一個人，灰上裝，大翻著黃毛線衣領在外面。一雙高跟鞋好像走過遠路，跟有些扭曲，粘著幹泥點。不中看，我心裏嘀咕道。下熱幹面的那個就更不值一提。那是個機器人，真要是機器人倒好了，我想。她一雙手交換地提握一個渾身黑黢黢的竹刷下面器。又把黑麻麻的手插進一堆面中，像把梳子一樣，提起一大兜，往下面器裏塞，然後用帶黑垢的指甲將多余的面掐斷，順手把手往抹兜上擦。我不願看下去了。這時聽到一個聲音說：「下多點吵！」

「這哪裏少呢？」下面的機器說。

「你們這樣搞蠻不好咧，個把媽的下面就下一樣吵，莫你姆媽這個多一點那個少一點。」這是那個黃領子發出的聲音。我吃了一驚。

「你說哪個把媽的？你才是個把媽的！」機器人活了。

「你，你才是的。個婊子養的，你們做事不講公道。」

「你個婊子養的。你是個麼東西喲，小婊子養的。你曉得是哪個雜種過出來的喲！」

「你是個狗雜種過出來的！你的姆媽在外偷男人才生出你來。」

「小屄日的！你把你個狗日的褲子脫下來，看看你胯裏夾的是個麼東西！」

「你把你的脫下來，曉得被幾多野男人戳爛了！」

我端著面碗（已吃完一碗，這是第二碗），無動於衷地看著他們。下面的服務員氣得渾身打抖，手顫抖得厲害，把勺子也掉到地上。黃領子擺開架勢，一副氣勢洶洶、坦坦蕩蕩的樣子，一手掇碗，一手用筷子攪拌麵條，使作料和面調勻，但她已忘了手中的東西，只是在不斷地反來復去地把面挑起，又放下，挑起又放下，嘴裏像開了下水道的閘一樣。

「你們不要罵了好嗎？」一位顧客把碗掇到我這邊來避難。「這叫人怎麼吃得下去喲！」一臉慍色。其他幾位看樣子都很年輕，也是跟我一樣來吃飯的學生，連看都不看吵架的一對，專心致志地對付他們自己的包面和油條。

我很快吃完，看看也無可留戀的，便掃了那兩個一眼：一個一面做事，一面不時抬起頭放下手中的活計進行還擊，一個還是老姿勢，一手掇碗，一手挑面，在那裏暢所欲言。

我離開了小飯館。冒著尖利刺骨的寒風，踏著吱啞作響的落葉，回到房中，我心中很平靜。把這件事當作笑話講給X聽。他聽得目瞪口呆，在某些關節處，他還故作鎮靜，不使自己笑出來，以免讓人覺得自己很低級。

我拿起筆，開始我星期天的工作，a leisurely job。

《表彰先進會》

「A，對不起，我明天不能去開會了，因為——你知道，」我埋頭看書，但我知道說話的是B，也知道他欲言又止的涵意，他明天要去會女朋友。「明天下午我想去取個包裹。」

「春陽，明天咱倆一起去開會好嗎？」聲音有些顫抖，彷彿喉頭塞著什麼東西。是A在說。

「好哇！」我說得比我打算說的聲音大些，使我自己聽來有一種勉強的意味。也好，讓他們體會體會其中的意義吧。C一直坐在一邊看書，竟不理不睬，彷彿他與此事無關。

這是晚上。再早一點，中午時分，S通知說明天開全院先進會，要求每房派兩名前往參加。

今天中午。

「我他媽倒楣，」D說。「又不是三好生，又不是先進團幹，還要陪著去開會，眼睜睜看人家領獎，過幹癮。」

下午二點。與會者在校園大路上集合。

「你怎麼來了？」我問E。

「唉，一言難盡，」他嘆口氣。「D用紙寫上名字，捏了幾個團團，要大家抓鬮。這個主意是我出的。結果我們兩個當事人都抓中了鬮，你看見不見鬼。」

我靠在一個大石墩上，屁股下面墊著小板凳，縮著脖子，手插在荷包裏。一個老師走過面前，駝背弓腰，鬢髮斑白，額上皺紋密布。他跟另一個人打招呼。我看見我在跟那個打招呼，那人對我回話，眼裏露出驚訝之色。一定是我樣子太醜太老使他覺得奇怪吧，我想。我下意識地用手摸了摸額，想把那些皺紋撫平。「撲通」一聲，我一回頭，凳子掉在地下，打了個趔趄，差點跌倒。又走來幾個女生。圍成一堆，大談考研究生的事。我瞅了她們一眼，覺得太無聊，便取出一本書來看。

過一會兒，人都到齊。大家便來到會場。已黑壓壓坐了一片。主席臺旁坐著幾個老者，都是有身分的人，戴著藍呢帽，黑呢帽，穿中山裝。誰是誰？我一點也不清楚，也不想知道。主席臺上方一幀橫幅，大書：「表彰先進大會」。我低頭看書。這時聽喇叭裏傳來命令的聲音：「大會開始，全體起立！」「轟，」像炮彈激起的水柱，一下子直挺挺地都站了起來，轉眼向臺上看時，沒有了臉，全是黑藍色的脊背和被帽子壓平了的頭，向著藍色的天幕。《國歌》在耳邊轟響，但心裏很平靜。一旦成為儀式，就無所謂偉大了。

「轟，」隨著另一聲「坐下」，劈哩啪啦，屁股觸板凳的響聲。

「下面是XX班XXX發言，」我兩腿收攏屈起膝頭，把頭放在雙膝間，竟甜蜜地睡去。醒來已到發獎的時候。是4點了，往常，該看了一篇短篇，或譯了一篇詩，或講了幾句有趣的話，或思考了一個很有深意的事情。眼下——還有點想睡。四下裏看了看，單調的色，頭，頭，還是頭。偶爾有一兩塊亮斑，但隔得太遠，看不清。

人群不好看。那麼看臺上。那些老者忙起來了。一疊疊三好生證書分班列好，每人手裏握著一疊，臉上堆滿笑容，另一只手則準備迎接領獎人的手。領獎者排隊上來，用手接了紅紅的證書，轉身（向內轉身）走進臺裏。班上一個得三好生的也在那裏，用手往這邊打了個招呼。咦，他不怕被人看作太不謙虛？在大庭廣眾面前竟藏不住喜悅？身邊的兩個嘻嘻哈哈地和他打招呼。滿有興致地談著誰得了誰沒得，等等。我低下頭看書，Mr Hyde被發現死在房裏，這段描寫確實精彩，不過，我已事先預料到了，興味要少好多。音樂還不錯，這為領獎反覆播放的音樂。怎麼還不結束呢？屁股開始疼痛了，兩胯間夾得太久，有些汗浸浸的，難受得很。想用手去緩和緊張局勢，又不敢。暗地裏有多少雙眼睛在註意你喲！

「散會！」終於聽到這一聲。又是「轟」的一聲，我還來不及站起，就發現自己包圍在一眼狹窄的石井中。好不容易站起來，在人群的推擠下，浮出了門。拍了拍人家凳腳糊在身上的泥，便往家走。

《散步》

晚飯後，我在讀唐人絕句。T進來了。在床邊停下。「你那本書前天才借去，就看完了？又要？」我眼睛不離書本，問。「你也太sensitive了！難道我到這裏來光是為了借書？」我不回話，繼續看書，但已明白了他的來意。果然，他磨蹭了一會，說，用一種很隨便，很輕鬆的語調：「喂，咱們出去走走吧。媽的，又不想看書了。」「好吧，」對於任何時人的邀請，我從不拒絕。我把這看作友好的表示。

下樓，轉過樓角，燈光從前面射過來，照得人睜不開眼。「這地下能不能走？太泥濘了吧？換條路怎麼樣？」

「沒必要，跟我走，」我說。「夜間與其前面有燈光還不如沒有。燈光應是從後照，對嗎？」「當然。」

這強光是前邊不遠處建築工地的工作燈發出的。這些工作燈每個大約有100支光，掛在長木樁上，射出刺目的光芒，使人不得不把頭低得低低的，好看清路。走了幾步路，覺得燈光轉到我們的左邊，不那麼強烈，但在它的籠罩下，人起了一種恍恍惚惚的感覺，好像喝醉了腳，或是站在一塊浮在浪上的木塊上。我有點惡心。

「燈幾乎是平射的，要是掛高點，就可以普照四方，像月亮一樣。」

「咦，你還很poetic呢，」我說。

「說實話，我對這些東西，什麼小說，戲劇等等不感興趣，太不現實。我平常看看報，知道一點國內外有趣的事，看看雜誌一些小玩意，就行了。沒意思，這些東西。」

我們來到湖邊。湖面浮動一層淡淡的霧氣。對岸除了一盞孤燈發出微微的光線，便什麼也看不見。梧桐下的道路像個深深的遂道，黑洞洞的。偶爾有過往的汽車，雪亮的車燈把黑暗撕開，強大的引擎把寂靜震破，一會兒，一切便又重歸平靜。只有遠處那顆星星似的燈在閃爍。

「那是在磨山腰還是山腳？」

「山腳吧，據說那兒有個工地。」

「可看去很像在山腰，比水平面高嘛，你看！」

「這些時不知乍搞的，」他說。「啥也不想搞了，覺得boring，又無法排遣，又懶得出來散步，把自己關在家裏。但什麼也看不進。文學作品不想看，報紙也不想看，太假。比如說原先搞的那個人生的意義討論，當時我就說毫無意義，我連工作都沒有，你還他媽講什麼人生的意義，你說這不混帳！其實，談人生的意義才真正無意義。我上次去查分數，發現很好笑，頭兩年考得很好，第三年下降，第四年便越來越糟了。現在記憶力不行了，興趣也提不起來，只想早點混過去算事。可以後工作又傷腦筋。想個好一點的舒服一點的，不一定能分到。要是到中學，那才苦吶。朋友也沒有。太難找，想在班上找看樣子已不行。我和她的事已鬧得滿城風雨，姑娘們一定印象都不好，L介紹的那個已吹，據說人家想考大學。」

我記起了一個穿著洗得幹淨的軍衣，長長的黑捲髮，皮膚白皙的姑娘。我只從門縫裏看過她一眼，她那時正站在過道對面，也瞅了我一眼。是溫情脈脈的一眼，我忘不了。

「你呀，標準太高，幹嗎一定要找大學生不可？」我問。

「我兩個哥哥找的都是工人，你知道，我當——」

「算了吧，你又來這一套封建的東西，要我呀，我寧願找一個賢慧的工人老婆，也不要一個能說會道的大學生。有什麼用呢？兩片薄嘴唇皮罷了，而且還高傲得嚇人。除非你真有本事壓過她，或者你的相貌英俊得叫她看一眼就為之傾倒，否則你是難以取悅這些傢伙的歡心的。她們那一點傲勁全是幾本破書給撐起來的。實際狗屁不值。你想想，女人再美，還不是要有男人欣賞看中才行。我看找一個具有高中水平的溫柔體貼的女朋友比什麼都強。」

「跟你說，我考慮過班上那一位，」他壓低聲音對我說。「我父親的學生是她的老師，不過，我很猶豫。你知道，她是老大，屋裏弟弟妹妹一大家，我要和她談，將來談成了，那可撫養不了她家。」

這個姑娘我知道，但據我觀察，她已對班裏某個男生傾心。常以眉目傳情。便試探地說：「你敢肯定她沒談過朋友，假如談了，那不是要碰釘子？」

「就因為這我才遲遲不敢開口，不過，我相信她八成沒談。」

「難道不會對咱們班誰有意？」

「對誰？」他警覺了。「不可能對誰，我們房一個也沒有，你們房，讓我想想，A、B，你，不可能，C可能，你們隔壁房，就是E可能。」

「那就已經有兩個可能了吧。這種事一定要事先進行細致觀察，再下手，」我勸道。我這是為他擔心，也為她擔心。

「算了，聽天由命吧，」他說。

《詩歌朗誦會》

朗誦會將於晚七點在O號大樓頂樓電影場召開。因為他的詩《向共產主義進軍》要在會上朗誦，他放棄了學習時間，同著他的兩個詩友A和B，邊談邊沿著雨後濕漉漉的小道往會場走去。路上A告訴他說，他下午聽過擔任朗誦表演者的試演。「很不錯，據我看，可以得二等獎，」他壓低嗓門，指著前面走著的幾個模糊的人影響說。「別讓他們聽見了，你這詩，還有你的（指B）一定可以打敗他們。」

我們到達會場時，那兒冷冷清清，觀眾無幾，一排排鑲裝飾面的空椅子反射著日光燈的白光。看樣子，今晚上沒人來參加這個會了，他想。果然現在的觀眾不喜歡詩。他的判斷很快便被證明錯了。快到七點時，人陸陸續續地到齊，四下裏一看，竟沒有一個空位子。這是個階梯大教室，兼用作電影場，後面牆上鉆有槍眼一般供放映用的方洞。前面是又窄又長的黑板，上面看著卷成一卷的銀幕，放映時垂下，不放映時便收起。兩邊各有高大的窗子數扇，蒙著厚厚的花格窗簾。過了一會，七點到了。他放下手中的詩集，等著宣布會的開始。半天沒有動靜。人們各自看書。雙喇叭錄音機播送出輕快的音樂。誰都習慣了這種拖拉的現象。如果說七點開始，那就是說七點一刻，不足為奇。無意中瞅了黑板一眼，看見上面用粉筆橫著寫出了幾個大字：「讓共產主義思想閃光詩歌朗誦會。」他把這句話默默記下來，準備回去寫在今天的日記上，免得像往常一樣記錄了會議的實況，卻連會名忘得一幹二淨。這時他聽到後邊兩個觀眾的談話聲，注意力一下子被吸引過去。只聽一個人說：「今天我準備好好地讓他們把我激動一番，至少要激動二十一次。」「為什麼二十一次呢？」「因為，你瞧節目單，有二十一個朗誦者呀！別看我不懂詩，可是詩裏面的激情我還是體會得出。有一回我就是被一個朗誦者莫名其妙地激動了。我自己也說不清是怎麼回事。只覺得不管你用什麼語言朗誦，只要有激情，我就覺察得出而為之感動。」他回頭瞅了那人一眼，鴨舌帽、臉上帶有睡意。

就在這時廣播喇叭傳來一陣刺耳的電流時，接著一個聲音宣布說：「音樂會開始了。」主持大會的人囉囉嗦嗦將節目單上的朗誦順序復述了一遍，這當兒，他瞅見下面屋角處一個打扮很時髦的姑娘正脫去那件大翻領的銀灰大衣，取下黃色的毛絨絨的圍脖，現出裹得挺緊的深藍西裝，和雪白的毛衣。她戴副眼鏡——咦，這不正是她嗎？他記起每天上午課間休息他下樓去盥洗室時，在四樓樓梯口的走廊盡頭處，總有一群姑娘在跛房子，或者玩遊戲，她們見他經過，便要含羞地停下不做，其中有一個姑娘老是瞅他，他也好奇地回了那個姑娘一眼，彷彿建立了某種默契，他們之間便有了這樣的目光交流。「第一首詩……，」一個女人的聲音打斷了他的思路，他一看，報幕的正是戴眼鏡的這個姑娘。他取出筆記本，打開，扭掉鋼筆帽，開始專心地聽朗誦。第一個朗誦者是研究生，矯揉造作，沒有真情，一個向上伸展手臂的動作，令人回想起文化革命中的紅衛兵。第二個節目便是他的詩。他的同學玲和欣姿勢、聲音都不錯，但欣內心的害怕和緊張使他忘掉了許多段落，結果，這個朗誦不如期待的那麼成功。

他羞紅了臉，嘆了口氣。一會兒又釋然了。這有什麼呢？不就是得不到獎嗎？本來寫的時候就沒有激情，就沒有這個圖利的打算。節目一個個按順序進行，他埋頭記下他觀察的印象，一會兒記滿了好幾頁。猛然，他若有所悟，停下筆來。「我這是怎麼了？」他問自己。「要用的是腦筋，而不是筆！」他把筆記本放回荷包，仔細觀察，比較，很快發現，雖然詩的形式各異，名稱不同，朗誦者有男有女，水平有高有低，但詩裏總少不了這樣的字眼：「明天、燦爛、共產主義、奔向、不要悲觀、光明」等。朗誦者不是把雙手平舉在胸前像握槍，就是張開像爬牆。開始觀眾還很客氣，不聲不響地聽，完了給一陣不冷不熱的掌聲，——總有大半人沒鼓掌，到後來，逐漸不耐煩了。一個穿大黃棉襖的小伙子伏在桌上呼呼睡去。在會場另一個角落，一個胖胖的紅臉姑娘也把頭圈在臂彎裏睡著了，與小伙子遙相呼應。他前排兩個姑娘一會兒咬耳朵，嗤嗤地笑，一會兒看書，刷刷刷地翻動著書頁。這時候，只要朗誦者說錯一個字，甚至念錯一個音，觀眾就會發出笑聲。如果碰巧朗誦的姑娘長得漂亮，掌聲就比其他的都長。

A坐了不久不便有事離開了。B移過來坐在他身邊。嘴向前面呶了呶。他一下不解其意，B又用肘拐了拐他，小聲說「看前面」，他順著一排排的人往下看，眼光碰到兩顆姑娘的頭，顯然才洗過，松散地垂下來，黑髮映著燈光，閃閃發亮。「藍的，」B說。那個被說成「藍的」姑娘穿一件天藍格花褂，對這一切並不知道，聚精會神地聽朗誦。「原先那首詩就是給她的。」「哦，是她，」他不自覺地用手指了指。「別指，」B連忙制止他。他明白了，原來，在過道那邊，正坐著B的情人J。她一副郁郁郁寡歡、無精打采的樣子，顯然是因為被B冷落而不快，或是因為這咫尺天涯太折磨人了吧。沒有耐心聽完所有的朗誦，他提議回去。在他們之前，已先後走了許多人。出了大樓，他談起今晚的印象，說：「只有一個朗誦者不錯，就是那位個子高高、動作優雅、聲音很富於表情的姑娘。她讀的那首詩也寫得不錯，很有激情。」

「那當然哪！她最善於這啦，風流情種，脫得精光被人看見了。」

「你說什麼？」他沉浸在對那位美貌姑娘的回憶中，還沒反應過來。

「我是說那傢伙不是個什麼好東西，我怎麼不知道呢！原先因偷盜逮捕的那個學生講的嘛。關進來後不久不知怎麼放了出來，大概有路子吧。有一天他去找人，正是到那姑娘住的樓，你知道，她單獨有間房。這個同學上去發現漆黑一片，找不到人，有些奇怪，便隨手摸開一間宿舍的燈，哪知正好是她那間房的燈，她忘乎所以，沒關好門，結果精赤條條讓人看了，她知道了也不怕呀，這類事她是老手。」

他幾乎要嘔吐。覺得先前看到的那個形象與現在這個形象相去太遠。「這不可能！這不可能！」他反覆說道。

「是的，我告訴你，千真萬確，不信還可以把那人找來問。」

＊＊＊

我手裹拿著洗過的碗，推開房門。剛剛還在家的人現在一個也不見。日光燈點著，我彷彿進入了一個白森森的世界。一個與人世毫不相干的世界。門在身後關上，發出「呯」的一聲。日光燈顯得很刺眼，它的白光照在臉上好像塗了一層石灰。緊繃繃的。我在桌房坐下，看著面前兩堆靠得緊緊的書。一摞從下至上是Oxford Dictionary，德語畫報作封皮的《辭海》、課本、練習本、漢語辭典；另一摞微微傾斜，從上至下是藍皮的《英漢成語詞典》，字印在封皮上的*Random House Dictionary*，課本、翻譯教師、書脊包皮扯掉的*Advanced English Dictionary*、練習本、《化身博士》的英文版、課本、*Use the Right Word*。我的眼光越過書堆看過去，兩張雙人床，一張帳子掛起，一張帳子放下，帳子的主人常常很早就上了床，把自己隔在他人視線之外，偷偷地讀情書。我雖在他對面坐，知道他在幹什麼，但從不抬頭看一看，我的耳朵自會告訴我那每天上床時和睡前他枕邊發出的悉索聲的意思。他的床是箱子、帶蓋的花碗、食盒、奶粉盒。兩張床柱相結的地方纏著一段電線，懸著一個插座。是停電時接走廊線的。我想從書堆中抽一本書來看。但手沒動。他們都出去了，也許此刻在對面或隔壁一面吃著電熱杯煮的熱氣騰騰的菜，一面有說有笑地聊天吧。我忽然對書起了一股恐懼感。我環視著四周。眼睛睜得夠大。盡力想思索一下這房內景物的意義。日光燈彷彿有種穿透能力，它把白森森的寒光遍布我大腦的每一角落，那兒竟是空空蕩蕩。中午大喇叭廣播電影消息。賣票的老太婆——那個滿臉皺紋、門牙落了一個、頭髮稀疏的女人——象往常一樣，椅子上放著一疊窄窄的電影票和一塊寫著電影預告的紙牌牌，免得花力氣回答來往的學生的詢問。等在那裏，今天她直喊冷。外面確實是冷。Z等會來邀看電影，這倒是個不去的理由。他怎麼還不來，我奇怪著。往日他總很早就來，有時我在看書，不願去得太早，便讓他等一會兒或先走。我摸出鑰匙，打開書箱，拿出一大疊的紙，打算寫點什麼。有什麼可寫呢，我暗自納悶。日光燈照得眼睛發黑。好像置身在陰天夜晚的樹林中。眼睛被白紙的反光一逼，恍恍惚惚。他還沒來。也許他和女朋友一起去看電影去了。也好，可以安心地在紙上寫兩個字。電影是國產的，名字聽起來並不吸人。（你瞧，正在寫作的我忽然覺得昏昏沉沈、眼皮滯重、神志惝恍起來，那時發生的一切都是混亂一片，睡眠快要奪取了統治地位。）寫什麼？讓我想想。也寫一個星期六的晚上。不行，那是步人後塵。名字取得一樣。（我的頭重得再也擡不起，便在拳上擱了一小會兒，迷糊中聽見呻吟，以為他們都睡了，猛地抬起頭，發現都還在。）內容還是可以不同啊。我在慢慢斟酌，這時門開了。「看不看電影？」他一手握住門，撐開一半，也不進來，站在門外說。我說我不大想去，話語裏透著不堅定的成份，坐在這兒寫又有什麼意思呢？我問自己。再說好久沒看電影了。於是我說：「去吧。」

醉中真個兒中等偏高，一頭濃密的黑髮，兩隻黑亮的大眼，不過近來那隻眼睛好像常罩在湖上的秋霧，蒙上了一層暗影。灰大衣扣子一顆不扣，臉色紅潤飽滿，全身上下充滿青春的活力。你自己都坐不住，他這樣年輕，怎能指望他周末夜晚幹待在家裏呢？他要我等會，他去拿惟一一張電影票。我說我有，他執意要去拿，使我暗地裏挺惱火，平時看電影基本上是用我的電影票，因為我有很多，他總有些過意不去的樣子。該不會是因為我某一次對某人照顧不周？我並沒有把這個疑問說出來。

我們一同步入電影場時電影已經開映，但我對電影毫無興趣。他一路上跟我講的話，還在耳邊響。「L仍舊把你當作敵人。上次你的詩朗誦後他大為憤懣，說：『這是什麼詩喲！』我看得出，他聽得出，他對你的舊恨還沒有忘。他平常時的談話中就時時流露出來。」恨我？我有什麼好恨的？一張表情嚴酷、毫無笑容的臉，特別是一雙好像凝著仇恨的三角眼，出現在我眼前。這個一年四季都全身穿著黑衣服的人，好像對周圍的一切充滿厭惡。「對，他對什麼東西都看不慣。不單看不慣，簡直可以說是仇恨。」他這樣仇恨生活、仇恨周圍的人，一定是有什麼痛苦，或許受到人的欺負。「一丁點的小事他會記在心裏，比如你上次和他爭論一個電影的優劣問題，他說這電影不好就是不好，你就要他說出道理來，他說不出。你便說如果講不出道理最好不要妄加評論之類的話。他氣得要死，回去後在宿舍裏嘀咕了好久。」「是嗎？」我竭力搜索記憶，想找回那段往事，但我什麼也想不起。我覺得心裏很平靜。沒有在知道被人說壞話時的那種激憤。詩本來就沒有什麼真情實意，得不到獎、挨批評，這都是意料中的事，並無絲毫遺憾。他若懷恨在心，那就讓他恨吧。世界上還是有這種睚眥必報的人。這也不足為奇。如果從小恨起來，到現在被我恨的人恐怕有成千上萬。他有他恨的權利。記得這人原先愛搞文學，他的一篇小說文筆還很不錯。「他現在根本把文學拋棄了。他說他最恨詩人，他們只會講生活。『現實，要現實，』他一再說。他說想搞國際政治，一天到晚掛在口上，可沒見他行動過。他說他在中學時說真話吃過大虧，老師同學個個不喜歡他。你別搞錯了，他決不是個心直口快的人。他說他要澈底改變。他在生活中最崇拜的人就是這樣的人：他對人有仇卻能掩蓋得沒有一個人知道。其實，只不過是個極其庸俗的小人罷了。我這不是信口雌黃，我是有根有據的。他們談話我從不插嘴，我只是注意地聽，一字不漏，發現有很多地方暴露了他的本性。」他恨我，我想，沒去聽他。可我呢，並不恨他。還專門做出友好的姿態，請他允許我讀他的詩。那時他給了我，是回憶父母和家庭生活的詩。寫得平平淡淡，還給他時我並沒有作任何評論。也許，這又給他的仇恨添了一個原因。我們談一會，看一會兒電影。這時又扯到他班上另一個同學以及其他的事。他說那個同學老是偷看他的信，他始終沒揭發，有一次他們的衝突明朗化了。他當著別人面罵那個同學卑鄙，那同學說如果我卑鄙，你怎麼跟一個卑鄙的人講話呢？他說這就對了，你已經承認是個卑鄙的小人。他還說這次爭吵就是要讓大家都知道那人是個什麼樣的人，以便日後對他時時提防著。他說那個同學現在對他可說是恨之入骨。同房其他的人對他也很嫉妒，因為他能寫詩，並且寄到雜誌社。有一次他們把雜誌社寄回的信藏起好幾天，偷看後又放回到他桌上。我聽著這些，心裏是一片黑暗。我一下子變得很糊塗。遲鈍的大腦無論如何也不明白這都是怎麼一回事。冷風吹著，鉆進了脖領，刀割一般。銀幕上歡歌笑語，音樂聲震耳，連心都震痛了。我什麼也沒看見。什麼也沒聽見。十年前鄉間常常無緣無故和我作對的人出現在眼前。我童年時挨打的情景歷歷在目。存在主義作品中那些和我類似的主人翁在眼前痛苦地呻吟扭動。眼睛被淚水打濕。停了一會，我對Z說：「以後分配了要保持聯繫。」揉碎的春裝、毀滅的友誼、光彩奪目的朝霞，急速地從我眼前掠過。我渴望得到真正的友誼。「當然，一定的，不過，你肯定分在武漢，」他說。我覺得有些灰心。同時又感到十分好笑。

電影散場，我倆走在回宿舍的路上，繼續我們的談話。

「《局外人》你看過吧；哦，對，你沒看過，下午你問我他的意義是什麼時，我說還沒思索出個結論。依我看，要想不參與世人的勾心鬥角，不你嫉我妒，不為名利爭先恐後，非得做一個局外人。你的感情得冷酷到對一切無動於衷，但並不殘忍到殺害生命；你的理智要健全到看清整個紛紜複雜的世界，這樣你就自由了。你想想看發生在你們那一間房的事真是多麼令人齒寒發指呀！」

「說實話，」他說。「我真願單獨住一個房間，不與任何人來往，可是哪裏辦得到？」

「對於像你這樣年輕的人來說，這樣不好。你還是得做夢，即便你知道這場夢的內在含意是什麼，你還是把它做下去為好。

不僅如此，你還非得做下去，逼你自己做下去，因為如果沒有夢，你就失去了精神支柱。謝天謝地，我的夢醒了。看見那些人為考研究生而消瘦憔悴，我真是又好笑又可憐他們。充其量不過為自己撈個一官半職吧。有什麼多大的意義呢？對於我來說，第一，要選一項自己能為之獻身的崇高事業；第二，這事業是一定要為自己喜愛的。這就是文學。我不為工農寫作，不為共產主義寫作。這都是虛偽的，我如有作品，必定像斯湯達一樣是鏡子，不是雪花膏。明白嗎？」

我們到了宿舍，談話就此中斷。

他們問我電影怎樣。「畫外音太多，像詩，過於Sentimental，」我說。

《Not to Know is Better than to Know at All》

上個星期父親來信叫我和她去他那兒玩。地址是梅嶺二號，東湖邊。信上說那兒門禁森然，一定要首先在門口打電話招被見者出面，方能見人。還說環境優雅。

下午，我和她同去。路上問了兩個人。第一個人說此地只聽說有紅嶺，沒聽說有梅嶺。第二個是個年輕人，很傲慢的一副樣子，話沒聽完便不耐煩地對身邊同伴說：「走走，什麼梅嶺不梅嶺的。」她用手指指道路右側一條岔道，遠遠看見大門。我們走去，問持槍的崗哨，說是梅嶺。一個戴帽的老人給我們打電話。趁此機會，我把門房瀏覽了一番。牆上鏡裏嵌著制度。第一條便是：凡省委書記、副書記、省人委委員等等的小車，須經識別後方能放行。以下各條都很嚴。靠窗一張桌，桌上兩只開水瓶，一個茶托，一只倒放的茶缸。一個角落有一只大木箱。鎖得死死。窗戶和門全漆成郵局的綠色。門上有扇小窗。他打通電話後，又等了約摸一刻鐘的樣子，父親來了。嶄新的黑呢中山裝，黑呢帽，新布鞋，不知情的人看來，像個高幹。我也有這種感覺，但不舒服。人知道內情，就有這種感覺。

「上午怎麼沒來？」爸問。

「沒有，」我簡短地說。本來想來的，考慮到在這兒吃飯不方便，再說，這些話都湧到嘴邊，但沒說出。

門裏一個廣場，廣場中央一個花園，花園正中立著巨大的語錄碑，語錄經粉刷變得模糊不清，碑的上部被推垮，露出凹凸不平的紅磚。繞過花園，經過一座廢棄的大門，兩根大柱兩根小柱，小柱上爬滿常青藤，一條道路展現在眼前。路兩旁是密密麻麻的林木。地上鋪著厚厚的落葉。

「這片地方占地萬畝，」爸說。「好玩的地方挺多，等會我一一帶你們去玩。」

「這簡直像貴族的宮苑，」我說，驚奇地打量著周圍幽雅的景色。「這片湖是通東湖的，可一點汙染的跡象也沒有。哎，真的當了大官，誰願意下來喲。」

「當然哪！這裏一般人是不能隨便進來的。經常有中央首長來，八屆六中全會就是在梅嶺一號召開的。你用梅嶺這個名問路了，別人肯定不知道。這叫東湖招待所，共分四處，一叫南山，悠然見南山的南山，一叫百花，百花齊放的百花，一是梅嶺一號，一是梅嶺二號，我們住二號，毛主席曾在梅嶺一號住過。」

「瞧，這道多幹淨，連點灰都看不見，」她說。「環境真好呀。你瞧，成群的白天鵝在水中遊翔。」

「可就是不見一個人，」我說。別這樣讚美了，我心說。

「就是啊，也安靜，」爸說。

「這就是你們的住處？」我指指一間黃色的平房問爸爸道。

「後面兩層樓就是，這兒除了一層樓就是兩層樓，沒有超過兩層的。剛才你們看見的那座構造很精美的玻璃房是理髮廳。鬼的人。連平常正點上班時都不見人。首長的子弟才不安排在這裏工作。誰願在這兒服侍人呀！這裏的服務人員都是從鄉裏招來的，還要經過嚴格檢查，非得家庭出身貧農。這樣就不會出差錯哕。我們住的地方很好，一天住宿費花六塊多，伙食三四元，冷暖設備。每天有熱水澡，連解溲紙都給你備好。」

「這房子像牢獄一樣，」繞過那座豎石纍成的黃房子時，我這樣說。

「瞎說，」爸爸說。

我們在他的宿舍裏小坐了一會。彈簧沙發床，溫度11度，地毯、隔音壁、柔和的燈光。然後由他領著看了毛主席住過的梅嶺一號，一座陰森森的房子，窗簾全扯起，看不見裏面，窗玻璃發出冷冷的綠光，綠是特制的防彈玻璃。「車可以直接從那扇小門開進去，」爸說。我一邊聽他的話，一邊打量一株楓樹，楓葉在陽光照射下，通紅透亮，煞是好看。接著又看了冬天放熱水的游泳池，規模宏大，布置華麗，壁上畫著仙鶴。走過一條條無人走的道，樟樹落下的黑籽被腳踩踏，噼啪地響。周圍的樟樹真高呀。到處都可看見它們布滿皺紋的身體。有一種葉片光潔如玉的樹形花，鮮紅鮮紅，走攏一看，卻不是花，而是綠果脯一樣的紅籽兒，粘乎乎地裹著一層粘液，有幾只蚊子黑色的屍身粘在上面。只在經過湖邊一座大樓時，看見幾個人，是服務人員。一個男的，三個女的。一個蜷曲在椅子裏快要睡熟；一個在搔腳丫；一個在打毛線，脫下的高跟鞋擺在一邊。她們的口音證實她們不是本地人，而是農村來的。還看到赤裸裸的怕癢樹。道旁一眼井。爭論了一回。我說，是原先這地方還是荒涼一片的時候，一個農家的水井。後來修路恰好打旁經過。「那為啥不填呢？」她問，「也許沒此必要吧！」我說。

又回到宿舍。屋裏靜得出奇。「靜得叫人害怕，」她說。外面有各種各樣的鳥，鳴唱著。屋裏只聽得見呼吸和心跳。我倒在床上，疲乏極了。

過了一會，她要走。我送她。父親跟著一起出去。拐了一個彎，我叫父親留步，他說不要緊。過了那座小姑娘抱花歡迎的石雕，我又叫他回去。他仍說不要緊。剩下的路不多了。過了一會，我說他不用跟來，因為我回來時想一個人在林中獨自呆一會兒。他走了。我心裏放心了。我倆一天還沒擁抱，還沒親吻一下呢！小樹林裏驚起了多少睡覺的野鳥啊。親吻了，擁抱了，愛撫了。然而要走，我讓她走了，誰留得住？約定下星期六相見。巴不得明天就是。

眼前的景色再美，也動不了我。我坐在晚霞中的岸邊，面對玻璃般的湖水。夕陽緩緩地朝一片黑暗的樹林下墜，樹林黑得好像一座山，倒映在水中，中間是淡淡的湖岸，看去像兩片緊閉的唇。水鳥飛過空中，鏡面上掠過它們的影子。我呆呆地瞧著水面，什麼也沒看見，我覺得剎那間我變得很蠢。我失去了審美的能力。我不懂得發生的事情。小轎車時而「嗤嗤」地從身後的路上駛過。我拿出小剪刀，把胡子剪掉。留了一個多月的胡子。「太長了，」她說。「與時不合不一定要在穿著打扮上顯露。思想，」那個人說。他很討厭。但他說的是真理。門房的老人第一眼見我時，大約便起了反感，說開會的人都出去了，不在。他明明是在撒謊。路上那一位呢？大約也是。一定是梅嶺這個名詞激怒了他。因為它像征著權利、榮譽、奢侈、享樂、一切。

「這裏沒有住家。服務員和其他工作人員都在外頭住。白天上班，」爸說。

似乎是個很合理的地方。原來從前常常感到神祕的地方就是這樣。神祕感消失了，代之而來的是麻木。全市的鳥兒彷彿都集中在這兒。冬天也帶著春天的氣息。但，心卻不動。「什麼時候找個野地方玩一玩？」我記起了不久前問詩友的話。是啊，野地方，就渴望一個野地方玩一玩。

我的心無比沉重，不知道為什麼。也許是知道得太清楚，該像小鳥那樣，管你是高幹還是低幹，我飛來玩耍、啄食、歇宿、鳴叫就是了。可想不了那麼多。哎，有你們那樣簡單而快樂就好了。

不知道總比知道好。

＊＊＊

吃晚飯時屋裏沒有燈。吃過了飯，燈還沒來。我披了件棉襖，向湖邊走去。

湖邊的大路上冷冷清清，看不見一個人影。除了偶爾過往的汽車轟鳴打破耳邊的清靜，空氣中只有拍岸浪發出的有規律有節奏的聲音。寒風吹在臉上，冷氣鉆進脖頸，告訴我這兒只有我一個人。我無端地生起一縷愁緒，看看已走到通操場和圍牆的缺口處，想了一想，便轉身橫過馬路，走進缺口，踏上一條梧桐小徑。風聲濤聲立時從耳邊消失了。代之而起的是頭頂大樹的嘆息。

小徑兩旁是間隔很寬的梧桐，粗大的樹幹在夜光下顯得深黑而堅硬。一邊是廣大的運動場，另一邊，隔著一堵灰牆，是馬路和東湖。我朝小徑深處慢慢走去，皮鞋底每落在硬實的地面上，便發出沈郁、渾厚的聲響，我想起曾在這條小道上傾聽過一個少女高跟鞋的槖槖聲。這是一條多麼熟悉的小道！夏日的中午，我們曾在綠色的草地上鋪開涼席，只穿褲衩和背心，讓風無遮攔地從湖上吹過，拂過我們的身體，聞著水的腥味，呼呼睡去；或是在那皓月當空的靜夜我們一動不動地依傍著大樹，傾聽夜風和繁葉的絮語；甚至就在復習最緊張的階段，我們還有時間去瞅大道上時而走過的美麗的姑娘。

可是現在，一切都變了樣。月亮沒有了。雖然天空有星斗，但它們顯得又高又遠，暗淡而模糊。枯萎的梧桐葉子再沒有夏天那種音樂一樣鏗鏘的音調。一片葉子落下了，它旋著，旋著——我屏息靜氣地等待那觸地的清響。可是大失所望。聲音是悶悶的，像是垂死人的喘息。

我看著眼前的大樹，它們赤裸黝黑的身體並沒因冬天的到來而消瘦，反而因黑暗而顯得強壯肥大了。它們以各種不同的姿態，固執地向四面八方伸出僵直的手臂，手臂上覆蓋著淺淺的黑毛，風一吹，便嗤啦嗤啦作響——是頑固的枯葉。暗灰的小徑越來越窄，逐漸被黑暗吞沒。我突然停住，不敢再往前走。我往左面看了一眼，灰色的牆壁，齊嶄嶄的，像一把菜刀橫插在地裏；右面，是一片稀稀疏疏的灌木林。我曾在那兒小便，知道它的地上長滿了柔草，鋪著厚厚的落葉。如果有人在這兒談戀愛突然看見了我，該多不好意思，我想，或許會認為我是有意——啊！我差點叫出聲來。就在我的前方不遠處，映襯著越牆射過來的車燈，一個黑影手插在荷包裏，半垂著頭，沉思地朝我走來。我的心猛烈地跳起來。這人影多像我自己。可這決不可能。一陣巨大的引擎從耳邊響過，車燈的黃光閃了一下，便消失了，四野重又歸於黑暗和寂靜。再定睛看時，人影已不見，在他的地方，立著一棵大樹。差不多占去半個路面。

我轉頭慢慢朝家走去。又看看灰色的院牆，它彷彿一片薄紙似地在風中搖晃，我多想——

《探險》

我和他在假期常去名山大川遊玩。他比我小五歲，所以我倆合作得很好。平常不能遠遊，我們就在學院附近遊玩，什麼饅頭山呀、石洞呀、夢湖的幽月呀、赤裸裸的怪桐呀、天然的石桌呀，等等，我們利用課余時間都看了。有很長一段時間我們忙於考試復習，同時苦於沒有新鮮的地方可去，竟埋頭書堆，足不出戶，空把一個金黃的秋天失落了。而今寒冬已經來臨，我這個怕冷的人哪兒也不願去。去幹什麼呢？看枯葉嗎？他也有許多天沒露面。

有一天，我記得好像是星期一，我約他出去散步。經過廚房後面的渣滓堆，上面堆疊著腐爛的雞蛋殼、爛菜頭和各種渣滓，小雞用腳爪在刨食，又走過一個廁所，兩人都捂起了鼻子，男女廁所的屎尿混合發出的氣味太強烈了，然後來到湖邊，我這才緩過氣來，對他說：「你老說這一帶你都跑厭了，沒地方可去，可是我告訴你，這兒有一個仙境一樣的地方，冬天就像春天一樣。」

「真的？」他張大眼睛問。「在哪兒？」

「就在你鼻子底下。」

「鼻子底下？」他疑惑地環視四周，又不解地看著我。

「就是告訴你，你也不敢去」。

「我不敢去？哼，那你就說錯了，什麼地方我不敢去？」驀然，他爬上一段峭壁的景象從我腦中閃過，我聽見他說：「告訴你，天底下還沒我不敢去的地方！」

「事實是，天底下就有。你看。」我指著湖的對面說。

他順著我的手指望去，越過蒼茫的湖面，在湖岸的那邊，是一片黑黝黝的森林，林梢繚繞著陣陣神祕的輕煙，枯葉雕零的樹隙中隱隱露出華美富麗的大房子的輪廓。

「你去過？」他驚訝地問。「那地方好玩嗎？」

「就在昨天，我——是的，在夢中去過，」我表情嚴峻地說。

他以為我太傲慢，便不以為然地說道：「這算不了什麼。你在夢裏去過，我可要在現實中去！」

「別傻！」我說。「那不是個可以隨便進出的地方。」

但他早已轉身昂著頭走掉了。一副滿不在乎的樣子。

又過了幾天。（這幾天當中我一次也沒碰見他。）大約是6點多鐘天黑的時候，我坐在桌邊看書，這時門開了一道縫，一個人在低低地喚我。我抬頭見是他，滿臉帶笑。便起身跟他走到一個走廊比較僻靜的地方。他一臉得意的神情，衣裳有幾處劃破了，頭髮上沾有草葉子。但他明顯地很疲倦。他不管幹不幹淨，就近揀了一塊磚頭墊著坐下來，壓低聲音說：

「我去了」

「是嗎？」我吃了一驚。

「肚子好餓呀，能跟我泡杯茶弄點東西吃嗎？」我給他沖了杯糖開水，拿了一塊饅頭，他一邊吃一邊講起來。

「他娘的，真是個好地方！又安靜又幽雅，像貴族的深宅大院。」

「我不是說過，不許人隨便進出嗎！」

「別打岔。一大早我天沒亮就爬起來，懷裏揣了塊饅頭，趁黑摸到昨夜看準的地方，看看周圍沒人，便把那條漁船的纜解了，慢慢朝那邊劃去。湖上刮著小風，利得像刀片。靜悄悄沒有一點聲音，槳打水的聲音大得有點怕人。好歹我摸到了岸邊。一上岸我就用腳把船頭一蹬，那船悠悠地朝水中蕩去。我要船幹嘛，留著倒給人家線索了。那地方好靜呀，簡直像墳墓。我不敢在大路上走，因為我發現附近岸邊有一個崗樓。有崗樓必有哨兵，要是讓他媽的哨兵發現我不就完了。我先躲進樹林，露水真大，差不多把全身都打濕了，冷得我直打哆嗦。好在不多久天亮了。我藏身的地方恰好對著初升的太陽，這使我有機會欣賞湖上的美景。湖面倒映著金色的陽光，被風一吹，粼光閃閃，象無數碎金子似的，又像一顆顆滾來滾去的大玻璃球。這時，樹上的鳥也醒了，嘰嘰喳喳地叫起來。我這才發現那個地方的鳥真多。全是我叫不出名字的鳥，叫得可好聽吶。我抬起頭來，看見一縷青煙，就是常常看見的那種神祕的煙。於是，我偷偷摸摸地穿過樹叢朝冒煙的地方走去，走不多久，樹林在前面中斷，眼前出現一座巨大的灰房子，樣式古雅，周圍沒有一絲動靜，窗玻璃好像很厚，隱隱約約看得見卷在一邊的窗簾。玻璃面上滲著一層奇怪的紅光。正詫異間，就聽遠處傳來馬達聲，眨眼一輛紅旗牌小轎車在那扇構制精巧的門前停下。汽車中走出一兩個很胖大的穿中山裝的人，有當兵的扶著，看樣子官不小，說北方話。都走進屋裏去了，門外留著兩個刺刀打開的士兵。我嚇呆了，糟，我不敢久留，便往林子深處走，一面把那塊饅頭吃了。半天也想不出什麼好主意逃走。心想到晚上再說，先四處玩玩再說。嗬，這地方要說玩還真不錯。太陽升起來，曬幹了露水，林子裏暖烘烘起來。我恨自己沒帶本書，要是躺在落葉上看書，那可美呢。有一個地方有片瀉湖，清澈極了。我看四周沒人，痛快地喝了幾口，要是咱們學校旁邊的湖水我可不敢這樣，那簡直像綠色的膿水。很多雪白的水鳥或在湖中游泳，或在空中盤旋，靜得連它們扇翅的聲音都聽得到。林中有各種各樣的樹，數樟樹最多，你不知道什麼是樟樹？就是那種樹身上滿身紋路，樹下落遍了黑籽的樹，一踩上去便噼啪作響。還有楓樹，黃裏透紅的楓葉經陽光一照，簡直跟透明的塑料一樣。嗨，真是人間天堂啊。可是，不知怎麼，我心裏逐漸沉重起來，也許是餓了，也許是——說不清。反正當時起了這樣一種怪念頭，恨不得快快回到老地方，哪怕聞一聞廁所的味道，嚼一嚼渣滓堆上的爛菜也好。後來，我還看見一棟相當豪華、鑲嵌大玻璃窗的房子。」

「是游泳池，冬天洗熱水的，」我打斷他道。

「管它呢，我已經沒有心思了。便揀了塊幹淨的地方躺下，立即睡著了。也不知睡了多久，朦朧中聽見有人說話，睜開眼，什麼也沒看見，側耳細聽，說話聲又響起來，好像是一男一女。就在附近什麼地方。我循聲而去，慢慢地貼地爬著用手撥開面前的深草，他們就在那裏，說實話，我很討厭在暗中窺探情人們的舉動，可是在這樣一個寂靜的地方，不知怎麼一來我的好奇心特別強。男的是個中年人，肥頭大耳，穿灰色中山裝，女的年約二十一、二，著白色的服裝，好像是個服務員。我不想跟你說他們之間談的什麼話了，說不出口，其實也沒說什麼，反正那男的憑著力大，想下手，我顧不得了，一下子沖出去，打得那男的抱頭鼠竄。他逃了後，我回到女的身邊，見她眉目清秀，長得小鼻子小眼，很美的。心裏著實喜歡呢。她眼裏含著一包淚水，很感激我。我們相對立了幾分鐘，她忽然清醒過來似地問我是哪兒來的，我照實說了。她擔起心來，說馬上就會有人來抓我。這時天色已暗。她想了想，便說到湖邊去看看。恰好那時湖邊上停著一只打魚的船，她碰巧認識船老大，講明了情況，請他帶我過去。這不，我就回來了，肚子真餓啊。」

突然，這時傳來雜亂的腳步聲，有人在喊：「小D！小D！」

他答應了一聲，站起來，拍拍屁股，就應聲而去。來人是兩個高大的警察，其中一個問人：「你就是小D嗎？」

「是的。」

「這是你的學生證嗎？」

D摸摸自己的荷包，突然出現一種迷惑的表情，急急忙忙又去摸別的荷包。

「不用了，請跟我們走一趟吧，」另一個走上來，便把手銬給他銬上了。

「我犯了什麼罪啊?!」D絕望地叫道。

＊＊＊

又到了洗澡的時間，也就是說到了夜晚9.45分鐘，我脫去棉襖，解開皮帶，每到這時，大腿上便起了一陣癢癢的感覺，非要用雙手痛快地搔上一遍，差不多花五分鐘的時間，從大腿往下搔到小腿肚，直到手不能再往下伸為止。搔完以後，我開始脫去長褲。這是一件較費事的工作。長褲一共有三件，從裏到外依次是球褲、毛褲、華達褲，我不想一件件地脫，那樣太花時間。一手捏住三條褲腳，使勁往外拉，同時，腳往回縮，好像將一件衣裳從拐裏拐彎的木棍上褪下一樣。一陣鉆心的疼痛，使我停了下來。腳上的裂口又增加了。不僅如此，已經出現凍瘡。我咬緊牙關，心裏罵了聲：「你跟老子滾出來！」一使勁，一條光光的大腿露在外面，褲腿像一堆爛泥，軟搭搭地皺在一旁。另一條褲腿也照此辦法脫了下來。我把毛衣——兩件毛衣加一件毛背心——

脫下，頓時感到寒氣逼人。我動手取毛巾、牙刷、漱口缸，一眼瞥見Z投過來的眼光，好像在說：「怎麼，還洗呀？」「怎麼不洗！」我心裏這樣回答著，端起臉盆，開門便往外走。走廊彷彿是一個冰窟窿，我渾身的血液凝結不流了。剎那間，我起了一種想返身回去穿上所有溫暖衣裳的念頭。但我立刻掐死了這個念頭，邁開大步，狂奔起來，挺著脖子，甩開膀子，向前沖去，這樣，我便忘掉了一切寒冷。

盥洗室內一個人也沒有。昏黃的燈光、鐵黑的水管、沒有關緊的龍頭滴水聲、誰忘在池裏的臉盆——所有這些都是他見慣了的，絲毫不引起我的注意。在我這樣的年紀，彷彿注意力已經喪失。或者說觀察力已經喪失。吃晚飯時在隔壁房裏，一個同學向另一個同學索取戲票，同時說著笑話，我低頭吃飯，想著心思，其實什麼也沒想。這時耳邊有個聲音在輕聲說：「要觀察、要觀察。」我立即警覺了。擡眼朝他們望去，可是，看到了什麼？臉，臉，除了臉還是臉，這一張張臉都染上同日光燈一樣的顏色，印著笑意，但沒有一張說明問題，我像在野外凝視一棵樹那樣又茫然不知所措了。「我的生活真可怕，」他說。我倆並排在夜幕籠罩的大操場上散步。「人們在我的眼中看來沒有美醜，只是兩根竹筍頂著一個燈籠，而且還是破的。」我全身起了一種顫栗。皮膚沒沾水前穿著短褲和運動衣站著洗口，身上總有這種微微的顫栗。兩條腿不住地打擺子。見鬼。讓人看見真不好。洗完口，接著洗臉。一天下來，手總是比臉還臟，不想打肥皂，就用毛巾死命地又搓又擦，很快，巴掌心變白了。搓過手的毛巾在水中一清，就是一盆黑水了。接下來是洗澡。一想到那冰涼刺骨的自來水就要沾上身體，不覺牙也上下磕碰起來。要堅韌，要挺住，我這樣想著，牙關咬得緊緊，如果有人在旁，一定會看見我臉上牙床突起的棱條。我霍地把球衣從頭上拔去，又迅速脫去球褲，捧起一捧水便往胳膊上撩。我急急忙忙做這些動作，在外人看來，彷彿我迫不及待，其實，我心裏害怕著呢。誰能在這樣寒冷的冬天從從容容、不緊不慢地享受冷水澡的樂趣呢？無論如何，我咬著牙關對自己的心說，要挺住，堅持下去。冬天很快就要過去。隨後春天來了，棉襖可以收起來，大皮靴可以收起來，穿一件漂亮的高領黑毛線衫，挽著女伴的手觀賞櫻花的季節很快就會來了。但是，還有冷的時候。春天有時比冬天還冷。這樣堅持一年是可以辦到的。明年呢？她不會允許的。那時她要說了：「別洗了，再洗——再洗我就不愛你了，」然後裝著嗔怒的樣子從我手中奪下臉盆、毛巾、肥皂。有什麼必要再洗冷水澡呢？愛人的懷抱，溫暖的鴛鴦被，安樂的小家庭，這的確是令人神往的事。可是，洗冷水澡的性格一定要保留。一定要留存。怎麼可能？男人的性格終將被一個女人所扭曲。「我告訴你，」L的聲音在耳邊響起。「要找別找長得太漂亮的，找一個賢慧的、能操持家務的。跟你說，我將來結婚的那一天就把離婚證打好。男人是不可能和女人完美和諧地生活在一起的。性欲上能夠相通，精神上便被堵塞；心靈上溝通了呢，肉體又不能結合。老實說，我還沒見過白頭偕老不打不鬧的夫妻的。我們家裏經常吵架，我父母。本來晚飯就吃得晚，8點多鐘，一吵，就要拖到9點，甚至10點。各人弄各人的呀。」「你不冷嗎？」我定神一看，原來是L，他手縮進袖子裏，一副很怕冷的樣子，直對我伸舌頭。「不冷，」我回說。我低頭打量自己的肚皮。上面已蒸騰起熱氣。只要咬緊牙關，就沒事。再冷也抵擋得住。洗完上下身，扭幹毛巾，我開始擦幹身上的水，首先擦膝頭，據T君說，他就是因為洗冷水澡沒注意，得了關節炎。擦過膝頭擦上身，臂膀，下肢。「快救人哪！」我驀然聽見人在喊，循聲看去，只見積雪覆蓋的湖岸邊圍著一群人，近處湖面上一個黑忽忽的東西在一沉一浮。我不加思索就三步並作兩步地往上去，撲通跳進湖裏——啊，湖水冰冷到無以復加，我立時全身麻木，像一根冰棍。我覺得朦朦朧朧中讓人擡進一間熱烘烘的大屋，把我裹在雪白的被子裏，面前是一碗熱氣騰騰的甜姜湯。什麼幻想呀，我對自己說，伸手去取掛在洗澡間小門上的球衣。

我跑回房，第一件事是穿毛衣，再便是穿上褲子，然後是棉襖、大皮靴。最後用食指尖挑了一點百雀靈油脂，衲在掌心，勻了勻，抹在臉上。直擦得臉上發熱，油脂都滲入了皺紋裏去為止。手這樣來回運動時，我感到是她站在我面前，胸脯貼著我的胸脯，給我抹雪花膏。我則是個Peeping Tom，躲在門外窺視動靜，看見她給我抹完雪花膏，用她紅紅的唇兒在我的唇上蓋了一個印，還讓我緊緊地摟抱一下，在我的懷抱中假意地掙紮，我覺得門外的那個我心蕩神馳，門內這個我卻無動於衷，只是出於習慣，而真正站在桌邊的這個我卻——

＊＊＊

晚上七點，武漢歌舞劇院來我校為團代會召開作演出。六點剛過，我拿了小凳，喊了醉中真，便早早往體育場趕去。快到體育場路（自名）時，就見手拿小板凳的學生，從各宿舍大樓三三兩兩出來，匯集成一股熙熙攘攘的人流，向體育場湧去。我後面走著幾個女生。聽見她們皮鞋的槖槖聲和談話聲。「快點呀，說不定早滿場了。」「肯定已滿場了，據說今晚上的節目可好呢。」

路是下坡，體育館在大路左側。遠遠看見館裏燈火通明，彷彿黑壓壓的坐滿了人。平常進館是走兩個側門，今天正式演出，沒開側門，開了後門，其實本應是正門，因為很少打開，所以叫後門。入口處十分擁擠。藉著推力，很容易便到了檢票員身邊。後面說話的那群姑娘走上前來，我轉臉正好看清她們。一個穿粉紅衣的，鵝蛋臉，擦過身旁，我感到她的接觸。好像是一個檢票員暗地捅了她一下，她扭過頭，狠狠盯了那人一眼，然後昂頭高傲地進了門。我跟她走進去。有人在喊：「不要拿高板凳！高板凳請靠兩邊坐。」我一驚，四下一看，立刻意識到自己的是小板凳。舞臺上幕布扯著，大廳裏燈光亮著。觀眾已坐滿半邊大廳。觀眾的外面，這一堆那一堆地立著人。我和他從左面牆根下形成的窄窄通道往前走，看見人堆中一個熟悉的身影。是她，同班一個女同學。我不大喜歡她。但我知道，要想避免她的眼光是不可能的。我們恰好就在離她很近的地方停下來，無法往前移動。滿眼都是人，沒有插腳的地方。我說在最後找個位置坐，他不同意。太遠，怕看不見。那麼，還是在這兒坐下。這正當路口，人群絡繹不絕，老是有膝頭、皮鞋、大衣角從眼前晃過。我抬起頭來，正碰上她的眼光。我沒停留，越過她，向遠處看去。除了人頭，還是人頭。收回眼光時，剛好看見一對迅速掠過，（好像是偷偷撤走）的眼睛，這個面目清秀的姑娘就坐在我後面。我又看她一眼，期待她的顧盼。她看著別處。她臉上的神情顯出她已意識到這一切，我想。她會不會注意到這個舉動呢，我的那個同學？她該怎樣感覺呢？

不知不覺間，觀眾增加了一倍，現在前後左右都是人，腰上有誰的硬硬的膝頭頂著，頸子上有軟軟的頭髮在輕拂著，一股洗髮香波的味道。一個女人的手幾次觸到我的肩頭，她有點站不穩。原來的過道已經堵得水泄不通，想在舞臺前找個座位的人便在人群中披荊斬棘，劈開了一條迂回曲折的路，因為過道在我這兒中止，他們便拿這裏開刀，人和人貼得太近，大皮靴便越過肩上跨過去。我不大理會，繼續看一篇印度作家寫的存在主義小說。這時，「叭嗟」一聲，我前面落下一只板凳，接著，一只接一只，連續四只板凳奇跡般地交疊起來，身後一個姑娘的聲音：「我的天哪！」話沒說完，鐵塔般坐下一個大漢，黑忽忽遮得沒有一絲光線，我抬起頭，想看看這是誰竟這麼無禮。原來那人不是別人，就是膀大腰圓的曾拿過上屆運動會跳高冠軍的某君。我和這人有一面之交，平常時碰見點個頭，知道他有點橫蠻。從別人口裏也得知，他是個很逞強的人。我拍拍他的肩膀說（用武漢話）：「夥計，你這一擋，我們就看不見了呢。」他轉頭見是我，嘿嘿一笑：「等一下子再說。」過了一會，被他擋住的醉中真摸了摸他的脊梁，細聲細氣地說：「你能不能稍微讓開一點，稍微。」這時的醉中真同以往那個大膽潑辣、天不怕地不怕的醉中真真有天壤之別。我不禁略略欣佩人類力量的偉大了。「等一下子，」大漢說。「夥計，你這樣搞可不行呢，你讓他坐到你前面，你坐的凳子高，就到他後面去，怎麼樣？」我覺得醉中真太吃虧，想幫幫他的忙。「唉，」大漢抬起一條熊樣的胳膊（平常人稱他做Polar Bear），圍住我的脖子，另一只爪子在我頭髮上亂揉了幾下說：「兒們怎麼喜歡拍拍打打呀？」臉上帶笑。我看見他的同伴也在笑，我低下頭看書。一聲不做。臉卻騰地紅了。心猛跳了兩下。「兒們？」這不是罵人嗎？他這種高高在上，摟住我脖子摸頭的動作在外人看來就像一個大人摸小孩，這簡直是侮辱人。一股怒火從我胸中升騰。我覺得自己幾乎要霍地站起，揪住他的領口說：「你說什麼？」但轉念一想，已經過了一兩分鐘了，他興許已忘掉這事，我若發怒，他會莫名其妙。再說，他是帶笑做這個動作的，雖然在我要他移動位置時他臉色陰沉下來，但他在笑。我發現書還攤開在手上，後面那個姑娘一定以為我很專心致志。我什麼也沒看進。我想象和他打架的情景。「夥計，你搞得蠻不清爽呢！」「你說麼事啊？真是搞邪了。」「你說話給我注意點，不然，老子要揍人！」「夥計，來吧。」「來就來，到外面去。」我和他到外面挑個僻靜無人的地方。醉中真做裁判。他幾乎高我一個頭。我當機立斷，決定不硬拼。他猛地以泰山壓頂之勢向我撲來，想一舉把我摔到地上。我閃開了，同時揚起一腳，正踢中他的襠部。他「哎喲」了一聲，更瘋狂地撲上來。無論如何，要沉住氣，我對自己說，不能先動手。「在學校打架雙方都要受處分，不管是何性質，」一個聲音在耳邊說。是的，如果沒有這個規矩，我真的要動手了，我心裏說。難道我真的怕受處罰才不對他動手的嗎？我自問自答。好像內心有點害怕，害怕什麼呢？瞬間，往日打架的失敗一樁樁一件件從眼前閃過。我忽然痛感過去沒學好武術實在是遺憾。人活在世上一要有愛的對象，要有能取得愛的對象的手段；也不可避免地遇到恨的對象，要有成功地對付恨的對象的手段。像這樣無能為力，就非喪失尊嚴和人格不可。「狗日的，那美國佬坐在最前面，我們一起喊吧，打倒美國佬！」大漢對同伴說，同時轉身向我：「喂，英語打倒美國佬怎麼說？」話湧到嘴邊又吞了回去，我冷冷地譏諷道：「你學了幾年的英語，連這樣簡單的話都不會說！再說，你空喊又有什麼用？你要是有膽量，就坐到他前面去嘛！」他一聲不做。我感到一陣勝利的喜悅。人真是個卑賤的動物。常常因微不足道的事而生氣，又因微不足道的事高興。後來，他竟常常轉頭笑著和我搭訕。我也很快忘了那件不愉快的事。

演出開始後，我開始把全付精力放在對樂隊及演員的觀察上。最使我感興趣的是樂隊後面的一個鼓手。這人寬額頭，頭髮掠到一邊，眉宇間有一股嚴峻之氣，臉上出現沉思的神態。不知怎麼，我覺得這人一定受過很多磨難，生活經驗豐富，內心有某種不可名狀的痛苦。有一回，我看見他擡眼向舞臺上方某個地方瞥了一眼，目光非常森然可怕。我不覺也變得嚴肅起來，傾刻間起了一種感覺，彷彿他是我，站在這兒，我是他，在那裏機械地一下一下地擊鼓。痛苦啃嚙著我的心。其他的人沒有誰引起我很大的興趣。女歌唱演員打扮入時，第一個長紅裙，緊身衣，袖口裙角鑲著白絲花邊；第二個曳地長裙；第三個黃白相間的緊身旗袍。報幕員喜歡用家來稱呼她（或他）們，並特意強調出過國，受到好評，常常引起觀眾的哄笑。演唱的歌曲中也數外國歌曲和臺灣校園歌曲最受歡迎。給人一個印象，「外國」是鑒定本國藝術家的標準。記得某個同學曾說日本演員只要是到過美國的，回來便身價百倍。我逼自己尋找形象的比喻。好歹找到一個，把一個鼓手挎在腰間的大鼓比做郵筒。

＊＊＊

有時候我感到無話可說，捏著筆桿，腦中空空如也。可今天，還沒動筆，腦中就像刮起了大風，吹來無數滔天的白浪，思潮洶湧澎湃，不可遏制。面對這吞噬一切的驚濤駭浪，我像一個初出海的水手，感到無能為力，心中顫栗不已。

我洗完澡，回到房裏，穿衣、穿褲、穿襪子，做著這一套例行私事，襪子只有一只，另一只呢？我的手在床上亂摸，像一個瞎子。剛才還在床上。我摸屁股底下，看有沒有坐著。我摸被子下面，棉褉下面，甚至在一會兒之前還翻過的枕頭下面我也摸到了，跪在床上摸，這很方便。在哪兒呢？我疑惑著。哦，原來在這兒。它舒舒服服地蜷縮在拖鞋裏。我的手把它拾起，打開，翻過來，一看見它的花紋，我便想起第一次穿它的情景。是她送的，她不在身邊。我試穿著，心中柔情似水，想著她的柔腸和嬌態，竟激動不已，寫了一首詩，後來，還為此羞愧。哪裏有詩人和作家肯把一雙襪子寫進詩裏的？恐怕只有庸碌之輩才這樣做。忽然我覺得腳上隱隱作痛，原來，雙手正在使勁將襪子往腳上扯，小了，小了，隨著歲月的增長，舊時的衣物也顯得小了，不合適了。但舊時的情感呢？也是一樣。畢竟情感不是衣裳，似乎要複雜得多。「我死了你還松心些，可以找比我更好的人兒。」

「少說這些廢話！這種陳詞濫調早已聽厭了」是我的回答，為什麼我不能說：「我愛你，永遠永遠地愛你，你如果死，那我活著有什麼意思？」我不能說。因為，因為這一切顯得太虛偽。那麼，難道赤裸裸的無情比虛偽的有情好多少嗎？誰說我赤裸裸的無情？她痛苦，她不斷線地流淚，她扭曲，她痙攣，她避開我的臉，她厭惡我的吻，她卻用雙腳牢牢勾住我的腳，不讓我走。我看著這一切，無動於衷。但有誰知道，每一顆大滴的淚珠無聲地滲出她的眼角，我的心便痛楚地悸動一下，有誰知道聽見她那肝腸寸斷的哭聲，我的心也碎了呢？我以為我會哭。我把頭埋在她蓬亂的捲髮裏，聞到淡淡的髮香。我的右眼稍稍有點濕潤。我想哭，但我卻哭不出來。「你可再不要叫我慪氣，求求你，再別傷我的心了。」她用含淚的聲音柔弱地說，我卻象遭雷擊一樣，感到頭腦昏沉沉的，彷彿犯了大罪，被人押往刑場就地正法。我的天！我，我又在不知不覺中傷了她的心！我在什麼地方做了不該做的事，使她如此傷心？是想起了傷心的往事？不是，是沒有陪她睡午覺？不是。是早上打排球時說了幾句重話？不是。不是，眼淚泉湧般流出來。我做了些什麼事啊。我們去玩排球。到她的辦公室，她給我看她描的圖紙。告訴我她常在這扇朝南的窗前曬太陽，她說上班門不能閂，要檢查的，她們用拖把柄頂住門，一面描圖一面戴上耳機聽收音機，誰推門，拖把柄就會響，她們在人進來之前，就可以把收音機藏起來。「嘸，辦公室的牌子都是我寫的字，」她指給我看。「科勤室」、「政工科」、「河工室」。她牽著我，推著我，讓我看個夠。甚至讓我看廁所上的字樣。我當時多快活呀，指望好好打排球。「可你——，」她又想哭了。「你打的什麼球？根本就不會打？」我拍著球，自個兒玩起來，她氣壞了，要走。我拉住她，求她再玩一會。她不響。我給她一個球，她不動。球落在她身上，掉下來。我又給她一個，正打在頭上，球彈起來，蹦得老遠。她的嘴唇翕動著，像在罵人。她走了。我把球從後面向她拋過去。也走了，唉，為什麼當時的我竟那樣冷酷，而現在的我心中卻如此纏綿悱惻，恨不得重回到她那日，和她再打排球玩，補償上午的損失。我看見她那顆柔美的心在我的鐵蹄下蹂躪得粉碎了。「我真受不了了，受不了了，再這樣下去。」我也受不了了。我狠狠地跺跺腳，站起來，正要走，感到袖子被扯住了，回頭一看，是她那張哭腫了的臉，被痛苦折磨得不成樣子的臉。我忍不住倒下來去吻她。她卻又推開我，固執地把頭扭到另一邊。「我一個人，一個人在這裏，」她硬咽著，這句話像一把菜刀切著我的心。我比任何人都知道這句話的含意，同宿舍的其他幾個女伴在隔壁房間有說有笑。她們出出進進，旁若無人。她們黃昏時一起出去散步。而她，一個人，在平臺一個角落，坐在小凳上看一本詩或一本小說。「我不需要朋友，不，我不需要，因為——你，你就是我惟一的知心朋友，」她說。難道她真的不需要朋友？不啊，不，她的性格太倔強、太孤傲，她不喜歡同流合汙，她不願意把時間花在閒談上面，啊，她真是一枝出汙泥而不染的荷花呀！當我不在時，那些孤獨的日子，那些寂寞淒清的夜晚她是怎麼度過的？怎麼度過的。尤其是上一個星期，啊，可怕的上一個星期！「我不管了。我睡得格外早。我起得格外晚，我不管了。詩我看了，可是沒心思，我不知看了些什麼。我去了幾個醫院，我開了黃體胴，可我不敢用，怕它——據說，是保胎的，我沒有別的辦法。真可怕呀。不能讓任何人知道，這個單位別看人少，人人耳朵都尖，到處捕風捉影；個個舌頭快得像剃刀，真可怕，要是真的出事，我也不能回家了。父母知道這事，我的天！——我簡直不敢想像，可是，可是，我，我自有辦法，」她的話音裏有一種東西使人聽了不寒而栗。我不敢看她的眼睛，它們呆呆定定，固定地盯著某個地方，黑眼珠黑得像不見底的萬丈懸崖。我發抖了。「不，不，你不能！」「我知道該怎麼辦！我知道的。死！」我的臉刷的白了。我沖過去摟住她，緊緊地，緊緊地，好像一松手，她便要像籠中的金絲鳥，展翅飛去。「你，你無論如何也不能做這種事，連想都不應想！」我心中不知是何滋味，我想到了許多事情。我被開除了。沒有工作，她遭人白眼，我為生活四處奔波，做小工、扛碼頭。她的聲譽一落千丈。我們的孩子被人欺侮——哦，我們是寧願死也不要受這樣的罪呀。社會，啊，社會，這是一座監獄，是個人的敵人。為什麼我們相愛的人不能自由地結合？不能夠收穫愛情的果實呢？哦，金黃的秋天，黃金的收穫，農人的幸福，情人的災孽。我們有什麼錯？竟逼得走投無路。我越想越灰心，越想越覺得人生沒有絲毫意義，便臉也沒洗，澡也沒洗，腳也沒洗，上了床，憂愁縈繞於心，不能排遣，提筆就寫起詩來：

生活、生活、可怕的生活，
漫長的白天，更漫長的黑夜，
白天勞作，猶如掘墓，
黑夜休眠，似入棺槨，

從古至今，世代的生活，
為錢操心，為食奔波；

生活、生活、灰色的生活，
思想的兩極，永是冰雪，
月兒美妙，迷離虛幻，
鏡兒能照，脆弱易破，
從古至今，世代的生活，
灰雲邊上，鑲著金箔；

生活、生活、互憎的生活，
玫瑰的下面，隱藏著兵戈，
美好的希望，任人宰割，
人類之間，殘殺爭奪，
從古至今，世代的生活，
一柄利尖、一灘鮮血；

生活、生活、可悲的生活，
心溶著淚水，臉擠出歡樂，
社會的鐵鉗，命運在握，
人生如草，比草更拙，
從古至今，世代的生活，
無數骷髏，黃土一抔。

寫完詩已困得不行，快夜一點了，不睡幹什麼呢？

早晨，晴空萬里，冬天的太陽帶來了溫暖，染紅了寒窗，她的喜訊也染紅了我的臉龐。來了，來了，她說好事來了。「昨天我倆看嚇的，」她笑說。「嚇成那個樣子。危險一過，危險中人們的態度總覺得好笑。」

就這樣，星期天過去了。而此時，我多麼想念她喲！

＊＊＊

我喚了他一聲。他轉過臉來，眼裏閃著冷冰冰的光。我的嘴巴在動，這是從他冷漠的臉上看出來的。但我沒有聽見自己在講什麼，我只有一個思想：難道我是陌生人嗎？難道我是陌生人嗎？他的嘴唇在我眼前輕蔑地撇了一下，彷彿從牙縫中擠出了一個「哼」字。定睛看時，鼻子、眼、嘴巴、臉，什麼都不見了，只有一個由於過多地接觸枕頭而弄得亂蓬蓬的頭。忽然，我看見一雙手撲了過去，一手揪住一大束頭髮，便猛地往下拽，那是我自己的手。他猛可地轉身，只聽得撕心裂肺的一聲叫喊，兩束頭髮連著頭皮被扯下來了。眨眼間，一雙鋼鉗般的手鉗住了我的喉嚨，我差一點要閉氣，如果不是我的腿幫忙。我抬起右膝頭，正對著他的襠部，拼盡全力頂出去，覺得好像砸破雞蛋似的，有個什麼東西軟軟地碎了。就見他雙手漸漸松開。人仰面向後倒去。我看見自己尚不解恨，像餓狼一樣張開大嘴，一口咬住他的腮幫，下死勁合緊了牙關。「嗤」，一大塊臉肉血淋淋地掛在我的嘴上。我翻了翻書，看了看題目，老師馬上要提問了。

《孤獨的散步者》

黃昏終於來臨了。黃昏，我的嬰兒。我新婚的妻子。唉，我默默的忠實的戀人。我在書齋中禁錮了一天，多麼渴望看到你姹紫嫣紅的龐兒，多麼渴望著到你那漸漸合上的柔媚的眼睛，多麼想聽聽你安靜的呼吸。我穿過幽暗的走廊，摸下伸手不見五指的樓梯，避開日光燈慘白的燈光，來到了黃昏中。

一彎明潔的新月，懸在清澈如水的暗藍的夜空上。光禿禿的大樹，向空中伸展著彎彎曲曲的手臂，交疊成一張網，彷彿月兒會落下，隨時隨地準備兜住它。我暢快地呼吸著涼冷的氣息。渾身打了一個冷顫。西邊天空殘留著一層薄薄的紅暈，滲進了夜色，逐漸變成深紅，淺紅，給月亮的邊上鑲了一道彩邊。我沿著一條闃無人跡的小道走去。思想彷彿在水中浸泡後拿起，往下滴著點點清水，無比空靈、神秀。一忽兒，許多往事像遊行的大軍，列隊從我眼前走過；一忽兒，四周什麼也沒有，只有一鉤新月和幾株兀立的老樹。我讓思想放任自流，我不想用任何方式或出任何題目來折磨自己。一天的讀書已把我弄得筋疲力盡，難道在大自然中還不能得到解脫。

彷彿奇跡般地，黑暗在我眼前一跳，閃出一個女人，她蓄著長長的捲髮，中間拉著根潔白的絲帶，她的高跟又細又高，使她茁壯的大腿顯得挺拔筆直，她的臀部高高聳起。那不是她嗎，我的愛人？我喊她，她不應聲。我追上去，她聽見我的腳步聲，便也加快跑起來，但她的鞋跟太細，才跑動一步，便身子一歪，眼看就要倒下去，幸虧我跑上前用手摻住了她。她淚流滿面，泣不成聲。我問她出了什麼事，她不答。我作了各種各樣的猜測，她只是搖頭。突然間，我一切都明白了，我一陣難過，覺得非常對不起她。我不該對她過於嚴厲，她是一個柔弱的女子。看她躺在懷裏哀哀痛哭的樣子，我的心幾乎要碎了。可是，這好像給人一種奇怪的感覺，接近於幸福感。我真想這樣痛快地流淚，讓淚水把心中的一切煩惱、憂愁、不幸和悶氣統統帶走。我愛她，我愛她呀。可是，偏偏這麼好的月光她卻不在身邊。

忽然，我發現自己來到一座陌生的大樓前，窗子映出昏暗的燈光，房裏傳來做家務事的聲音。我想了又想，為什麼到這來，終於想起來了，我是來拿練習的，老師就住在三樓。我敲敲門，沒人應聲。又敲敲門，室內響了一下，腳步由遠而近地響起來。門開了。「快進來吧，」老師說。他年約五十四、五，個子矮小，面容憔悴，彷彿沒睡好覺，眼睛有些浮腫，他叫了幾聲：「進來」，卻忘記打開紗門。進屋後，只覺得室內光線很暗，有一種很特別的氣味，是那種肥皂、腌菜、魚、煤氣等等雜物的混合味。屋裏一張桌子上擺著飯菜，一個穿紅衣的小姑娘在吃飯。這麼大年紀只有這樣一個小孩，我想。他的妻子起身迎我。我一看，是很面熟的圖書管理員。我不知道叫她什麼好，一時竟什麼也沒說，沖她笑了一笑，隨著老師進了他的臥室。我有些不安，甚至略微緊張。畢竟是第一次上一個老師的家。我不敢擡眼環視四周，那顯得太無禮貌，他在替我在桌上那堆本子裏翻找我的練習。我讓他去吃飯，自己找起來。一會兒，看我找不到，他又來了，把一堆亂放的書用手推到一邊，我瞥見其中有一本綠橙色相間的翻譯方面的書。我在已經找過的練習中重新找了一遍，這才找到。而他還在一本一本地查看，眼睛離書很近。看來是個近視眼，我向他告辭，他留我坐。我堅持要告辭，他還沒吃完飯，再說，也並不熟悉。而且，他又是——。送到門口，他說：「你們都不來老師家。」頓了頓，見我沒吱聲，又說：「我也不去你們那裏。」這好像是個信號，我馬上說：「請您以後有時間去玩。」他說話時眼睛順著，避開我的眼睛。

我又一次離開狹小的房間，到了夜空下。抬頭看，月兒已經嵌在高樓的一角，模模糊糊的，看不真切，彷彿蒙著廚房的水汽。

我一面走，一面想著這一次。（我不得不在此停筆，因為我幾乎瞌睡得睡著。我是在迷迷糊糊的狀態中寫出上文的。我沖了一杯牛奶，喝了幾口覺得精神回升了）。我想到老師的家，想到另一個老師，坐在陽光下，拆一件毛線衣，還有另一個老師，穿件油膩膩的棉襖，袖子挽得老高。這個學院的老師無論從衣著、談吐、外表上都給我一種強烈的家庭感。如果他們皺起眉頭沉思，那一定不是某道英語題或某個計算式，而是中午孩子弄什麼菜，明早該買幾樣等等。我不久也將會成為這兒的老師。那時也有了妻室，有了子女。妻子叫自己幫這做那，因為她忙不過來，我也不忍心讓她一人操勞。我對自己說，明天寫吧，到了第二天，我又說。後天寫吧，後天一定寫。但終於，在我老得不能動彈的時候，我仍舊什麼也沒有寫。我變得非常內行，能跟賣菜的討價還價一大早。我得過且過，混過一個學期算一個學期。我喝酒，背著她；我搞女人，背著她；我放任自己，縱情於聲色，廉價的聲色。哦，真可怕，這種生活。我為何不教研究生呢？我問自己，二年後取得了碩士學位，我還可以再接再厲考博士。那時，我也許能夠rise above it啊，我要努力地rise above it。然而在人世間怎樣才能rise above it呢？報紙上介紹的那個和尚，隱居了四十多年，能文能武，他才是真正的聖人。何不學他的榜樣喲！當你看透了人世間的一切，你永遠不會感到幸福的。永遠不會的。正如一個美學家，他能把各種美分析得頭頭是道，鞭辟入裏，但他是無論如何也欣賞不到任何美的。欣賞不到的。想到這，我又悔自己不該讀書。像他們該多好哇，他自言自語地說，望著前邊工地的燈光和燈光下忙碌的工人的身影。他們在用自來水管沖洗建築用的石子。一個老人捏著黑色的長蛇似的水管孤零零地站在石堆上，燈光從前面照過來，把他的影子投至後面的石階上，由於石級及影子變成一段一段，像手風琴拉開時的風箱。風吹動著燈光，影子便晃動起來，沒有頭，分不清手腳，只看見一個彷彿人形的東西在扭曲。我感覺到一種莫名其妙的恐怖。想起了從前看過的現代派的人像雕塑，那都是些軀幹，這個人的影子和他們的雕塑像極了。我感到震驚，彷彿看到了真理一樣。這影子在風中晃動了一下，然後，燈滅了，影子消失了，第二天地球照樣運行，太陽照樣升起，而影子卻已經再也找不到了。但還有其他的影子會在上面扭曲、晃動。

我又看了看月，什麼也看不見，宿舍大樓從所有的窗戶射出日光燈，把宿舍內照得如同白晝。

***

中午，宿舍裏很安靜，Z睡熟了。C和L進城還沒回，剩下我一個人，在分析印度作家沃爾馬寫的短篇《候鳥》。書中的女主人公是個性格孤僻，多愁善感的人，她與眾格格不入，沒有共同的語言，整天沉浸在惶恐惑、苦悶、對往事的追憶，以及對將來朦朧的憧憬中。書中的醫生也是這樣一類人，他是緬甸人，流落異鄉，單身一人，無妻無子。「醫生是治不好懷鄉病的，」他說。這時門打開了，桑麻走進來，交給我一封信返身出去把門關上。一看信封上的字跡，就知道是勝鋼的。沒想到這麼快就來信了。小心地把信封沿著黏合的地方拆開，這是我的習慣，抽出信囊，厚厚的有三張，密密麻麻地寫滿了英文字。一口氣讀完，又粗粗地看了第二遍。信的內容竟使我一時產生錯覺，以為在看存在主義的小說。他說他目前幹的事確實不合他的心意，但他總感覺到內心有一個小聲音不斷地對他講：「向上！向上！」他過去受到的待遇太不公平，無論如何他要在平凡中幹出一點不平凡的事來，他必須這樣。如今他自己也不知怎麼來到那樣一個地方，那麼陌生，有著許許多多學識淵博的人，在他們的面前他感到humiliated，他感到頗不自在，但是他要向前，要超過一切，要使自己變成第一流的English-and-French speaking translator。我心中一陣快慰，因為我覺得我過去的判斷對了，他所追求的目標並非出自愛好，而是出自一種不甘寂寞，不甘人後的好勝心，一種永不能消除的羞恥感。上次信中他曾說寄出過一篇譯文，但被退回，他感到humiliated。過去同他共處的情景又歷歷在目。考試沒考好，他悶聲不響，凝神向遠方注視一會，馬上開始工作，果然便在下次考試中拿到高分。他決不能忍受任何人強過自己，時時處處他都要超過人家，但這種願望並不是直接流露的，跟他共事，很少看到他言談舉止中有過份的驕傲自大。細細觀察，才會發覺他其實對許多人都是有腹誹的，因為他的觀察力極強，誰的缺點錯誤和毛病都逃不脫他那尖刀一樣銳利的眼光。記得在進校半年的時候，就聽他這樣自信地說：「我敢說對班上某某人有什麼樣的性格已經了如指掌，」但他從不向外人透露，除了對十分知己（如我，但也很少）偶爾講一兩句。

寫到這裏，進行不下去了，筆頭是這樣生澀，洶湧的思緒常找不到合適的字眼來表達。這真使我苦惱。不知道什麼時候才能寫出滿紙珠璣，熠熠生光的文字。

軍號響過，高音喇叭又唱起《社會主義好》的歌來，每到二點差一刻，這支歌便要響起，用作吵醒甜睡的警告。只有一個中午沒播放，而以一支外國曲調代替了。自那以後，彷彿有誰下了禁令，再沒有誰敢用其他的曲調取代《社會主義好》的地位。但這支曲子放得這樣久，簡直引不起任何感覺，彷彿一堆噪音，一堆粗糙的石子，在我們麻木遲鈍的神經上摩擦。

＊＊＊

當我未提筆時，我的文思如噴泉嘶嘶，而當我在桌邊坐下，我的大腦如一個空匣。為什麼筆不能成為大腦的一部分——我有些頭暈目眩起來（你瞧，筆寫不出字來，儘管才灌滿了墨水。筆尖在紙上刮擦，發出的聲音使人聽了渾身起雞皮疙瘩，墨水的沉澱物太多，寫不到幾個字，便順著水流到筆尖積聚起來，堵塞了墨水的通道。）一用這些奇怪的比喻，大腦便產生昏昏欲睡的感覺。我竟不敢下筆了，彷彿每寫一個字，就有一個人對我說：「這寫的什麼東西！這寫的什麼東西！」我看見自己竟毫不反駁，點頭認可了。

下午從湖邊跑步歸來，經過廚房門口的報刊欄，讀到一則消息，是教育部關於學生生活的規定。學生每天要保證8小時睡眠，一小時體育鍛鍊等等。我在心裏算算自己的時間：夜1點30分睡覺，晨6.30分起床，午睡半小時，每天總共5小時零半。所有的時間和精力都花在學習上了。但成果並不大，當然，我是清楚原因的，如果沒有要同時把自己造就成為作家、翻譯家、詩人的願望，本來是不會這樣的。我的文字怎麼出現了這樣多的「這」和「那」呀？這是翻譯的傳染病，我想睡覺了。當我想睡覺時，一切在我全是灰色的，因為我不能像別人一樣，抖開被子，爽爽快快地上床，內心似乎有個聲音在說：「你訂的規矩，要執行，不能違反。」我便要硬撐著寫下去，甚至不知道寫的是什麼。理想與現實的衝突太大，要是將全副精力投入小說創作，勢必影響學習，影響將來的分配。要是一心只搞學習，我不甘心寂寞的靈魂又不許可。我真希望快快地結束學業，讓我好好喘一口氣，有充分的時間進行創作。我不知道現在是pen originates thoughts呢還是大腦。我有一種感覺，彷彿大腦已不屬於我了。它象一個土罐子支在兩個肩胛中，手捏著筆在紙上疾書，而思想則產生於每一根手指，昏昏欲睡，還硬撐著不去睡覺，眼睛半睜半閉地看書，這個樣子，他一直要堅持到午夜過後，他的目的就是在時間上不要落後別人一秒鐘，每一秒鐘對他來說就是一分錢。因此，誰若喊他起來，沒按他預先告訴的時間，他會大大地不高興。那等於是錢丟了哇。Z也開始不行了。他點燃一支煙，抽了一半，便離開桌子，打開窗，躺到床上放被子的一邊，仰面朝天，竭力不把兩眼閉上，但睡神在和他進行拔河賽，他要睜開，睡神就在裏面作崇，拚命把眼皮往裏扯，結果看起來就像在不斷地霎眼睛。過一會兒，我聽見什麼東西掉在地上，發出清脆的一響，扭頭看去，他坐的凳子下多了一支白塑料煙嘴。他在迷糊中忘了手中的煙斗。又過了一會，我看見他手中捧著一個本子。是一本相冊。他看了很久。眼光一直停留在原來的地方。我調臉過來，不願讓他知道我在注意他，否則，他就要引起警惕。憑我的感覺，我覺察到他足足看了或者說盯了好幾分鐘。如果是男朋友決不會使他產生如此大的興趣。一定是某個漂亮的女友，她的容貌勾起他多少回憶。我因倦得不行，每寫幾個字，就要低頭閉眼養一會子神，在這一刹那，許許多多的幻象都湧在眼前，模糊不清，象一片大霧。給我總的印象是虛偽，我隨時都可以睡去，一直睡到天亮。各種各樣的思想雜亂無章，亂哄哄地在腦中吵嚷不休。我看見黑暗中許多工人舉行罷工。「文句沒有變化，」這是某人評價我的話。真懷疑自己是否寫得好。不，我一定要寫好，我要找到一個方法。要的，現在，讓我睡睡吧，Ego！

＊＊＊

朦朦朧朧中，我覺得天亮了。遠處傳來一種似有若無的尖嘯聲，彷彿密集的雨點擊打湖面。起風了，走廊裏靜得出奇，聽不到一聲腳步。我感到周身發冷，用手一摸，原來身子翻動把被角都給掀開。蓋在身上的棉襖掉在地上。我懶得動。往外翻個身，再往裏翻個身，被子就嚴嚴實實地將自己裹起來，象一塊餃餡。這個名字在我昏昏沉沉的意識中喚起一種新鮮感，一種令人口水直往外流的食欲。好像有很長很長的時間沒聽說這個名字。更不用說嘗過一片包子皮。今天是星期幾？我蒙著頭，覺得黑暗中有個人在問。我迷迷糊糊地看見自己費勁地在床上掙紮一番，努力想把頭擡得高過桌子，看那張掛在對面牆上的年歷。屋子裏漆黑一片。不知從什麼角落傳來誰的鼾聲，一起一伏，象只打呼嚕的貓。鼾聲給我帶來一種甜蜜的朦朧，加濃了我的睡意，力氣彷彿一下子全部跑光，我「噗通」跌坐在床上，又昏昏地睡過去，做著奇奇怪怪的夢。牆外有兩個黑影，一大一小，大的是只大貓頭，小的是只小貓頭。窗外射進來昏黃的燈光，被風吹得直晃，這兩個影子便一伸一縮，交替變換。一會兒大貓頭支起耳朵，忽地躥得老高，向一條撲騰的魚猛撲下去，一會兒它變成一只餃子，在象沸騰的水樣的光波中翻上翻下，逗得那只腫大的小貓頭一個勁地擺來擺去，雙手在胸前快樂而焦急地搓著，尋找機會下手。一會兒它倆親昵地互相依偎，喃喃低語；擁抱在一起，像一對戀人。彷彿吹過一陣清風，光影支離破碎，紛紛散去，一堵被陽光映照得雪亮的牆壁出現在眼前，牆上掛著一張半裸體女人像。「誰把這種畫掛在這兒？」一個嚴厲的聲音在我的耳邊震響，我一驚，裸體像消失，代替她的是一面日曆，我看見自己的手從被子中探出，又倏地縮回，好冷呀，半晌，又重新探出，越過桌子和床之間形成的走道，桌上一堆亂放的課本，越伸越長，一直來到日曆下，伸出食指，其他四指怕冷，緊緊地卷曲起來，開始尋找今天的日期——但就在這時，我才猛然醒悟，今天是星期天。

手重又縮到被裏，團抱在胸前，整個身子蜷縮成一堆，膝頭幾乎碰著下巴，鼻子聞到被子暖烘烘的氣息，夾雜著一股淡淡的臭味。風在窗外橫行，吼叫；走廊裏仍聽不到一聲腳步。我的瞌睡差不多刺激得無影無蹤，但我不願就此起床，同房的人也許早就起來了吧。A一定已經埋頭在書堆裏，他不分冬夏坐在桌旁，讀著那堆無窮無盡日日增高的書。記得昨天告訴他在8點鐘喊醒我，想來他已忘了，再不就是喊沒喊醒。但8點已經過了，這是毫無疑問的。過了就過了吧，他想，起來幹什麼呢？還舍不得那些幹巴巴的課本？一整個星期不論早中晚，都在跟它們打交道。生詞、句型、筆記等等，一大堆有關課堂的東西從我腦中一閃而過，留下一種極端的厭惡感。為什麼呢？我想。我不知道為什麼，好像不這樣就沒事幹，像失了業的工人。一切的一切都不能使我產生興趣。除了課本，但它們的意義不在合乎口味，而在——而在滿足虛榮心。必須考得好，這是頭等重要的。考得好，姑娘們看你的眼神也不同，那是欽佩，羡慕的眼光。考得好，——哎，好處可多哩。C+。不知從哪個角落突然迸出這個字母。我莫名其妙，但我的內心深處早已明白，這是上次考試的成績。我拚命想擺脫掉這個字母，可那個C字就像一只鐵掌緊緊扼住我的喉嚨，而那個「+」字，則像一具十字架，在頭頂上方頻頻對我招手。我無法將它們擺脫，它們給我帶來許多痛苦的回憶。整整有一個星期我擡不起頭來，覺得周圍全是冷眼和嘲諷。

「分數並不是第一重要的，並不能衡量一個人的真正水平。」這句話不知對自己說了多少遍，但內心總在隱隱作痛，不能忘卻。我感到更冷了，在床上翻了個身，想起棉襖還在地上，便喊A君，讓他替我撿。A君無聲無息地走來，像書堆裏掉下的一個字，把棉襖披在我身上，又回到他的書堆裏。有什麼意思呢？即便他學得滿腹經綸，無非娶個漂亮的媳婦，謀劃個較高的職位，生一群白胖的孩子，但是，他的青春呢？他是沒有青春的，只有一堆冷冰冰的書。

我在心中這樣刻薄地評說A君時，不覺想到自己。我自己的青春呢？哎，我今年多大年紀了？我一下子發愣了。20？不，哪有那麼年輕，好像有40了，哎，不不，40歲的人怎麼能上大學呢？我想來想去，到頭來仍沒個頭緒，只好暫且定為又老又年輕或者老年年輕之間。許多年前，那好像是在農村吧，就跟被子結下了深厚的交情。天一擦黑就鉆進去，第二要睡到餓得不能再餓才爬起來。吃飯、打牌、看書——哪裏看書喲，看《少女的心》，都是在被子裏。如今，這被子已經睡得大洞小洞了，也懶得補。自己不補，是沒人幫忙的。父母親離這兒老遠老遠。女朋友呢——她才不會替自己補。在別人面前做這種下賤的事，她說什麼也不願意。即便是我的她也不願意，男女平等，這是她一貫的主張，而且，男的應該多做事，因為他們比女性強壯。我想起在家同她一起的那些日子。有時枯坐著相對無言，有時幹些傻事，求她允許自己吻，被她粗暴的拒絕；有時她索性一連幾天不來，並警告我不許去，我聽說經常有些小年輕在她那兒往來，心頭火起，常常在暗中窺探，但什麼也沒發現，有時兩人大吵大鬧，在樹林裹無人的地方。我知道自己非常恨她，但卻感到有某種東西把我們緊緊連在一起，想擺脫也擺脫不了。也許因為她是個中專畢業的工人，而我是大學生，如果拋棄她會招來社會非議，也許因為——因為某種只有真正談過戀愛的人才知道的東西。我不願去想，反正，這就是愛情，你愛一個人，但你卻又極力想擺脫她，去愛另外的人，但你不能。是啊，不能，星期天校園一定冷冷清清，道上再也聽不到高跟鞋的橐橐了，看不到那些捧書誦讀的俏麗的身影了，這些影子常常多麼叫人神往著迷呀。

我又翻了一個身，感到大腦像一塊鉛，正往一潭漆黑的水中沉下去，沉下去。我又睡著了。

***

剛剛讀了契訶夫的《胖子和瘦子》、《一個勝利者的勝利》，不禁拍案叫絕，大聲嘆道：「個婊子養的，寫得真好哇！」這兩篇小說每篇只占紙約一頁半，而意味雋永，幽默生動，讀來余香滿口，不覺深深嘆服他的才能。當下決定，仔細讀完存在主義作家的幾篇代表作後，一定以契柯夫的小說作為範本閱讀。

很長一段時間以來，大約從打算考研究生那天起吧，我又開始厭倦生活。生活是一場鬥爭，無情的鬥爭，誰有能力，誰有力量，包括智力和體力，誰就能取勝，從而為自己謀求到幸福。誰不具備以上能力，他就註定要失敗，而失敗者也就無幸福可言。我摒棄了薩克雷傳染的西方悲觀主義的觀念，抖擻精神，重振旗鼓，準備拼全力為自己開辟一個新天地，打出一個新江山，我知道我會成功。儘管我比誰都準備得遲，儘管從我開始復習到考試只有二個半月多的時間，但我信心百倍，堅信自己的毅力和智力，一定能在這次考試中使我旗開得勝。我制訂了周密的學習計劃，甚至沒有忘了留出一點時間寫詩寫日記，以免筆藝荒疏。我像鐘表一樣工作，準時起床，準時入睡。世界對我來說變得簡單了，我的眼前橫著一條大道，在前面某個地方是一道木柵欄，柵欄的牌子上寫著「研究生」。我只要不懈地走下去，積聚力量，在柵欄前作一次驚人的沖擊，眨眼間，柵欄門和柵欄就會紛紛倒下，更美好的坦途就在前頭。我對研究生外的一切都不關心。我考慮的是怎樣在短期內背下更多的東西，看更多的有關書籍。如果非有必要不可，我便去找人。這不是件令人愉快的事。我得一次又一次地在走廊裏等主人的歸來，又一次又一次地空手而回；我得紅著臉對他承認是「無事不登三寶殿」的；我得寫信求朋友借書。我自己身上的冷漠自私的天性日益增強。朋友送書來了，我並不好心陪他，時時往自己的書籍瞅上兩眼，後來，還將他一個人丟在陌生的研究生招生簡章查閱室裏……。

但即便是在這種熱火朝天的復習高潮中，我還不是那麼平靜的。我時而懷疑，這樣做對嗎？難道考研究生是人生惟一的出路？這簡直叫人受不了。我為什麼要這樣做呢？也許，可以象原先設想的那樣，考上以後再執筆寫詩不遲。但那個研究生灰白的面孔在我腦中一晃，我恐怕也會像他那樣，成年累月埋頭於故紙堆，泯滅了人的天性和靈感吧？我甚至一度想打退堂鼓，那是一個星期六的晚上。我實在累得不行，想到周圍的人都過著自由自在，無憂無慮的生活，而我卻為一個自己並不喜愛的職業疲於奔命，心中一陣酸楚，而這時，她闖進了我的腦海，非常清晰鮮明，就像站在眼前，一伸手便可觸摸。若在平常，這時她就會溫暖地偎在我的懷抱中。我愁思連綿，不能解脫，看了半天書什麼也沒看進，生起氣來，便把書推到一旁，躺到床上。起來後，又讀了兩篇存在主義的作品，這兩篇小說充滿了如此濃厚的悲觀色彩，具有如此感人的力量，同時，跟我的性情口味如此相合，我幾乎絕望了。我的內心深處有聲音在大叫：「放棄吧！從事文學創作吧！」我使勁把那聲音按下去，但它像水中的球，按下又浮起來，最後，我索性讓它喊叫去，知道我的意志就要崩潰。第二天，我的意志並沒崩潰，我只是感到極其不舒服，彷彿頭天吃過什麼特別敗口味的東西，那膩人的怪味仍殘留在口唇間，連呼吸也好像聞到它們的氣味。我不能放棄，原因很簡單：我已經決定打仗，並已上了戰場，如果勝敗還沒決定我便先退下陣來，一定會引起人們的疑惑，會使自己蒙受不名譽。那是萬萬不行的。我既已投入戰鬥，就要像士兵一樣，哪怕明知是一場不義之戰，我也不獲全勝決不收兵。

課部的決定幫助了我。定下杠杠，凡每門過75或所有科目平均85的可以參加考試，Z斷言說男生中一個也沒有。我也相信自己不可能夠格。我的心跳起來，既羞愧，又高興。羞愧的是辛辛苦苦學了三年，卻連那樣成績都沒達到，高興的是這正好替我下臺階。在一個陽光溫暖的冬日下午，我把所有的復習書籍全部歸還，借來小說詩歌，準備好好閱讀一番，重操舊業。回到家裏，桑麻告訴我說我的分數已過杠杠，我聽了心中很舒服，卻並沒有絲毫悔意。

我在生活中轉了一個180度的大轉彎，一切都變得不同了，我需要重新安排生活，以新的眼光看待生活和人。我制訂了另一張計劃，決定把全副精力放在寫小說上面，勻出部分時間寫詩。詩這個東西，有就寫。沒有，不硬逼，像從前那樣，要思索，思索人生。要觀察，觀察人。我記得大轉彎的第一個早晨，我如何在飯堂裏仔細地觀察人們的衣著和舉動，覺得發現了不少的新東西。但，新鮮的感覺不久便消失，宿舍、飯堂、課堂、飯堂、宿舍，這一連串機械流水線似的生活，很快就令我厭煩。我筆頭生澀，寫不出東西。我大腦更生澀，想不出任何新的思想。我觀察人，發現他們都很討厭，有的庸庸碌碌，除了課本和分數，只關心怎樣吃好、睡好；有的不顧一切的復習，理由是如果不考便沒有事幹；有的沒有過分數線，成天陰沈著臉，好像從此失去了前途目標，到處遊手好閒，逛逛蕩蕩。還有的乾脆什麼也不想，只圖越少活幹越好，過安安逸逸、貧裏求富的日子。我對這些人一個也看不上眼。全是些沒有精神沒有主見的人。XX胸無點墨卻偏要盛氣凌人，好為人師的勁頭令人作嘔，XX動輒發火，吵吵鬧鬧的作風讓人看不慣，總之，自己與誰都合不來，與整個社會都格格不入。我又一次相信了存在主義的理論：他人即地獄。

忽然有一天，（現在我無論怎樣絞盡腦汁也想不起這是哪一天）我整個的思想都改變了。I was brought to a sudden realization that要搞文學必得熟悉人，熟悉這一個個你所「討厭」的人。我驀地回想起暑假時的思想，那時我對全人類都懷著一種深深的同情，我覺得人人（包括自己在內）都是可悲又可憐的，他們的任何過錯都應該原諒。甚至一個罪犯，也應該得到寬恕。應該探討他們的心理。如果某人犯罪，這並不是他的過錯，而是社會、教育、家庭各方面的過錯。這其中的原因還有大大研究的余地。我覺得以前的那種態度未免太冷酷、太超然、太缺乏人情味。在別人的眼中，我不也是一個很討厭的人嗎？自己當然不覺得。自己不是也常常認為自己的錯誤有很多可以找到其他根源的嗎？也就是說可以原諒的嗎？我覺得人們一下子變得親切可愛，他們的缺點更其可愛，正因為這樣，他們才成其為人。我的生活充滿了樂趣。因為，它將貢獻於一個事業、研究人的心靈的事業，文學事業。

＊＊＊

是冬天一個寧靜的晚上，我踏著月色，獨自向湖邊走去。我走過蒙著厚厚塵土的大路，穿過駐校建築工人的駐地。大門上一盞孤燈，投下昏黃的影子，幾個人走進門裏。我想我看見了一個姑娘。她的影子只在眼前那麼一閃，我便覺得她十分可愛。額前覆著幾綹髮捲，兩條長辮垂在腰際。裊娜的身姿。「我希望逢著一個丁香一樣的姑娘，」戴望舒的《雨巷》不知怎麼跳進了腦海。我試圖背下去，但將上句反覆念了幾遍後終於放棄了。新詩畢竟能讀不能背呀，我嘆道。

我來到湖邊，湖濱大道隱在幽暗靜謐中。梧桐卷曲的枯葉，象掛著許多鈴鐺，映襯著月光照亮的夜空，格外深黑。我正暗自慶幸，沒有車，也沒有人，這一個難得的清靜的月夜，就要歸我了。驀然，從黑暗中跳出一個人影，伴隨著人影的出現，若有若無地飄蕩著一種輕輕的哼唱。我在大道中間走，是那黑影離開道邊，迎著我往道中走來。一剎那間的疑惑，我便明白了，憑著那橐橐作響的皮鞋和越來越低的哼唱，我清楚地意識到，她就是「那個」姑娘。我轉身走到路邊，還沒走幾步，她就到了眼前。我想咳痰，但我憋住沒咳，就在她和我幾乎擦肩而過的一剎那，四周好像突然靜下來。我聽見自己平穩的呼吸，我沒有任何激動的理由。我也聽見她低微得幾乎聽不見的一聲輕咳。這聲輕咳中含有某種我所不懂的意味。彷彿在召喚什麼，又像是在提醒人注意，我聽見自己在咳嗽，吐痰，我好像是她，在身後幾步遠的地方聽見這咳痰的聲音，心裏暗暗說，這男人身體不行，而且是個不講衛生的粗魯的人。果然是她，我想，很快便忘掉了自己的痰，一個身材苗條，臉色蒼白的女子浮現在我眼前。她孤獨地在黃昏的湖邊散步，對每一個路過的青年男子投去默默的眼光。她獨自個兒唱著歌，有的很響，只在跟人相遇時變小。我回頭看了一眼，以為會看到她越過馬路走另一邊，使我大吃一驚的是，她沒過馬路，也沒走路中間，仍然走靠湖的這邊，烏黑的身影漸漸沒入黑暗。她是有意對著我走來的，想到這裏，我的心頭不禁顫抖起來。在這樣闃無一人的黑夜裏，沒有一個人可以幫助，沒有一絲燈光可以照路，她竟敢這樣大膽地迎著一個陌生的人影走去，這實在叫人不懂。突然，她渴望的眼光，孤獨的徘徊，纏綿的歌聲，以及她整個人所具有的一種怪異，全都在我的腦中聯繫起來了。她在受著沒有愛情的折磨，我下結論道。唉，可憐的人兒，她看樣子頂多不過二十一、二。正像一朵野地裏盛開的玫瑰，期待著英俊小伙子采摘。

然而，靠著這樣孤獨的散步，靠著歌聲和眼光，她能夠替自己找到合適的伴侶嗎？那樣正對我走來，是什麼意思呢？我不願意多想，我一邊走，一邊注視著湖上的風景。薄薄的夜霧，籠罩著湖面，對岸城市的燈光，現在都失落在一片混混茫茫中。在小港灣對面那片樹林裏，閃著兩盞路燈，遠遠看去，象只怪獸的綠眼。我不喜歡她的眼睛，我想。襯著蒼白的臉龐，眼鏡的黑邊顯得更黑。深邃的眼睛在鏡片後閃閃發光，盯著人看。這雙眼睛沒有柔情，彷彿充滿了怨恨。也許，她把我當成假想中的情人了吧？哦，不，我立即否認。但心裏卻感到有幾分滿意。是通常虛榮心得到滿足時的狀態。即便她向我求愛我也不答應，我想。我並不喜歡她。可是，我又看見她孤零零的身影，在蕭瑟寂寞的湖岸邊，在寒冷的北風中輾轉往返，若有所待。一股同情憐憫之心油然而生。多少像她一樣的妙齡女郎此刻正在情人的懷抱中喁喁低語，纏綿非惻，而她卻因為找不到伴侶，象失群的大雁，哀怨而煩惱。她需要有人愛呀。

「你在散步嗎？」我問她。

「是的，」她的聲音十分低沉，但柔和動聽。

「這兒景色多美呀。你喜愛這月嗎？」

「喜愛的。你呢？」

「當然喜愛。大自然的一切我都喜愛。你讀過梭羅的著作沒有？」我開始滔滔不絕地談起我所讀過的作品來。但這時，一個景象吸引了我。抬頭望去，在灰暗厚重的院牆上空，月兒灑著幽光。梧桐黑色的枝幹，像巨大的鋼叉，直插進暗藍的夜空。又像天空淺紅色石頭上（晚霞尚未完全褪盡），鐫刻的深深的溝槽。

我正要提醒她注意這個奇妙的景象，猛然發現身邊空無一人，回頭一看，除了透過梧桐枝葉的月光和無邊的黑暗，什麼也看不見。

我繼續朝前走去。

「明天還是6:30分來這兒，好嗎？」我發現她又站在身邊。

「好的，」她說，直勾勾地盯著我。我避開她的眼說：「至多只能散半小時步，你同意嗎？」

「……。」我轉過臉，又碰著她熱辣辣的目光。「那麼——，」我沒有說下去，因為我看見四周都是熟悉的臉，這一張張臉上現出鄙夷、厭惡的神情。

「只能這樣，」我斬釘截鐵地說。同時感到有幾分不安。遠處響起汽車馬達的轟鳴。很快，車前燈搖晃著樹影從我面前駛過。她不見了，不行的，我想，無論如何不行的，我預感到她一天天地離不開我，我也是一樣。我們不再滿足於散步。我們需要相互的情熱烘烤。我們渴望闐靜無人的小樹林，渴望月光靜靜照著的松軟的草地。——我不敢再想下去，這一切實在是不可想像。

不知不覺間，我已走到離宿舍很近的飯堂報欄前，驀然，我想起了她，那個曾為了我們寫的詩歌和我打過嘴巴官司的姑娘。我的心頓時熱乎起來，我彷彿又見到她文靜的神態和秀美的龐兒。我和她爭了，卻這樣地忘不了她，這是多麼奇怪呀，我想。也許，她還記得我吧，不然，為什麼上次相遇，兩人的眼光不遲不早就在那一瞬間相遇了呢？我回味著從書上抬頭向她看去的那個動作，啊，多麼迷人的眼光呀！我簡直陶醉在柔情蜜意中而不能自拔。如果是她，也許我會的，我想，哪怕失去工作，我也會的。

可是，我一面上樓，一面想，總不能因為世人的反對便不交女朋友了。未必一交上女朋友便非要發生那種事。我要告訴她，在比較熟了後，我已經有了女友，我們就要結婚。那有什麼關係呢。我還是照樣和你好，我聽見她的聲音在說，嚇了一跳。這時，我已走到門口。

＊＊＊

當我在日光燈下，坐在桌邊，回想這一去不回的一天的情景，不覺茫然若失，彷彿面對一片廣闊無限、空無所有的原野，又像面對虛空，事實上，我的眼睛正盯著不遠處的一張報紙，露在外面的一半寫著：「振興中華需要青年的覺悟」，句子的下半被卷在下面，報紙上已沾著斑斑油跡。我什麼也沒看見。狂風在身畔怒號，我拖過床上的紅毛毯，蓋在膝上擋寒。殘留在大樹間的枯葉在風中發出巨大而令人毛骨悚然的嘶鳴。這經久不息的聲音，很快就為耳朵所習慣，和諧地同整個寒冷的冬夜打成一片。

桑麻走進來，「把門關上！」我急不可耐地對他喊道，我永遠也無法忍受他們進房不關門的惡習，老是進來找這找那，卻讓門大敞著，給走廊的冷風提供了絕好的通道，而我就要瑟瑟地發抖了。他一副謙卑和順的樣子，微弓著腰，東瞧西看，像只覓食的雞，然後找到他要的東西：一只桶，便提起來「砰」地關門走了。

「看見桑麻的新衣裳了嗎？」我說，米黃色的，質地好像很好。」

「那當然囉，人家穿的是尼龍的外套，」Z說。

「你們恐怕還沒注意到吧，這一個多月來他胡子不見一根，每天都刮得幹幹淨淨」。

「真是一反常態呀！你瞧，裏面米黃色的尼龍外套，外面黑皮夾克，腳上嶄新雪白的回力鞋，另有一雙備用，而且，臉總是刮得幹幹淨淨。」

順便說一下，桑麻只要一個星期不刮胡子，濃密的絡腮鬍胡就會像黑邊鏡框一樣把臉框起來。

他最近的修飾也漸漸引起我的注意，難道已找到了心上人？還在半個月前，他經歷了一生第一個最大的打擊：失戀。他被一個傲氣十足、野心勃勃的姑娘拒絕了。緊接著，他把別人給他介紹的一個整整有三年沒有來往的女朋友給退了。他苦惱、寂寞、受著痛苦的煎熬，想立刻尋找一個異性填補心中的空虛，但他找不到。我倆有時在夜幕籠罩的湖邊散步，我傾聽他吐露心曲。他別無他求，只願尋找一個大學生。莫非他真的找到了那個「大學生」？或者看上了她，把愛慕埋在心的深處，卻在外表上著意修飾，以期博得她的青睞？他不再約我出去長談，這一切自己只能 by guesswork。

野盡今天很早就來這邊看書。往日，總要到十一點以後，他一臉沮喪，郁郁不樂。當他聽到某人說他們還在他的房裏打乒乓球時，他終於爆發了。「這是怎麼回事呀！」每逢碰到使他非常惱火的事時，他總是說這句話。「我真不知道怎麼辦好，無家可歸，他們在那兒打球一打就是幾個小時，搞得到處是灰。」他那緊鎖的眉頭，像小孩樣發急的神態，氣得結結巴巴的話語，不覺使大家哈哈大笑起來。

「咱們班的人全墮落了，」數理班常在我們房看書的一個同學說。「夠格考研究生的只有幾個，後來降低標準，也只取了四個。絕大部分想考的人這一下全失望了。索性一不做二不休，甩開膀子玩起來，打麻將的、打乒乓的、場場電影電視都趕的、甚至抽煙喝酒的，都有。事實是，研究生是精神支柱，這根柱子一倒，你叫他們不玩幹什麼？報了名的沒一個玩，都在沒日沒夜地拚命復習。」

我想起下午在湖邊跑步的情景。北風呼嘯著越過湖面，猛烈地搖撼大樹，發出巨大的轟響。湖上波浪滾滾。遠處是一色綠藍，近處，黑色的波濤挾帶著大量的泥沙，頂著白浪，象一只大梳子，朝岸邊梳過來。我頂著風跑得很慢。風中有絲絲的冷雨，到游泳池時，我看到一幅驚人的景象：一個年輕人全身脫得只剩一條紅色的游泳褲，身邊放著一堆衣裳，在游泳池中搭起的水泥過道上蹦蹦跳跳、伸拳拽腿，做準備活動。我覺得他全身的皮膚已凍成灰色。我一邊跑一邊看，跑過去了還頻頻回首，心中說這才好樣的。不覺想起某個為報父仇堅持冬泳的青年形象來。我聽見有人說話聲。扭頭向道對面看，見通向武大去的大門邊，瑟縮著幾個衣衫破爛的人，看樣子是在建築工地做活的民工，他們都目瞪口呆地遠遠看著那個游泳者，嚇得直縮脖子，但臉上卻帶著某種大惑不解的神情。他們是永遠也不會明白的。永遠不會明白的。就像桑麻騎自行車周遊全國時，沿途農民對他的行為感到莫名其妙一樣。他們不知道除了吃、喝、穿外，人還有一個大腦要餵養。它不需要食物。它要的是拼搏、欣賞、各式各樣的精神活動。這些可憐的農民難道怪他們？他們又有什麼錯？

辛穆出去了一整天，很晚才回來。一看他那被風吹成青灰、幾乎認不出來的臉，我就知道他一定奔波了不少地方。他們說的正和我的猜測相吻合。他把書包往床上一扔，書包發出沈悶的聲響，好像重甸甸的，便脫衣上床，消失在帳子後面。從那時到現在，除了剛進帳子時傳來打開信紙的悉索聲，如一兩聲長嘆，再也沒聽到任何動靜，也不知睡著了，還是象他習慣的那樣，舒服地裹在被子裹，頭枕在高高的一堆衣服上面看書。只能看見帳子後面朦朦朧朧的一團大棉被。

風仍在肆虐，開水瓶的瓶口時而有逃逸出來的氣體在嘶嘶作響。

「據說，這次畢業分配有上海的名額，」野盡興奮地說。「啊，我又要回到上海了！永遠地回到我可愛的家鄉，啊，我美麗的黃浦江。」他高興得手舞足蹈，又發起詩人的狂勁來。「你們都是我最好的朋友，去玩吧，我會像親兄弟一樣待你。我永遠不會忘記你們，除了兩個人，難道你不知道？」他問我。「但我的詩決不會忘記他們的。」

我打呵欠了。瞌睡又在襲擊我，把我的嘴撐開，釋放出響亮的聲音。我的筆執拗得很，它偏想寫。它要寫些什麼呢？我的大腦問，它已經像喝醉了酒的人神志恍惚，語無倫次。筆說，它尖尖的舌頭舔著紙，發出沙沙沙的聲音，這聲音好歹不難聽，比起板車後部拖在地上的刺耳聲要悅耳多了。筆說，它聽見一只吉它在空巷裏彈奏著。可是，它接著說，這有什麼意義呢。咱們談談我的主人一天的經歷吧。

他這人是個沒趣味、幹巴巴的人。他忘性也大得很。玩了一整天，到現在腦子裏竟空得像個皮球。你知道他到哪兒去玩了嗎？他跟著愛人，是的，是愛人，這比起叫朋友好，兩個人一起串大街走小巷，商店出商店進，一會兒跟人群比擠勁，一會兒又鉆進公共汽車裏，到處跑了一趟。你瞧他那副樣子，不知所措地站在看店的人堆裏，挎著個被書塞得鼓鼓囊囊的大書包，像個找不到媽媽的一年級小學生，驚訝地瞧著那五顏六色，琳瑯滿目的商品，書包一忽兒被前邊的人擠到屁股後，一忽兒被後面的人擠到胸前，一忽兒被前後的人擠得不能動彈，書包帶繃緊了，把肩上的肉勒得更深些，於是不能不拼著全力，像籃球賽搶球樣，從兩個陌生人的夾持中奪下包包，幸好沒有裁判，他像個木頭人，由愛人戴了手套的手牽著，像個瞎子，愛人把他帶到哪兒他就跟到哪兒，時而膨體紗。「瞧，那黃的好看，有沒有賣的呀？沒有？才賣完的，真可惜，去問問那個女的。你家是剛買的？喲，跟我圍脖的顏色差不多。」時而床單、枕套。「那條繡著一男一女的兩個胖洋娃娃的黃枕套真好看。我已經有了一條是一個色氣的。」時而皮鞋，等等。他由她領著，像由媽媽領著小孩，蝸牛一樣在人堆裏蠕動，看見自己走過來，在一面大衣鏡中。好醜的面孔。頭髮翹起來了，他用手撫撫平，注意地看看周圍的女性，她們根本不看他一眼。他灰心了，醜，是的。

你知道，他愛文學。也喜歡讀諸如觀察生活觀察人之類的豪言壯語，過過嘴巴癮。這個人啊，我算是看透了，他才沒那個大才幹吶。他直瞪瞪地盯著這些人看，不知是怎麼回事。後來，他猛然醒悟道，他盯著看的大都是女人。他不覺好笑起來，怎麼，自己的愛人就在身邊，想看想摸只要叫她一聲，再不是手伸過去那麼一扯就行了。怎麼，自己的愛人都不滿足？一個女售貨員張嘴嘿嘿笑起來，上牙的下部好像給鋸銼去了三分之一；一個女的捲髮油得溜光，穿件閃光的上衣。「好看嗎？」他聽見自己的嘴巴在問。「不好看，」她搖搖頭。「瞧那雙辮子。」他朝一個身體苗條拖著長辮兒的姑娘呶呶嘴。「惡心死了，一走動辮尾子就在屁股上跳，像打鼓的鼓槌似的，」她不以為然。他又看了一眼，的確，臀部豐滿，腰肢卻細得可以。他立時被一種感情控制了。他想他已經摟住了那個女人。「我口渴，」她說。他們一起去喝牛奶。

你瞧，我（記住，我是他的筆，他要用時才記起我）談了半天，根本像什麼也沒談似的，我幹嗎不記一點對他或許對我也有用的事情呢？我的表達能力也不行，喝他買的那一點錢灌的墨水還能寫好東西？那個吝嗇鬼！

我記得他和她的談話，他把我插在荷包裏，就把衣裳丟在床頭，忘了。我碰巧在他的耳朵邊，所以，一切都記錄了下來。

她對他說：「你死了我決不再嫁。」

他只相信自己，不相信別人：「哼，才不會。這世上我還沒見過寡婦守活寡到死的。」自高自大，好像他沒見過的東西就不存在似的。他又說了：「嫁吧，這是幸福哇。」他說這話挺不自然，我猜得出他沒說出的話，他是想等她說句表示忠誠，如你死我也死的話。

她才不，這我知道，（怎麼搞的，他這時候簡直控制不住自己了，眼皮象刺了橘子水，睜也睜不開，頭象——總之，它直勁地往下墜，像什麼我也形容不出。）

她猶豫了半天，你道她談的是什麼？好。

「我有一件事想——嗯，算了吧，以後……好，那你莫生氣，答應我。還不是他。有一回在飯堂排隊，那是上中專時，我不知怎麼出神地盯著他，心裏湧起一股說不出的味道，說愛，也不太像，反正，很怪很怪，以後，再沒有體會到這種感情。第一次看見他是在開學典禮時，他坐在我身邊，小調皮的樣子，大聲跟別人開玩笑，給我留下較深的印象。他對我蠻好，眼光總含有一股深深的柔情，我從來也不避開他的眼光。你不生氣吧？那時，他喜歡和我接近，因為班上其他的姑娘他都看不上眼，討厭。他分到船上時我去看他，是看小沙時順便去的，他待我熱情極了，又是削蘋果又是讓座，一個蘋果沒吃光，又削一個，船上的師傅以為我是他朋友，還偷偷地隔著窗門的縫子看呢。我很規矩大方，就坐在他對面的一張床上。後來他來了，不敢看我，頭低著，臉紅著，我直望著他，坦然得很，當時小杜還偷偷對我說：『盈盈，別怪我說話太直，你和他可真配！』」

他聽著這些，心裏出奇的平靜。難道對這樣的事情他不是早就有所聞而且早就安之若素的了嗎？「你怎麼不嫉妒？」他問自己。「你怎麼不恨那些男的？」他又問自己。他聽見自己的心說：「這又有什麼呢？不是人之常情嗎？哪有一個女子終身只愛一個男的而沒有對其他人產生愛慕的事呢？男人不也是一樣嗎？」他覺得這一切都很有趣，他聽得津津有味，直到她說出：

「你們倆很配」的話。這話不啻於一把尖刀，一下子捅到他的痛處，一時間甜酸苦辣一齊湧上心頭，他聽不見她在說別的什麼，他只覺得像被人痛打了一番扔到街角似的；又好像討飯被人一腳踢出門外，還像一個醜八怪死死抱住一個與他毫不相稱的美人兒舍不得松手。他說不出話來。從此，這一句話便深深地印在心上。他奇怪，怎麼單詞沒這麼好記呢？他有點恨她，或者說，他既不恨也不愛。接著該他敘述他的浪漫史了，他照直地講了他在學校愛慕誰，而誰又愛慕他。他聽見她冷冷但卻透著掩藏不住的得意和放心的含意。

「單方面愛有什麼用呢？」但他下面說的一句話卻引起了效果。「我有一個想法，不知行不行：我很想在你之外找一個女朋友，一個志同道合，比如說，愛好文學的女朋友，我之和她交友，決不帶有任何私心雜念，一開始我就明白告訴她我是有女朋友的。」

「你是說，」她迫不及待地打斷他。「你是說，你只把我當一個供你在肉體上享樂的性器官，而去尋求一個在精神上能志同道合的人嗎？」

他勃然大怒，但一聲不響，轉過身去，把背對著她。他倆睡在一起，這個動作是最壞的動作。他好久不理她，心裏氣得要命，想，我僅僅有這個想法，坦誠地告訴你，你便吃醋了。可你自己在學校裏交那麼多男朋友又怎麼解釋呢？難道我什麼時候因為嫉妒而禁止你跟任何人來往嗎？難道我和你相處六七年當中同任何一個女人交往過嗎？女人啊，女人，你除了一顆嫉妒的心是別無所有啊！她扳他的頭哀求他轉過臉去。她說她錯了，她說她再也不說這種話。他立時軟下來，他這人脾氣壞，但只要誰在他面前說一個認錯的字，他便會忘掉一切。他聽見她說：「我不管你。真的，你可以自由地和任何一個女人來往，我保證不干涉你的自由。」她說過話，偎依到他身邊，把捲髮弄得蓬亂的頭塞在他的頸窩裏，好半天一聲不響。他說：「你別難過。」這裏，恕我打斷一下，他的確是個精明人，有時候很能看出人的心思。他說：「你別難過，我，我是不會這樣做的。」她抬起臉來，表情痛苦，眼圈在逐漸發紅、濕潤了。「不會的，」他又重複一遍，同時也聽到她在說：「我也不會的。」他高興得發了狂，擁抱得她緊緊的。昨天她去看電影，他氣得要死，進不了門，在五樓平臺清冷的月光下，做著詛咒的詩一直到她回來。在床上，她告訴他，很想他，本想寫信叫他來又不敢，書都看不進。她問他是不是也有這種情形，他說有，不多。又問他為什麼來。他被問煩了，說：「為錢來，為和你性交來。」她連連搖頭說不信，不信他是那種人。他聲音柔和下來說：「誰說得出理由呢？這不來了？來的本身就說明了一切。」她緊緊地摟他。

今天走時，他要口琴。「哦，我明白了，這就是你要來的目的，拿口琴，」她說。「砰」，口琴撞在牆上，被他扔出老遠。「不，親愛的，我不是認真的，原諒我，我是開玩笑的，」她說。

＊＊＊

今天是28號，喲，看表，正12點，是29號了。這麼說，28號這一天我什麼也沒寫，27號也什麼都沒寫。這是莫大的罪過。讓我想想27號為什麼沒寫一個字。27號夜開新年晚會，直到將近十點半方散，回來後洗衣洗澡，上床時已是12點。記得那時間自己完不成今天的寫作計劃，思索片刻，決定不寫。自己太累了嗎？並非如此，看書還看得進。甚至想寫兩句詩，但無論如何不願意回想剛剛發生的一切，晚會、彩飾、唱歌跳舞、嗑瓜子、剝橘子、笑語喧聲，所有這些只要一想，便吵吵嚷嚷匯成一片，湧進大腦，比十條河流在一起還混亂。有沒有人能夠帶著極大的興趣重溫剛剛發生過的事呢？也許有，但我決不是這種人。美好的事物要麼當時感動我，要麼在隔了一段時間在記憶中生動地重現，以其當時並未覺察的魅力感動我，卻從來沒有什麼事物美麗可愛到這樣一種地步，竟叫我過後完全不能忘懷。也許是自己每天要做的事太多了，寫詩、譯詩、構思小說、讀範文等等，沒有時間沒有精力陶醉在綿綿的情感中；或許是隨著年齡的增加，感情也一天天淡薄、麻木，不容易受到刺激。（正在這時，Z伸過裝葵花籽的小塑料袋，倒了一小堆瓜子在野盡的面前，他們嗑瓜子的脆響誘得我口水直流，忍不住吃了一顆，嘿，噴香可口，口水大量地流出來了，起先我還懾於已洗過口不能再吃東西的規定的威力，此刻，面對這香噴噴的奶油葵花子，我再也不猶豫了，右手執筆，左手便趁空揀一個丟在口裏，「咔嚓」一聲，留下籽仁，吐出籽皮，然後重複如前。）即便這樣，沉重的負罪感仍未消失，沒有忠實自己的信條便是對自我的背叛，這對於我這個追求自我完善的人來說，是絕對不允許的。今天（不，昨天，28號）早上一爬起，就轉起念頭來，考慮怎樣寫一篇描寫晚會的文章。寫什麼樣的體裁呢？報告文學？不行，一不熟悉，二要觸及真人真事，弄不好，刺傷他人感情，造成不和。散文？不適宜表達那種主題。什麼主題？這個主題呀——當然肯定不是泛泛地唱一番頌歌：什麼會上，同學們表示，在新的一年裏將如何如何，這種八股腔面目可憎。要寫就要寫得真實，寫出具有深刻意義的作品來。那麼，晚會的意義在什麼地方？自編自演的節目表達了相親相愛、和睦相處的關係？不。這些經過排演的東西，往往顯得不真實。你忘了，晚會開始前皮塔怎麼對你說的嗎？他說：「重點在最後的自由活動，報幕員一宣布現在時間不早，請領導同志先走，咱們就準備開始，當然，為了防止有人躲在外面從門縫裏偷瞧，事先安排一場拼字遊戲，掩人耳目，然後休息十分鐘，再開始重點，也就是說，跳舞。跟你說，女生的要求比男生強烈多了。她們主動提出同男生跳舞。憋了四年啊！何況是最後一次新年晚會。」你難道忘了開場前主任問你的話嗎？她說：「你們是不是要跳舞？不知道？是不是要跳那種男女抱著跳的舞？那樣跳舞可不行。」好了，清楚了，主題找到了，鬥爭。對，舊的道德觀念和新道德觀念之間的鬥爭。請你閉上眼睛仔細想一想，從準備晚會到晚會結束，這場鬥爭不是自始至終地貫串於各個部分嗎？可憐的桑麻，他手裏拿著話筒，繞著彎兒，心裏蹦蹦直跳（我猜想），吞吞吐吐地向大家解釋說時間不早了，想回去的可以回去，不想回去可以留下，自由活動十分鐘，知道內情的人一眼就看出他想說什麼以及他處於非常為難的境地。他費了九牛二虎之力，又劈哩啪啦講了一大通廢話，最後才說到點子上：「請領導同志先走。」這話剛一出口，指導員霍地站起，臉刷地白了，神色非常難看，他轉身便離開了會場，但主任紋絲不動，冷冷地說：「我就是不走，看你們怎樣。」於是，出現了一個冷場的局面，人們都在等待，學生們等著領導走，好痛痛快快發泄那積蓄已久的情感，而領導也正翹首以待，要好好欣賞這男女摟抱跳舞的景象。為了緩和氣氛，皮塔搶過話筒，開始以他特有的詩人氣質，語無論次，顛三倒四地詩話起來：「同志們，Ladies and gentlemen，朋友們，新年就要來了，我們要送舊迎新，埋掉舊我的屍體，請大家吃糖、嗑瓜子，迎來一個嶄新的新我……。」我坐在椅子上沒動窩，看見人們開始分成一小堆一小堆，班長副班長團支部書記是一堆，神色嚴肅地討論著什麼。晚會主持人兼攝影師沉青同其他幾位晚會籌備者聚在一起交頭接耳，竊竊私語。主任和副主任相對而坐，燈光照在她臉上，呈灰白色，木然毫無表情，眼睛看著地上，好像對周圍的一切毫無反應。過一會兒，她開始很起勁地同副主任談起什麼，副主任背對著我，看來聽得很仔細很注意，班長這時挨著主任坐下，想同她談件事，顯然是有關晚會的事，但他插不上嘴，主任似乎也有意冷落他，這使他的樣子顯得有些寒磣。

終於，籠罩著沉悶空氣的會場響起輕柔的圓舞曲的樂曲，場子中間，立刻出現了青年男女，手拉手圍成一個圓圈，跳了起來。這是一個大膽的行動，但還不夠大膽，只見燙了頭髮的小伙子J神情激動地一會兒走到這個身邊，一會兒又走到另一人的身邊，帶點憤慨地說著什麼，好像在作宣傳鼓動。跟著，圓圈子散了，青年們開始對舞，又走進了一步，但男的和男的跳，女的和女的跳，仍然沒誰敢越雷池一步，除了Wain先生和他的夫人，他們為了鼓動，帶頭作出榜樣。我向主任方向又瞥了一眼，見她仍然無動於衷地坐在那裏，再轉回來時，便看見皮塔和一女生「摟」著跳起來了。

以後還需要我細述嗎？青年們全陶醉在對舞中，而領導一侍親眼見到內幕，就起身離去。我只注意到跳舞的對子選擇得都很相稱，是自由選擇的，也就是說，是根據自己的心意選擇的。L開始時沒能跟自己的情人跳，我看見他向那個占有了他情人的舞伴射去尖利的一眼。後來，情人回到了他的懷抱，他倆的舞蹈真是和諧，比任何一對都更和諧。她裹著紅衣的軟軟的身體在他手的摟抱下，輕得像片羽毛。我不知道為什麼，看見的盡是放在腰上的手，這些手有的不安地撮住一角衣裳，有的緊緊貼在身上，有的因為緊張，竟抓住一大把衣服；我無心跟任何一個女伴跳舞，便一人跳起搖擺舞來。請想象，我，一個二十七歲的人，竟跳起搖擺舞，那種景象不是很可笑嗎？

＊＊＊

我給自己安排的寫詩的時間，一句也寫不出，越寫頭腦越昏沉，及至後來，腦袋重得不行，便趴在桌上睡過去了。睡夢中我覺得一切都finished，什麼希望理想做人的準則，艱苦的努力，全部毀於一旦。我看見筆在手中彷彿一根實心木棍，或是盲人的拐杖，在紙上費力地蠕動，卻什麼也沒寫出來。我流著眼淚承認我既不是詩人，也不是小說家，也不能做翻譯，只是一個極其普通極其平庸的人。我身邊的人，我的同學，我的同事，我的熟人，我的親戚，有的黃袍加身，彈冠相慶；有的穿著高級毛料中山服，在五光十色的摩天大樓出出進進，有的活躍在電影舞臺，終日陶醉在雷鳴的喝彩聲中；有的永遠是全國報紙所矚目的人物。而我，一個患嚴重氣喘病的老頭，握著禿得沒有筆尖，破得只剩半邊，要寫一會便蘸水的筆，伏在結滿蛛網的桌上寫，寫那永遠寫不完的東西，世人已將我拋棄。「那個老東西，早該入黃土的人，還在那裏做黃粱美夢，想當作家，你看滑不滑稽！」無論是和我生活將近三十年的老妻還是最受我溺愛的兒子，都不願見到我那種不可理喻，瘋瘋癲癲的模樣。……我沒有心思再寫下去，我清楚地預見了這一切。做一個詩人，做一個小說家，你將註定要遭人白眼，被親人離棄，被敵人攻擊，和痛苦貧窮作伴，在淒涼寂寞中居住——但我必須決定，我現在必須決定，究竟是寫詩還是寫小說，我絕不可能同時進行兩項，決不可能。我痛切地感到，詩感已下降到零，沒有多少事物可以在心中喚起熱情、愛戀和溫馨動人的回憶，甚至連大自然中最美的景色，也被殘酷的冷漠忽視。我的筆已成為理智的暴政下的犧牲品。它不得不違拗本性，傳達心靈空洞的回音，或抒寫雕琢的感情。啊，我年輕時的激動，冒險精神，瘋狂的情熱，哪裏去了？哪裏去了？哪裏去了？青春像夏日裏的一場暴雨，在漫長的歲月裏只是閃電的一瞬，降下幾滴混合著愛和恨，幸福與痛苦的大雨，便倏然消失。單純的愛情逝去了，複雜的愛情卻未出現。唉，沒有女人，怎麼能成為詩人喲！我真渴望有一個可愛的女人，在寒冷的冬夜，依偎在我的身旁，像一爐火紅的炭火，讓我親吻，讓我擁抱。即使是一個庸俗得可以的女人，我也要，只要她能滿足我暫時勃發的春情。然而，就連這樣的時代，這樣野蠻、饑渴的時代，也過去了。我的心平靜得像一潭死水，它反映著太陽七彩的光線，映著月亮的銀輝和璀璨的星斗，沒有絲毫激動的波瀾。它死了，它用理智虛偽的養料充實自己。這總要比有情人好。他們不過是為自己卑鄙下流的動機尋找一件遮身的美麗的袍子罷了。我見到任何姑娘都像見到一朵毫無感情任人采摘的花，我讓她們或被人采去或默默凋零，這一切與我毫不相干，簡而言之，我是一個局外人。就像加繆的那個局外人一樣。有誰能指責我，又有誰敢？我不犯罪，不殺人放火，我有自己個人精神的追求，它對於人類不起絲毫作用，但對個人卻至關重要。無有它，個人將遭毀滅。我誠實忠信地幹自己的工作，也誠實忠信地從事自己的創作，我與人和平相處，不巴結領導，不苟求他人讚美，我憑自己的正直，對美的執著追求而生活。誰敢說我錯？讓那些狗屁打胡說的思想見鬼去吧！它們難道還欺騙得人不夠嗎？上當受騙的人即便殺死再生為野獸，也不會重受欺騙的。

今夜，我很疲倦，每當疲倦之時，我偏偏在做最重要的事：寫詩。我當然是沒有寫出什麼來的。我的失望和無能感由於昏昏欲睡而加強。終於，我醒了，它從混沌初開時的朦朧狀態中甦醒了。這是勝利！我歡呼。我忽然想起了疲倦的原因，我剛剛參加新年遊園晚會，這是我一生中過得最愉快舒暢的夜晚。今天遊園會所舉辦的節目之少，令人不忍看下去，居然把每一處圍得水泄不通，針插不進。羅博靈機一動，開起玩笑來：「咱們也來開辟一個園地吧。」我們六個，在一個空處圍成一圈，大家指手劃腳，交頭接耳，像煞有介事地，故意以此引起周圍人們的注意。菲利不知道從哪兒撿來一根有榫眼的椅櫬和半截帶鐵頭的標槍，椅櫬橫臥地上，一張紙蒙著榫眼，他把標槍舉過頭，瞇起眼，瞄準榫眼的地方就往下戳。眨眼間，人們把我們團團圍住，都被這新奇的把戲吸引住了，全沒想到我們是一群根本沒有獎票可發，鬧著玩的烏合之眾。

瞧那些錢迷心竅的人，幾十雙眼睛死盯住那張白紙，好像要把它吞下去，手裏的標槍一起一落，碰翻了椅櫬，打飛了白紙，就是刺不進榫眼。好容易有個人在紙上鉆了一個大洞，他便追著菲利要賞票，我們全笑彎了腰，到人圈子外縱情地笑去了，讓菲利去對付他們。

把戲戳穿後，咱們又發明了用紙折飛機投籃的遊戲。飛機折得又大又笨，用力向前投去，飛機頭一轉，偏向後飛，再不就是不聽話地在空中亂轉，很少有人投得中籃。這又哄了一大群傻瓜。

這時，菲不知從哪兒弄來五分錢的賞票，換成每張一分共五張，又另起爐竈。大家都在動腦筋想個最好的辦法。我環顧四周。一只桔子。一根椅櫬，還是那根：「瞧，用桔子打木棍，行嗎？」可是，木棍在地上立不起來，因為兩頭都有榫頭。菲靈機一動，將木棍一橫，擱在附近的雙杠上，然後將桔子置於木棍頂上，大聲吆喝道：「戳桔子喲！戳桔子喲！誰中誰得錢。」然後上前表演一番，他閉起眼睛，想笑，怕閉不緊，便別過臉，右臂在身前，食指伸出，其他四指卷起，在雙杠中間朝前挪動，摸索著碰那個桔子，結果桔子沒碰到，觸動了木棍，連棍帶桔落到地上。這又成了熱門。不多會，桔子因為掉在地上次數太多，裂了大口，流出腐膿一樣的黃水，染了我的袖子，沾得他滿手都是。

他上廁所去洗手。我又想新的主意。

還是這根木棍，它已成了相當於魔術師的魔棍。牆角扔著一副鐵鏈，我想甩開鐵鏈去套地上的棍子，但無效，鐵鏈太重，一次兩次三次，屢試不成。羅博在一邊說不要這樣。我四下裏看著，睜著眼睛，咦，我的眼亮了，前邊幾步遠的地方，木制籃球場和水泥地的結合處有一條寬度大於木椅榥的裂縫，我把木棒一丟，正好嵌在裏面。「有了！」我喊一聲，招他們過來，如此這般一說，他們都點頭贊同。傾刻間，大批部隊集結起來，投入了這場木棍入坑的戰鬥，那才是壯觀哪！隊伍排得比飯堂的還要長還要擁擠，一個緊貼一個，像柿餅一樣，沒有投中的，趕快跑到隊伍後邊，惟恐遲慢。

後來，又發明了一項倒進雙杠的節目。參加者在離雙杠約四米處，高舉雙手，仰起頭來，對準身後的雙杠空隙倒退著走動，如果沒挨擦兩邊而順利進杠，就可得一分。很多人的校準能力太差，都讓一邊杠子直通通地擂到自己的脊梁上。

學生會的一個負責人起先以為咱們在那兒騙錢，眼睛滴溜溜地圍著咱們轉，還像市場管理人員似地上前詢問，到結束時他才說：「今晚你們的節目真是太好了，如果不是你們，那簡直沒有意思。」

晚飯後同醉中真出去散步，又談到一些事兒。

「晚會沒什麼意思，把自己那8角錢的東西吃了。中間還出去玩了個把小時，劃不來，回來時他們把瓜子和一些雜七雜八的東西都吃淨了。他們搞他們的，你笑什麼？我是局外人，無動於衷，冷眼旁觀著，覺得挺有趣。老昌這次又吃了虧。他來參加晚會時正逢上我們放鞭，有幾個人見他來，直接就把鞭往他腳頭丟，你瞧，這不是明擺著趕他嗎？晚會中間沒一個人找他說話，雖然中間讓他唱了個歌。他哪有心思唱歌？唱了兩句便唱不下去了，後來也不知什麼時候他悄沒聲地離開了會場，誰也沒有注意他。你想想他氣不氣。」

「這樣對待他，也夠他受的，其實，他對學生並不壞。」

「我這次又喊他老昌了，上次喊他時，我心裏怕死了，生怕他會為此給我小鞋穿，結果還好，平安無事。」

「哎，這月色多美。你看那湖上的流波，多像一個處子披在肩上的銀光閃閃的捲髮，或者，不如說像一個體態豐腴的婦人，裹著一件緊身的銀袍；再看遠處那一派光波和中間若有若無的光影，整個連起來看，不就像一個細頸的銀杯嗎？」

「哎呀，你看這島，這月色映照下顯得黑黝黝的島嶼，我起初真這樣認為，其實是游泳池上遮陽的涼亭，又像少女的乳峰，還像斗笠。」

「也像兩個並行的傘。」

「像蓮蓬。對了，我們那天出去浪漫了一下，騙了兩個大學生，他們信以為真，以為我們是武大中文系的學生。印刷廠的那幾個小青年托我寫情詩給他們的情人，我說，不過，先得答應個條件，莫吃醋，比如說我寫的時候就要把她當作我自己的情人，不，那怎麼會呢？小青年忙說。據他說，女方動心了，有點不相信男的寫詩這麼好，那怕什麼呢？男的又不是當真。像野盡，他總是見第一面就能打動女人心，過後時間一長，就失寵。」

「他呀，感情大於理智。不用理智，男人就駕馭不了女人。

一個女人可以輕易用感情征服男子，但男子卻不能。男子靠的是他的才華和機智。」

＊＊＊

宿舍裏的喧嘩聲止息了，夜空中傳來一種尖銳刺耳的鳴叫，混雜著沉悶的嗚嗚聲。風搖撼著大樹，使尚未離落的殘葉發出陣陣像夏雨擊瓦樣的颯颯聲。Z沉沉睡去，毫無聲息。裏普披著棉襖，右手怕冷，插在荷包，隔一定時間把攤在面前的法律書翻一頁過去，左手捏著一只燃著香煙的塑料煙斗，不時將煙灰「的的」地揮進旁邊一個罐頭盒子做的煙灰缸裏，懷柔剛上廁所回來，「嗤」地拉下胸前的拉鏈，脫衣上床，準備睡覺。12點已過，這是12.31號，一年的最後一天。我坐在桌邊，紅毛毯搭在膝頭擋寒，手錶表面朝上，擱在一本用麥乳精塑料袋做封皮的破袖珍英漢字典上面，我已不覺得時間的流逝是件可怕的事，像以前那樣，為了不使自己感到時間的緊迫，自欺欺人地將表面翻卷朝下。時間並不寶貴，它對誰都一樣，既不偏心，也不嚴苛，它總是按照自己的古老方式走下去。何必為了它而發無意義的概嘆，或者，騰起一陣不久便要熄滅的希望之火呢？去年今日我在做什麼？前年今日呢？並不是我一個人的記憶壞到如此地步，他，野盡，和他，醉中真，剛滿二十的小伙子，也記不清楚僅僅發生在一年前，新舊之交的事兒。難道不都是一樣？晚會、鞭炮、遊園會、熙熙攘攘的人群、加餐票、酒，眨眼間一切過去，昨天還熱鬧非常的大禮堂，今天一片沉寂，像座荒涼的古墓，隱在黑暗的屍布下。我的心疲倦而痛苦地跳著，想起了那些如花似玉的面龐，在眼前一閃，便像流星一樣消失在視線以外。明年，鞭炮聲還會響起，各種各樣的活動還會照常舉行，我的眼前，可能又出現一些陌生的嬌容，接著是下一年，再下一年，歲月如此流逝著，一直到老，到死，那時，我們的子孫將重新體驗這一切，青春甜蜜的歡樂和狂暴的激情、仿徨無言、寂寞冷清，奮鬥、沉淪、掙紮、崛起，然後，平安地到達終點。

我木然呆坐，大腦十分清醒，卻沒有任何話要說，最後的感覺使人生畏，不敢輕易動筆，猶如在重要的場合，意識到必須謹言慎行，否則便會出差錯，貽笑大方。人一旦逼著自己寫沒有體驗過或完全沒有感想的事物，他就寫不出好東西，我知道這一點，但我偏要逼著自己寫，好像心裏頭有個聲音說：「只有強迫寫作，才能養成習慣。」

我記起了今天的「午宴」。這是我提議的，也是由我請客的，國慶他們出錢買來酒菜，我和她沒花分文便享用了。當時打算元旦那天一起去她那兒來個小小的節日聚餐，但事情中途改變，她要在元旦回家，我們不能去了。一瓶葡萄酒，一斤花生米，三個人加餐的菜——三碗燴雜魚，僅遮住碗底，一人兩只剝皮蛋——的總和。擺在桌上，大家不拘禮節，圍桌而坐，便不聲不響地幹起來。我想講一兩句笑話，想了半天，一個字也想不出。過了一會，又想用兩句應時的古詩，仍然找不到。大腦空空如也。記憶力完全喪失。沙漠。Z是湖南人，沒忘了帶他那瓶辣椒醬。他提議每人先吃一個雞蛋，雞蛋是圓的，飽滿的，吃一個，象徵明年的生活和工作都很圓滿。他說：「儘管我很不喜歡吃雞蛋。」他用筷子夾住光滑的雞蛋中間，塞進嘴裏。接著，他有了一個主意，把剩餘的雞蛋放進一個碗裏，用湯匙把每個一切四片，然後澆上辣油。野盡拿出像焊錫膏似的花生醬，挖出一湯匙，抹在咬開的蛋心，他這人怪，吃東西也怪。酒喝得不快，大家只顧吃東西。菜很快見底了，而酒是經過三推四讓才勉強喝下，Z喝了一點就說不能喝，怕醉，等酒喝完時，他才露出祕密，他其實是不想喝。我知道原因，那是因為菜肴不豐富的緣故。喝完酒吃飯，他去買了一個菜，我雖然喝了不少酒，居然還把四兩飯全吃進肚裏。他們倆的飯都只吃了大半。

飯後隨便閒扯起來。女人仍然是一個重要的話題。年輕人在一起要不談女人才怪，何況又是所謂的浪漫詩人。我提到昨天遊園會見到的一個漂亮的女子。Z說他知道她，是湖南的，正處在熱戀中，情郎是同學，78級的學生，長得個兒高高。面容像個娃娃，等等。「我過去經常碰見她，盯著她看，她頂多臉紅一下，不像別的姑娘報以感激的一笑。看上去，她不像是那種朝三暮四的姑娘。」話題漸漸轉到姑娘的貞潔上來。

「姑娘的貞潔是頭等重要的，我不能想象同一個已經性交過的姑娘在一起是怎麼回事，這是無法忍受的。」

「依你看，如果這個男子是性交過的呢？」

「那有什麼關係呢？姑娘對這個要求並不像男的那樣嚴格。」

「朋友，你的腦瓜子裏滿是封建思想，」我說。「你才二十歲，照說應該比較先進的，怎麼在這件事上如此糊塗。要知道，女人的貞潔並不是頭等重要的事，一時受誘騙而失身的女子，她們是純潔無辜的，她們心靈的美好並不因野獸的姦污而抹殺。相反，即便是一個貞潔的女子，如果她心術不正，只想以自己的貞潔換取金錢財物，這樣的女子，不異於失身的人。依我看，頂頂重要的還是女子的心靈。心靈美好的人，哪怕失身一千次，都不是自願的，我也喜歡。」

「不管怎麼說，總覺得有點令人噁心。」

我們談起他的封建思想的嚴重，列舉事實來佐證這個結論。他瞧不起一個愛上了女廚子的大學生；討厭愛上別的男子的俏女人；他恨不得世上所有的女人都歸他所有；他口口聲聲說要周遊四方，但卻從未實行。「因為沒錢，」他說。「做小工？哼，我才不幹那種下賤的活，屋裏弄不到錢，父母老是說壞話。不許到處亂跑。」我們這樣數落他的封建意識，說他缺少八十年代青年人的反抗精神，使他惱火起來。

「我沒有反抗，那麼你們反抗了沒有呢？你們反抗的表現在哪裏呢？」

我一下被問住了，是呀，我何曾反抗過呢？抽煙、喝酒、抓雞。可這都算什麼喲，哪一個人在青年時期不這麼小小地荒唐一下呢？

＊＊＊

現在是1點差9分，不寐的深夜大約聽見了我的一聲嘆息。樓下，各個宿舍裏的歡聲笑語仍未消失，鞭炮的炸裂突然打破室外的沉寂。屋裏，大家都未睡覺。裏普邊讀法律書邊背誦，辛穆把自己舒舒服服地安頓在床上，一只手枕在腦袋下面，另一只手翻動放在膝上的書的書頁，懷柔在寫日記，新年激動著他。我呢，重複老一套，在這張只寫了一小半密密麻麻的紙上，用密麻的字去填滿空著的另一半。我意識到自己是個平庸的人。同時感到自己的思想仍然受外界的影響。一個多小時以前，受著今朝有酒今朝醉的思想支配，提筆寫了兩句：「人生有樂須盡歡，莫待老來空悲嘆」，便打消了看書、寫日記的願望，到野盡那兒開他的「格那巴巴」（他自造的名字，表示無女人之舞會）舞會，扭來扭去，直扭得屁股疼痛，背上有微微的汗意，血沖上臉。後來，12點鐘到了，大家全拿出表，抽出發條栓，對中央臺的北京時間。傳來沉悶的鐘聲。「象帶李玉和的刑場鑼，」誰這樣比喻。接著，男女播音員響亮清晰的和聲：「剛才最後一響，是1983年元旦零點整。我們向戰鬥在祖國各條戰線上的工人、農民、知識分子、解放軍指戰員……。」大家靜靜地聽著。「現在是元旦深夜，讓我們向值夜班的同志致以……。」爆發出一陣大笑。的確，我們也在值夜班，一種different夜班。我們伴著西洋音樂，跳搖擺舞、探戈舞、圓舞或狐步舞。Z說今天他一定要跳過12點，跳進元旦才走。它班一個同學惋惜沒有酒，不然，可以通宵達旦地跳；L抱怨不該沒在電影散場時就找幾個姑娘來，他滿有把握地說她們現在一定在床上輾轉反側。我並不喜歡跳舞，但我怕房中的寂寞；新年前夕還hard at study的念頭叫我無法忍受。這樣的時刻一年中只有一次，一生中也只有一次，還要用在枯燥的學習課文上，豈不是自找苦吃嗎？能享受人生就儘量享受吧。哪怕知道今天的歡樂突然帶來明天的悲傷。情形都一樣，總比毫無歡樂毫無悲傷地生活好。我要玩，要玩得累倒在床上，呼呼睡去。

一小時後，我回到房間，沖了一杯牛奶，我早就期待這個時刻，它是我每日生活中的盛典，是我肉體的希望，是我欲望的平息之所，給我帶來種種感覺：甜蜜、舒適、溫暖、和諧、潔白等等。我一面喝牛奶，一面信手翻開一本《中國青年》，扉頁的一行字映入眼簾：「人的天賦就象火花，它既可以熄滅，也可以燒起來。而逼使它燃成熊熊大火的方法只有一個，就是勞動，再勞動。」寫到這裏，我神志恍惚，書和紙以及桌上的物體全在眼外婆娑晃動。我的頭不由自主垂下來，像折斷的半截鋼筋水泥柱頭。我振作起精神，盯著她——睡意真正強烈，即便找到一個絕色的美人，我也要把她棄在角落，大力扳開——雜誌上的一則則消息加重了心情，使我產生羞愧。誰的作品獲獎，誰靠努力成才。

國際歌響起來，是1點30分，平常在這時，我就要上床睡覺，現在，我極力睜開眼，苦苦地抵抗睡眠甜蜜的誘惑，要把這場戰鬥進行下去。殘疾人靠自學成了詩人，進了作協；XXX得了作品獎；XXX……。這些消息使我感到疼痛。使我覺得自己是一個平庸的人。

整個下午，出去遊玩。尋求女性的刺激，but none。醉中真目前追求一種野蠻的，但據說是迷離朦朧的美。大膽地直視每一個過路的女子，照直撞過去，在肩頭相碰的一剎那接觸她的目光。「這是很美的，」他說。

到南湖的路上，碰見兩個姑娘，她們的相貌叫我看第一眼便覺討厭。野盡故意問路，並提出請她們一起走，沒來，我們在前，她們在後，竟站住不動，裝做看風景。「這兩個家伙，」醉中真說。「正人君子，怕咱們害了她，見鬼。看我好好整她們一頓。」野盡和我勸他不要這樣。

我們經過大學宿舍區，長滿松林的山崗、枯草中踏出的小路、田野、湖邊，看到雲罅中漏下的光柱，水面泛起點點金光，襯著遠遠兩個並行的人，鮮明清晰。頭戴紅絨帽的小孩和父親，在荒涼的田埂上漫步；人跡罕至的堤角的斜坡上，擁抱著年輕的戀人，看見人來，紅著臉裝著看書。然而，沒有我們的女人。

她來了，在一個賣水餃的小飯館裏。空凳上一本雜誌。野盡拿起來一看，全是詩。雜誌的主人來了，掇著滿滿一碗水餃，是個年約二十一、二的姑娘。胖胖的圓臉，黑亮黑亮的大眼，藍棉大衣、棕色毛領，在桌邊挨野盡坐下。

「是你的嗎？」野盡拿起雜誌問。

「是的，」姑娘說。

「能借給我嗎？」我吃了一驚，他怎麼——。

「當然可以，」姑娘爽快地說。「你要過些時我寄給你。」

「那我把地址留給你好嗎？春陽，你有沒有鋼筆？」

我拔出鋼筆遞過去。

他們談得很投機，野盡忘掉了一切。我和醉中真張羅付錢端餃子。醉中真發現錢不夠，素昧平生的姑娘掏出五元錢說：「這兒。」我又吃了一驚，困窘得不知如何是好，臉彷彿在發燒，說：「謝謝、謝謝、夠了、夠了。」我覺得她在看我，我說話時露出的難看的牙和額上的皺紋。暮色降臨，給小店塗上一層陰暗的色彩。我記得對野盡說，（看見姑娘半天一碗餃子未動，她已沉浸在談話中），「Let her finish it before you talk to her。」她笑了。我想了這句話有一會兒了。好像也不全是這樣。她就坐在我的對面，背對著店外的擁擠喧鬧的街和漸暗的天光。我的全身在發抖，奇異地顫動使我不得不暗自把力氣用在四肢上，想保持平靜，卻更清楚地感到了悸顫。我又說了什麼。「I don't care if it is…so long as it's delicious」in answer to Y's remark that「the餃子is not shaped so well。」姑娘又笑了，我聽得很清楚。也為自己的fluence而驕傲。她是82級的，這可從野盡和她的談話中聽出。

她吃完餃子，匆忙地站起來，好像怕多留一會就再走不了似的，對野盡說：「Goodbye. See you。」她好像是對我說，因此，我抬頭對她微笑了一下，卻見她頭也轉向野盡，交換了一個微笑的目光，便走了。「Too romantic，」我說。身後站著的兩個姑娘一定已經聽到。走到外面，醉中真告訴我，他聽到那兩個身後的姑娘說了句「厚臉皮。」顯然是指這一個姑娘的。「妒嫉，女人的妒嫉，」他說。

我很喜歡這個姑娘。從未見過如此大方的人。「她說雜誌是她哥哥送的，我懷疑是她的男朋友送的，」醉中真說。「也不一定，」我說。「但，一個沒有談過朋友的姑娘，能夠這樣大膽大方嗎？」我想。

＊＊＊

我推開門，屋裏漆黑一片。爸爸睡著了，我想。「啪，」燈亮了，一只手還握在開關線上。

「我想看看書，」我說。

「算了，看什麼書，時間不早，睡覺吧，」爸爸說。

「你是不是打燈睡不著？」

「是的。」

還有什麼可說呢？那邊，叔叔的臥室門已關上，鄒媽和叔叔準備上床睡覺。這邊，想在床上看會子書，寫兩篇詩的願望也化為泡影。外面夜已深，很冷，在路燈下寫未免不現實。

我鉆進被窩，睡在爸爸的腳頭。我的枕頭是枕巾加舊棉襖做的，身上蓋著褲子和毛巾。燈拉熄。屋裏沉入一片黑暗。對面過道邊的房中傳來輕音樂的聲音，很輕，彷彿每個音符都滲透到夜的汁液裏。這個小房間只有兩扇從不打開的玻璃窗，三尺長，一尺見方，窗外哪兒掛著只鴿籠，鴿子咕咕叫著，好像很遙遠的地方的機關槍聲，又像誰在搖一只裝著小石籽的鐵盒，更增添夜的寂靜。

我睡不著。我逼著自己不睡。這時候要是在學校，我肯定坐在桌邊寫日記，寫完日記便作詩、譯小說，一直到次晨1.30分，現在在這裏，既不能寫詩，又不能在日記本上記下一天所得的印象。那就在入睡之前好好地重溫一下今天發生的事吧，我想。掉過身來，我便什麼也看不見。雖然我知道，就在我面前擺著兩件尚未油漆的大立櫃，但我實在是根本看不見任何東西。莫非這就是伸手不見五指的黑暗？我叉開指伸出去看，什麼也看不見，只覺得有種非常模糊的東西在眼前晃動。黑暗一點也不助人思考，外面的黑暗，使人覺得內心也是黑暗的，大腦被黑色充滿。

我翻了個身，對著窗戶。窗玻璃上的微光一下子使我好像看見了白天的情景，川流不息的汽車，來往如梭的行人，叫賣貨物的人。沒有絲毫意義，我想。惟一可看的是女人，但她們實在等於漂亮的外衣加肉體。我好像看見一個個肉體溫軟地在另一些強健的身體面前扭來扭去。這很可惡。她要是在就好了，我想。看見那些時髦的女人或打扮得優雅的女人，常叫我情不自禁地想起她。

許多思想湧進腦中，使我無法思索。只好逐條地記取。剛剛鄒媽說可以替我找一個頗有名氣的作家改詩或小說，我久久不能平靜。我並不希望他們找門路幫我推銷出作品，而是希望找到一個知音，一個學識淵博的老師。我是多麼渴望著這呀！難怪我的心猛然地跳動，一想到馬上就可以和他們見面，我彷彿聽到他們的贊嘆聲：「你這個姨倒挺不錯，看來頗有才華。」我想起海明威，如果沒有巴黎學藝的一段生涯，同當代最有名的文學家接觸，他能夠成名嗎？我又想起姨媽提到的一個小說家：「50多歲了，專業作家，寫了點中篇和短篇，在報上發表了幾篇，整天冥思苦想，抽煙，至今一無所成。」

我知道她沒說出的話意。那麼我呢？寫到50歲還是一無所成，我的生命不就完了嗎？這些文學家、音樂家、歌唱家誰不為了生活而奔波。「莎萊，寫個鬼的曲。吳雁澤和普通人一模一樣，醜死，騎個破自行車提個破網籃上街買菜。」活在這個世上，誰個不為錢，不為生活囉?!

看看鄒媽的家吧，方桌正對門，上面擺滿盛著菜的飯碗，靠牆桌上一溜排開四只開水瓶，開水瓶下是茶杯，剩下的桌面便不多了。一盞日光燈掛在房中，投下些幽幽的光，看書挺費勁，為節約電。門邊放著火爐，煨著湯，火爐上一個衣架沒掛衣服，掛著一大排香腸，象開封人冬天所掛的門簾。桌角一個電視，開著，注意力都被不太吸引人的節目占去，因為沒有更吸引人的東西。窗下一架縫紉機，也擺滿壇壇罐罐，唯一的書架放著陳年的書，從沒人翻過，蓋書架的布蒙著一層厚灰。碩果僅存的是一個大立櫃，樣子有點淒涼地站在一邊。我不願看自己在鏡中的映象。床上亂堆著脫下的衣裳：大衣、外套、手套、帽子等等。一件壓一件，揉得皺巴巴的。一切都是為了生活。舅舅家也是差不多，不過是床上多了幾本書，不像鄒家，床上只有本《李白與杜甫》，還根本沒人翻。舅舅床上有蘇曼殊的小說、《浮生六記》等，這些都是舅愛看的。除此而外，也是生活留下的痕跡，從一邊牆掛到另一邊牆搭滿洗臉洗腳手巾的繩子，壇壇罐罐，鍋瓢碗盞等等，觸目皆是。

旺年有那種時髦小青年的派頭，上衣領子敞了兩個，可能有三個，頭髮長得額髮齊眉。他抽煙，抱怨說沒房子住，想鬧事，抱怨說人的關係相當緊張，哪怕為一點小事都會鬧得面紅耳赤，甚至打架。驪驪出脫得漂亮了，在洗一大腳盆衣裳。「怎麼，元旦節都不休息？」我問，她嘴朝房呶呶，我一看，原來是旺年的媳婦，她冷冷地同我打過招呼，便又顧她懷中的小孩。驪驪忙完了，換了一雙棕色高跟鞋，擦得光光的，褲子是將軍呢做的——大約是今年冬季的時髦，我記起在路上走時曾看見三個姑娘都穿著一樣顏色的褲子，她穿這條褲子配高跟鞋，顯得很有精神。旺年的媳婦一張大嘴，嘴唇很厚，棱角分明，老閉著，像菱角樣。臉蒼白，有點憨態，並無風致。

接著是坎坎。原來那個健談、活潑、有時愛說尖利話的年輕小伙子消失了，代替他的是一個臉皮浮腫，行動遲緩、穿著臃腫的中年人。他說話還是很有理智的，跟我談打家具的事。他的愛人萍萍是個胖臉小眼的女人，能說會道，還特別愛談經濟方面的事。說起話來，噼哩叭啦只有別人聽的，沒有插得上嘴的，簡簡回來了，同他的愛人。

簡簡倒像長得比過去更嫩更年輕了，大眼睛裏有了光彩，怎麼回事？愛人給的？愛人瘦瘦的，我不大喜歡。叫哥哥拐子，把憧景念成童景。坐在那裏看自己的穿皮鞋的腳。站起來時褲腳被鞋子的上部擡著，很不舒服。簡簡忙著準備復習考試，大家看電視，他一個人在那裏看習題，很簡單的習題不會做，問我，我也不會做，早已忘光，問爸爸，他便給他解題，一看，就說這個題出錯了。原來，簡簡的老師根本連文憑都沒有。在短時間內學完所有初中課程，這對簡簡來說是相當重的。不過，怎麼說呢？他們（包括我們）的青春全被毀了。過去的基礎無論如何是打不牢的。

不知什麼時候，我睡著了，醒來時屋裏已有朦朧的曙光。

《醒悟》

我終於決定節日不待在學校，這是半日冥思苦想的結果。節日裏，一個人是什麼也做不了的。人人都喜笑顏開，有的談情說愛，有的打扮得漂漂亮亮逛大街，有的三個五個坐在屋裏聊閒天，我呢，陪伴我的只有宿舍裏這張堆滿了書的書桌和一只舊得不成樣子的鋼筆，在這種時候，筆管裏流出來的顏色往往和墨水差不多。

我走上大街，朝姨媽家方向走去。我想起了她弄的美味可口的牛肉和藕湯。節日的大街洋溢著歡樂的景象。家家店鋪顧客滿堂，擁擠得都要炸裂。人行道上不能停腳，否則就會被前前後後移動的人流推得團團轉。天是灰蒙蒙的，但女人們的臉上不知道是由於擦了過多的珍珠霜還是別的潤膚的油脂，總之是光彩照人。我不由自主地時時朝她們看著。一個女人，年約三十左右，一雙小巧玲瓏的全高跟鞋，鞋跟又尖又細，扭著豐滿的臀部從面前走過。一個二十一二的姑娘，滿頭濃密的捲髮，髮蠟打得過多，黑亮放光，用手一摸簡直可以捋得下油來，她胸脯高高挺起，隨著她的走動，高聳的乳峰一顫一蕩。他心中騰起一股強烈的不可名狀的欲望。是空虛了？他問自己。他努力回憶上街後注意到的景象，暫時忘記了女人。我的任務是注意周圍的人，我想。男女老少，觀察他們的神色、衣著，看他們在這佳節時分是不是愉快，觀察商品，看物資充不充足。你是有女朋友的人，這樣背著她偷瞧其他的女子，不覺羞愧嗎？有好一會，受著這種思想的譴責，我的眼光只注意看店的招牌、小孩、老人和年輕男子，但很快，他們就使我厭倦了。不知不覺間，我的注意力又被那些時髦女人吸引過去。難道你真的這麼低下卑賤？我想，不看不行嗎？對面走來一個姑娘，引起我的注意，她長得挺苗條，白皙細嫩的臉皮，圓圓的大臉盤，一對彷彿會說話的靈活的大眼，步態顯得穩重。我的心猛然地跳起來，差一點就要迎上去拉住她的手——啊，她多麼像自己的那一位！我呆立不動，回過頭來，久久地凝視她顯然是剛剛卷過的頭髮，我摸著她柔軟的捲髮，把她抱在懷裏，喃喃地說：「時間真難熬呀，真難熬呀。」她用吻堵住了我的話，伸出舌頭，讓我含著，我感到一種奇怪的衝動，彷彿自己是一個女性，而她是個具有野性的大膽的少年。我瘋狂地摟住她——「喂，看著路！」猛回頭，一輛自行車飛奔而來，我忙一讓路，撞到旁邊一個行人身上，連忙道歉，避免了一場爭吵。

我仍然走著，公共汽車裝滿了人，從身邊來來去去地駛過。我不喜歡坐公共汽車，不願聞裏面難聞的氣息。一個個子高高的女人向我走來，她一副凜然不可侵犯的樣子，蒼白的臉上表情冷漠，一雙灰色的大眼旁若無人地直視前方，高跟一路橐橐，剎那間，我感到自己像矮人國的人，仰臉在注視她，看見她裹在呢大衣裏的高胸脯和那微微抬起的高傲的下巴，忽然，我很想猛地一拳揮去，把她打倒在地，輕蔑地叫她滾。這種女人外表不可一世，把誰都不放在眼裏，到頭來還是得服從一個男人，那男人必定是我。我將拚命努力爭取分一個好工作，最好是在外事部門，拿高工資，與上層的領導人物來往，到那時，這種女人可以輕而易舉地弄到手，也可以隨便地扔掉。

忽然，我發現自己來到一個陌生的地方，天空一下子變得小了，四周全是十幾層的高樓。行人也比剛才少得多，我問了一個賣茶的老人，才知道這地方是近一年內修建的，XX就在前面不遠處。這麼說，一年多沒去姨媽家了，我想。

我停在一座小門前，拍了拍門。一個行動遲緩的老人打開門，我叫了一聲「姨媽，」那個老女人眼睛一亮，認出了我。我和她經過一條在白天也黑古隆冬的小走廊，來到她的家裏。屋裏點著日光燈，床上橫七豎八地亂扔著好幾個人的衣裳，牆角一張年歷，是80年的，布滿灰塵。掛梳頭用的鏡子的釘上，是一個衣架，衣架上像瀑布一樣垂下一大片肥胖胖的香腸，把鏡子遮得像上了門簾的門。除了姨媽外，屋裏還有兩個人，一個是她的表哥，另一個是表哥的愛人。吃過飯，姨媽打開電視，在牆角一張椅子裏坐下來，一邊和表嫂聊天。表哥因為過幾天要進行文化考試，無暇看電視，正在埋頭做初中代數題。他問我會不會做，我一看題目，連忙搖頭。在大學文科的見了數學便頭痛。我早就把中學所學的一切定理公式忘得一幹二淨。這時，耳朵邊清晰地傳來姨媽和她的談話。

「你這雙皮鞋多少錢？」姨媽指著表嫂的有毛邊的皮鞋問。

「內部買的，比外頭便宜三、四元。」

「還有沒有這樣便宜的？」

「冒得了，不過，前些時有一雙鮮黃色的一腳蹬，27公分，好看是蠻好看，大了一點，別個沒要，我暫時拿來放在我那裏，現在還沒有推銷掉，」表嫂是皮鞋廠的。

這時，電視節目是葛洲壩大合唱，一個著名的演員出場演唱，姨媽談起她來，像很熟似的，我有點奇怪，便問她：

「你認識他？」

「那怎麼不認識呢？我還到他家去過，和他愛人在一起談過話。」

「他家裏擺設一定很闊氣，他平常打扮也很風度翩翩吧。」

「根本不是那回事，他樣子普通得很，甚至到了醜的地步，平常總看見他提個破網籃，騎輛破自行車去買菜。他不大談話，偶爾插一兩句嘴，他的妻子是個舞蹈演員，健談得很。」

「聽說這個作曲的你也認識是嗎？」我試探著說。

「當然，過去我們下放到一起呢。」

我記起了七八年前我是多麼瘋狂地熱愛作曲，是怎樣地渴望得到一位名師的指教啊，那時這個作曲家是我崇拜的對象，我常懷著敬畏的心情，仰視她那座形如古堡的住宅，心裏夢想著有一天她教我用鋼琴作曲。

「那麼，她現在一定還在寫嗎？」

「寫個鬼，她早就沒寫了，過著優裕的生活，她外表也看不出是作曲的，像個老太婆，對了，你什麼時候畢業？」她忽然話題一轉，問道。

「明年下半年。」

「嗨，這四年的書讀得也夠苦的，看你，瘦得這個樣子，忙得都不能來看看你姨，」她用手顫巍巍地撫摸我的臉。「現在大學並不那麼俏，許多大頭頭的子弟並不送去上大學，也能有好工作幹，何必花費那麼大的精力學習呢？」

我環視四周，心不在焉，桌上到處擺滿壇壇罐罐，米、面、油鹽、醬、醋、茶、煤，東一堆西一堆，我的眼光停在被香腸割得支離破碎的鏡子上，瞥見自己苦笑的臉。忽然有個聲音在耳邊說：「別去讀大學了，你瞧，上大學四年，什麼錢也沒有，如果你在廠開車，四年可以，讓我算算，正工資39，差費8角，三十天16元，一年12個月，一共可以賺4千多塊，不要去讀書了吧。」又聽見一個女子哀怨的聲音說：「要不是讀大學，我們早就結婚了。」

我重又走到大街上，看著過往的女人。忽然，她們的魅力消失了，她們的華麗的服飾全部無影無蹤，露出赤裸裸的肉體。我跟她們來到家裏，家裏亂七八糟，她們和赤裸的男子睡覺，然後咔嗞咔嗞地啃骨頭吃。……我感到一陣惡心，頭暈目眩起來，周圍堅固的支柱般的電線桿子旋轉起來，轟然倒下，一些肥胖的臉倏地從眼前閃過隨即消失，罈罈罐罐，香腸，女人，胸脯，等等，都在眼前狂舞亂跳，我扶著牆，抑制著惡心，一只手擡著自己的額頭，低下頭，發現自己的影子，映在一座臭水坑裏。我俯下身，吻了吻自己的影子，水中的天晃了一晃，還了我一個冷冰冰的吻。

* * *

契珂夫短篇小說集攤開放在桌上，正翻到《兇犯》一篇。我站在桌旁，思索著。為什麼他開始把主人翁描寫得一臉兇相，後來的對話描寫卻絲毫看不出這個農民是個險惡的人？他究竟要說明什麼？譴責法律蒼白無力，如農民判刑時說的馬馬虎虎了事？他是帶著同情的態度描寫囚犯還是貶低？我感到大腦昏昏沉沉，各種各樣的問題像粥一樣粘糊糊地攪在一起，我很想鋪好被子，立即倒頭睡去。這不是向睡眼屈服了嗎？契珂夫的小說一大特點，我想，努力使自己的精神集於一個焦點，他的小說之一大特點就是將現實活生生地呈獻在你的面前，不加任何評論，使你有身臨其境之感，讀完後不由自主地想問個為什麼。鼻子不大通氣，蓄滿了鼻涕。我打開門，在走廊裏擤，突然被鼻涕摩擦鼻管的響聲吃了一驚（我的頭沉重得像灌了鉛，眼皮像一個大篩子，猛烈地篩著眼前的景物，日光燈變成無數浮動的燈管，一忽兒，舊歷年晚上大家圍坐炭火，嗑著瓜子；一忽兒，聽見他大吵大鬧，我聽見他們說以後再去玩，最好是一個人去。），我瞌睡的意識突然驚醒，猛地想起了不久前發生在她那兒的一件事。我擤完鼻涕從盥洗室回到房中，她悄聲說：「輕點擤！」嘴對她們住房的方向呶一呶。「這麼響亮的聲音，她們聽起來怪難聽的。」奇怪的是，我自己也感到了，彷彿我變成了兩個人，一個在起勁地擤鼻子，排瀉膿膿的液體，另一個穿牆而入和那群姑娘待在一起，屏聲靜氣，傾聽自己的鼻音。（我時而清醒，時而昏沉，一些思想，一些過去毫不注意的斷片，一些似乎陌生又似熟悉的面孔，一些色彩鮮艷的衣裳，在飛旋、舞動、像喝醉了酒的人。）

我不知道今天我該寫些什麼，夜是這樣靜，我好像聽到四野裏蟲聲唧唧，聲音如此響亮，我以為又回到了九月，只要一推開窗子，月亮的銀輝就匯合著唧唧的蟋蟀洶湧地奔進房間，然後，整一夜晚它們待在那裏，直到完成了她的使命。誰能說他負有的責任是至高無上的？

夜太靜，日光燈鎮流器發出輕微的嗡嗡，過道裏行走的人現在已經熟睡，British Prime Minister Cumming is out of favour with Democratic，不過，Allan Poe，不，是Cumming。他們怎麼會形成了這樣。

我終於決定，借契珂夫的小說作為學習小說寫作的起點。存在主義的小說我並非不喜歡，不管是加繆那種不動聲色的冷

靜，還是安部公房通過純粹客觀描寫所引起的強烈戲劇效果，或薩特的刻劃人物心理的細致入微，都能緊緊抓住我的注意力，引人入勝。唯一感到不足的是，每一篇都太長，差不多有十幾頁紙，如果作為精讀，那是相當費時的。尤其是不能像過去只注意文字，而要特別注意人物性格和情節的發展。（寫到這裏寫不下去了，不知自己在寫什麼，該寫什麼，好端端的思想鏈條剎眼之間便斷了，永遠也不能忘記，他手上一捧洗得花花綠綠，紅紅白白的石子，等著獻給誰呢？我真想睡呀，不斷眏著眼睛，父親在磚瓦廠工作，母親在家閒著沒事，賣茶，破床對著我喊：起來快滾吧，這兒不需要你。）沒人響應，沒人響應就算了（你瞧，一個軍人竟打著盹在上層甲板上，要小心翼翼），不知道什麼時候，大腦開始厭倦了一切，冬天的姑娘把自己裹在皮衣裏面，詛咒：；23 53 21 23|55 32 1– |1 – |1 – 3|3 1 5 |65 12 3 |3 – |3 – |55 21 23|55 32 1 – |。但是我am getting nowhere。Z在脫鞋，皮鞋「砰」地落到地面，他被打碎了。完成不了就莫來見我。R大半個身子埋在被窩，和衣躺著，雙手枕在頭下，眼睛迷迷糊糊，任憑Z叫他，他也不應聲。31 13|1•5|63 12 |3 – |3 – | get them out，一個朋友warned，這種歌不要再唱了，就算對說得對，要是麼又怎麼辦呢？湖上的景色很美，輕雲、雲影、飛蝶、玫瑰、芳香。假如你心裏想說什麼？就請說吧。是嗎？Atmosphere also…。

睡眠統治了一切。它通過L的兩個鼻孔，發出粗重平勻的鼻息。它從我每隔一會便要用手托著額頭，免得倒下去。我知道這樣寫下去毫無用處，我也知道Allen Poe的文章，寫得不是那麼完善，modern manuelling British Hotel。他們根本要became a descreet，頭懸梁錐刺骨的學習，啊，我沒有懸頭梁的，我只好坐在桌邊，右手越過頭頂，向左邊伸去，抓住床柱，左手撐在床邊沿，身子向左側倒去，然後調一個面，藉著身體的扭動，驅除寒冷和睡眠。

今天天氣特別冷。外面下著陰冷冷的毛毛雨，樹木黑色的枝椏上掛著欲落不落的水滴，道上泥濘潮濕，一走過便嘰呱作響，我縮著脖子，袖著手，感到膝頭像敷了兩塊冰。不得不時時脫下布鞋，放在手中搓揉驅寒。走廊的地面被潮氣侵黑，沾了雨水的腳一走，便更加深黑了。彷彿靈光一閃，我完全清醒了。目前，最兇惡、最難預防、又最令人可恨又可愛的睡眠被我戰勝。必須利用晚間休息時間從事創作，但我的大腦已經枯竭。我坐在桌邊，辛穆的帳子裏鼾聲越來越響。但沒有好的章節，僅僅是title，那怎麼能清澈，我又要睡去，精神恍惚迷離。灰雲壓得很低很低，北風不吹，空中飄著冰雨，我咬著牙，盡可能拚命向盥洗室跑去。倒是想起越聖或的whole omission。我想哭，因為寫不出一本書，甚至寫不好一句話。桌上亂七八糟的東西，但主要是書。《存在主義作品選》、《歷代絕句選》、*Advanced English*、*Doctor Jekyll and Hyde*、《漢語字典》、《契珂夫短篇小說選》。契珂夫戴著單鏡片的臉，陰郁地看著我，雙眉皺起，出現一道深紋。一個塑料袋，煮花生早已吃完，袋子隨便地丟在用光的墨水瓶旁，我的白茶杯，杯蓋頂上的小圓球上掉了兩塊瓷，所以人家不願跟她提親。她一直幾十年如一日。我知道，我必須坐著等下去，寫下去，即使什麼也沒寫，這一切都是廢話，但我仍要寫。我什麼也想不起來。J上盥洗室洗衣刷牙。

我真恨死了自己，竟什麼也寫不出來，也許太疲倦了。

我想起他參加的文學函授班，羨慕的眼光，滿懷希冀的詢問都圍繞著他。我並非不想參加，但，這會cost my自由。我不願讓自己為任何事物束縛，更恨偶像。現在她還這樣，照你這說，這是哪兒黑黑髮光的導線了。還有一刻鐘便到一點，我要瞌睡著寫下去：01|30 01|35 |1 3 21 76 5 5 76 5 – |。纖夫繩子深深勒進肉裏，河灘冒著熱氣，我赤著腳在沙灘下走，一群古銅色的動物身子與地面成平行，俯下來，拉縴。01|351 65|。他escaped a political doubt criminal…。

***

「哈羅，是G嗎？」我對黑暗中迎面走來的一個人說。

「媽的，真倒楣，」來人說。

「剛才過去的車燈一閃，照出湖邊的人影，我就知道是你。」

「我把臉掉過去了…那家伙沒來。」

「誰？」

「就是那個戴眼鏡的姑娘，你忘了？上次我攔住她叫她出去散步，她沒同意，……哦，好像沒跟你講這件事。」

「你究竟說的誰呀？戴眼鏡的姑娘多著呢。」

「你可能還記得原先黃昏的時候，總是有一個紅衣女郎在晚霞染紅的湖邊悠閒地徜徉，一邊走還一邊哼著小曲，記起來了吧？媽的，老子等了她整整兩個晚上沒等著。」

「你又沒和人家約會，人家怎麼會來呢？」

「上次我被拒絕時曾跟她這麼說過：『小姐，如果我下一次向您提出要求，您會同意嗎？』她說：『不一定』。這家伙，浪費了我的一個『小姐』和『您』字。」

「也許，她心裏想來，又不敢來，因為今天風太大，太冷，天又是黑漆漆的，沒有月亮。」

「恨不得她現在就在跟前。我心裏這把火可燒得旺呢。這家伙行動有些詭秘，就像她眼睛裏那種神祕的東西一樣。白天我連她的影子都沒見。好歹換到上大課，她又坐在最前面，她要是往後坐，老子非挨她坐不可，逗一逗她。下課她動也不動，哪裏有機會跟她談話呢？等到兩堂課結束，以為機會來了，不料她同著一大伙姑娘往宿舍去了，又落了空。」

「算了吧，這個姑娘長得又不是那麼動人，而且眼睛裏射出的那種光總有些陰森森的，缺少一般姑娘的溫柔。」

「唉，情人眼裏出西施呀。」

「這麼說，你真的對她有情了？」

「媽的，這些時我就想著那雙眼睛，也許別人看來那雙眼睛陰森可怕，我看來卻覺得神祕莫測，意味深長，就像兩條通向不可知的未來的深深的隧道，我寧願把命陪了，也要冒險進隧道看個究竟。」

「靠邊一點，汽車。」

「媽的，照得老子都睜不開眼了。」

「哎，你的那一位呢，J，好像好久都沒提她了。」

「提她幹什麼，我早就不睬她了。」

「那是為什麼呢？你和她吵了？」

「她敢！我叫她東她不敢西的。沒意思，你瞧前面兩個家伙，摟得好緊呀……別做聲……讓我瞧個仔細……哦，是那個系的一個女生。」

「怎麼，心癢癢了吧。」

「哼，逢到這種時候誰還……算了吧，他們那種親熱的舉動在別人眼中也許特別迷人，特別富於挑逗，但我敢賭咒，他們自己並不感到什麼幸福。那種快感只是一剎那的事，以後就跟藤纏樹一樣，枯燥無味。上次她和我在公園裏還不是緊緊依偎在一起，她附著我耳朵低低地說，瞧那幾個年輕小伙子，直勾勾地盯咱們，羨慕死了，他們哪裏知道咱們的痛苦喲。」

「這不像一個剛滿二十歲的人說的話呀！」

「你說我？嗨，愛情就是那麼一回事，呵，愛過的人再也燃不起熱情，普希金這話說得確實對，我真想一天換一個新愛人，不過，有的時候，無論什麼樣的姑娘都動不了我的心，我自己也不知道是怎麼回事，彷彿她們都是一些供人淫樂的赤裸裸的肉體，想起來直叫人惡心，我渴望有高尚的東西像漆黑的夜中的明星對我召喚，我渴望展開雙翅，向著理想飛去，我渴望精神、理念、學識，厭棄一切世俗的東西。」

「算了吧，你又作起詩來。」

「好長時間都沒做詩了。沒有女人做什麼詩喲！你瞧瞧整個歷史，哪一個偉大的詩人不是個風流情種、花花公子？普希金、雪萊，還有郭沫若，哪一個後面不是跟隨著如雲的詩女的喲！」

「回去吧，走這邊，那邊泥太多。」

「這個家伙，又讓我白等了一夜。可她究竟是怎麼回事呀，好像怕我，我有什麼可怕的？我長得不醜哇，你說是嗎？娘的，又是姑娘那種嬌柔作態，討厭，心裏想死，可面子上裝得若無其事，這種姑娘到了我手裏，非好好整治她一番，說個實話，我也並不怎麼喜歡她，不過是想使她就範。一個姑娘，哼，竟敢不服從男人，我還沒見過。」

「咱們到了，回見！」

「召喚的和被召喚的永難互相呼應，我總是以羅曼・羅蘭這句話安慰自己。」

＊＊＊

「完了，」今天晚上，他在走廊裏經過我身邊時這樣說。

「什麼完了？」我停腳看著他，他頭髮蓬亂，目光黯淡，說話有氣無力。

「就是那一個嘛，」他同我走到走廊盡頭的窗前。「上午我盯著她看，想把她目光吸過來，看得她心慌意亂。可她就是不抬頭。你不知道，她不像別的姑娘，羞澀地微笑著正眼看人，她不的，她半低著頭，抬起眼頭不動向上看，或者從眼角瞟人。我瞧了她半天，見她沒有反應，便低頭看書，過一會兒再抬頭時，猛然發現她迅速移開的目光，這才知道她在偷偷地盯我。下課時我走到她身邊，她倚著天橋的石欄，周圍沒一個人，對她說：『小姐，您能答應我的再次真誠的邀請嗎？』『是忠誠的嗎？』她說。停停她又說：『聽說有人給你寄錢吧！』

「『我只好又一次說很遺憾了，小姐，』。我說。『您不覺得有點過火嗎？』『對不起，』她說。」他沉默了，像個被打敗的人。提到失敗，臉上現出很難堪的神色，門牙輕輕咬著下唇，眼睛看著前面某個地方。「好的，就這樣完了，」他的聲音裏我聽得出一絲顫抖，一種無可奈何的失望。

「這件事兒好難堪啦，」我自言自語道，想象著自己代替了他，對那個姑娘說：「小姐，您能——我將怎麼回答她那樣的話喲！」

「我好像是靈感來了，一定是的，隨機應變地就說了出來，我當然不能顯得生氣，她那種話現在回想起來真無法忍受，也很不好作答。」

「我昨天不是說過，不要和她來往嗎？這個姑娘的眼睛就表明她不是個好對付的人，她是怎麼知道的呢？」

「還不是班上那幾個喜歡搬弄口舌的人說的！…哎，順便跟你說說，我和她攤牌了。」

「怎麼，你剛才不是還說她拒絕了你嗎？」

「不是這個她，是那個她，明白嗎？我兜底告訴了她，對她說騙了她。」

「你早該這樣做的，怎麼樣，說呀。」

「我一說出口又有點後悔，不想往下說。她聽見這話的第一個反應就是放開了緊捏住我的手，見我不想談，她硬逼著我說下去。可是，我又欺騙了她，就在說我欺騙她的同時。我說我已經將家裏的那個拋棄了。」

「你怎麼能這樣呢？不過，遐不掩瑜……至少你解除了沉重的精神負擔。」

「是呵，這些時來我就是被這負擔壓得喘不過氣來。我是怕將來年老，回看這件往事我的良心會永遠地不安呵。她差不多要哭了。我問她，『你是願做我的老婆，還是願做我的情人？』她說：『都隨你』。她完完全全聽任我擺布。嗨，總算捧了一個大包袱。我真羨慕你呀，要是有你那樣的女朋友，我這一輩子就再也不要其他的女人了。」

「可能嗎？不出兩天，你心中的熱情的火焰又要燒旺了！」

「是呵，在這樣的年紀，要冷靜下來確實難啦。她真可憐，以後再也不會找到比我更好的男人了。不過她並不在乎，她已置之度外。說實話，她已置之度外。說實話，她能跟我真是一生中之大幸。」

***

我6.30分出門散步，比平常晚了半個小時。A晚飯前送來他作的小說，不得不花了半個小時將它讀完。

在三樓樓梯碰見她正走上來。頎長豐滿的身體、藍西裝、紅高領毛衣，蹬蹬地和我擦身而過。她背著書包。她在想，他一個人出去幹什麼呀？天都黑了，外面看不成書。哎，他沒帶書包嘛。難道是去會朋友？可聽說他的朋友在很遠的地方呀。莫非在本院偷偷地愛上了誰？我想著她的思想。出了大門，門外的石路、場院、石階、草坡和坡上的樹，全蒙上一層各個窗戶透出的日光燈的淡淡青光，我繼續想著她。小孩子氣，嬌生慣養的姑娘，任性得要命，說話時像不聽話的孩子扭著身體，她看著我父親的像，

「啊」了一聲，大約為父親年輕時的英俊吃驚。要是沒和她玩，而玩的是她，情形會怎樣呢？不錯，她倆十分相像，苗條的體形，豐腴寬大的臉龐，濃密的黑髮，但她沒她長得好。她眼睛凹陷，而且小，鼻梁也有點塌，不過，並不影響她的可愛。她很逗人，天真，其實，只要人好，結婚都一樣。什麼？我吃了一驚，怎麼竟想入非非起來。也很自然，腦子實在是可怕，不想不可能，想了便遣責自己，使自己痛苦不安。其實想並不等於幹啊。

我沿小路往右拐，走到五教學樓的側面。從側面不遠的工地射來的燈光把我的影子投在牆上。路對面天橋底下走來一個人。我瞧了一眼自己的影子，亂糟糟的頭髮，衣服穿得太多而稍稍隆起的脊背，忽然起了一種感覺，彷彿我是個老年的落魄江湖的人。那人走近，背個書包，個子很矮，黑暗中看不清他的臉和衣服，只覺得他有點怪，擦肩而過後頓了一下，我回頭看他一眼，恰好這時他也回頭看我一眼。我趕忙掉回頭來，走出好幾步感到好像他起了懷疑，轉身來追我，再回頭時，空蕩蕩的一條道路，搖曳著燈光映照的樹影。

這時，我已踏上了去圖書館那條有石欄的小道，來了一對戀人，走過身旁時，瞥見女的柔聲說了句什麼，還做了一個撒嬌的動作，她的動作彷彿過份做作，與其說取悅她的情人，不如說是專為挑逗我這個路人的。正沉思間，感到有個人迎面走來，緊回頭，她已過去了，但眼鏡片、短髮和藍圍巾的一閃，已告訴我她是誰，我想起詩歌朗誦會上那個把我的名字念錯重又改正的報幕員；那個當著觀眾脫下大衣，取下嫩黃的毛領，被我的一個同學叫做「真惡心」的姑娘；那個朗誦起來有聲有色、慷慨激昂的比賽者；那個在課間休息時不時從平臺另一邊向我投來一兩下探詢目光的女學生。

「您好！」我說。

「您好！」她回說。

「走一走好嗎？」我問。

「好的，」她說。

「我還記得您是那個得了獎的詩朗誦者，」我說。

「你怎麼知道？」她問。

「你以為那算詩嗎？」我突然問。

這時我沿著臺階向上面的中心花園走去，幾個學生走下臺階往圖書館方向去了。真傻，怎麼可能跟她呢！她長得並不漂亮，只是有一股很怪的氣味吸引我，怪在什麼地方，又說不清。也許是離遠了產生的效果，記得有一次在湖邊碰見她，穿雙比翻毛皮鞋還沉重的鞋，袖著手，一付邋遢的樣子。她好像根本不認識我，連看都不看一眼就過去了。第二次是在離得很近的地方看見她的，原來這麼尖的鼻子和薄嘴唇。臉色簡直蒼白得可怕。頭髮剪得又太短，露出白白的領窩，太不好看。

我在中心花園周圍走了一遭，好歹想出了要提的意見，便回到宿舍。

＊＊＊

他迎面走來，在光線暗淡的走廊裏，他那本來就穿著黑衣的身子黑得更加陰森。他的手舉起來，大約是去抓頸窩的癢，肘部形成一個銳角，大約占去半個身的寬度。他一定也看見了我。如果我不稍稍偏開一點，也許就要挨他的拐子一下。但我若讓開哪怕一公分，就向他示弱了。這是萬萬不行的，至少，他也應該懂得禮貌，稍稍把拐子往身子上靠一下吧。這就是我和他接近時幾秒鐘內的思想。但他擦身而過，我的心猛地跳了一下，感到一陣熱狂搖撼著全身。他的肘尖差不多感覺不出地輕輕刮著我的衣袖。我不由心頭火起，恨不得立刻返身回去狠狠揍他一頓。他那雙兇惡、陰毒、冷峻像蛇一樣的眼睛陡地出現在我眼前，我毫不示弱地對盯著。我心中有一股接近恐懼的感覺，使我全身微微起著顫栗。不能放鬆，我對自己說。我知道自己的眼中決不會帶上任何能叫人嚇破膽的威懾力量，不管我怎麼用勁瞪眼。驀地，我記起小時在電影院和一個年紀相仿的小孩打架，我逼視他，想把他嚇壞，他卻冷冷地說：「你瞪什麼眼？誰怕你！」而眼前這個家伙的眼中確實有一股令人不寒而栗的冷光，當它們盯著人時，它們就象死魚眼一樣灰白，也像死魚眼一樣固定。我敢說，誰都不敢和他對視一分鐘而不感到他可怕。他的臉陰沉得像一片泥沼，一片幹涸的泥沼，從他的牙縫裏——他只從牙縫裏說話，使他的話聽來就像擠出閘縫的稀泥，又有勁，又含糊不清——會吐出最冰冷的話語，那是他那顆冰窖的心所凍結的結晶。但我寸步不讓地盯著它們，我終於保持了平靜，嘴角上出現一個微笑，在我，那是內心沉著的表示；在他，也許是很大的嘲諷。我這時盯他的樣子就像在讀一本書。冷風打樓梯口的破窗吹進來，我打了個寒噤，縮縮脖子，瞥了一眼窗外。天空濃雲密布，大樹在北風中一齊喧響，一片昏慘慘的陰暗景象。寒潮來了。我想。走下樓，出大門，上坡，朝廚房走去。

我把他叫到一處僻靜的地方。「他從不鍛鍊身體，」A告訴我，我想起來了。他是個鄉巴佬。頂多會用點蠻勁。我不怕他，要打，就非打個贏，如果他敢先動手，老子就把他殺死。我周身血液沸騰，頭腦轟地脹大，路上的人、樹、地面，一切都在我眼中消失，只剩下他的一雙可惡又可怕的眼睛。雙鋒貫耳，我記得這個拳擊術語。不，老子今天要來個雙鋒搗眼。「轟」地一下，我以迅雷不及掩耳之勢擊拳，只見拳頭像鐵鉆，噗赤鉆進眼窩，鉆穿了半個腦袋。他倒了下去。夠了，我說，只要他嘗一下就夠了，這個狗雜種，我照他臉上吐了口唾沫，便跨過他痙攣扭曲的身子，管自走了。後面有許多腳步奔跑的聲音，混雜著一片喧嚷，我知道這是追我的，但我仍然走我的路。忽然，他又站在面前，身子無一傷處，嚷著要和我決鬥，說他要先打我一拳，如果我受得了，就可以和他打架。我挺胸讓他打了一拳。身子晃了一晃，站住了，感到胸口悶悶地作痛。這回輪到他讓我打了，我運足力氣，舉起雙拳，流星一般直擊他的——我走進飯堂，他消失了。

吃過飯，我想著剛才發生的這一切，不覺十分好笑。值得嗎？為了這一個小人，正如他也不值得恨我，為了那麼一件區區小事。「他這個人。」我聽見A在說。「向來就跟任何人合不來。動不動便吵嘴。吵起來可兇，他說讀中學時得罪的（這時，關在帳子裏聽薩克雷的錄音的辛穆大笑起來，讓我們重新聽他的錄音，薩克雷讀了一段馬克思的話，便要同學們猜是誰說的，有的說是Addison。有的說是Mark Twain，有的說這有的說那，當TOM說是Irving時，薩克雷鄙夷地嗤一下鼻子說：「Go back to sleep, Tom！」然後，他有意作弄Luke，當時的班團支部書記，說：「You are the expert, Luke. You tell me。」Luke可想而知也答錯了。這時，他說我要是說出來你們都會羞愧得無地自容的，虧你們自命學馬列，這就是馬克思的原話。聽到這裏，我又回到那時的課堂，感受到當時的緊張卻又熱烈的氣氛了，但是，如果薩克雷現在在這兒，會有這種親切感嗎？而那逝去的將會變為可愛，普希金的話確實不錯。）人太多，因為太直了，現在他要改變方式，學會做人。他說他最佩服的就是這樣一種人，即能將對別人的仇恨掩藏得不露行跡，到必要時給他致命一擊。」可以想見我聽到這話時的心情。我雖從未有過害人之心，可防人之心不可不無呀。對這個傢伙總得時時提防，這真是一件討厭的事。你並不想同任何人結仇，可偏偏有人對你產生仇恨，而仇恨的原因又是一件微不足道的小事。對這種事情，最明智的辦法就是：認可，時刻做好準備，如果他膽敢有一天對自己動手，一定要給他個好看，既然求和的方式（已經做過一次）不能改變這個心胸褊狹的小人，還有什麼話說呢？人要生存，必須鬥爭。必須face the music，他恨就讓他恨吧，我對他無所謂恨更無所謂愛，只有深深的鄙棄和厭惡。他休想動我一根毫毛。在我的世界裏根本不存在這個人，我已將他可恥地除名了。

房中很冷，躲進大皮靴的腳凍得生疼。膝頭上搭著厚毛毯，還不感到絲毫暖意，唯有寫字的手很暖和，辛穆已經入睡；懷柔正脫衣上床；裏普還在伏案做摘錄。窗外狂風呼嘯，黑夜和寒潮正在預謀，制造一場鋪天蓋地的大雪將世界掩埋。我記得第一陣北風在樹梢的呼嘯；記得它怎樣把下課的學生像羊群忽喇喇一大片地往宿舍裏趕；彌天的黃沙拔地而起，像一塊長木板，直向前推去，一個姑娘轉過身，黃沙劈頭蓋臉灑在她的髮上，我希望它下雪。

＊＊＊

房間雖冷得像冰窖，但在她身邊，身上蓋著被子，被子上是一條毛毯，腳頭搭著她的毛線褲，被子裏她的雙腳和我的交疊，大腿和我的交叉相壓，穿著厚棉襖的上身緊貼我，靠坐在枕上，我倚在床欄桿，還是挺暖和的。她在替我縫補內褲，那條脫線的藍長球褲，我一邊翻字典，一邊讀英詩，同時聽她講話。

「我看見Cancer了，不，她長變了，沒有從前美。眼皮略微浮腫，搭拉下來，臉還是老樣，鵝蛋形的，皮膚不嫩，她一向是黑皮，頭髮在後面挽了一個髻，燙了的，衣服很樸素，和她愛人在一起。不是在市內公共汽車上，是在從家裏到這兒的長途公共汽車上碰見他們的。恰好坐我旁邊，Cancer一上車，我就盯著她看，一眼就把她認出來了。她也看我一眼，當然不認識我呢。她從前在中學挺有名氣呀，跳芭蕾舞白毛女，舞姿很好看。那時候真美，身段苗條，黑眼睛放亮，額前的劉海自然地彎曲，很嫵媚的，不過，鼻子沒變，還是挺秀氣。嘴巴也是老樣，小小的，微露棱角。她的丈夫長得蠻英俊，上車後便盯著我看，盯了好久，她只盯了一眼後來就不盯了。她丈夫戴頂鴨舌帽，穿黃軍大衣，看樣子是搞文藝的，而且出身是有教養的家庭，這怎麼不知道呢？看樣子嘛，他倆的關係蠻好哇，不知低頭悄悄說什麼，說著說著，Can噗嗤一笑，就把她燙了頭的腦袋靠在丈夫肩上，親熱地蹭著，那樣子看了真叫人喜歡，全說普通話，一路談個沒完沒了。我時不時瞅瞅她，很喜歡她那個樣子，儘管她已經沒有往日的青春的美，我還是愛看她那樣子。使人想起很多事來。對了，他們談的盡是『你媽呀』，『我妹呀』之類的話。」

詩集不知不覺從我手中滑落下來，我一怔，意識到書掉了，便把詩集連同字典一起靠牆放好，裝做聚精會神地聽她，心裏卻想著別的事。他美，她也美，他倆感情很好，她愛著他們，也羨慕他們，Can那時是出名的，現在找到一個好丈夫，生活想來是非常幸福的。他們談彼此的弟弟妹妹，爸爸媽媽，談也談不完，可我和她，談什麼呢？談自己的同學，她並不感興趣。談學習，更不感興趣。昨天夜晚為了一句話生那麼大的氣。對她描繪元旦晚會的情景和後來開的舞會。

「你也跳舞了？」她問。

「沒跳，沒和女的——」我停下來，細品著她的問話。「不，我跳了，和姑娘跳了，怎麼樣？」

就這樣，整整一個晚上，誰都不理誰，她織毛線，我坐在桌邊，看不進書，拿支筆，在紙上亂劃起來。進門時她看我的不帶熱情的眼光和坐著不動的身子，我要吻她時的皺眉和向後一退的動作，談到考試時她說你要是考試就該不來的樣子，都一一回到我心間，刺痛著我。房間冷得要命，我脫下一只鞋，搓著腳，想使它暖和一點。她沒有任何動靜。我繼續搓著。

「你穿我的鞋好嗎？」她的聲音從遙遠的地方傳來。

「不，」我回答說。

她走過來，脫下一只棉鞋放在我面前，說：「你穿這好嗎？」

「不，」我搓著腳。

「穿上。」

「不。」

她很不高興地回到床邊。不高興就不高興，有什麼辦法。既然互相之間沒有什麼愛情，又何必這樣呢？我感到一陣陣涼意襲來，簡直忍受不住，想立即起身走掉，又覺得不太好。這麼黑的夜到哪兒去？車早收了班，附近幾十裏路內沒有一個熟人。空氣零下五六度，她難道會憐憫你？她才懶得管，照樣睡她的覺，我心如刀絞，就寫著下面的詩：

在刺骨的寒冬
我渴望過火爐
那爐火熊熊
熔化了自然的冷酷

在寂寞的荒原
我渴望過小屋
那小屋的床欄
消除了雙雙的孤獨

而今我在這小屋
伴著熊熊的爐火

卻感到無比的冷酷
和難以忍受的寂寞

寫完又接著寫了一首：

冰涼的吻我不需要
我寧願去吻快刀
它雖能致人以死命
但使我難忘終身

我更百倍地不要
虛與委蛇的擁抱
它只能使我想起
擠在一堆的亂石

「你知道」，她說。我一下子從沉思回到現實。「我昨天真氣你，你坐在那兒一言不發，我恨死你了。當時恨不得讓你走，甚至——甚至，我還是說了吧，甚至想跟你斷絕關係。一想，這不行，咱們家具都打起來了。又一想，也不要緊，我把錢如數還給你家。」

我不知是喜是憂，笑了一下。久久沒有開口，然後，感到很受委屈似的問：「你真這樣想？」話一出口，便覺得怒火直沖腦門，我壓下怒氣，聲音有點粗地說：「怎麼，這麼一句話就可以使你產生這樣的念頭，那將來簡直是不可想象的，那要是再說重一點，你不是要把我殺了嗎？嗨，真沒意思！」

「不，不是那樣的，」她解釋說。「其實，我一這樣想就後悔了，真的，我心裏也難——」

「不用作任何解釋。我只相信那一句話，其余的你就不用浪費唇舌了！」我打斷她說。「我知道，你的這種思想不是一閃之念，而是由來已久，有年頭了。」

她渾身一震，針線活掉下來，我一轉臉，正碰上她乞求的眼光。

「算了，我早已打算好，咱倆結婚後我就盡可能地少回家，家具什麼都歸你，我一個月回來一次，何必呢，結果鬧得沒意思，」我說。

「我就是怕和你吵架，你太兇，說話總是粗喉嚨大嗓，像吵架樣，我可受不了。不過，你要是搞多了，我也不怕，你罵我我就和你對罵，你要打我我就和你對打，打不贏你也要和你死拼，哪怕打死也行。反正不能受你欺負。」

「哼，誰欺負你?!你和我打？我要讓你曉得我的厲害，」我平靜地說。「我用繩子把你捆起來，全身上下，捆做一團，像包袱一樣扔在床上，口裏塞毛巾，臉朝下，用皮帶猛抽，然後扭過身子，再猛抽，看你服不服！」

「我知道你會幹出來的，我知道的，」她說著說聲就變了調，竟哭了起來。我摟著她，撫慰她，對她說我只是說著好玩，當然是不會做這種事的。良久，她才平靜下來。

我走在大路上。3路車已走了。我去趕4路，眼見車來，才跑了幾步，便頭昏眼花。要在往日，早就氣也不喘地追了上去，可是今天。哎，一和女人在一起，男人就像被洗劫了一樣，大腦是空的，昨天的寫作計劃沒完成，一個字未寫。今天，又是白紙一張，什麼都得到了：食欲、性欲及其他。可是，為什麼如此空虛？那時為什麼那麼渴望得到滿足？咦，人的一生不就是不斷欲求不斷滿足的過程嗎？怎麼不是呢？吃、喝、住、穿、等等，甚至精神上的娛樂，不都是一種需要嗎？沒有滿足這些需要，人就痛苦，反之，則幸福，是不是？那麼，滿足性的需要是不是正當合法的呢？應不應該，也就是說，總有一天，也變得像吃喝一樣的不受任何道德的限制呢？或許，人類社會的最高階段是要取消性欲吧？也像取消一切其他的欲望一樣？哎，停一停，這怎麼可能呢？如果取消吃喝，人怎麼能生存下去？工廠生產的類人人？也許，但那又有什麼幸福可言呢？實際上，人們的確是被需要所左右，並無高尚低賤之分，只要是弄到吃的，再下賤也不過份，咦，這是什麼思想呀？這不是活命哲學？不是有奶便是娘的翻版嗎？反正，總會有一天，任何需要的滿足都是正當的。那麼，殺人的需要呢？有這種需要的嗎？誰知道呢？我的大腦越想越來糊塗，乾脆不想了。

《多餘的人》

「你的這些詩，要是我當編輯是不會跟你發表的，寫得太虛，沒有說明問題，詩嘛，就是要說明問題，」叔叔取下老花眼鏡慢慢地說。「比如說要寫大的運動，如文化大革命什麼的，你寫的盡是自己的事。就算寫的是情詩，也不像古人那樣耐讀。」

他在湖邊散步，突然想起這些話來。他回味著當時和他爭辯的情景。感嘆道，上代人和這一代人的距離太大，不可能理解我們的思想，叔叔認為跳舞就是墮落的開始。而且不合中國民情；結過婚的人也不能隨便同他人相愛，這是不道德的。即使發生這類事情，也要履行法律手續；對於不好的現象要承認，並且相信一切都會好的；寫作不是為了批評，而是為了歌頌，提高人們的修養。倒是相信一切都會好的這一條使他很感興趣，從前他完全沒考慮到這一點。他曾拿出充分的論據，向叔叔證明歷史上凡流傳下來的不朽之作，古今中外，毫無例外地帶有批判性質，如《紅樓夢》、《紅與黑》、《無名的裘德》、《德家的苔絲》，等，惟有批判，才能提高人們的思想水平，促進社會的發展。歌頌是起不到任何作用的。比如說文化大革命中歌頌得少了？現在回顧一下，有沒有一首是歌頌對了的？為什麼郭沫若五四時期能寫出那樣具有反帝反封建先進思想的作品，傳諸後世，而在解放後卻沒有寫出一首像樣的詩來呢？可不可以這樣說，凡歌頌的東西皆應摒棄呢？你不要管這些事！叔叔說，你歌頌還是批判，說句實話，對於社會無補於事，搞得不好，就要殺頭坐牢，何苦呢？醜惡的現象過去有，現在也有，而且多得嚇人，凡搞經濟的人，不沾利益的恐怕是鳳毛麟角，只怕不揭，揭出來嚇人聽聞，你一個人管得了？我告訴你，不管怎麼樣，社會總是向前走的，決不會後退，你不可能使它走得很快，也不能使它走得很慢，你是看到的，過去搞的那一套假、大、空，不是沒有幾天就完了嗎？長不了的，現在這種現象，總會扭轉的。是呀，他想，我怎麼會看不到這一點呢？昨天在車上碰到的一個熟同學的話又在耳邊響起：「我的一個同學初分到單位時堅持原則，相信只要為人正直就可以把一切辦好，他不徇私情，秉公辦事，結果得罪了一大幫人，包括領導，後來，他醒悟過來，各方面隨和了一些，果然見效，前不久來信說相當受重視，還入了黨。哼，個人還想改變整個社會！我是沒有希望的。」

他抬頭看看天上，黑沉沉的烏雲怎麼彷彿就在樹梢上面，用根長篙一捅就可以捅到似的。梧桐樹葉已經雕殘得不成樣子，可憐巴巴地掛在枝頭。他越過湖上向遠方眺望，看見對面隱約可見的山影下，閃著兩個青幽幽的燈光。湖水無聲無息，在微微的冷風中泛著漣漪。路上時而開過汽車，或一男一女緊緊依偎的自行車，間或也可碰到相伴的朋友，大多數時候，只有他一個人，低著頭，一面緩緩地走，一面傾聽鞋子落在柏油路面發出的聲響。

他忽然想起父親，父親的面影出現在對面那排高高的梧桐的陰影中，模糊不清，似乎非常遙遠，而他住的地方其實離他不過走十分鐘就可以到，他不記得父親的確切地址，母親前天的來信也說她不知道，因為父親並沒給她寫信。知道了又有什麼用呢，他想。他此時並不想去，星期天也不見得會去。他知道父親也沒有這個必要，他只要有書，就有了一切。好像是，他驀然感到，他，父親、母親，都是互不需要的。元旦那天，他和父親經過一個小貨攤，他看見攤上有厚毛襪賣，便想買給母親一雙。「算了，」父親不耐煩地腳不停步地說。「別給她買，要是買不好，她又要囉裏囉嗦的了。我還不知道，別管她。」元旦頭天下午，問父親回不回家。「算了，回去幹什麼，在這兒挺好的，跑來跑去累。」可母親是一個人呀，他話到嘴邊又咽了回去。幹嗎要想這些事呢？他想。母親前天來信說元旦過得並不寂寞，因為有她，他的女朋友，陪她看電視，在一起聊天。他敏感地覺察到母親的這一句話中隱含著多深的寂寞感。如果她想到了寂寞二字，她寂寞的心情就可想而知了。我沒有寫信，他想，甚至連這樣的念頭都沒動過，為什麼呢？他問自己，好像沒有什麼特別的道理，彷彿除了自己的女朋友，再也沒想到過母親。這是怎麼回事？他又自問自道。難道我真的是個不孝之子，不愛自己的母親了？並不是這樣的。但是，她愛我嗎？他問，上個星期天她在被子裏告訴他，很得意地，母親對她說：「我只當沒有兒子，你就是我的親生女。」他立刻意識到這話他不是第一次聽說，過去她還說過一次，那一次是下了很大決心才說出來的，怕傷了他的自尊心和感情。他一言不發，心裏卻隱隱作痛，母親已不把自己當兒子看待了，這說明母親是怎樣地不喜歡自己。他想起十幾年前和母親打架，打傷了她。她是對的，他想，一個像自己這樣狼心狗肺的人還值得母親愛嗎？他心裏像刀割一般難受，像被人趕出大門的乞兒，頓時感到天昏地暗，慘澹淒涼。一陣冷風吹來，禁不住索索打抖，恰好眼光碰到面前一棵老柳樹，去年柔嫩的枝桿早已被北風吹得七零八落，身首分家，留下三四段粗大的殘株，像大火後黑色的廢墟。突然，他被其中一棵的奇怪形狀吸引了，它像一個被斬首的人，空空的頸口仰對蒼天，絕望地伸出一支手臂，彷彿在哀哀地求告著什麼。記得去年他就是和她坐在不遠處伸在水面上的游泳池邊上，緊緊依偎著欣賞這株柳樹的，那時用了許多漂亮的比喻，其實，都只作了挑起欲望的火柴。好像是前年，她想，和弟弟一起到隔壁大學賞櫻花，一同照相，弟弟老是選枯樹做背景，他當時不大明白弟弟的舉動，只覺得奇怪。現在想來，不覺悲不自勝。弟弟那麼小的年紀就染上如此嚴重的悲觀色彩。可見是相當可憐的，難道你就沒有責任？他問自己。你什麼時候關心過他？什麼時候約他一起出去加加餐，調劑調劑伙食？你的心中完全沒有他的存在。當然，他病時你去看他，給他送蘋果等等。你還可以說你的學習太忙、沒空，但不管怎麼說，你心裏想起他的時候實在是太少。即便到了一起，如在假期中，你和他一天說的話也是屈指可數。但是，為什麼老問自己呢？難道他心裏又有你？他又時常想著你？

他慢慢朝宿舍走去。這是回哪去？他彷彿不懂似的問自己。那兒住著和諧的他們，自己在那裏好比是樂隊裏的一把破提琴，奏出的總是瘖啞的聲音。也許，可以寫點什麼吧，他想。寫什麼呢？既然這樣，有什麼好寫呢？

《小事》

星期天晚上回學校，在車站碰到隔壁班一個同學。他個子高大，裹在棉軍大衣裏，說一口夾著地方口音的普通話。我們很快攀談起來，談到報考研究生，談到新年晚會，於是他說：「你們班的XX真好。我不過跟他開句玩笑，喂，會完了帶幾顆糖來吃吧。他就真的記著帶來了，一大把。沒想到他這人這麼好。後來咱們班開晚會，我也專門跟他留了幾塊巧克力。」

「你的爸爸呀，」我聽見媽媽說，幾年前的一個晚上。「就是有點小器。我和他談戀愛時，總有40多年了吧，船上那麼多好吃的東西，他偏偏揀紅苕買，跟我買了二個烤熟的苕。你爸爸家裏的人都吝嗇，你姑媽那年送我走，想給我點什麼吃的帶著，打開櫃門，戴著眼鏡看不清，在那堆東坡餅中挑來挑去，我真看不下去，就對她說不用了。」

我思索著，為什麼一件毫不足道的小事竟會刀刻斧鑴地留在人們的記憶中，而他們所處的時代發生的大事，往往不能激動他們呢？我想起自己直到現在還忘不了她對我講起的那一瞥。她說他看著她，她也瞧著他，他眼中有一種光，好像很親切，好像——她說不出來，很深情，我沒有說出口，她說過後好久還在回味剛剛發生的事情。

她想到我了嗎？在那一刻？我的心又在隱隱作痛，我唯有以海涅的那首詩聊以自慰：「人事大都如此。」我不也有被路遇的美色迷住而忘掉了她的時候嗎？

驀地，一個姑娘的背影清晰地出現在我的腦際。細嫩潔潤的脖子，放著光彩的黑油油的捲髮，彷彿有彈性的，那裏面蘊藏著怎樣的青春啊！我不禁心旌搖搖、頻頻對她回首，最邪惡的念頭像螞蟻爬上心來，這是多麼多麼動人的姑娘啊！很久很久，沒有哪一個姑娘，無論醜或美的，讓我這樣動心。可我還是前天同她分手的呢。

＊＊＊

他坐在桌邊，無所事事。書碼成山，他不想看，他沒心思，旁邊扔著一堆報紙，他也懶得動。他厭倦了，課本翻開在120

頁，後天要考試了，他想起來。他朝打開的書本瞥了一眼，毫無目的、毫無方向，只是出於習慣，但這一瞥使一行字跳入他的眼簾：「The computer can make everyone happy。」什麼？Happy？他彷彿怕錯了似的，又看一眼，不錯，是can make everyone happy。他冷笑一聲，放屁！伸出手，啪地一下闔上書，然後把手縮回到袖籠裏。

Happy？誰Happy過？我Happy過嗎？他問自己。他的大腦空空如也。電影中看過幸福的鏡頭，綠草如茵，花團錦簇，青年男女互相追逐、擁抱、接吻、歌唱；街上也看過，姑娘倚著心上人的肩頭，由心上人摟著腰肢，花枝招展地走過；有誰這樣和我親熱過嗎？他問，這還要問，真笨。他想起緊閉的房間中，她躺在他的懷裏。但，他覺得自己是木然的，彷彿在盡職，例行公事地擁抱她，他躺在她身邊，比躺在自個兒的床上還不舒服。自己可以自如地翻身，這兒就不行。一動她就喊冷；要是轉過身把背對著她，她就要生氣，再不就流淚。愛並不是件Happy的事，他想。倒不如說它是裹著Happy的糖衣的苦藥。你需要，然後追求，等你滿足後，彷彿一切都失卻了意義，你還是你，但這時怎樣的paradoxical！你滿足了，你卻空虛了。好像是空瓶子，不妨說它是充滿了空氣。也不一定就表現在愛。幸福還可以有其他形式的表現。比如說幫助人，誰需要你幫助？當然，只要有人找你，你總是樂於幫助的。忘了，外國老師叫你替他譯《前後赤壁賦》，你不是感動得幾乎下淚嗎？怎樣的信任呀！然而，現在有誰信任你？你不過是一名無名小卒，在生命的苦海中苦苦地掙紮沉浮罷了。你沒日沒夜地幹，結果什麼也沒得到。彷彿是，在那場大風暴過後，你那像銀行似的大腦被洗劫一空，夷為平地，如今，無論你向那兒傾倒什麼，都像灰塵一樣，一兩天後便被風吹得無影無蹤。什麼風？你好像並不在乎，你只感到從來沒有過的像充滿空氣的瓶子一樣的空虛。你痛苦，對了，你想到了這個名詞，痛苦。可是，你好像並沒有理由這樣。你並不缺吃少穿，你有一個漂亮的姑娘，她在星期天焦渴地等待你；你有中等的家庭，父母供養你讀書；你，竟會痛苦？也許，——他想，自己也像某些趕時髦的人，把痛苦當作一種時髦病在模仿吧？決不，還沒庸俗到那種地步。他想起自己的願望，一些死的願望。希望超出自己能力所能達到的，人就痛苦，誰說的？盧梭。管它呢！學會他們的理論只能更增加不幸感。為什麼要看得那麼清楚？為什麼無力如一只螞蟻，竟想鬧個倒海翻江？人用無謂的希望導致自己的毀滅。

不對，你說得不對，他說，勝鋼就成功了嘛。他努力，他進取，他百折不撓，終於上去了，現在已在遙遠的半山腰對我揮手告別。但是，他幸福嗎？快三十了，青春的愛情的種子還沒發芽，已經在他心中枯萎了，如今他要找愛人，先要考慮的是地位相不相等，家庭經濟情況如何，人品怎樣，他要像計算機一樣準確，算出他們結婚所用的花費，結婚的日期等等。他不是漠然地面對一大片照眼的櫻花說：「真不理解怎麼會有這些人看櫻花！它們在我眼中不過是櫻花罷了，什麼也沒有。」是的，他喝牛奶，但那跟向機器中定時加油的道理一樣，他要生存，要競爭。就是這麼簡單，小說？重要得很，上面有沒學過的生詞，學會，將來考試就不怕。他幸福嗎？你這是嫉妒人，他責備自己，那麼，凌霜呢？這個儻風流的花花公子，喝酒、抽煙、打球、滑旱冰、跳舞、玩女人，沒有一樣不精，腦子聰明得像——凡看過的書，過目不忘，可以幾個小時地跟你滔滔不絕地講下去。可正是他，老在抱怨，老在哭泣（當然，你是猜測的），老在對自己作最嚴厲的良心譴責，罵自己無能，不該不求上進。彷彿沒有幸福過一天似的。註意，你用了彷彿，那也就是說，實際上他可能是幸福的。

也許吧，不然，Z幹嗎要那麼羨慕他呢？Z常對自己說，凌霜真有兩下子，要是年輕時也像他那樣玩幾個姑娘，那就死也無撼了。可凌霜呢，卻在自己面前把Z捧上了天，佩服得五體投地，常常翹起大拇指說：「我一生搞到他那個地位就可死也瞑目了。」（我驀然記起母親年幼時曾對我說過死也瞑目的話，在床上，很嚴肅地說，好像傷感得很，但具體為什麼，我卻一點也記不清了，這對那些指責別人傳變天帳的人，正是一記響亮的耳光。媽的，一雙眼睛像賊，淨盯著別人的壞處，自己卻明目張膽地幹壞事。）

＊＊＊

復習，復習，復習，純粹受一種思想的支配：要考好試，得高分。不能丟面子。什麼時候人才能掙脫自己給自己制造的枷鎖喲！白天、黑夜、清風、明月，這一切，全為了復習課文犧牲了，可是，讀一遍就更枯燥一遍的課文，無論如何也記不住，此刻記住了，轉過背就忘，哪怕寫在紙上，也跟寫在水上差不多。

我的書知道，我的眉頭皺得有多深，眉心已經皺疼了，然而，為了分數，為了半年後能夠分一個好工作，為了聽見人家在背後說「他真有兩下子」的話，就為這種庸俗無聊的東西，我犧牲了天性、靈感、詩意，犧牲了我自己，像頭愚蠢的老黃牛，沉重地走著，拖著更加沉重的犁鏵。可以這樣說，我恨一切老師。尤其恨那種生搬硬套像錄音機樣的老師。但我不管，我的散步成了像在牢獄中的踱步，背誦著聖經一樣的課文，那確實比聖經更有力量呀！

意義在哪裏呢？他們想睡覺，Z說這是個sheeping day。野盡擔心明天不知出什麼樣的題；野盡胸有成竹地說他已經寫好稿子，明天一上課就拿出來抄，抄完便走。意義在哪裏呢？明天，課後，負擔解除了，像清除了一堆垃圾，整個地精神煥發，又活轉來了。人世真該詛咒，為什麼不從事一些更有意義的事呢？藝術？誰需要？他們眼睛盯著的就是錢、錢、錢，還要罩上一層溫情脈脈的面紗，可恨，可恨。

可是，我竟後悔了。我大聲說，你錯了，永遠地錯了，一旦失去的東西是不可復得的；而這又是怎麼樣失去的東西喲？是你故意地丟掉的。他見了我，很親熱，一邊說話，一邊伸出手，輕輕拂過我的身子，或者迅速地牽動一下我的荷包搭：「你沒有報考研究生？太遺憾了！我以為你一定是要報考的，你學得挺不錯的，勝鋼走後，你就是班上最拔尖的。是的呀！太可惜太可惜！留在這兒當老師有什麼意思，考工科，教材枯燥無味，即便教出國生也是如此。兩年以後？恐怕沒那麼容易吧。研究生很講年齡，太大了，一般除非成績特優不取。」我同他道別，各自分頭走了，他是個好人，我想，唯一的一個能直視他眼睛的人。在這個世界上沒有幾個人是能夠與之對視而不惶恐、不安、或者窘迫的。他皮膚白皙、眉清目秀，一口白牙，看上去英俊瀟灑，言談舉止落落大方，不拘禮節。很喜歡這個人，我說。然而，過去了，機會失落了，就像大串連的時候，一個足跡踏遍五湖四海的大個子吹牛時說的「機不可失，時不再來。」痛切地感到這一點。文學，不能像巴爾紮克那樣拋棄一切去從事，太危險，太不安全。也許，自己對自己缺乏必要的信心。不敢相信自己具有這種才能。假若真的放棄一切而全身心地投入文學事業，會不會成功呢？不是要孑然一身、形影相吊、悲慘地郁郁而死嗎？不，這顯然是不行的，必須掙錢，有飯吃，方才能談第二點。不能丟英文。那雖不是生財之道卻的確是養生之道，是活命錢呀。

然而就這樣一頭紮進泥坑嗎？讓塵土把自己的intelligence封住嗎？同一群——們打交道難道你會樂意？但機會已失去了，不可復得了。

「瞧，北京各大學共有900多個馬列學習小組，7000多名大學生已遞交入黨申請書，」我念著報。

「這有什麼呢！哼，很自然嘛，咱們這個房間除了我，都寫了申請書。」我抬頭看了一下，屋裏還有桑麻，他埋頭不知鼓搗什麼，沒有應聲，我明白了。

我送父親回財政局上班，和他談起這個。

「一個女生還說她原先說過不求入黨，只求當一名正直的記者，現在卻說認識到黨是無產階級的先進分子，要實現共產主義就必須……云云，我倒很想鉆進她的肚裏，把那個ulterior motive

給它刨出來，暴露在光天化日之下。」

「跟你說，地區提級，非黨員不提這是明擺著的，只有韓和張提了，他們是非黨，但只提成副科長，正科級幹部沒有一個不是黨員。在這個社會，不入黨，你不可能當官，事情就是這麼簡單。」

我就不入黨，我心想，看你把我怎麼樣！我根本不想當官，只求做一個正直的人。話題轉到留學生上。

「我倒有個主意，」我說。「與其加強對留學生政治思想工作，精挑細選，怕他們跑掉，還不如乾脆聽其自然，跑掉就跑掉，最終還是咱們的人，因為誰到老不思念國土？再說，留學生在國外要比國內容易出成績得多，而且也快得多。」

「你這只看到一面，依我看，你把那種所謂根正苗紅的人挑得再多也無濟於事，他出了國要跑還是要跑，而往往跑的又正是最可靠的人。就像國內犯罪的人，有幾個是家庭出身壞的人，還不都是家庭紅得很的人嗎！」

我和他來到洪山路13號，地上剛拖過，油光水滑，一個中年女服務員懶洋洋地依著拖把，另一個走上來像男人樣地大聲說話。上到二樓走過一條被爐子、炊具、雜物擠窄了的通道。

「朝南這邊住著他們（招待所職工）的家屬，怕冷，住南邊，我們這邊靠北，冷死。」走進爸爸的房間，一個人也沒有。

「都回自家睡，兩間大空房，平常就我一人在這兒睡。」他說。呼呼，頭頂上傳來響聲，一抬頭看見了褐色的天花板。

「上面也住著人，」他說。

＊＊＊

收音機裏傳來淒涼的笛聲，象深夜裏寡婦的哀哭，漆黑一團的房中，亮著如豆的燈光，死人蒼白的臉在我眼前晃動，我的頭開始旋轉，旋轉，變得越來越沉，我什麼也看不見，死亡沉重地壓在心頭。板著冰冷臉孔的灰色建築物後面，陰溝旁邊，躺著他，臉色灰得象陰慘慘的天空，象灰牆，一道幹涸的血痕劃過他的額際。他的衣服被人掀起，露出沒有熱氣的肚皮。他死了，年紀輕輕，還不滿十八，跳樓自殺了。昨夜的此刻，當整個世界進入香甜的迷夢，當我坐在床上讀小說，當裏普復習考研究生的資料，當尖利的北風在光禿禿的枝桿中呼嘯，當黑暗中天寒地凍，他，這個年輕人，該是帶著怎樣悲痛欲絕的心在水泥的平臺上徘徊、徘徊又徘徊，猶豫著、躊躇著，依依不舍地告別了世界，告別了人類，告別了自己那短暫的青春，作出了最後的抉擇——不，他什麼也沒有想。他沒有朋友，他的痛苦沒有地方可以傾訴，他的父母遠在他鄉，他沒有母親溫暖的話語和擁抱，擁抱他的只有陰雲密布的天空，伴著他的只有尖嘯的北風，親切召喚他的只有死亡——啊，可悲的靈魂，可悲的生命，可悲的青春，僅僅一夜之間，你便消逝了，象一朵早開的玫瑰，象——哎，我有什麼可說的？我還能說什麼？你死了，陌生的年輕人，你心裏一定是有太多的痛苦，太多的難言之隱，太多的幽恨之情啊！

我經過校園，看見木然呆立的大樓，我走過小道，看見姑娘們輕浮的浪笑；我不管走到哪裏，都看見聽見生命的冷漠和無情，他死了，可這算得了什麼？對於戀人們，對於身強力壯者，對於努力向上者，這，算得了什麼！

我不願說話，我說不出話來。姑娘們，不要因為沒有對你們青睞便恨我，我的笑已經死了，我的皺紋只會越添越多。我的嘴唇只會抿得更緊更緊。我的眼睛將永遠永遠地瞧著地面。啊，我怕，我怕看灰色的東西，灰磚、灰石、灰牆、灰雲、灰水、灰天、灰色的圍巾、灰色的襪子、灰色的衣服，這一切都是他的臉，流著腦漿的臉。啊，我怕，我怕看紅色的東西，紅旗、紅衣、紅裙、紅通通的臉、紅色的筆、紅色的書、紅霞、紅日，它們只能加重我大腦中血的印象。

有誰管呢？有誰管呢？有誰管呢？飯堂裏照樣擁擠，吃葷菜的人多了；隔壁的同學照樣笑嘻嘻的，談著他的死像談一件新聞；人們照樣全副精力投入學習，坐在路燈下，有的在談他是頭先落地還是腳；有的在問樣子怕不怕人；有的甚至寫詩把他咒罵了一頓，說他是個懦夫。啊，生活的強者！你們這些命運的寵兒，你們聽過垂死者的哀哭嗎？你們知道弱者的痛苦嗎？你們了解無助者的孤獨嗎？你們在歡笑的大海中游泳，自由自在，彷彿就這樣便可遊到理想的彼岸。小心啊，人們，總有一天要被笑浪吞沒的。

我有什麼可說，有什麼可做，他死了。死亡像螺絲，緊緊扭在我大腦的螺栓上。我惡心想吐。陰森森的冷氣在身邊繚繞回旋。我，一動不動，我不想動，他死了，一個陌生的人，但，難道我不熟悉他？他不就是我嗎？不就是我的屍體嗎？昨夜不就是我在那兒徘徊，跨過欄桿，踏出了最後一步嗎？我死了。看著他人的笑臉在周圍浮動。在這個世界，有誰關心誰？有誰真正了解一個人？沒有，沒有，沒有。他的聲音傳來：「如果我死了，人們肯定會笑。」「那不一定，」他對他說。「至少有一個人會為你掉淚，那就是我。」不，不，還有我，還有我這個對一切人都是陌生的人。自殺者而無人同情，那才是最最慘的了。生前無人了解，死後仍然被人唾罵，還有什麼比這更可悲了的嗎？無論誰自殺，都是值得人同情的。哪怕是罪孽深重的人，他死了，自殺了，這本身就是一個贖罪的行為。讓死者安息吧。是的，是的，他的死客觀上給他的家庭留下了終生的痛苦和創傷，但那不是他心裏要做的。為什麼不問別人有意無意的行為曾在他心中留下了終生的痛苦和創傷呢？如果他的死給家中增添痛苦，是有罪的，那麼，凡是生前說過他不好，或做過其他損害他自尊心而使他痛苦的人也都是有罪的。生活在這個世上，誰沒有罪喲。「人人都有罪，心靈都是可怕的黑暗，只不過有的多點罷了。啊，我罪孽深重，我再也不做任何類似的事了。她真可憐，她真可憐，」他說。生活在這個世上的人，沒有一個不可憐的。節衣縮食，埋頭苦幹，結果得到的是什麼呢？無非是幾口飽肚的飯，一官半職，庸庸碌碌地度過一生。沒有愛，就沒有生命啊。要愛，我聽見他說。要愛。啊，八十年代的中國人是多麼缺乏熱情，多麼缺乏人性，多麼缺乏同情心啊！他說，見鬼，死個人有什麼了不起！他說，這個庸俗卑鄙的小人，這一句話就使我看透了他的本性。他借各種各樣的書看，不過為自己找到閒談吹牛皮的資料，不過是作為自己炫耀的資本，不過是給自己可鄙的靈魂添置幾件保家的武器罷了。你可以活一百歲，你可以得到很高的地位和名聲，但是你已經死了，因為你沒有人性。

但，我要活下去。二十七年的生活使我認識到，無論在什麼樣的逆境下，都要堅持生活下去，有生命便有一切。

「這個世界是如此黑暗，大學是如此腐敗，啊，我幾乎要發狂了。她和不知多少人睡過覺，搞到300多塊的存折；他也和不少的人睡過覺，她走時他想把她拋棄，她威脅說如要拋棄她就揭底。他才住手。這個淫棍，這個偷兒。我還有什麼希望？全死了，沒有可以追求的。美一旦接觸，便永久地失去了。我不愛她，她說了上句我就知道下句。她太清澈見底了。她很神祕，我不了解她。因此，就因為這一點，我要她。我不能拋棄她。而她又精靈得很，緊緊抓住我不放，像上了鉤的魚兒。是的，我第一次吻她時問她：『允許嗎？』她大笑起來。沒什麼顫栗之感。沒有少女紅，她的臉是白的，涼的。寫過三首詩給這個姑娘，她樣子真令人同情，額上布滿皺紋，眼角也是，我覺得她內心一定有很多痛苦，一次接觸後，神祕消失了一半。啊，女人，女人——他要吻那個姑娘，她拒絕了。他有手腕，一把她叫出來便說：『我愛你！』姑娘單位的小青年合伙揚言要揍他。我們不怕，姑娘應答說只要他願意，隨叫隨到。還不是被他一首詩迷住了。酒館裏那個小妞兒長得不錯，我和她眉來眼去，過癮得很。我和他還騙了一個中年人，說我們是華師的，現在洪山路中學教數學。他信以為真，我們臉不紅心不跳，怕什麼！不騙就不會取得信任。他說我是專門發表詩的詩人，我說他愛好古典文學。那人是文工團的，說他也愛好文學，臨走還握手呢。有意思，我們連忙去追那個姑娘，她和另一個同伴三十多歲的婦女，一同走出好遠。我們向她大獻殷勤，不巧這時來了一輛自行車，是她情人的。他對著姑娘的背影大叫一聲：『你真美！』姑娘說不定喜滋滋的呢！」

＊＊＊

我想寫，想寫一個恐慌、寂寞、煩躁不安、悶悶不樂的人。我看著自己的大腦，空的，猶如剛剛洗了的碗，在往下滴水。人都走了，室內安靜，室外的聲音傳進來，口哨、皮鞋、嘻笑。遠處一輛板車的轆轆。鐵鍬擦地，錘子擊鐵。這個人必須是沒有愛情的，即使有，也不應寫得讓他有，拖鞋在頭頂響著，女人的腳，花襪子，懶洋洋地脫了，露出肉。姑娘愛睡覺，現在恐怕已進入夢鄉，誰拿了我鬧鐘？他走進來就問，緊裹在天藍的宇航服中，帽子搭拉在腦後，像籃球網。不知道，我說，心裏對他很反感。他穿過桌子和床之間形成的窄窄走道，走到窗旁，像賊一樣搜尋著。當然，他決不是賊，是賊的人是不像賊的。他老是掉錢。哭喪著臉向我訴苦，過一會兒又沒事兒一樣。他自己並不在乎，別人替他著急又有什麼用？再說，他對誰在乎過？一個不滿十七的青年跳樓自殺了。死就死了唄，他冷漠地說，臉上帶著諷刺的笑。隨後，大發靈感，寫了一首詩。詩成後便雙手攥住稿子，像在朗誦會上，搖頭晃腦自我欣賞起來。總要等他欣賞夠了，（大約十分鐘），他才迫不及待（有時欣賞在後）地把稿紙塞給身旁無論什麼人看（如果沒人，他就用圖釘釘起來，反覆誦讀，一般不作修改便抄進自己那本寫得滿滿的詩集。）嘴裏說提意見，眼睛射出的光和臉上期待的神情卻分明是想聽到讚美。如果有人說好，哪怕那篇詩寫得再糟糕，他也咧開嘴——嗨，提這幹什麼！那人死了，他寫了一首詩，大罵那人是懦夫。還公開宣布對一切自殺的，不管出於何種原因他都要大張撻伐，統統加以咒罵。他問他：「那麼我呢？你最好的朋友自殺了呢？」「也一樣痛罵。」真是他媽的天下少有的糊塗蟲！我在心裏這樣罵著，走回了他的宿舍。

他也未見得不對，死了不就死了唄。有什麼必要你的死亡和痛苦騷擾和平幸福的人們的心靈呢？也許墳墓裏的愛更多。不然，自殺者怎麼願意這麼早就了結了他年紀輕輕的一生呢？活在世上沒人愛，真不如死了好。那倒不一定，按紙的手這麼冰涼，陽光就在幾步之外的窗臺邊，但那不是我的位置。）如果既無愛又無恨，活下去倒也不無意思。怎麼可能呢？你不恨人，人家要恨你呀。想想那對陰森森的眼睛吧，永遠不懷好意，惡毒地瞧著你，即使在明媚的春光中，看見那一雙眼睛，就好像掉進了冰窟窿。人世間哪裏有愛？可是，他呢？我要描寫的主人公呢？怎麼還沒有想出來？好像是昨天下午吧，他——不，我，站在窗臺上抹窗子打掃衛生。幹嗎要抹窗子呢？在六層樓的高度，完全沒有保護的情況下抹窗子，這真可怕。自殺者血跡斑斑、慘白無色的臉在我眼前晃動。我朝一個椅子走去，就要伸手取搭在椅背的抹布。（又用右手溫暖了一下左手，哎，冬天，左手，你吃苦了。左手一定非常想幹右手現在幹的工作，持筆寫字，暖和得很。）算了吧。教室裏有三個女生。她們的眼睛好像老盯在自己身上。其實，她們埋頭掃地抹桌，根本沒注意你，你為什麼竟會起這種感覺？這不是自作多情嗎？但，一舉一動，總在她們的注視下。

而她們低聲的哼唱歌曲，也不斷傳進耳朵，彷彿為自己唱的。她們和你何關？你算算，從進院來四年，和她們講了幾句話？好像兩句不到。有什麼必要呢？她們的眼睛裏常流露出鄙視的意味。你的長相太難看，引不起姑娘們的興趣。他在那兒起勁地掃地，揚起滿屋灰塵。他毫不費力地將有彎臂的椅子提起來放到一邊，騰出沒掃的地方，好像有意顯示自己是個強有力的男人。自己不是有一回穿過姑娘群，腳聲咚咚地走上講臺，迷醉地欣賞著背後傳來的一片嘖嘖聲和欽佩的低笑聲嗎？在她們眼中我一定是個粗獷的男子漢，剛強有力。跟眼前翻動椅子的他不是一樣的。鬼都沒注意你，你不過是個會出苕力的人。我走到窗前往外一看：林立的大樓把校園擠得像一團抹布，使我產生一種感覺，彷彿置身於一個深深的溶洞，四周的大樓是岩壁，壁上開著像窗口一樣的黑洞。窗戶又高又大，我直立在窗臺上手還只夠到上面窗子的一半。我打開下面一扇窗子，關上另一面，伸出腿子，將腳放在外窗臺上，右手抓住兩扇窗之間的豎直的鐵桿，鐵桿很硌手，便用左手拿著抹布擦起來。對面，隔著校園，是灰色的大樓，下面，是一個小得像雞蛋的花園。園中有些斑斑點點的東西，一種恐怖的顫栗傳遍我的全身。我兩片臀部中間起了一種難以名狀的感覺，酸溜溜的，很像坐車高速向坡下沖去時所感到的，又像遺精時的感覺。我現在是站在那個無名的自殺者的高度，也許他站得比我更高。他已不在人世，而我在擦窗，我們之間的區別僅此而已。但他跟我不同，他跳了，勇敢地跳了，在漆黑的夜中，在淒風苦雨中，他一定長久地徘徊過，他肯定不止一次地向下面看過，不過，他不會起我這樣的感覺。你不羞恥嗎？

你不感到你甚至不如一個普通人嗎？你年紀比他大，膽子反而小。這好像是個規律，對不對？他本應比你更有權利活下去，他正當青春妙齡啊！而你，你的存在有什麼意義？你是一個誰見了都討厭的人。那個高個子曾當面朝你吐口水，你還對自己說，可能不是的吧，也許是他一時不小心。那個鄉裏人曾罵你兔崽子，你還笑。那個學識淵博的人說你永遠也難幹出什麼來，你呢，竟一言不發！你活著幹什麼？我擦完兩扇窗，將它們全部撐開，探出半個身子，胸脯緊貼中間欄桿慢慢站起，左手握緊欄桿，一點點站起，我覺得那欄桿好像是上升汽球的一根繩子，而我左手拉住繩子，全身都懸垂在下面，左指上的力量在逐漸消失，肌肉綿軟了，頭一陣暈眩，腿部直抖，我忙蹲下身，穩穩神，再度慢慢站起，藍天就在我頭上，花園和小得像墨水瓶樣的房子就在腳下，猛然，我聽到一陣急跑聲，眨眼到我跟前，立時，一雙強有力的手重重地打在我的膝上，我手一松，仰面朝天倒栽下去——啊，我差點喊出聲來，又蹲下身，朝屋裏掃視一眼：三個女生在安靜地打掃，每邊窗子已有各自一個男生在擦窗。他們和你並無仇無冤呀！可是，在這樣的時候，誰敢保證沒有人對你泄泄私憤呢？誰敢說周圍的人對他沒有絲毫嫉恨呢？就連一只螞蟻有時也平白無故地被人捉來玩耍或者乾脆一腳踩死呢。難道你無意中說的話沒在暗中損害了別人的利益或自尊心？他看看沒人在跟前，放了心，便又站起來，這回更慢，而且為了使自己習慣這嚇人的高度，他扭頭朝下看，他要使自己熟悉那像深淵一樣張開的黑洞洞的大口和那些縮小的東西。這回他看見了一團破信紙、一片石頭、一個避孕套，幾個散亂的煙蒂，好像還看見歷歷的枯草根，他覺得再不是那麼可怕了，便大著膽子挺起身，抓著抹布的手伸出去，就要抹那灰塵布滿的玻璃。「砰」，他聽見一聲震耳欲聾的槍響，就見胸口開了一個洞，鮮血噴泉一樣湧了出來。他再次倒下去。我整個身子轉到窗裏，重重地舒了一口氣，一到這邊，看見教室裏的桌椅板凳和牆壁以及離得很近的地面，心裏不覺踏實好多。便用眼去搜尋那個放步槍的人。他該是藏在對面那扇打開的窗簾後吧，也許，在空中走廊的廊柱後？我走過幽雅安靜的校園，林蔭裏學生們俯身在石桌上學習，「砰砰」，子彈擦耳而過。我一看，糟！被包圍了。山坡下有幾個歪戴軍帽斜叼煙卷的青年在舉著汽槍向我瞄準。我的心頓時收緊了，很想跑到大樹後躲起來，可是，那些讀書的學生也在射程之內，卻毫無反應，好像滿不在乎，自己一躲，不是讓人笑話？忽然聽得出坡上有叫罵和歡呼聲，幾個同樣敞著衣扣戴著軍帽的人端著槍向這兒瞄準。啊，原來他們在進行槍擊啊！我想跑，想順原路退回去。但，羞恥感牢牢控制了我，使我硬著頭皮膽顫心驚地走完整片青草碧綠的山坡。萬幸，這些傢伙並沒有打著我，儘管子彈在頭頂的樹葉中「嗖嗖」而過。可是，他們幹嗎這樣殘酷地取樂呢？我扔下抹布，已經幹完了活，（我站在裏面，用雞毛帚子的柄綁著抹布，手伸到外面去擦，只擦了個大概。）

我到圖書館借書，管理員冷若冰霜的小眼睛擡也不擡便說：「沒有！」我認得他，從來也沒找他借書，這大約是四年後的第一次，但他對我的恨意是如此刻骨，當然至今耿耿於懷。如果換一個姑娘，他此時一定已經站起身，大獻殷勤了，這個狗東西！我在心裏罵著。他為什麼如此恨我？彷彿僅僅為了有一次讓他拿了書但又沒借他惱火了，於是就種下了仇恨。啊，為什麼愛的種子那樣難得生根，而仇恨的種子卻如此容易地就發芽了呢？

我失望地走出圖書館，向商店走去，經過他自殺的地方，覺得彷彿每一個路人的臉上都洋溢著死氣，猛然，一個面孔出現在眼前，好熟悉呀，但，它很快地扭過去，臉上現出很厭惡的神情。哦，記起來了，他是一個老師，一個聽外國人演講每隔二秒鐘就點頭的人，而且幅度很大，臉仰起來和天花板成水平，低下去下巴觸到胸。見人一臉笑容，好像有一次自己對同學談起這個人，他恰好在旁邊，可能看見了自己指指點點的樣子，就懷恨在心，瞧他那副恨之入骨的樣子。好吧，你們恨吧！你們恨吧！唯一的方法是不同任何人來往，讓你們互相憎恨去吧！

他（火車在遠方吼叫著，在中午，還聽得見火車，真怪！）忽然熱血沸騰了，一個路過的姑娘，長得挺不錯，白皙細嫩的龐兒上淡淡的紅暈，她含情脈脈地看了他一眼。什麼？含情脈脈？不大對頭，他要證明，又抬起頭，恰巧碰上她第二次投過來的目光。啊，多麼可愛的姑娘！他真恨不得跪在她面前對她說：「我愛你！」不可能！不可能！一旦接近，那姑娘就會變得高貴而又嚇人了。真是可怕呀。肯定從此就會鄙棄你，厭惡你，甚至憎恨你。還要告訴其他的人，讓他們一邊一同恨你。

我慢慢走回家，心裏回味著姑娘可愛的容顏，說：唉，近玩還是莫若遠觀。美的東西一經接觸就——算了。

左手還是這麼冷，這麼冷。

＊＊＊

我坐在桌邊，普希金的詩集放在左手，上面一疊稿紙，胡亂寫著幾句不連貫的詩，準備用作詩的素材。橘汁乳精袋包裝的袖珍字典，壓在稿紙的上首。他剛剛出去了。不知怎麼，對他產生了一種極度厭惡感。除了吃就是睡，臉腳都不洗，和衣躺在床上看書，想睡覺時便把褲子衣裳扯下身來，一古腦兒扔在椅上，然後把那床從來沒洗過的不分被裏被外的被子一扯，蒙頭蓋臉把自己蓋住，帳子裏便出現一堆長長的東西。也不看別的書，淨是課文，星期六晚上也看。人家都看電影去了，真不知他怎麼能把心思全花在那麼枯燥無味象喝過的茶葉一樣的課文。當然馬上要考試了也是個因素，平時懶懶散散，復習考試便慌慌張張，這叫什麼生活？吃，買好的吃。一丁點的小事能引起他巨大的嘆息和煩惱，然而一個自殺者卻絲毫沒引起他的反應。這樣生活如同禽獸。尤其可厭的是坐在帳子裏看書，外面看不清他在幹什麼，老感到一雙眼睛滴溜溜不懷好意地在身上轉。真討厭，心裏這樣罵道。他呢，一進門便從桌邊投來陰郁、冷漠的目光。整間屋子頓時充滿淒涼！他看一會兒書，把眼光轉向窗子，沉思一會，左手優雅地富有節奏和規律地向後撫弄一頭長髮，或者摳摳右手的指甲。並不是全神貫注，又怎麼可能呢？昨夜裏，他不是厭煩得把書本撂在一邊，打開錄音機聽：05|5 – 12|3 – 21 |2 – 6|1 76| 5 –1|3 –21|2 – |。他臉色蒼白得可怕，一綹黑髮散亂地披在額前，眼皮略為浮腫，嘆息著說：「有時真不想再學下去。這種學習激發不了一點想象力，整天只是背呀背呀，想想真沒意思。還不是一個權宜之計。多一條出路，免得完全掌握在人家手中。要是憑興趣我寧願搞文學，寫詩，更早一點，我就學理科，那時不行呀，畢

業後待業，把學業都荒廢了，才學了文科。」

原來他外表看起來勁頭很大，內裏也產生了厭倦情緒。僅僅為了獲得學位而學，不產生厭倦情緒才怪。他剛剛出去，昨夜裏困得不行，叫他在十分鐘後把他喊醒。十分鐘後沒喊醒他，大約又過了十分鐘把他喊醒了。他掙紮著爬起來，臉被蒙在頭上的棉襖壓得紅一塊白一塊，頭髮亂得像雞窩，朦朦朧朧地又在桌邊撐了好久。這叫做comfort his conscience，當然是無可厚非的喲。看到別人都在自己後面睡，心裏總覺得好像吃了虧，一定要拼個贏，哪怕什麼也沒學進都可以，這就是一些人的心理。

但，講這些有什麼用。和他們這些人毫無關係。不過是生活安排到了一起。爸爸說有一個女大學生寫了一篇有關女生宿舍的小說，出了名，年紀不到二十。他說話的口氣裏很帶讚美。不以為然。看過這一篇，但沒看完，因為看了開頭，那種不懂事的天真幼稚的描寫，便叫人討厭。倒不是討厭天真純潔，如果天真而不無知，那才叫可愛。她就很可愛，而她，昨天在路上相遇時，她那副略有幾分羞澀的樣子，看來就叫人反感。大大方方，是人之本色。她已不再是小孩了，而且，好像也不單是個單純的少女了，從她的神色和現在的裝束看。以後見面根本不需要同她打招呼或微笑。那種小說也只有這種年齡的人寫。並不真實，不過因為她寫了，並且是歌頌的，因此出了名。就不相信沒人寫女生宿舍的小說，也沒人寫得比她更好，誰想寫得好，誰就得寫深，寫真實，而寫真實就不可避免地要觸及很多現實的問題，更多的是不好的現實，光唱頌歌起什麼作用？但不唱頌歌誰聽你？人們早已習慣表面互相恭維互相捧場而背地指名道姓地辱罵。敢說真話的人有幾個喜歡？連他這種蠢驢也不喜歡。相反，他愛聽恭維話到了極點。如果他的缺點被人恭維，那缺點便變得可愛了，成了他的寶貝了。什麼樣的人沒有？父親也是個怪人，坐在飯桌邊吃飯，完全不理我，彷彿我是個陌生人，或者忘掉了我，自管自地吃，吃完嘴一抹走路。這個大廳長度大約合兩個體育館的長度，無天花板，木制結構，大梁、桁條形成的三角，間隔一定距離，一個個排列過去，漆著灰色。牆的一邊固定一條很粗大的方形鐵管道，開著小方口，是夏天用的冷氣（地道裏的）裝置。8人一桌，餐廳塞得滿滿的。桌上有一個銅火鍋，爸爸揭開鍋蓋，騰起一股熱氣，用勺攪動一下，是燉的清湯。座上的人有兩個認得，一個瘦瘦的中年人，眼睛明亮，精神強幹的樣子；另一個戴帽戴眼鏡的人，年紀大些，黑胖黑胖的，拿出一副臟手套，擺在桌上。一個也不理，感到瘦子的眼光在探詢地打量這邊。毫無關係，與他們毫無關係。在他的眼中自己這一副面孔可能很嚴肅，說明是個不苟言笑的人。這是面具知道嗎，這是面具！何嘗不想歡笑，何嘗不想和朋友們在一起快樂地旋轉舞蹈，但，這個陌生的地方，這些陌生的人，這些只為了吃喝聚在一起的人——怎麼到這兒來了？是呀，難道真像別人所說，混飯來吃了？不，父親在這兒呀，父親晚上總是一個人睡的。「兩間房都是空的，他們家在本市，白天在這裏吃飯，中午睡個午覺，夜裏回家，我一個人睡這兒。」一個人睡！在靠北的房間，自己晚上都凍得要死，那麼他呢？他喘著氣，喉嚨裏發出呼嚕呼嚕的聲音：「媽……的，這幾天……好……像……發哮喘……了。」他很費力地一字一頓地說，拔出腳盆的腳，沒擦，就那樣懸在床邊，等哮喘好了些，才像提著沉重的水桶似的，一只一只地往上拽，慢騰騰地擦乾，自己躺在對面一張床上，無動於衷，在他看來。但此時的思想卻是，起來吧，替他倒水，扭乾洗腳毛巾，把臉盆掇起來，走出去倒掉。這是洗腳水，可這是父親呀。他病了，起來呀，好的，不過，他的咳喘平靜了一些，可以自己倒的，要是一直不好，動不了，再給他倒。他擦乾了腳，哎呀，他彎不下腰哇，起來，快跑過去，搶過他手中的腳盆，算了，他已經端了起來，再搶也失去了意義。就這樣，躺在床上冷漠地看著這一切結束。

還只6點半鐘。「你要走嗎？」他驚訝地問。「就在這裏睡吧。」不了，為什麼不？

沒有書呀。「我這裏書多得很，*Advanced English*。兩本都在這裏。」那有什麼可看的呢？回去要看的書更多。回去還要洗冷水澡。這裏也可以洗呀，不是有間設備很好的盥洗室嗎？一起去看電影吧，不去？他從不看電影的。難道你自己也很想看電影？就留在這兒吧。我躺在軟綿綿的彈簧鋼絲床上，昏昏沉沉幾乎要睡去，透過半開的眼皮看見父親傴僂地坐在床沿，低著頭，彷彿在沉思默想。「你在想什麼？」「沒，沒，想什麼，」他頭輕輕一擺，彷彿如夢初醒，又翻起那本*Advanced English*的第一冊。我不在這兒時他怎麼度過晚上的？「8點鐘睡，哪裏6點鐘起來呢？六點半。」那麼，每夜他就獨自一個人翻看這種書了。他60多歲呀，60幾？不知道，還在看我二十七歲看的東西，為的什麼？「媽的，人家把那些會計師捧得很高，一接觸就知道名不副實，不過有的是名牌大學畢業的老大學生罷了，沒有一個人懂兩門外語。」想起早上讀雜誌時看到的那首寓言詩，說一頭獅子突然發現尾巴上系了一塊公驢的牌子，怒氣沖沖地跑去問百獸，人人都說它不是獅子，因為他的標簽上說的是公驢，結果郁郁不樂回到洞裏，幾天後，人們聽見裏面傳來公驢的叫聲。「什麼意思？」爸爸問。標簽的力量嘛。人們只認標簽，哪管你是否有真才實學呢！「我和他談起你父親，總是異常惋惜，那麼有才，刻苦地學習了一生，卻從未受人重視。我搖頭說學那麼多知識有什麼用呢？只不過帶進黄土裏去罷了。」他對我說，那是一年前吧。可父親說什麼？「我學習跟別人打撲克是一樣道理，」他說。「中國怎麼上得去？大事幹不了，小事又不願幹，辦什麼事都馬馬虎虎，不認真。這怎麼能搞好國家呢？」我猛然意識到這句話好像是沖我來的，但，他的話是指別人。想起自己潦草的字跡，不願深究的毛病，我慚愧了。是什麼時候變成這樣的？小時候在姑媽家，爹爹常誇我長大了有出息，說我收撿東西很仔細，一樣一樣都擺在固定的地方，有條不紊，但什麼時候變的？什麼時候？

沿湖濱大道往家走。經過省委禮堂對面的櫥窗，亮著燈。電影明星的笑臉。一個女人，伴著他的男人。幾個年輕人吸著煙，蹲在牆角的陰影裏，明滅的紅煙頭，後面一片森森的樹影。迷離的路燈光。昏黃，像蜂蜜糖。「我要一斤，」好的。那人揚起菜刀，嚓嚓嚓便切那塊蜂蜜糖。什麼？這麼大？哎呀，我不要這麼多。許多雙圍觀的眼朝我射來。「兩塊。」「三角六！」「怎麼這麼多？哎呀，那，那我只要一塊。」付了錢掂在手裏，輕得像海綿，嘲笑的眼光，買襪子。1元6。怎麼那邊只要1元5？價不一樣，好些。為什麼不敢看他？好像害羞，付了錢，還嘟嘟囔囔。丟就丟了一角錢吧，總比講價錢叫人看見好。高跟鞋，好高的跟呀。她挽著丈夫的手，半倚著他。那是不會走路的緣故呀。並不是很愛，可是，她為何不來呢？在我身邊多好哇！這麼多高跟鞋，全是進口的，漂亮極了，穿在她腳上，唉……算了吧，人家看見一個男的在櫃臺跟前看高跟鞋會有什麼看法呢？走吧。

思想死了，情感也死了。那年他來，不就在這兒大談婚姻的見解嗎？真是口若懸河，滔滔不絕，思想也新穎得很哪。而今，樹影，燈光，湖是黑漆漆的一片，映著遠處對岸的燈火。想吧，找一點思想想吧。

＊＊＊

從前總希望有一個空閒的星期天，好好執行自己的寫作計劃，上午改小說，下午譯詩，中午寫詩改詩，晚上準備第二天的功課，但總實行不了，不是為感情支配到她那兒去了，就是有事到賓戈或弟弟那兒去，而節假日又接踵而至，竟一直拖到今天，才算完全獲得一個free星期天。（剛剛讀了自8月份以來寫的東西，時而為其中粗俗不堪的性描寫而羞惱，發誓決不再寫這種東西，時而為字裏行間多少閃露的小機智而感到自慰，激發起繼續奮鬥的決心，時而有些失望，想到現在寫的東西在很多的地方反而不如那時。）大約是，你現在比以前笨多了吧？你在外面散步，期望藉助大自然的神力啟發自己的想象力。你走過黃泥遍地的大道，在兩排被雨水淋得透濕的梧桐樹中，向前看去。近處有兩個人迎面走來，遠處，淡淡的雨霧中，晃動著路人模糊的影子。你問自己，如果用詩來描寫這種景色，該怎樣表現這種層次？你撐著傘，想聽聽L曾說過的那種清脆擊響的雨滴。你什麼也沒聽到，因為這是毛毛雨，冬天下毛毛雨，是很奇怪的。其實，也沒有什麼奇怪的。本來就沒有奇怪的事，奇怪只是不了解的同義語。這樣說可不行，一個詩人如果把一切都看得平淡無奇，他還能發現什麼新奇的東西，還能激發什麼詩意？那麼，眼前這一溜兒梅花好看嗎？它們黑色的枝幹剛硬峭拔，無葉少枝，幾朵黃色的梅花開了，可憐的一副樣子。有什麼必要把它們吟詠得那樣高尚呢？它們不過是生在冬季裏的花罷了，要是癩痢花在冬天開，恐怕也要為詩人讚美。詩人哪，可憐的饒舌者！梅花至多是個得天獨厚的天之嬌子。倒是地上一灘灘的水很好看。水混濁得很，簡直就是泥漿，但並不妨礙它們反映天空、樹木和人像，而且反映得相當清楚。當我在大道上一個個地饒過小水塘時，我努力搜尋著詞匯，找一個恰當的比喻。像鏡子？呸，陳腐得可以！像湖水？去你的吧，像，像移動的車窗？咦，這倒有幾分像，好像並不是你在走，而是大道在向後退去（大道就是火車箱的地板），那也不太對頭，因為那樣一來車窗應在兩邊才對。車窗？對了！這一方方小水塘就象不規則的玻璃窗，是了解大地的玻璃窗，因為地下本是同天上一樣，空明無物的，它實際上等於是天上的反面，平常因為覆蓋著石頭，房屋，樹木等，所以看不清，一下雨，蓄積的雨水就顯出來了。

這未免有些荒誕，但大自然中的一切荒誕都比人類的理智可愛親切而高尚。「我聽『The Sea Shore』，一下子就連聽了十五回。」他的話音裏聽得出十足的傲氣，好像在說：「哼，你們誰會欣賞音樂？要聽好曲子就要像這樣聽，Stupid！」他不知什麼時候總愛用這個字。彷彿世界上只有他一個人wise。我不慌不忙地說：「我不喜歡聽得太多。越是美的東西我越不願經常聽，真的，一次了不起聽兩遍，我就得到極大的滿足，倒不是不願再多聽幾遍，是怕越聽得多，美感就越少。」「那我看你這種觀點就不對頭，我是這樣看——，」他總帶著老子天下第一的口吻說話。「你有你的觀點，我有我的觀點，不用爭了，因為我們誰也說服不了誰！」「反正你這個不對，而且你過去說的那種中國式的慢慢熬的愛情我也不相信。因為如果誰對某個東西真正喜愛，他即使接觸上千遍也不會厭倦的，比如說一本好書，百讀不厭。」他開始談起大道理來，這是我深惡痛絕的。如果誰在隨便的談話中企圖用講大道理的方式說服別人接受自己的意見，這樣的人我是不會和他談什麼的。

「你不用跟我談這些。你不知玩過朋友沒有，也許沒有，也許玩過，（我想起他暗地玩朋友的事。）不久以後，你玩了朋友就會知道是怎麼一回事，如果你沒玩朋友，最好不要和我爭，我沒有話同你可說。」他見我嗓音越提越高，臉也紅了，便不屑地冷笑著出去了。「這個事理論是不能代替實踐的，」Z說，我知道他也是深有體會的。跟不懂事的人談話，該是一件怎樣難的事啊，尤其是當這種人硬要不懂裝懂的時候，更令人難堪。他的頭腦直到現在還沒有冷靜，full of self-importance。前些時的挫折反倒使他更自傲了，凡是自傲的人都空虛得很，肚子裏沒貨。我怎麼罵起人來了？當然，我不是罵他，我是罵那種尾巴翹到天上去的輕薄兒。我一生痛恨這種人，因為過去我也曾是驕傲的犧牲品。

晚上散步，很孤獨。感到整個校園是座大墳場。大樹都是奇形怪狀的屍體，伸著嶙峋的白骨，大樓是灰色的巨大墳墓，而黑夜正用全副力量撲滅一盞盞即將熄滅的昏黃的路燈。我為什麼感到孤寂？我想不出什麼道理。

但，我練筆練得太少了，不能懶惰！記住，不能懶惰！從明天起，每天至少練筆兩小時。共三頁紙。

＊＊＊

有點怕寫了。（真他媽見鬼！婊子養的！狗娘養的！臟話像垃圾堆爆炸，猛烈地向那個把電停了的人射去。是誰停的呢？兩個守門的年輕人自討苦吃。每到熄燈時按制度規定把燈熄了，可是考研究生的人和那些夜貓子會饒過你？他們自己牽線，把外面路燈的電接進房中，結果負荷過大，把保險燒了。真是自討苦吃。要是我，決不會傻到他們那個地步，晚上根本就不關燈，一方便了學生，二方便自己，何樂而不為？況且學生搞好了復習，考上了研究生，為四化貢獻了力量，也是學院的光榮啊！這些傢伙怎麼腦子那麼僵化？這燈一會兒亮，剛剛看了一個字，就熄了，急不可耐地等在黑暗中，等了好久，好容易盼來了，沒讓你看到兩行又熄了。心裏想下樓去到一樓看書，剛站起身，電燈亮了，好像故意和你開玩笑，你才坐下，它又熄了。你咬咬牙，打定主意下樓，走到樓下，又看見路燈全部亮了。誰想在下面看書呢？這種時候，冷得要命，一沒地方坐，二來樓下那盞日光燈的噪音太大。你又滿懷希望返身上樓，剛氣喘吁吁地上到四樓，又是漆黑一片。於是你反覆地上樓下樓，或者在桌邊，或摸索於走廊，不多時兩個小時便過去了，毫無意義地付之東流。心裏惱火到了極點，真恨不得操起一把刀殺人，把人類全部殺光。又恨不得燒一把火，把整座大樓焚為灰燼。還恨不得去自殺，鼻子流出清水樣的東西，用手一擦，手背上留下鼻涕蟲爬過時的亮亮的痕跡，使勁地在衣服上把手背擦幹，又使勁地用<媽的個狗屄，燈又熄了！老子不得不最後一次跑下樓，坐在這嗡嗡直叫的吵人的日光燈下，煩躁不安地寫著＞手帕包住鼻子，揪著，直揪得鼻子疼痛為止。現代人的生活哪裏有半點安寧？學習學習學習，還不讓你能安安逸逸地坐在宿舍裏學習。真是個地獄一般的世界。聽，這日光燈嗡嗡的聲音，像成億大黃蜂匯集在一起，向人進攻。又像無數小棍棒不住點地敲打著頭皮。發出震耳欲聾的響聲。這個惡魔般的世界！我詛咒你！學生們都沉睡了，做好夢了，只有我，徒然地坐在這兒，往紙上傾註著廢話，但這是環境逼使我產生的廢話，這是這個時代的產物，無不帶上這個時代的烙印。我已接受了這個事實。我have no pretensions or taste for delicacy。

我的文字糟糕得可以，沒有修飾，沒有形容詞，可這有什麼辦法？這個時代就是這樣教我的。這是個該千刀萬剮的時代，而最該千刀萬剮的人就是他：Mao！那個傢伙不僅在世害死了成千上萬的人，他還害死了更多人的靈魂。滾吧，暴君！腐爛吧，你發散惡臭的屍體！只有愚蠢的豬才需要你。你頂多只能騙騙綿羊。人類永遠也不需要偶像了。啊，啊，我的心象開水沸騰，象泥石流，轟隆奔騰，象大河的漩渦，象山崩地裂，我幹嗎還不瘋？這現代日光燈的噪音？誰的門在吱嘎吱嘎響？好像提醒我這是十八世紀的中國。那時在黑夜裏是沒有燈的，男人們穿長袍馬褂——可是，我為什麼要談他們？我哪裏知道他們是什麼樣子？看過電影，是的；讀過書，是的；那又怎麼樣呢？全忘了。一個被文化大革命摧殘了的記憶還恢復得了嗎？啊，文化大革命，罪該萬死的文化大革命，夠了，一提到你的名字我就要嘔吐，懂嗎？跟老子滾！滾！滾！滾得遠遠的。永遠也不要在我心中來。是怎樣一場靈魂的浩劫呀！怎樣一場情感的大破壞呀！心靈的廢墟？你還想建立希望的堡壘？滾吧！Mao！老子要把你從水晶棺材中拖出來，從24層樓的國際飯店樓頂扔下去，然後像伍子胥樣用鋼鞭抽你五百下，直到你皮開肉綻，五馬分屍方才罷手。你這個比Jiang還要十惡不赦的劊子手，你這個披著羊皮的惡狼，你這個人面獸心的偽君子，你這個——啊，不恥於人類的狗屎堆，滾吧，永遠也不要用你骯髒的名字玷汙我的嘴。知道嗎？你這個拙劣下流的老師，就是你教會我這些汙穢的語言的，就是你！媽的，看見嗎，屍骨成山，血流成河，你他媽的坐在寶座上同年輕女人調情，這個狗日的養的偽君子！滾吧！人民不需要你，早已不需要你！沒有你中國一樣往前走。）

心中難以平靜，難以平靜，8點鐘時出去散了半個小時的步，碰到了許多新的思想，也同孤獨這個老朋友討論了很多問題，回來時清醒健全，全身心好像在薄荷油中浸泡過一般。而現在，彷彿黑夜的糞水把我裏外打濕個透，竟完全沒有心緒寫作。我坐在有玻璃窗的大門口，實際上這種門可叫做木制玻璃門。裏外都可以看見。我背對大門而坐。一塊黑板分成兩半，各寫著簡訊、通知兩個大字。下面寫著：今天下午4.30分在8304教室開會。裏普拿著本書從側巷子走出來，一屁股塌到黑板下的桌上：「這鬼東西怎麼這響呀？」

知道自己在寫garbage，但無論如何收不了手，太恨自己不成器了。直到現在還沒有能力準確地用文字表達思想，不應該羞恥嗎？不應該嗎？算了吧，他在把鼻子和喉嚨弄得發響，這種句子只有蠢人才寫得出，而你寫出了蠢人（對，叫得對，哪個人不蠢呢？只要是成了人，懂了事，就蠢了。不是嗎？那麼大個的人會為了一個圓圓的鎳幣而笑？這就是金錢的社會呀。有什麼辦法？滾，一切都滾，還是回歸自然。晚上散步多美，沒有聲音，連自己的腳聲也被雨水打濕的砂地吸收。樹葉呢，早已變成了泥。好像有蟋蟀的聲音。咦，Keats不是寫過一首關於冬天在火爐邊聽到蟋蟀的詩嗎？使他得出Beauty is truth, truth beauty and that is what I know and want to know這個結論來。好像當時讀這首詩時印象並不強烈，還有幾分奇怪。怎麼，這麼一丁點小事也值得寫成詩？詩不描寫宏偉壯麗的題材，還叫詩？可這蟋蟀聲到底從什麼地方發出來的呀？那邊有個垃圾堆，去看看，可聲音不在這兒，好像是在土坡下某個地方發出的。對面的大樓亮著幾盞燈。灰沉沉的大樓，像什麼？找不到恰當的比喻。又怎麼可能找到恰當的比喻呢？它那麼冰冷無情，而假若你對它也同樣冰冷無情（因為這是最自然的），你怎麼可能想出什麼好的比喻來呢？像死亡，象巨大的殘破的墳墓，像——在大樓下面，有一所平房，緊連大樓，像一個小瘤子長在大樓僵硬的屍體上。窗上拉著藍色的窗簾，映著燈光，天藍天藍的。聲音好像就從窗子裏飛出，哪是什麼蟋蟀？分明是電器的嗞嗞聲，真見鬼，在現代社會你還想聽到什麼好的聲音不成？你（這煙真討厭極了，劣等煙，刺鼻得要命，又不好說，他吸煙，你得吸他吐出來的煙，混合著他腸胃肺裏的不知些什麼東西的氣味，討厭極了！！！）胡思亂想，非也。你想到（怎麼除了想到這個詞再也不會用其他的詞了，可是有什麼辦法呢？沒辦法！記憶力喪失得太可怕了，全是通過遺精泄走的，女人！可恨可愛可惡可悲可憐又不可少的女人！禍水！禍星！災星也是！）Katherine Mansfield的「Life of Ma Parker」。作用在什麼地方呢？是的，沒有人關心她的痛苦，是的，世事如此，極少甚至完全沒有人關心他人的痛苦，在資本主義社會，同樣，在社會主義社會。是的，你說出了這個道理，但怎麼樣呢？表達了她自己的同情，也可以使讀者們一掬同情之淚，又怎麼樣呢？看的時候流淚，遇到乞丐便板起臉來的人少了？文學反倒使人變得更虛偽了，不是嗎？Primitive people何嘗讀過什麼書？他們愛人之心恐怕是任何人都不能超過的。也許她期望在人們心中喚起同情，從而使人們永遠地同情他人。她failed如果she did think that way。不過，話得說回來，100個人中（哪個大作家這時正鼓起眼瞪著我，罵道：「喂，你這樣寫作是什麼意思？永遠寫不好的！」「滾你媽的蛋，」我對他說。「老子的事你管不著！老子想怎麼寫便怎麼寫！我用腳、用耳、用牙、用鼻子寫都可以，你他媽的管不著！」）如果有10個人信了她，那成績就相當可觀了。咦，這一來，文學不是僅僅像telling morals嗎？不這樣又有別的什麼方式呢？像海明威那樣來他個冰山的幾分之一誰看得懂呢？看不懂又有何意義呢？純粹的socialist narrow-minded views。是呀，社會主義的哲學家，等等，頭腦都簡單得可以，他們喜歡用政策把自己的眼睛蒙住，信口開河，胡說八道。滾吧。當今這個社會，信仰沒了，各人有各人的信仰，誰正誰誤沒有定論。也好，可以儘量發揮自己的力量和才幹嘛！本來就應這樣。Konrad認為文學越真越好，海明威認為8分之一冰山，司湯達認為鏡子。愛米莉管你那些，躲進小樓成一統，怎麼樣？World famous！而中國的那些所謂的為人民服務的作家搞出了什麼東西？屁！只不過是個搖筆桿的走卒罷了。作家應是千百萬人的心聲或者他自己的心聲的代言人。怎麼？不對嗎？別林斯基曾把那種純粹寫個人的詩指責得一塌糊塗，猶如高爾基曾把爵士樂罵得一無是處一樣。怎麼樣？誰死了？誰活下去了？他們倆人的屍體早百年餵了蛆蟲。爵士樂，這個古老的黑人民間音樂，不是生命力旺盛地活下來了嗎？而個人的詩不是正如火如荼地崛起嗎？偉人的話信不得，只要你仔仔細細地思考咀嚼一番，你就可以看出毛病來。沫若說具有強大生命力的人就是偉大的人，那父親當之無愧，可誰承認他是偉大的人？他娘的屄，父親膀胱連開三次刀，他眨過一下眼睛？皺過一下眉？整天樂呵呵的，看書、說笑話。他娘的，要是哪個大腹便便的官得了這個病，那簡直要嚇得屁滾尿流，甚至恐怕願花人民幣幾億元來保住他那條全無用處的狗命呢？可父親還在孜孜不倦地學習、工作。怎麼說呢？社會上像他那樣的人不在少數。可你不是共產黨員，你永遠也不會受到贊揚，永遠只能做一隻默默無聞的螞蟻，夠了！活夠了！活夠了！

這齷齪的世界！

＊＊＊

又到了寫作時間，燈亮了又熄了，亮了又熄了，起跑器咔咔地響。還是老毛病。路燈線負荷過重，——嗨，誰知什麼原因，反正一到這時候就有幾個人打著手電，頭擠在一處，鼓搗著二樓的電閘。再也不會叫我暴跳如雷的，不會的。一旦習慣了，人的感情就消失。剛剛燈又來了，知道它還會熄滅，便下樓，站在這盞布滿灰塵的路燈下，它的白熱的鎢絲成U狀，留在眼皮上。這裏住著四戶人家，我站在四扇門的走廊中間。緊靠我是一架自行車，黃色的膠車扶手把，布滿乒乓球拍一樣的麻點，左邊的一個缺了一小塊。前輪旁邊靠牆是一個破臉盆，大半盆臟水，浮著花生殼，大約昨夜的水沒倒，和今天白天的泥水合在一起了。昨夜也是這個時候，斜對面門咔嚓開了，走出一個矮個子女人，將一盆洗腳水倒進破盆裏，她穿件水紅衣服，敞著懷，只扣上面一顆扣子。她和我對表，搭訕地問我要在這兒呆多久。指著爐子邊一張放倒的椅子讓我坐，馬上添上一句說：「找張報紙蓋住再坐。」那椅子沾滿灰土油膩，我頓時渾身不舒服起來。她東扯西拉了一會，要看我寫的什麼，就攏來伸頭看，我正在構思一篇小說，而我先告訴她我在復習。我便用手遮了一遮。她並不堅持，持著掃帚，把門前爐下都掃得幹幹淨淨，把垃圾掃進一個長柄的簸箕裏。這個簸箕現在就在我的腳邊，柄高齊胸部，箕裏有些花生殼，一個燒白了的蜂窩煤，另外一個好像沒燒過，也委屈地留在箕角。一個折疊的塑料奶粉袋蓋住了那蜂窩煤的幾只孔。爐子上方的牆頭上，煙燻出兩三道粗粗的黑跡，象沒有圓點的驚嘆號。一把掃帚，一個爛得只剩幾條被布巾子的拖把，孤零零地掛在牆上。手也沒剛才冷了。我為什麼要寫這些？這些描寫其實是絕對毫無意義的，捏著紙的左手露在外面，凍得發痛，右手比它強，因為它在不停地寫著，寫著，像眼下這樣，沒有櫈子坐，沒有桌子可以將紙平平展展地鋪開，我站著，右手肘倚著自行車把頭和身子自然地稍稍往右邊偏一些，右部肋骨觸到硬硬的皮帶。我這樣寫作為什麼呢？我彷彿既不是為人民，也不是為真理，也不是為了出名和賺錢。連自己也說不清這是為什麼。不相信大作家會像自己這樣寫作，他們早已胸有成竹，思緒萬千，一提起筆來便文思翻湧，華美的文章便成篇成篇地出來了，而且，他們用起字來是多麼不費力呀！一定是的，就從這點可以看出你自己將永遠也不可能成為一個作家，你的大腦像——像什麼？你知道你又打算徒勞地用很多比喻，但你的想象力太平乏，你的文思太枯竭，你是絕對想不出什麼好的比喻的。從被蘆席隔開的走廊那邊，傳來嬰孩的笑聲，當然，如果說無意義的話，都是無意義的。人世間本沒有一件事有意義。你說意義在哪裏？像雷鋒那樣嗎？誰做得到？即使心中有那樣的願望，也做不到，（其實有良好願望的人又何止千萬？可以說除了極少數一生下來便有魔鬼稟賦的人外，絕大多數的人都是熱愛真、善、美的。）然而，心中追求的是一回事，實際上又是一回事，理想與現實的距離太大了。更何況人還有性格的因素。像我這樣，一味追求independence，無論什麼都靠自己，固然達到了自我完善，固然能夠達到一種超塵拔俗的境界，但也造成不可避免的缺點和錯誤。情感一天天地消失，思想一天天地內向，心靈也像烏龜的頭，受驚嚇再也不探出它的母體了。何嘗不想歡快地和同學交談，何嘗不想與所有的人交朋友，向他們傾吐自己的隱衷，但內向的性格、煩瑣的學習、無聊的時光，以及種種其他原因，都像重重障礙擋在前面。甚至到了這種地步，連見到一個面熟的小孩都不知道怎樣同他招呼，怕說得不好惹他笑。還怕他回去講自己壞話。童心喪失了，這是真的，自己本來就沒有什麼可愛的童年，那些孤獨的日子！幸虧我沒有學會孤獨這個字。她說得多麼對呀，當她說：「你是一個孤獨的人，將來也會孤獨下去！」當時還憤憤不平呢，覺得好像受了冤枉。她真是一個先知，女人的敏感是哪個男人都趕不上的，那不是任何書本教會，而是完全天性使然。天性才是正確的，不想學任何技巧，有時就這樣想，隨心所欲地學習，隨心所欲地寫作，盡情地寫自己看到的、聽到的、想到的，寫自己心靈的呼聲。相信，這其中真的善的美的一定比假惡醜多。的確再也不想學任何技巧了，如果沒有房子，一套漂亮的家具又有什麼用呢？左手現在可以縮進袖口，只用兩個指頭，食指和中指按住紙不讓隨著筆尖移動就行。現在中指也縮進去了，只留食指值夜班。我現在是坐在桌邊，但右手就不舒服了，不像寫大字，可以懸腕或懸肘，得把手部分地放在紙上，一邊移動筆，手也在光滑冰涼的紙上移動，小手指側緣和無名指都凍紅。

但是我寫了這半天究竟寫了什麼呢？我現在用懸腕寫，多少冷得好些。什麼也沒寫，知道這些東西註定要扔進垃圾堆作為文學垃圾。怪誰呢？當然怪自己。哪裏不想拿出全副精力和時間從事創作喲！可是考試像一只大手在後面直把你往前推，推向分數的打靶場。不得不復習，這種復習與其說是增長知識，倒不如說是毀滅知識，爭奪分數。當然，這一次無論如何不能在分數上面落在人後，無論如何不能。讀書爭什麼？就爭這個，難道這個還沒有看出來嗎？有多少人嘴裏極度輕蔑分數，大罵那些為分數而學習的人，他們自己本人就是最關心分數的人。這是一個真理，誰也不可能安心理得地得60分，哪怕那提出60分萬歲的人也不會。那只是反映了現代大學生的一種心理狀態罷了。要是我，我才不僅僅是60分萬歲呢，我要自由學習萬歲！要充分地發展天性，做自己喜愛做的事情。哪怕做不好，也比被迫地去做好不感興趣的事好。這些時詩每天都有，但總不夠理想。每每提筆時心中感情澎湃，可就是找不到合適的詞兒表達，腦中甚至根本沒有任何詞。急又有什麼用？大量的背誦也已作過，但詞兒永遠也紮不下根來。

瞌睡襲上心頭，但我決不被你打敗。我走向操場，通操場的路沒有燈，幽黑一片，遠遠看得見灰白的道路和乳白的塗了石灰的樹的下半段。體育館沉浸在黑暗的寂靜中，有一扇窗子亮著燈，那是守夜人的宿舍。操場看不見人影，聽不見人聲，似乎連風一到了這開闊的地方，也分散了它的力量，減弱了很多。空氣很冷，夜空中稀稀疏疏地散布著星星，月兒像一塊被人咬過的西瓜，靜靜地臥在體育館的屋頂上。遠遠近近的樹象人的影子，一動不動，彷彿一等你接近，便會突然跳起向你撲去。密密的樟林中黑暗幽深，好像隱藏著什麼東西，又誘人，又害怕。我走過操場，想起去年，也許前年，自己常常一個人一邊散步，一邊聽收音機播送的「美國之音」節目。（瞌睡是個最可恨的東西，它已使我的意識有些混淆，但我必須fight back）。出了院牆門，就聽到風聲濤聲了。西邊的月光暗淡晦澀，不能清晰地在地上勾劃出梧桐的身姿。只有我走動的影子的大意。我透過梧桐樹看月亮。躺著，兩頭尖尖朝上。襯著它的光，是梧桐樹光禿禿的枝幹，雖然只在幾步之外，卻顯得很遠很遠，彷彿籠罩著一層肉眼看不見的薄紗。

我的心毫無來由地想起他們，家鄉的好朋友。我給自己描畫著美麗的圖象：寒假見面，互相熱烈的交談，或在山上飲酒，作詩，聆聽凌霜的驚人的宏論，或是聽舉燭講的逸聞趣事。但灰色的影子爬上來，籠罩了我。他們冷冷的笑和愛理不理的樣子，那麼，回去又有什麼意義呢？他問自己。也不能留在學校，將來那幾個留下的形成一伙，排斥自己一個，這生活又有什麼意思？到她那兒去？Definitely not。她的冷臉已在我心中留下了永久的恐懼的形象。我怕那張面具，我也有一張面具，比她的更難看，但誰都怕摘掉，她如果摘掉，也許我會厭棄她，vice versa。右手這樣冷。唉，冬天，什麼時候結束你殘酷的統治喲！燈在遠處閃著光，冷冰冰的光，並不誘人。

文章寫成這樣，是得不到進步的，這是誰說的？好像是泰戈爾？普希金？

第二天宣布，他有罪。誰到底有多少，——完了，我又開始朦朦朧朧地寫作了，像這樣沒有感情沒有思想只是像一個抄寫的人，啊，春陽，你怎麼能忍受得了？但你沒有任何別的辦法。你只有像鞋匠釘鞋那樣。沒有激動人心的燃料。也沒有值得人愛的東西。啊，鬥爭！鬥爭！我永遠是敗將！但我仍要鬥爭。啊，可恨的英語。它使得我不能完全從事創作。

我寫的一些什麼東西呀？簡直恨不得立即扯碎才好。沒有文學性，就是文學性？夠了夠了，我要大哭就好，我究竟在幹些什麼？在制造文學垃圾嗎？

＊＊＊

他像往常一樣，獨自來到湖邊散步，手插在荷包裏，身子微微彎曲。夜幕降臨，天空、湖水、岸邊的梧桐、大道、院牆，都沉浸在黃昏的幽暗和靜寂中。縷縷煙霧從湖岸下邊升起。不遠處，兩個路人的身影映著微明的湖水，佇立凝神著這邊。人越過馬路，走到騰起煙霧的地方。石岸下邊，冬天湖水退去後露出一塊不大的淺灘，灘上滿鋪著落葉，不知誰在這兒點了火，火舌卷著枯葉，發出劈劈啪啪的爆裂聲，間或聽到濕樹葉的嗞嗞。他低著頭，凝望著順風擴展的火勢，火光映紅了他的臉和孤獨的身影。他意識到這樣站著很容易引起人的注意，便慢慢朝前走，眼光仍然盯著火，突然，眼前一亮，一星火光在黑暗的地方閃了一下，冒出一股火苗。他這才看清原來這個地方的枯葉下掩埋著火種，一直沒爆發，在下面悶悶地燃燒呢。他抬頭環顧四周。河對岸一帶凋零的落葉松只剩下一片濃重的暗影，倒映在水中，形成一個完整的結構（Terrible！）天空呈鉛灰色，湖水也呈鉛灰，樹梢上空，一縷烏黑的煙柱斜斜地向上飄去，漸遠漸粗，漸高漸稀，最後變成淡淡的幾縷，溶入了幽幽的暝色中。遠處的磨山，憑著經驗，可以感覺出它極為模糊的輪廓。一盞燈孤零零地閃耀在它的山腳。

他沿著靠湖這邊走。路上碰見一些散步的，都是成雙成對，他們經過身邊時投來探問的目光，好像在說：「你一個人在這兒散步幹什麼？這有什麼意思呢？」他稍稍抬起頭，挺起胸脯，裝出一副滿不在乎，悠然自得的樣子，從眼角冷冷地打量那些人。他有點害怕人嘲笑他孤獨，好像這是他的一個致命的弱點，證明他在交友方面的無能。只要看見或聽見誰對他表示了哪怕最輕度的不屑，他也受不了，馬上就像反擊似地，擺出了目空一切，恃才傲物的樣子。在這種時候，一些諸如此類的思想就會自然而然地通過他的大腦。孤獨算什麼？這正是一個高尚者應有的美德。一個詩人說，麻雀群聚，只有蒼鷹才獨飛。歷代不是有很多偉大的詩人，一生都是在超塵拔俗，不同流合汙的孤獨中度過的嗎？想到這些，他的心就會安定許多。當那幾個散步的影子走過後，他的思想又回到那堆野火上。能不能把這件事當作素材寫成詩呢？好像並沒有詩意，而且注視它的時候，心中也沒有產生任何奇異的激動，那種蕩氣回腸的詩情。可不可以不加任何感情，純粹客觀地像畫家一樣，踏實地把這件事寫下來呢？他想。忽然一個毫不相干的思想跳進腦子，是有知好還是無知好？當然是有知好，好在哪裏？從最根本的來說，好在哪裏？即，與一個完全不讀書的人比，一個讀完高中的人究竟獲得了什麼？假定他的智力正常，掌握了教學大綱上要求掌握的一切知識，當然，大學生不行，因為進了大學，就要學專業知識，那就不好進行判斷，假定他的智力正常，knowledge gained and virtue lost。A. E. Housman說過這句話。一個中學生學完了應掌握的知識，他獲得了什麼呢？懂得了什麼呢？他知道了中國是個文明古國，知道了它有悠久的歷史和文化，人是從哪兒來的，地球的起源，世界的模樣，天體的演變。但即便他知道了這些又有什麼用呢？一個沒讀書的兒童到同樣的年紀可以靠體力去做工掙錢，他唯一學會的是如何正直地生活，如何生活得幸福，他甚至比一個中學生更能容易地達到他的目的。而中學生學完了知識，又忙著考大學，花上四年，甚至又花上二年，讀完碩士學位，據說這樣就能為社會作出更大的貢獻，但他的幸福在什麼地方？他把青春付與冰冷的書本，滿腦子充塞無用的知識，這些知識有很多還是非常有害的，比如如何殺人等等。他學會了知識後，彷彿生存的唯一目的就是求知，而不是生活。他的腦子開始混亂不清。嘆口氣，他放棄了繼續思索的念頭。他的邏輯思維能力太弱，腦子裏盡是一個接一個紊亂的形象，前後毫不相干，互不關聯，他沒法子靜靜地有系統地沿著一個思路想下去。也許大腦也像面前的梧桐，一旦定型，長成了這種歪扭的形狀，就再也難復元吧，他想。火光又在眼前晃動起來。這是一樁很普通很平常的事。湖邊，一根火柴燃著了枯葉，風助火勢，燒盡了落葉。一點也不稀奇，絲毫也沒有特別之處。不過，是不是真的如此呢？火旁邊就是湖，冬天的湖水是冰冷的，火卻是灼熱的，湖水沒有波瀾，火焰卻在跳躍。湖水美麗靜謐，爆裂、喧響；咦，這不是一個強烈的對比嗎？但這也並不奇呀，任何明眼人稍稍動動腦筋就可以想出來。枯葉呢？枯葉是死的，火卻使它們燃燒；湖水是活的，火卻不能使它絲毫有所動；彷彿一個多情的男子，狂熱地向一個靜女大獻殷勤，而那女子卻對之不予理睬。這種比喻太simple-minded，太不值錢，來得太容易了。也許，不同的原動力，只能在不同的對象上產生某種效果。（你看，他的表達能力如此之差，把這句話說成這樣）。

火，永遠也燃不了水，它只能在枯葉和木制品上大顯神通；但風，可以掀動湖水，在這方面風的效力和火是同等的。這話說到哪兒去了？他很沮喪地放棄了繼續同自己爭辯的努力。還是讓大腦休息，什麼也不想，消極地等待思想的火花吧。他想。他本來不信迷信，但不知不覺間有幾分相信神祕的不可知的力量。有幾次他在睡意朦朧中所作的詩，大受同學的讚賞，幾首煞費苦心寫了又改改了又寫的詩，卻沒有引起反應，他很懷疑自己的 reasoning power。也許，這是因為詞匯太貧乏的緣故，心裏知道意思，就是表達不清楚。

「起來！」十點差一刻的時候，懷柔對趴在桌上睡覺的他喊。他從臂彎裏抬起頭，睜開眼，夢境消失了，眼前又是熟悉的書堆，日光燈，雙層床，箱子，帳子，開水瓶等等。夢中的景象他已全然忘記，不知道什麼時候起，他已失去了記憶。往日，頭天夜裏做的夢第二天能清清楚楚地回憶起來。而現在，眼一睜開，便忘得一幹二淨，大腦中只殘留美夢的余味，就像吃過了許多糖，已忘了糖的名稱，只知道嘴中尚有甜味一樣，每次夢醒後的余味都不好受。他有一種感覺，一切都完了，無論怎樣鬥爭，怎樣努力，都是白費勁，他絕對不可能在任何方面成功。他看見自己的身子在往下墜，好像是往泥裏，越墜越深，他不想掙扎，因為掙扎也沒用，個人的力量渺小得很。只有像野盡那樣與世無爭、隨遇而安才好，才可能生活得好。像自己這樣毫無結果地浪費時間，虛擲了青春，虛擲了光陰，為的是什麼呢？僅僅為了自己？或者為了別人？不如快快將筆丟掉，拿起酒瓶咕都咕都地喝吧，這種自我毀滅的感覺像陰影，每一覺醒來，便沉重地壓在心頭。早上醒來時，他費了好久才克服這個意識，重振精神，告誡自己從今以後要註意觀察人，觀察生活。但一天下來，結果還是什麼也沒觀察。他把太多的注意力放在書上，同時，又不敢完全不復習，因為他還想在這次考試中得到好分數呢。現在，他想，還是不如觀察自己，他太內向了。他這樣做不是沒有道理。因為除了一兩個比較知心的朋友外，住在周圍的人，雖然天天見面，卻從未深談過一次，而且如果不出天災人禍，把他和他們聯繫起來，也決不可能進行深談，彷彿命中註定一生是白頭如新的。他痛恨這種狀況，有時恨不得隨便找哪個，開門見山，敞開胸懷，把胸中的積郁、煩悶和隱衷傾吐個痛快。但他不能，他知道後果將是很可怕的。過去，他曾因為別人在言談方面對他保持謹慎而難過、生氣，現在，他明白了，人家也有人家難言的苦衷。何必逼著他講他不願講的話呢？這畢竟和虛偽是有區別的。

他去洗澡，現在對他來說，已到了最關鍵的時刻。天氣已進入三九，是一年最寒冷的時候，一早一晚，穿著棉襖皮靴，手指和腳趾都凍得發痛。更不消說要在這樣結冰的溫度下洗冷水澡是什麼滋味了。他脫掉衣服，全身就不由自主地痙攣。自從去年夏天，他發胖了，肚子上生了肥肉，臂部也變得豐滿，在冷氣中不住打顫。他毫不遲疑地把水淋到身上，猛烈地搓擦胸脯、手臂、雙腿，力圖盡快洗完。每一次洗澡就是一場鬥爭。他既怕沾冷水，又想沾冷水。怕，因為剛剛還在棉衣毛衣包裹下的身體那樣暖和，現在卻要經這麼刺骨的水；想，因為他不願在此示弱，他要向——誰？向自己——證明他的毅力、勇氣。因此，洗澡總要經過恐懼、不安、躊躇、下決心、咬緊牙關幾個過程。但每一次都以他的勝利告終。他知道，如果一旦放棄這場鬥爭，他其他的鬥爭也隨之宣告破產。他目前唯一的信仰就是「堅持鬥爭！」

***

「你的玩意兒來了！」吃中飯時，他掇著碗，推開對面的房門，習慣地往那堆信和報紙掃了一眼，聽見那個燙了髮的時髦小伙子這樣說。話音裏帶著很強烈的contempt，他敏銳地耳朵不是沒有聽到，但他急著要看是誰的來信，顧不得這些。他把信堆扒開，一眼看見自己的名字，跟著眼光落到下面落款的大紅字：遼寧師範學院。他不動聲色地把信折成兩半，準備裝進兜裏，就在這時他看到信封反面的一行鋼筆字，寫著：你的小說稿已收到，又及。一股熱流湧上心頭。他統了信，走出房門回到自己宿舍。心裏很不平靜。這麼快他們就來信了，這是完全出乎意料之外的，而且小說收到後還在後面告知一聲，可見他們辦事認真，並顯示著他們的關心。在他的印象中，雜誌社好像位於遙遠的雲端中，是一個方方正正鐵盒一樣的東西，堆滿成堆的稿件，一個嚴峻得像法官的編輯戴著深度眼鏡，像一塊鐵板，靠放在桌邊，機械地伸手取過一個信封，「嗤」，撕開封口，刷刷刷，左右有規律地擺動腦袋，一頁頁地讀完，然後毫無表情地瞟一眼案頭的評分表，一張像火車站或者肉鋪的價格表，上面標著各類文章評分標準，詞語簡單，比如「文字粗糙，不可取，」「詩有點基礎，但缺少色彩，」「詩思和語言相當粗糙，不能用，」等諸如此類的話。他每一次投稿，心情既像一個戀人，渴盼心上人早日回音，又像一個自首的罪犯，忐忑地等待最後判決。前一種心情總是持續到開始為止；也許這次看中了吧，前首詩中有一句話自己覺得還蠻滿意的，大約把她打動了吧。但信一打開，他的心就涼了，他的記憶力從沒有像讀編輯批語時那樣好過，一個字，甚至字樣，標點，寫在信紙的哪一方，他都記得一清二楚。這些批語不是像拳頭，一拳拳猛擂著他的胸口；就是像尖刀，一刀刀割削著他的臉；到後來，他只要收到退稿信，就趕快藏進兜裏，好久不敢打開。預想著這回的批評將如何嚴厲，內心深處的好奇卻同時又不斷增長，好奇心和羞恥心一直要互相鬥爭好久，最後還是一句話了結了爭論：管它呢，不好就不好，寫得不好再重來嘛！話雖是這麼說，心中也安適了不少，好像故意說自己不行，結果卻會出乎意料的好，但他還是要等到宿舍裏只剩他一人，或者大家都睡了，才敢偷偷取信來看。今天，他收到信時的心情就是這樣。

然而，又似乎有些兩樣。回信的出乎意料的迅速，信背面關照的幾筆，似乎隱含著什麼好兆。什麼呢？取了嗎？不可能，從信的厚度來看，只可能是退稿，而不會是那種令他們一談起來便眉飛色舞的薄薄的匯款單。他吃過飯，洗淨飯碗，用毛巾揩揩嘴，擦幹手，站在桌邊，有一會兒，好像不知幹什麼好。茫然地看著裏普將洗臉手巾往肩上一搭，端起吃過的空碗，開門出去，門呯地一響，他如夢初醒，急急地拿出信，便撕開口，拇指指甲剔開粘合的地方，然後食指尖幫著拇指，夾住翹開的一角，輕輕地小心地掀開，直到封口完全打開為止，看去就像沒粘過的信封似的。但今天，不知因為信口粘得太死，還是他的手抖得太厲害，翹起的紙角被撕掉了。他索性三下五除二，順著破口，東撕一塊、西扯一塊，把信打開，取出信囊。熟悉的筆跡露了出來，是退稿，他打開折了三折的四張信紙，裏面滑落下一張白紙，是退稿單，手寫的，說明他們的刊物是院刊，一般不對外，采用外稿有限。其他的都不記得了，只記得兩句話，這兩句話就像蜜糖，讓他看了又看，品味了又品味，這兩句話就是：「你的詩有個人風格，望繼續發揚光大。」到底沒有看錯，他們這些人。他們還句句稱「您」呢。他忽地想起剛收到信時的種種潛意識來。開篇時，無論如何也記不起，寫到這兒，倒泉湧一般冒出。他心裏暖烘烘的，這不，他們回信了，而且如此關心，說明往那兒投稿沒錯。他們辦的刊物中，許多詩都很合自己的口味，所有的詩風和我，和我們的詩社都極相近。他們一定也是一些飽經滄桑，歷受磨難的年輕人，有著火熱的心，讀過盧梭、海明威、勞倫斯、哈代，絕望時也產生過自殺念頭的人。啊，能和他們結交成朋友該是多麼快意，多麼幸福呀！雖然相隔得那麼遠，他在長江之濱，而他們在遙遠的渤海之濱，一瞬間，他們之間的心卻貼得很近很近，聽得見和諧的怦怦聲。

令人沮喪的是，院內刊物，外稿有限。他嘆著氣，灰心地想，完了，又失去了一批可親可近的年輕朋友，強烈的憎恨不禁油然而生，他恨那些正式雜誌，全是一些披著漂亮外衣，油嘴滑舌，會說漂亮話的東西。

和他在黑暗的走廊盡頭談完話，回到房間，看了看擺在書上的表，11點15分，整整談了一個小時。我打開箱子，取出稿紙，想寫點什麼。本來，心裏覺得有很多話要說，提起筆來，又不知從何說起，想起筆還沒上水，便拔掉筆帽，扭開筆身，捏捏筆膽，一大滴墨水立刻出現在筆尖，噗地落下。紙邊黑了一小片。但我還是把筆伸進墨水瓶，吸了滿滿一膽水，從床上扯過一床被毯，蓋住膝頭，把一切安排停當，就準備寫了。一個小時裏，四分之三的時間是他講我聽，四分之一的時間是我講他聽，由於長期孤居，不與人來往，我的舌頭變得遲鈍，語言滯澀，思想時時表達得含混不清。心中不覺煩躁。聽他談話是一件樂事，他敞著黑拉鏈皮夾克，一條腿悠閒地壓著另一條腿，背靠窗臺，臉上帶著歡快的微笑，眉飛色舞地敘說他在外面的經歷。如何結識了某鋼廠一個愛好詩歌的工人，互留地址姓名，以便將來交流詩稿；如何一個「蹦子」沒花，白吃一大盤花生，一盤滷牛肉、炒雞蛋和油炸魚，外加一斤白酒；飯館售票員如何愛好文學，特別是普希金的詩歌，一套一套地大談名人逸事，她長著紅紅的圓臉蛋，一對大黑眼睛，跟其他的同事做個眼色，酒菜就送出來了；他們如何改變日期，預防她男朋友因為嫉妒而布置的突然襲擊，不穿大衣，只穿緊身毛衣，外面披件短夾克，以便隨時動手；他們在進飯館時如何面無懼色地和幾個流氓打扮的人對視，並且微微一笑；等等等等，說實話，意義並沒什麼很大的意義，不過，玩得很快活，這就夠了，起碼生活不像在學校裏這樣空虛。他說，我想起the Roaring Twenties時美國狂熱追求時髦的年輕人，又想起我們在鄉下通宵打牌，偷雞摸狗的事，不禁感嘆，年輕人都有共同的特點，反抗。是呀，成天讀書的生活真是膩味透了，媽的，沒有一點新鮮的東西，沒有一點刺激。我相信那句話：「莫等花落空折枝。」該玩時就猛玩他一陣。想怎麼幹就怎麼幹。我和M

在外面，天不怕地不怕，他個子高，塊頭大，我的塊頭也不小，渾身都是勁，恨不得隨便找個人來猛揍一頓。我們蒙蔽別人時配合得真可說是滴水不漏。M說他是武大數學系的，我就說中文系的，他把我吹成經常往雜誌投詩稿，筆名叫———，我便吹他已研究出了成果。反正兩個一唱一和，再精靈的人也被蒙得昏頭轉向，信以為真。頭回一個劇團的幹部，跟我們談了好久，他說他很愛文學。還有一回是個解放軍，把我們送出老遠。跟你說，在外面不騙人不行，你要是一老一實，是連個朋友也交不上的。當然，我們做這還是很講分寸，既不為騙錢，也不為害人，只是想了解了解社會和各色各樣的人。不過，這倒是，學沒學到什麼東西，痛痛快快地玩了他一下。這樣就可以了。我就怕到了你這個年紀，想玩一下都不行，那眾目睽睽，會惹人笑話的。說真的，有時我很羨慕你的生活，有時又不羨慕，我就羨慕你的愛情生活，你和你女朋友感情那樣真誠、深厚，唉，我要是像你那樣該多好。」

「最幸福的愛情往往孕育著悲劇的因素，」我說。「外人看來是幸福的東西，說不定正是當事人難言的痛苦。」我想起了和她之間的種種不幸。「也許，你以後讀了我寫的長篇——我想詳細地描寫我們的愛情生活，那時你就會了解我的。跟你說，世上沒有真正幸福的戀人，戀人的歡樂短暫得很，互相只是在忍耐中度日。而歡樂僅僅是肉體上的罷了。」

這倒也是，我又想起她有一次在公園裏對我說的話：「你看那些年輕人的羨慕的眼光，一定會認為，我倆多麼愉快，多麼幸福，其實，他們哪裏知道喲。」我和她那麼多的約會，那麼多話和親密的行為，如今都不記得了，唯獨記得有一次黃昏時，我和她並排走下蔥綠的山崗，我忽然衝動地把她摟在懷裏，她也緊緊地摟著我，我們吻了又吻——那一幕直到現在我還記得，別的都淡薄了……和女人之間是不可能有心靈的溝通或什麼靈魂的交往的，正如你所說的那樣，任何崇高的精神戀愛終將導致下流的肉體戀愛，但是，肉體的究竟是否是醜惡的呢？我倒覺得《少女之心》最後一句話：『姑娘們，熱烈大膽地去愛吧！』說得很對。沒有性愛，哪來真正的愛呢？跟女人之間是難以交流思想的。」

「比如說，你對她訴說內心的痛苦，一個男人的痛苦除了自己的受辱或在事業上的失敗還有什麼呢？你對她講這些，她非但不同情你，反而認為你無能。再比如說，你對她談起某件愉快的事，某個女同學曾對你報以青睞，你也對她發生過好感，你覺得那時的感情很天真純潔，你的女人會覺得有趣嗎？她馬上就產生嫉妒。和女人之間確實不可能有心靈的交流的。」

「不然，M怎麼對我說，我寧願失去所有的女人，也不願失去你，他還告訴我他簡直不想跟他那個女朋友一同散步，枯燥乏味得很，像個行屍走肉。我自己也產生過類似的想法，當我和女朋友的情欲達到高潮時，我反而想起別的姑娘，甚至恨不得當即把她拋棄。」

我驀然想起她在一次齟齬之後對我說的話。「當時，我心裏就想立即和你斷絕一切來往。可是家具打了，怎麼辦呢？我可以把錢如數付還，家具留下。」我不能原諒她，我決不能原諒她，哪怕她是出於誠實說的心裏話。她可以因為一丁點小事便產生斷絕關係的想法，同樣也可以因為稍大點的事情而采取更可怕的手段。一個女犯人將丈夫剁成肉塊煨湯的故事浮現在腦際。「時候不早了，睡覺吧，」我這樣說道，兩人離開窗臺，各自回房。

＊＊＊

我一邊走路一邊看書，偶爾抬頭看路。經過原先立著郵筒的地方，我抬起頭來，碰著了她的眼睛。是同一雙眼睛嗎？我問自己，那天在細雨蒙蒙中，那雙眼睛是怎樣地激動著我的心啊。但，眼前這雙眼睛一看見我，便現出冷漠的神情，而且瞇縫起來，像打量一件貨物似地打量我的頭髮（一個星期沒洗，睡覺時枕頭把兩邊壓出難看的深溝），便迅速移到我的腳上。雖然這只是一剎那間的事（因為我們已擦肩而過），但她眼光中那種不屑、厭惡的神情，卻叫人寒心。上個星期濺在皮鞋上的泥這一塊那一塊，沒有刷掉，看上去很邋遢。這足夠使一個姑娘對我產生永久的厭惡。

滾吧。我不需要任何姑娘。你們看不起我不潔的外表，我還瞧不起你們不潔的心呢！

路上來來去去碰見的熟人我一個也沒理睬，包括本班的外國老師，我怕同他們打招呼，加快腳步趕在他們前頭，心裏盤算著，如果他們的小孩發現自己並喊他的話，決不應聲，或是回頭笑下，轉頭就走。我再一次感到寂寞的憤怒了。有一個人我是認得的。從前碰面總要匆匆點個頭，簡短交談兩句，現在，他留校當了教師，搖身一變，眼睛長到後腦勺上去了。沒有什麼了不起，我故意高昂著頭從他面前過去，連眼角都不掃他一下。

早上課間休息時，是在平臺上看見她的。平臺這兒一群那兒一堆都是出來放風的學生。我獨自立於欄桿一角，背對著湖，注視Jimmy和Bella玩耍，離他們不遠，靠牆有三個姑娘在曬太陽，其中一個穿水紅衣的，頭微微地低著，眼睛卻抬起來，不斷向我這邊睃眼。我轉身面對著遠處的東湖，它籠罩在一片灰霧之中，隱約可見一抹彎彎的弧線，標誌著磨山的所在。我重又轉回身，又看見她的眼光。身上有些熱烘烘的，過了幾分鐘，她和另外兩個姑娘離開平臺走回教室，她走路時的樣子很不自然，彷彿意識到後面有人注視她。又過了一兩分鐘，我穿過平臺門，經過走廊回教室，猛然，我想起她也許就在前面這座敞開門的教室裏，腳步不自覺地放慢。經過門口時，我朝門內睃了一眼，看見她正好也朝這兒射來眼光，兩下裏眼光相遇了。教室裏空蕩蕩的，沒一個人，她站在黑板下面，也好像無所事事，該不是在等著看我吧？這樣一想，心中平地騰起一股情焰，火燒火燎得人坐立不安了。看了半天書，一個字也沒看進。淨想著怎麼和她幽會，等等，當時便結論道，不可能！因為，預感是一旦真的和她好上，只有性的關係，決不會有真正的愛情。她有濃密的捲髮，蒼白的臉，特別黑的眉毛和眼，一張圓圓的紅嘟嘟的臉，看起來很稚氣，穿扮卻像個少婦，衣服下的軟綿綿肉體一定是很迷人的。我立時責罵自己，不該在思想中這麼放肆。

第三節課下課，又到平臺上去碰她，沒碰著。便慢慢走過走廊，想再次看見她投來的目光，卻見她拿著粉筆在黑板上寫什麼，全然忘記了有這事。

中午打開水，她就在旁邊，沒註意到我，她直起腰，提了開水瓶就走。臉上有一種冷峻高傲的神氣。我知道，這樣的姑娘是不會看上我這種模樣醜陋，衣衫不整的人的。但是，只要有那溫暖的一瞥，我灰色的生活也大放光彩，這，就夠了。我別無他求。

＊＊＊

我是這樣想著你，姑娘，我以為你早已把我忘記，可是今晨，你又在門前走過，你在門邊，還停留了一下，稍稍彎下身子，彷彿在拾什麼東西，你的臉卻向著我，你的眼睛在我身上閃光，唉，姑娘，請你原諒我，我的衣著太不整潔，頭髮亂糟糟的，兩個多月沒洗的布鞋粘著泥，鞋面在小趾頭的地方，一邊破了一個大口，露出白色的襯布，已經染黑了。姑娘，請你原諒，我沒有好好把自己打扮，並不是因為我懶，也不是因為我忙得沒時間，清晨，就是你的一雙明亮的眼，把我從沉沉的睡夢中喚醒，我看見了你，便想著，好了，下課後我要到平臺上，去看她，去碰她燃燒的目光，我別無他求，只要遠遠地望著她的眼光，就象望著一面碧清的湖水，或者從地窖中透過天窗的一角角藍天，或者是冷風中一件暖和的皮衣，我只要這樣望著你，姑娘我就會忘掉一切。可是，不知是誰附在耳邊低低地說，不要自作多情，不要作一廂情願的夢想，她早已將你忘記，你太髒，太不修邊幅，而且你的模樣，恕我直言，也不好看，額上刻著深深的皺紋，牙齒既大且稀而且刷洗得不幹淨，領口挺髒，眼睛也突出，並且像無精打采，睜不開似的，你何必枉費心機呢？你不是已經有一個女朋友了嗎？你不是就要和她結婚了嗎？她長得也挺不錯嘛，好像也挺愛你的，對嗎？你背著她愛上另外一個姑娘，這是不忠的行為，是的，這是對純潔愛情的背叛。你趁早懸崖勒馬吧。再說，你已經這麼大的年紀了，不怕人家笑話？不怕人家指著脊梁骨罵你嗎？假若她拒絕你呢？不理睬你呢？你的臉往哪兒放？你還是識時務的好。

姑娘，也不知誰，像鬼魂附體似的，老在我耳邊嘮叨個不停，趕也趕不開，宿舍飯堂、路上、教室、無處不響著這幾乎叫人發瘋的聲音。我怎麼敢換幹淨的衣裳，怎麼敢洗頭髮呢？我郁郁地想，還是服從命運的安排，不歸自己所有的，不要妄想吧。我下決心忘掉你，姑娘，你聽了一定會生氣，但我只能這樣，因為如果真的愛上你，我只會使你痛苦，真的，只會使你痛苦。還是讓我自己生活在痛苦的默默中吧。我也的確忘掉了你，因為頭兩堂課是考試，我拿出了全副精力，也不知哪來的勁頭，一堂課不到就交卷了，自己覺得考得不錯。我一來到走廊，首先想到的就是你。唉，這撲不滅的記憶之火！我真想一步跨到平臺上，獨自倚著欄桿，默默地注視著你。可是，走廊上這樣靜，你們還沒有下課，老師又拖堂了。我們的老師，戴頂皺巴巴、蓋滿灰塵的帽子，露出稀稀的黃牙，和我在教員休息室談話。我也不知為什麼，就和他說起話來。我想走的，真的，我很想出去，就等在你的教室的門口。這時，你從門前走過，啊，你從門前走過！你一定看見我的眼睛了。不然，你為什麼過一會兒又回來了，走過一巴掌寬的門，整個面部都朝向我呢？陽光從南邊的窗子射進來，我沒感到絲毫暖意，我的腿部冷得打顫，但你的陽光從北邊的門射進來，雖然只那麼短短的一閃，我的心呀瞬間全部照亮了。可恨這黃牙的老師他不知在絮叨個什麼；可恨這上課的鈴聲，它不知如何偏在這時振響，你別去呀，我說完這句話就要出來見你，就這一句話。可是，完了，走廊裏沒了人聲，教室的門一扇扇關了，把上課的學生和老師關了進去，也把你，啊，我可愛又可愛的姑娘，關了進去，像牢房！可牢房也比這好；牢房有鐵柵欄，有四四方方的小鐵窗，至少可以讓我這個探監的人看看你憔悴的面容，至少可以讓我這個為你而消瘦的人再一次擁抱你的眼光，從中吸取精神和力量。然而我不能，我不能。圖書館裏，我在看書，也在等你。分散在各處讀雜誌的姑娘在向我表示，你也可能來，你一定會來的，不是嗎？為了看我的眼睛。啊，你來了，多麼輕盈！多麼嬌艷！多麼美好！我坐在你身邊的椅子裏——不，我直接坐在你的對面，直勾勾地看著你，別，別用雜誌擋著你的臉，你多叫我難過。唉，一次又一次，我翻看了多少雜誌，讀了多少關於別人的愛情故事，一次又一次地調換位置，眼睛尋遍了圖書館裏的各個角落，總是找不到你，找不到你呀，姑娘。

現在，我坐在桌邊，在紙上傾瀉我如清泉一般湧流的情感，我感謝你，慰藉了我的痛苦，消除了我寂寞中的煩憂。

我們走過7舍和8舍之間的操場，遠遠看見坡下的玻璃大門虛掩起來，這是不常有的事。平常無論什麼時候，兩扇門總是大開，直到11點，即便在星期六，門也不關的。我和他走到門前，他在我前面，用一個很優雅的動作推開門，我看見坐在角落裏守門學生的頭，忽想起前些時一個星期天的夜晚，和同路的一個外班學生一起來到門邊，互相謙讓了一番，最後還是他先進去，這真有點像某本小說裏發生的樣子，兩人互相謙讓，最後一起並排走進門，使得門似乎小了些。我看見他走進門，回頭瞍了那人一眼，同時用一個指頭把背後的門輕撥了一下讓門停住。那人坐在椅子裏抬起腳尖輕輕往門上碰一下，門關上了。

「好可怕呀，」在樓梯口，他這樣對我說，聲音壓得很低，微微顫抖，臉上出現一種吃驚的神色。「你知道我看見了什麼嗎？」他頓了一頓，這時我們在爬黑暗的二樓樓梯，冷風從破窗吹進，空蕩蕩的走廊裏有一種恐怖的氣氛。「那個自殺者的面孔在這個人臉上復活了！」他說完這話，渾身打了一個哆嗦，剎時，我的頭皮也電似地發麻。「你看見他的面孔，跟灰泥地面一樣的顏色，這個人的臉色在寬邊黑眼鏡下也是同樣蒼白可怕。我現在只要看見有穿黃軍大衣的人，就要想起他。好可怕呀，他那副縮在椅子裏看書的樣子。」

「這樣的感覺我也有過。自從他自殺後，無論看見誰，我都當成是活著的他。彷彿周圍盡是想要自殺的人。誰知道自己的命運呢？昨天他歡蹦亂跳，穿著黃軍大衣從你面前走過，一夜不見，眨個眼，他就成了鬼了。你我也不是沒有這種可能呀。好在，他的死也免除了他永久的痛苦。」

「是的，」他回自己的宿舍，我回到桌邊，一屁股坐在凳上，感到很累。一種突如其來的空虛感抓住了我，使我什麼也不願想，什麼也不想做，我把頭擱在臂彎上，怔怔地看著一個地方。好半天，才意識到我盯著的是一雙拖鞋，我每晚洗冷水澡靸的拖鞋。床上堆著作業本、字典、癟書包、棉襖。腿好疼，我這樣想。今天走了不少路，下午到武大書店，接著又去街道口書店。晚上6個人一同去湖邊散步，一直走到山隘口折回。屋裏除了我就是他，在隨便翻著普希金，過會子回到自己的座位，趴在桌上不知寫什麼，大約又是課文或寫信。他不在，八成談朋友去了。等他一回就可以看出來。也不見得，印在臉上的唇印是永遠也看不出來的。現在又不興抹口紅。他看見我像這樣無所事事，趴著瞧床底下的拖鞋的樣子，說不定還會以為我想她了呢。她？才不想她呢。外面傳來音樂聲，一把小提琴在奏著柔美的顫音，彷彿輕風拂著鏡湖。晚夜寧靜的空氣波動了，和諧地共振著。我倒覺得這旋律像一根又細又長的蜜糖，在夜的嘴中含著，糖熔化了，泌出甜甜的汁液，四下裏流著。心中又不知添了多少傷感。許久許久沒吃過糖了。他猛地直起身，腳板擦著水泥地，「嗤」地一響，站起來，走到門外，兩手插在荷包裏，低著頭，微曲著背，上廁所解溲，又插著手，低著頭，微曲著背瞧自己在牆上移動的影子，緩緩走回來，重又在桌邊坐下。於是，寫起來，一直寫到現在。

「她現在對我們不存絲毫戒心，」是他的聲音，當我們走過大操場，上坡下坡，來到7舍、8舍間的小操場時。「她說我這個人很直的，她80屆高中畢業，比我們還小一屆，可年齡卻大得多。」

「多大了。」

「20。」

「哎，你不是早就過了二十嗎？」

「誰說的？還沒滿呢，畢業以後才滿。」

「哦，」我沉吟起來，他玩世不恭以及詩中常表現的悲觀灰暗的色調從我腦際掠過。「你還這麼年輕，可你，你懂事得太早了。」我的腦海中忽地閃過雪萊、普希金早夭的身影。「你需要收束一下，需要沉靜下來，悉心鉆研一點什麼，說少一點，還有30年好活，打多一點，50年吧。」我想說，這樣放蕩不羈一輩子可不行，說不定會招來橫禍，但我沒有做聲。

「還活那麼久，」他目不轉睛地盯著大樓中間一排黑洞洞的窗口。「說不定再過兩年我就要自殺。我真想自殺啊！生活有什麼意思？追求名利有什麼意思？就是喝酒吃肉也沒意思。沒有什麼值得人愛，沒有什麼值得人追求。」他抬起頭，遙望著半邊月亮：「人生真是空虛呀！」

這些思想和我過去的思想多麼相近，甚至多麼吻合！誰知道我現在並不這樣想了。也許是自殺的那個陌生學生教育了我，活著就是活著，就要準備受苦。空虛也罷，寂寞也罷，無聊也罷，都得忍受。不僅忍受，而且要豁出命來鬥爭一場，非得鬥贏。下午在武大宣傳櫥窗裏看見一個殘廢的事跡。他在機器事故中失去雙手，苦惱得要自殺，但終於頑強地活下來，用鐵絲將毛筆綁在身體上，靠移動身子寫字，竟寫出很剛勁的字來。本來，我羞於看亞運會中那些獲得冠軍健兒的照片，他們是強者，臉上有一種睥睨一切的神情，可這是一個弱者，而他又哪裏有一點弱者的氣味？他是一個具有弱者謙虛的強者。啊，這真是一個值得人欽佩的人，真是一個令五尺男兒羞愧得無地自容的人。

「沒有什麼可以激起歡樂的，」他說，打斷了我的沉思，我們正下坡朝盧掩的門走去。

從書店回來，我去過活動著打排球的學生們的小操場。你有什麼可悲傷的呢？我問自己，你並不是一個失敗者呀。你在愛情上很順利，學業上也很順利，你的家庭比較富有，你有兩三個最好的朋友，你將來的地位也有保障，很可能成為大學教師。但你幹嗎老是皺著眉，一副心事重重的樣子呢？你幹嗎在日記和文章裏寫那麼陰暗的東西呢？你幹嗎不看陽光，淨看陰影呢？你恐怕是有些心理變態吧？你恐怕是對人世抱有仇恨心理吧？你恐怕是活得不耐煩想以身試法，以卵擊石吧？我被這些問題（樓下傳來粗野的喧嘩，某個寢室的學生聚在一起打牌。等會肯定又要沒腔沒調地大聲唱歌的，每星期六晚上都是如此，人們需要刺激。）纏繞著，竟找不到解答。也許，是著了什麼魔吧。不管怎樣，有一點可以肯定，（驀然，她和另一個男人此時在屋裏歡樂的景象，像烏雲掠過晴朗的天空，在我心上投下一片暗影）那就是：信仰沒有了。沒有信仰也用不著這樣無病呻吟呀，可以尋找追求嘛。這是誰在對我這樣說話？教訓的意味太濃了。

寫到這裏，再繼續不下去了，因為找不到和我心中想要表達的東西之間的橋梁。你想表達什麼呢？我問。是不是想表達讀者對你寫詩的評價？當然是的，雖然並不強烈。是順敘還是倒敘？隨便，不過，鑒於現在（多好，一會兒也沒想起她來，這真太好了，痛苦消除了，還得感謝中午寫的那幾首詩，它們真是一貼良藥。我走在去書店的路上，她不再像大軍過境樣地擾攘心靈的平靜了，上帝保佑）已過九點，離開洗冷水澡只有45分鐘，時間很緊，還是提綱契領地談談吧。本期刊出第三天，也就是今天下午，有人貼了小字報，滿滿四張信紙，題頭大書：「《一瞥》是色詩」並警告：「不準撕掉！」他指責詩人描寫淫穢，（詩人就是我），並特別抄出其中一段涉及有「豐滿大腿」字樣的詩，質問詩人是怎麼看這副景象的，是靠得很近，從中間看過去的，還是趴在地上，自下往上看的？在另外兩頁中，就「乳罩」和「裸胸」攻擊了醉中真和野盡的詩，全文充滿謾罵的字眼，最後把「湖邊」詩社改成「胡編」詩社，把此社的詩叫做「色氓詩」，前兩天看詩的人冷冷清清，今天人數急遽增加，吃飯時足足有四層人在那兒讀詩。我們幾個人中少不得有一番議論，（腰好痛！看來寫作還真得練練坐功。尤其是皮帶以下的髖關節，非常沉悶，好像有什麼東西淤積在裏面。）野盡認為事情很嚴重，團委可能要直接干涉，說不定要和政治聯上，因為十二大才開過不久。醉中真認為這群傢伙太無聊。我則覺得大學生封建衛道士不少，見一點裸的東西便暴跳如瞥，好像犯了他們什麼大忌。其實，他們自己心中說不定骯髒多少倍。談了半天，還是不如羅博一句話有意思：「你知道數理班趙是怎麼說的嗎？他說那個大腿我沒看出什麼，他們怎麼看出了那麼多鬼道道來，還想出趴在地上看的姿勢呢。」他久久沉默不語，袖著手，頭縮在翻起的毛領裏，我覺得他今天有點特別，暗暗對他生氣。人家這樣攻擊我們，你倒好，無動於衷。但沒多大會，他開了話匣子。

「我說這些人一定是吃飽了飯沒事幹，撐的。文學這個東西，什麼都可以表現，尤其是詩，越真越好。你像那年詩歌朗誦會上一個同學的詩，那叫什麼東西！他看人家寫圖書館的詩千篇一律，便想來個花樣翻新，一鳴驚人，把圖書館比做自己的愛人。到末了卻解釋一番，說這不是真正的愛人，你看這傢伙蠢不蠢！他以為這樣一來，就不會被人斥為在學習期間談戀愛。真是個大笨蛋。記得那個什麼電影裏，有一個男的眼睛老看著女人，他的朋友問：『你幹嗎老看女的？』『不看女的難道還看男的？』他反問道。事實就是這樣，同性相斥，異性相吸，看一眼並不等於就有什麼淫邪的思想。那傢伙還指責人家上圖書館不看書專看姑娘（原詩如此）。依我看，沒哪個上圖書館學習的人不帶有想看看姑娘的心理的。我就記得一次去圖書館，還沒坐三分鐘，就看見男男女女互相眉來眼去。我頓時坐立不安，渾身像針紮樣不舒服，馬上出去了。」

他們都很贊同這一點。哎喲，好累呀。不知不覺就寫了兩個小時。人只要工作著，就會忘記一切，什麼個人的煩惱痛苦，早忘到九霄雲外。好了，我要去洗冷水澡，還要洗衣裳。

***

你還寫什麼呢？完了，一切都完了。空白一片。真不知道為什麼要選這麼一條荊棘叢生的道路。

當我離開鄒媽時，我說我要去她那兒。去什麼呢？又和她們吵架？只會吵架，她會擺出一副冷漠的樣子，愛理不理，把書往你面前一扔，走到一邊忙她自己的事。你肯定會沒好氣地對她說，喂，把書給我！我馬上就走。有什麼意思呢，還是回去吧。我走過大街，穿行在熙熙攘攘的人群中，眼睛老看那些女的，看來看去，總想起她。不，去！不去！可是腿子不由自主地朝那個方向走。她又沒來信叫你去，你去了，她不會把你看得低聲下氣嗎？說不定還認為你是懷著什麼不可告人的目的呢。去她的，我才不想那些亂七八糟的心思。要真是那樣，我就不去。兩條腿仍然向三路車站移動。近了，近了，三路車站。回去吧，回去吧。先站站再說，要是碰巧她也來乘車呢？那正好，現在就對她說，把書給我送來，我不去了，那她要我和她一起回去，怎麼辦呢？不去，對，不去，有事，因為，已經一點多了。下午要回去復習。她才不會叫你和她一起回去呢，她根本理都不理你，車一來便跳上車去，車來了，搶哦！一窩蜂，人、門、亂嚷，還是去吧。

她的同房來開門。她不在家。同房下樓便去找她。我留在屋裏。多了好多東西，一臺新縫紉機，靠桌子放著。床上一件新買的罩衣，桌上一個漂亮的糖盒，兩雙家用手套，一堆書。我找到美國詩選，裝進挎包，準備她一上來便走。

噔噔噔，她的腳聲。近了，不轉臉過去。近了，等她先打招呼。更近了。「你，」我轉過頭來，一臉慍怒，迎著她的「你才來」說，「信收到沒有？」她依偎上來。「收到沒有？」我將她從身邊推開。「為什麼不來信？」「小點聲、小點聲，」她頻頻用眼對我示意。「我這就走，就走。」「小點聲、小點聲，」她又示意道。「你把書給我，我走。為什麼不來信？」「我想你。」「算了吧！別說漂亮話，」我的心軟了一點。「我就是不給你寫信，氣你一下！」她把門悄悄閂上，摟著我，臉貼上來。經不住她的重量，我由她摟著退到一張椅子裏，頭扭到一邊，避開她的吻。「你生氣了？」她問。「沒給你寫信的意思就是想要你來。」「別說漂亮話騙人了！」我的心完全軟了，差點站起來同她熱烈擁抱的，但一個想法掠過腦子，她會生氣的。我動也不動，她摟著我也不動，好像陽光摟著雪人，不久，我整個兒的化了，竟站起來把她摟緊。「不，」她推開我。「你幹嗎一來就生氣？」我就知道輪到她耍脾氣的時候了，於是，不聲不響手上用勁，推開綁在我身上的兩條她的胳膊，但她意識到我的意圖，知道耍不成脾氣了，便更緊緊地摟我。

我們坐到床上，然後……。半小時後，我們上了大街。

她告訴我，頭天夜裏等我一直等到7點多，專門留了飯。同房的問她買那麼多幹嗎？她說留著第二天吃的。

＊＊＊

洗碗後回到宿舍，他忽然發現只有他自己一人在屋裏。他的桌上放成整整齊齊的兩堆，桌面上沒有像往常那樣凌亂的景象。不知怎地，他心中也好像突然變得整整齊齊的，也像屋裏一樣安靜空蕩。他打開門，第一個思想是出去散步，接著是看看他們在不在隔壁，叫他們過來招房子，鑰匙不在自己身上，門不能鎖。他越過走道，通過敞開的門看見，S也是獨自一人，手插在灰大衣的荷包，面對窗子，在沉思著什麼。他又去隔壁，把門推開一條縫，室內閩靜無人，他瞥見羅博的帳子關住，有一大堆什麼東西在裏面頂著帳門，使它綳得很緊。剛吃過飯他就進被子了？他再回到自己房內，看到室內景象時，連一分鐘也不願多呆，便帶上門走出了大樓。

到湖邊要經過一座工地，工棚區，廁所。工地的路下雨是泥漿，天晴被曬乾，凸凸凹凹到處是來往人們的腳印。他踩著這些腳印一邊走，一邊看西邊的晚霞。這時六點剛過，但道路、樹木，路邊的建築材料，遠處的人，都十分清晰。白天漸漸長了。一個月前的這個時候，人從對面走過都看不清臉。太陽已經落到宿舍大樓背後。西邊天空浴在金紅色的霞液中。天空一碧如洗。去年某個黃昏，也是在這條路上，他曾看見一幅壯觀的落日景象。洶湧的雲海突然裂開，露出金光四射的夕陽，裂口嫩紫嫩紫，像雞蛋清浸著蛋黃一樣浸著太陽。一縷黑紗似的雲彩輕輕飄落下來，拂在太陽中間，像緞帶似的纏著它的腰身。那時，他一直站在那兒注視，直到夕陽火紅的球體再度滾進洶湧的雲浪中。遠遠來了一個人。那人的衣著在晚照中顯得異常清新動人，顏色跟自己身上穿的差不多。他扭頭再看晚霞時，忽然感到自己在那人眼中看來也會同樣楚楚動人。那人走攏來，和他招呼道「散步去？」他抬起頭，這才看清原來是同班一個同學。他停也沒停，隨口答應了一聲，繼續往前走。他的同學也沒停步。他揣想這會在他心中引起什麼樣的感覺。他的同學會不會覺得他太不禮貌，連「不一起去嗎？」的話都不說一下。或者，同學會認為各人散各人的步很自然，沒有必要再作邀請。當然，a lonely walk確實比幾個人在一起散步好，這是他多年的經驗。

他走進工人宿舍區的後門，經過兩排平房中的空場，看見對面大門外有幾位姑娘，兩個在打羽毛球，另外兩個一個在旁觀，一個打毛線，身子微微對著他。他覺得，她的眼光在往這兒瞟，他看不太清，近來因為擂功過度，視力已急遽減退，背對著他的那個姑娘看起來比較動人。他走過她身邊，斜了她一眼，果然有一個姣好的臉蛋。打羽毛球的一個姑娘穿著銀灰色的西裝，起勁地一拍一拍把球打回去，姿勢沒有變化，老是反抽。這時從廁所裏走出另外兩個姑娘，一邊整理衣服，也走過來。走在前邊的姑娘長得豐滿，穿件花衣，臉蛋紅噴噴的，捲著髮，小眼睛滿含著笑。走過身邊時身上發出淡淡的香氣，衣服是新換上的。下了班是工人們愉快的時候了，他這樣想著，來到湖邊。

像往常一樣，他首先把眼光朝湖面投去。灰亮的湖水彷彿睡去，沒有微波，對岸樹木的倒影朦朦地映在湖面。那一片林木在陽光下稀稀疏疏，呈褐色，而此時，已滲入了暮色，變成一律的灰黑，象一列長長的島嶼。遠遠的磨山，挺出渾圓的雙峰，像一個熟睡少女的胸脯。但少女的頭在哪兒呢？她的身子呢？彷彿一個斬首去身的少女，這種比喻不好，太可怕。不應該把美好的東西比喻得這樣畸形殘酷。

黃昏時大路上除了稀稀落落幾個來往的路人，那些三五成群的人都是出來散步的學生。他每每碰到這些學生，內心總有些不安，近於慚愧。他們都是相伴著出來散步，而他，卻是一個人。這在別人眼中很容易就被看作是無友的象徵。怎麼沒有朋友呢？他們在遠方啊！他這樣對自己辨解道，當他和一對學生擦肩而過。那個高個子他認識，是學校三級跳的冠軍，現在當上了研究生，臉上總帶著傲慢的神氣。他大約也認識他的，這個孤獨的人！他一定會在心裏說，我從來沒看見他和誰在一起，無論買飯、散步、玩耍，從來沒看見。他彷彿受了傷似的，感到很難受。他們已經不是朋友了，內心深處一個念頭像深水中的泡泡冒了一下，接著消失。他打量著頭上的大樹。應該在大自然中學會思考，應該提出問題。不能讓紛繁的世事攪擾自己內心的安寧。

這些梧桐，大葉子早已刮落，一些殘存的葉子，殘缺不全，被風刮得和樹枝成一直線。月亮隨著他在枝葉中移動。它們沒有死，他想。來年春暖花開，它們又會送出嫩黃的新葉。但，陽光和雨露並不缺少，為什麼不能長出葉子來呢？因為是在冬天，可那是陽光雨露呀，是萬物生長不可或缺的根本養料哇。這是怎麼回事？它的根部深紮在肥沃的土地上，它向四面伸展的枝葉承受著溫暖的陽光和肥美的雨露，然而，不到春天，它們便復活不了。看來，即使整個冬天都下大雪，它們也不會死。反正，在冬天，冷和熱於它們無關，但只要春天一到，它們就會變樣。這裏面似乎有很深的哲學意義，是嗎？有的東西在一些時候至關重要，而在另一些時候無足輕重，世界上的東西沒有一件重要得超越時代和地域的。未免過於牽強附會了吧。他否定了自己的說法，淡淡一笑，繼續往前走。

總像有什麼東西橫亙在胸中，是什麼呢？他並不去管，但在他的潛意識裏，卻流動著一些互不聯貫的思想。平淡？小時候就沒有寫詩的才能，以後就寫些華麗的詩試試看。總之是不行，要注意社會影響。最好一個女人也不要寫。基點很重要，他忽然想。歷代的大文學家都有一個basic idea的。海明威認為人生毫無意義，要生存就要鬥爭。哈代把眼光盯在黑色的一面，他看人類終究要滅亡，在世是無歡樂可言的，immanent will統治著一切。黑塞呢？他的文章寫得真美，美極了。他讀著讀著，不禁差點喊出來：黑塞，我就是第二個你呀！他的心靈完全被黑塞的睿智、情操和博愛抓住了。他相信仁慈、博愛的上帝，他主張歸真返樸，憎恨現代文明的醜惡。從這樣的基點出發，當然他會寫得好了。而你自己呢？他想，象一粒傘樣的浦公英種子，今天刮南風，你便往北飛，刮西風，你往東飛，又像一粒磁粉，誰的磁性大，便被誰吸去。你的基點在哪裏？一忽兒，你認為應該歌頌真、善、美，一忽兒又覺得純粹追求藝術脫離人民，一忽兒認為應該完全寫心靈，一忽兒又覺得那樣太窄小，文學就是應該表現廣闊的時代畫面和豐富複雜的現代生活。一忽兒染上哈代的悲觀色彩，把一切看成灰黑；一忽兒被普希金把熱情煽起，恨不得打破一切枷鎖，去自由地戀愛；你在各種各樣的思想的潮流中被沖來沖去，一會兒抬起，一會拋下，毫無自主的能力，人弄得精疲力竭，苦惱不堪，仍沒有任何結果。如果像C那樣的人就好了。他堅信MN主義，上級說什麼他就幹什麼，一切他都有一定之規，什麼東西經過他衡量對的便是對的，錯的便是錯的，他說人讀不懂的詩就不是好詩，那人家就不應該寫這樣的詩，他說詩要註重社會效果，那詩中就不能表現裸著大腿的姑娘。要像他那樣倒也好了，心中少好多好多的痛苦。幹嗎不學點馬列主義呢？以這個為基點、為尺度去衡量一切，萬無一失，他想。但文化大革命的教訓，像陰影籠罩在他頭上。他已經完全徹底地厭倦了那些。條條框框的東西早已將他的記憶力摧毀。他抬頭看著道路對面圍牆裏的大樹，樹的黑影極其清晰地映在桔紅的晚空。枝幹漆黑，浮雕一般。

他又轉頭看著湖水，湖水平靜得出奇，他的心也像它一樣，他想。不用尋找詩意了。景色都是一樣，沒有一件新的東西。詩意，就像一粒石子，要投進湖中才起作用。心中已沒有這樣的石子來推波助瀾了。往日在這湖邊漫步一次，常常得詩好多首，匆匆在黑影中摸索著記在小本上，回來再作。現在，感情冷卻了。不要再投稿了，他想。國外的一些詩人一生不發表詩，只將詩稿寄給自己最親的朋友看，我也可以做到，他想。可是，寄給誰呢？你的朋友在哪裏呢？舊的友情早已死了，再也燃燒不起來，如果寫的詩連看的朋友都沒有，那何必寫什麼詩呢？寫給人民看？這種話太大，太漂亮，太不實際。他不想虛偽地用這個名詞。還是搞翻譯吧，這是一條最保險的路，永遠出不了問題。但，他受不了束縛，那種在字詞句的鎖鏈中掙扎的景象讓他不寒而栗。他想自己是有才能搞創作的。有的。只是沒有發現它罷了，沒有開采罷了。只要下功夫，就會成功。可是，寫什麼呢？寫周圍的人？他們和他感情並不是那麼深。寫趕時髦的題材？他不是那號人。寫歌頌的東西？他感到自己無論如何是寫不出那種東西的，他的眼睛再也看不見虛偽的光明，他的舌頭再也不會說漂亮話了，經過了那次大動亂的磨礪後。寫什麼呢？寫什麼呢？

終於，他得出了結論。什麼都不寫，除了自然，除了自我。

＊＊＊

剛剛，不，我不能再用「剛剛」這兩個字，在我以前的文章中，這個字had been overused and now it's as outworn as my old socks。我該說，就在一分鐘之前，我結束了最後一篇詩歌的創作，轉而記我每天的生活和思想。已經有整整兩天，我沒有動筆寫詩。這樣說未免有些誇大，因為昨天下午和今天下午，在校園草地上學習時，我的確寫過一兩首詩，但，strictly speaking，它們不能稱做詩，只能叫做文字遊戲。沒有靈感，沒有熾烈的感情，沒有心靈的火花，還能叫做詩嗎？兩天來，他過著一種機械的生活。談詩寫詩的正常時間讓位於語音學的復習，連晚飯後的半小時散步也差不多犧牲。我反來復去讀那幾章紙頁像黃草紙一樣的語音課本，讀了又忘，忘了又讀；讀完這個便背mythology，為了防止遺忘，專門把每段小故事的梗概寫在紙上，結果還是不得不從頭背起，大腦的記憶力下降得太厲害了。為這，我曾苦惱過，但現在，苦惱既不能解決問題，我便聽之任之，采取不斷回鍋法。（寫到這裏，我的頭沉重地落下，壓在胳膊，迷迷糊糊地睡了兩三分鐘，聽見誰叫「Black」。B應了一聲，過了一會，先前喊叫的人又叫聲Black，我這才分辨出叫聲在樓下，是羅博。寂靜的夜空中，聲音格外清晰。「他怎麼這麼晚才回？」我問。看看表，已是十一點一刻。「有事去了吧！」懷柔的話音裏帶著輕度的諷刺。）早上背了的，中午再背，第二天又背一遍，但總不能爛熟於心。孩童時代的清楚意識和良好記憶恐怕是永難回來的。「現在感覺身體不行，記憶力衰減得怕人，」他和我走過珞珈山旁浴著月色的松林。「什麼書都看不進，精力無論如何不能集中，看一個小時的書便頭昏眼花。全是他媽的姑娘引起的。跟她們玩太耗費精力，不像一個人獨自時，胡思亂想，一會兒天上，一會兒地下，有姑娘在身邊，非得全神貫注地對付。」

我的腦中掠過一個人，跌跌撞撞追趕著前面停站的公共汽車。他臉色蒼白，氣喘吁吁，終於沒搶上車。他那天和女友相會，一共有4次sexual intercourse。我知道他說的意思。

「我問她，可不可以吻你。她說讓我想一下。我自己也不知道怎麼傻到這種地步。過一會兒，她說可以。我吻了她。回去後一個人躺在床上，想起那吻就惡心，想嘔吐，象吻死人的嘴唇。我覺得自己有些心理變態。姑娘在我身邊，就跟你或者任何男人在我身邊沒有兩樣，而且趣味更少。她的愛太容易得到了。我在自習室看書。猛然意識到有一對眼睛在注視我。我正正經經地裝著在看書，冷丁抬起頭，不偏不倚碰到她的眼光。好迷人的眸子呀！我目不轉睛地盯著她，她也目不轉睛地盯著我，倒是我先低下頭，因為周圍全是男生，盯久了會引起人家注意呀。恰好這時來了一個學生，說我坐的是他的位子，我便讓座，坐到和她正對面的一張座位上。這下正合心意。我們倆便眉來眼去互相對視了好久，後來，她坐不住了，便走出去。我知道良機不可失，跟著她來到報架前，輕輕碰碰她說：『出去一下好嗎？』連『小姐』都沒稱呼的。一出到外面，我就展開攻勢，表演起來。我說，你的眼睛真美啊，像天仙一樣，一下子就把我迷住了，我一生從來沒有見過這樣美麗的眼睛。她頷首不語，臉頰騰起兩朵紅雲，我也不知後來說了什麼東西，反正漂亮詞兒成堆往外丟就是了。我問她同不同意晚上一起出去散步，在操場後面小樹林裏相會，怕她拒絕，我說話的聲音都顫抖了。幸運的是，她沒拒絕，只說她要考慮一下，考慮好了來就算來了，沒來就算沒來。當然，她來了。她怎麼抵擋得住青春的誘惑和情人的召喚呢？我們穿過黑暗的樹林，閃著星光的湖邊，走到你寫《巧合》的那片田野，繞了一大圈順大路走回，玩得很晚才回宿舍。一路我給她背誦詩歌，背得我口幹舌燥。她沒說什麼話，唯一的一句話是：『我也不知怎麼，就喜歡上了你。』分手時我問她下星期六去不去一起看電影，她不置可否，態度很淡薄，好像無所謂。她無所謂，我就更無所謂。不過，我倒很驚訝於她的冷漠，這顯然不是一個初戀的姑娘的特徵。但她的言談舉止，都表明她是第一次戀愛。這實在叫我吃驚。」

我想起她和我初戀的情景，我們合坐在一張方凳上，身子貼著身子，渾身奇怪地顫栗著，眼睛對著眼睛，說著話，但始終沒吻，直到我要離開她，動身到汽校去的那天上午，我才第一次大膽地擁抱並親吻了她。記得她是怎樣嬌羞地避開我，把頭低下去，再低下去，一直低到完全看不到臉為止。我吻著她光滑的黑髮。她抬起頭來，黑眼睛放射著異彩，凝神注視著天空中某個固定的地方。那模樣又聖潔、又柔美。滿臉通紅，後來我知道那是少女紅。

「誰知道她有沒有少女紅呢，我吻她是在夜裏。不過有一點是肯定的，摟她時她渾身直抖，」他說。

上午二、三堂課考試，初拿到試卷時心情有些緊張，滿滿三大張紙，說不定有許多題目是自己不知道的呢。很快我安下心來。題目並不像想象中的那麼難，有些題初看不懂，擱在一邊，做完全卷後回頭再做，就清楚了。前前後後花了一堂課帶課間操休息時間。出了教室便去圖書館瀏覽雜誌。這是我的老習慣，考完試後是不再讀任何課本的。隨手翻了翻《飛天》，首先讀了大學生詩苑，上面登載著全國各地各大專院校學生的詩稿。就是這個詩苑，我曾經為它投過數十次詩稿，都一一被退回，現在還有五、六首詩在那兒等待編輯的裁判呢。從前我是多麼瞧不起其中的一些詩呀！而現在，好像被屢次退稿made humble，我竟認為詩苑中每一篇稿子都寫得可以。難道我能在藝術上超過這些詩？我懷疑地問自己。讀完詩後又翻看了一篇小說。結論是，不能小覷現代小說。語言文字上要比自己強百倍，更不要說其思想性了。也許，確實要像老昌所講的那樣，要寫具有社會性的作品？他是個根本不懂文學的人，只知道按上級的條條框框辦事，卻在那裏大講特講文學的功能！叫自己寫那種虛偽的歌頌的作品？我問自己，接著回答說，寫不出。但黑暗的作品又太可怕，輕則坐牢，重則掉腦袋。此次的詩即是一個明證。自己竟害怕到構想出種種可怕的結局。被開除出學校、送山區勞改；或者當眾檢討；或者畢業分配分到遙遠的邊疆，與妻子分居兩地。哈代開始步入文學道路時的逸事闖入腦際。編輯告訴他不要寫那種過於暴露的作品（他已寫了幾篇），而是轉向寫作情節比較曲折動人，有生動性格的故事。也許，我也要照此辦理了，要想立足，看來不得不寫一些適合大眾口味的通俗作品。看來是得這樣，我想。

下午，在草地上抄普希金的詩，聽見他遠遠地喊自己「是春陽吧？我憑直觀就看得出來。」「不是直觀，是預感，」我頭也不擡，繼續抄著說。「是直感，我說慣了嘴。」他「呯」地把沉重的書包撂在一邊，滿臉洋溢著青春的紅光，在我身邊躺下，剛交談幾句話，他就講起一個我倆共知的姑娘來。「菲菲和我談文學，很不錯，她懂得不少咧。其實，她並不像人家眼中那樣淫蕩，她就是性格開朗罷了。」我想起原先把菲菲看成個不大正經，喜歡和男同學鬼混的姑娘，不覺暗暗慚愧。「她和我好像自來熟，」他說。「她特別談到薇薇，你知道薇薇的，就是那個眼睛神祕不可測的姑娘。哼，她可是個人物呢！她到目前為止談過的男朋友不下六七個，玩後便丟。她提倡自由戀愛，只戀愛不結婚。而且，她要男的絕對服從她，否則，她就不要。本來她和我的關係可以慢慢好起來，她只不過想冷冷地等待我的情欲燒旺，哪知道我半路把送給她的詩收回去了，她氣得要死，說這太傷她的自尊心，女的就是不能傷自尊心，她是寧肯犧牲一切也要保住面子的。所以才有那場撕詩的事發生。哼，她想把老子控制在她手中，可惜她不了解我，不然，那真的可以把我支使得團團轉。」

夜晚，我們散步在櫻花大道，他說：「菲菲說她（薇薇）寫了一部小說，叫做《遙遠愛情的呼喚》，每天在宿舍裏大聲念，其實寫得並不怎樣。」月色朦朧，投下幽幽的暗影。校園裏一片靜寂，石桌石凳消隱在林中，濃密的樹叢彷彿古堡，屹立在黯淡的月光下，空氣安詳而柔美。大約這種環境喚起他的春情。他談起一個朋友的逸事。「他不過是個工人，可是到目前為止，已有兩個姑娘被他那個了，他的計劃是五個。去年夏天他把姑娘帶到山上沒人的地方，單刀直入地說：『怎麼樣，玩一盤吧？』姑娘不解其意，他伸手就扯她的褲子，你知道，是夏天，他說姑娘像打擺子一樣全身痙攣，那怎麼好拒絕又怎麼敢呢？因為她和他的感情已經好深。第二個姑娘也是用同樣手段使之就範的，不久就被丟了。他就仗著自己是副教授的兒子。」他說著這些時，雙手插在褲子荷包裏，好像在擺弄著什麼。

我呢？不好說……。

＊＊＊

真不想寫，花了兩個多小時寫詩，就有逃避練筆的意思。

文筆越來越拙劣，詞匯貧乏，語句缺少變化，這些都使我大傷腦筋，尤其是記憶力的衰退如火如荼，簡直勢不可當，任何東西看過後兩分鐘就忘得一幹二淨。這不說，觀察力也始終沒有長進。無論看什麼東西，大腦就像一面鏡子，反映得清清楚楚，但思索不出意義。它們就是那些東西，沒有變化。晚上所讀的一篇報道某文學青年苦惱的事，也多少增添了自己的不安。他起早摸黑地寫作，已經有許多年，至今仍未見一篇發表。他從報上得知，光廣東省就有十幾萬想當文學家的青年。我一方面替他可憐，另一方面又覺得好笑。自己沒有文學才能就不要寫小說嘛。可以像蕭伯納那樣寫劇本或進行其他的創作。人人都有一種巨大的潛在能力，就像金子埋在深山中一樣存在人腦中。人們往往因為懶惰，不願進行自我發現，或者稍微花點工夫，在某方面幹出了一點成績，便叫道：「我發現自己了！」因此而missed那種gold一樣的能力，讓它同著自己一起死去。我不相信我不能幹出成績，也許我寫不好小說，因為我的生活範圍太窄，接觸人太少，但我可以寫詩歌、寫雜文、寫劇本呀。

***

成績表他看過了，82分。他看看那串長長的人名，不是94就是88，而他的卻是82。連平時不大用功或智力較差的人，也比他分數多。他把全班分數匯總的成績單交給學習委員，便又埋頭那本《晚霞消失的時候》，正讀到「我」在偷聽南珊對她爺爺楚軒吾傾吐衷腸的時候。南珊沉思良久，才講了她對耶和華的信仰。

她相信宇宙之上有個無所不在的神統治著一切。82分，這與預料的相差太遠。整個考試從頭至尾只用去一小時多一點，做得順手極了。出教室時，輕鬆地想，至少可以考85分，至多呢——90。聽到南珊這一番驚人的談吐，南珊的奶奶啜泣起來，她的爺爺也為之默然。良久，楚軒吾跟她談了一番人生的哲理。他說不要在自己周圍築起書本冰冷的圍牆，以自己的理念強加在人家頭上，或者因為擁有高深的知識而對世間的一切不屑一顧。有幾個70多分的人。比自己低，總算有比自己低的人，心理上多少有點安慰。可這種安慰算得什麼？跟弱者相比，這從不是自己的性格呀。他們倆人得了那麼高的分，實際上的水平呢？並不如自己。但分數在那裏明擺著，人們相信的是分數，不是能力。你說你有能力，誰又看見了？你是講英語比誰流利？還是寫英語比誰思路敏捷？他平時根本很少讀課本，可是回回考試都——但自己平時也根本沒摸課本呀，甚至只要上課照例是要睡瞌睡的，除了考試前三天猛擂著把書通統看了一遍。他對她說：要以熾烈的心愛人，不要讓心充滿了理念而擠掉感情的位置。你為什麼老想著這個82分呢？這個分數並不算高，可也不算低呀。何況，它並不能說明你的能力，並不能說明你比別人差呀。也許，怪自己把過多的時間花在寫詩作文上面，忽視了英語的學習（他洗臉回來，就站在離我幾步遠的地方，我感覺到他掃過來的眼光，我不覺間看了前面寫的一眼，在第一行顯現地有個82分，他一定看見了這個數字，並且馬上明白我在寫什麼，猜到這次不好的成績is hard on my ego。隨他怎麼想吧，那無非給他更添幾分驕傲罷了。但以考試分數為基礎而建立起來的驕傲是很容易消失的，代之而來是灰心喪氣，一蹶不振。難道你也想做一個那種vainglorious man？）

不要忘了，你的一生將以追求真、善、美為目標；你要的是真才實學，不是那種淺薄的、令人狂妄自大的一知半解。你在安慰自己，這是顯而易見的。他忽然意識到這一點，不禁羞赧了。

一直到午覺後，他還想著這件事。從進大學以來，他的成績一直是很好的，但自從他對那種死記硬背的學習感到厭倦，看透了它的毫無意義後，他再也打不起精神來。也許是西方文學那種普遍的悲觀調子，也許是一次又一次下降的成績，他變得越來越悲觀，對一切事物越來越不感興趣。他不再像過去那樣單純，每天除了吃、喝、睡覺，就是讀書背課文。他感到周圍的生活象監牢，而考試則像看守的皮鞭，永遠高懸在頭頂欲落不落，威脅著你，催促著你。他開始看小說，讀詩，避開毫無意義的談笑，逃進大自然隱秘的懷抱裏。加拿大老師廣博的學識，精深的談吐，使他精神為之一振。他喜歡那種無拘無束的討論，喜歡那種開動人腦筋的提問式教學，也喜歡那種考人智力而非記憶力的考試。僅僅半年的時間，他學到了許多東西，覺得超過了以前的兩年。雖然最後一次考試並不理想，但他知道如果自己沒看錯做題的要求，無論如何是不會只考79分的。別人不了解他，他也並不乞求。只要自己了解自己就行。對美國文學，雖不說精通，也可說了如指掌，偏偏看錯了題意。而一個借他的復習稿子復習的同學，倒比他還多得一分。這真令他哭笑不得。同時，他更堅信不移，考試不能衡量一個人真正的水平。他恨透了考試，恨透了課本，但他卻愛詩歌、小說、哲學。他寫作，他翻譯，他閱讀，從不知疲倦。他像旁觀者一樣漠然地看著別人為失去一分爭吵，為考試通宵不眠，為多得幾分還自鳴得意。這都是幹些什麼呀？他問。只要天晴，他便帶本書到野外，時而看書，時而遠眺湖光山色，耳中婉轉的鳥啼總是經久不息。

突然有一天，他好像猛醒過來。怎麼寫英文日記這麼困難？不能隨心所欲地用詞了。而每回考試，總是80幾分。經過思索，他終於悟出了一個真理：借以謀生的手段決計不可丟，非但不丟，而且要掌握好，這樣才能從事其他使自己感興趣的工作。

＊＊＊

你又想寫什麼？我筆帽還沒有扭開，你就突然問道。這——我也不大清楚。你不清楚那幹嗎要寫呢？是呀，幹嗎要寫呢？我惶惑起來。Pen originates the thought。我就要成為Maugham所accuses的那種人了。Without a pen，我的大腦像一只丟棄的螺陀，不轉也不動，而pen則像一只鞭子，抽得它旋轉起來，越旋越快，終於只看得見一圈圈閃光的曲線了。心中有很多事要說。但此刻我想把它們放在一邊，談一件重要點的事。我不想說昨夜直到兩點還在床上輾轉反側，難以成眠，深恨自己許多日子的碌碌無為、一無所成，計劃振作精神、大刀闊斧地苦幹一番；我也不想說考試的分數怎樣使我內心不安，沮喪、灰心、慚愧、羞恥、惱恨、憤怒，到最後我竟懷疑會不會是老師弄錯了，把玖拾貳寫成捌拾貳分（我不得不寫成這種體，因為他就在我旁邊，這個人相當敏感，而且，很能察言觀色），如果是那樣，就太劃不來。我越想越覺得可能，因為這次考試中自我感覺很好，做得順手不說，做完後還仔細檢查了一遍。不會出現那麼多錯誤。這一定是老師造表時抄錯，或者竟是故意的！我想起她早上站在門口時向我投來的審視的目光。她想觀察我臉上有什麼變化。哼。沒有別的辦法，只有直接到她家，找來卷紙核實。我的思想展開了激烈的鬥爭。我何必要說最終還是沒去的話呢？我也不想講看到她的情景。這個生著一雙美艷的大眼的姑娘，過去曾是怎樣caused me sleepless nights喲！今天在廚房看見她是好多天後的第一次。她看去有幾分憔悴，一縷捲髮散亂地搭在額前，眼神疲倦，但全身上下除一雙沒擦油的皮鞋，簇新幹淨，光彩照人。她一定是新婚了。這個結論一得到，我立刻忘掉了她，煩躁不安地排在隊尾，希望快點買到飯。

我什麼也不想談，只想談談一件並不使我感興趣的事。

聽說宿舍電路出了故障，今晚沒電，我便和他提前到湖邊散步。他抽著煙，我則往嘴裏扒飯，同時跟他講下午跑步時看見的兩件事兒。一個乞丐坐在水邊的石階吃飯，石階上兩塊橫著豎起的磚頭，圍著燒過的灰燼，顯然才燒過飯的。在下一個石階和岸形成的角落，坐著一個面熟的姑娘。她默然無語地面對湖水，一動不動，彷彿在沉思默想。我跑過去還回頭看了她兩眼，覺得她一定有什麼心事，怪可憐的。說著，我們走到她坐過的石階，人已不知去向，石上墊著兩張薄紙，表示著有人在此坐過。她走了，我有些悵然。這時，他小聲說：「你瞧，三個，我去跟她們說話怎麼樣？」我順他手指的方向朝前看去，只見前面三個姑娘肩並肩，背對著我們，有說有笑地在款款而行。「隨你便，」我說，往口裏送了一筷子飯。三個姑娘中有一位個子稍長，身材頗苗條，從她穿著打扮，加上她魅人的微笑，就證實了我的判斷。我稍許離開他一點，在梧桐和柏油路之間的砂石小道上走，而他則大搖大擺，不慌不忙迎著那個姑娘走上去，眼看就要撞上了，貼得這樣近！看見姑娘輕佻地飛了一眼，他略略一側身，讓她過去了。他不做聲，好像在想什麼。又默默無言地走了幾步，他說：「我一直盯著她看，她也不讓，緊盯著我。大概看我樣子高傲吧，她也裝出一付高傲的樣子，你沒見她眼睛的那一飛？」

　　這幾個姑娘去後，路上再沒碰著相伴著散步的姑娘。「三個不好，」他說。我們走到游泳池鐵柵門那兒折回，遠遠地看見了她。我認識她是一件很細小的事引起的。很久以前，大約一年半吧，有一次我低著頭下樓，無意中發現前面有一雙腳在移動。那雙腳在高跟鞋裏緩緩但卻輕盈地移動，傳來好聽的槖槖。黑牛皮高跟鞋擦得錚亮，樣子新穎大方，鞋面向裏有一開口，像蝴蝶的翅膀，不由得我抬起頭向她瞥了一眼：光滑的黑髮在腦後梳成兩條短辮，蓬蓬松松地垂在肩頭。纖細的腰肢隨著每一步的邁出而顫動。我加快腳步走到前面去，看看沒人注意，迅速回頭掃了她一眼。我只看見她那雙丹鳳眼和鵝蛋臉。好像從前沒見過她，我想。後來，發現她就在同一食堂吃飯。我時時默默地朝她投去一瞥。她並沒有注意到這些。因為，我也從未和她的眼光直接相遇過，只有一次放假時在車站等車是例外。車子來了，我隨著一窩蜂的群眾朝車門擠，因為誰在後面推，我回頭看了一下，正碰上她的眼睛，她是搭車回家的，手裏拎著個鼓鼓囊囊的黑皮包。以後，不知怎麼，我們之間彷彿建立了一種默契。我默默地看她，她也默默地看我，但總是相隔一定距離，從未在迎面時這樣互相對視。我覺得這麼大膽地看一個比自己年輕五、六歲（我估計她頂多20）的姑娘不太合適。她呢，每當路遇，也總是老遠時盯一兩眼，快走近便低下頭，擦肩而過時抬起頭飛一眼，但我已經把臉轉向別處。不知不覺地，我對這似乎厭倦。也許是那天早晨她給我留下的印象在作怪。我在擁擠的隊伍中看見她走來，面色蒼白，像沒睡好覺，頭髮梳得也不好看，衣服穿得太多，顯得臃腫，錚亮的高跟鞋不見了，代之而來的是一雙半高跟的舊棉靴。真難看！我把臉掉過去。自那以後，雖然我總感到她逗留在我身上的眼光，但始終沒正眼看她過。而現在她來了，同著一個形影不離的紅衣女伴，像我們一樣，也是兩個，面對面地走來。我看著湖水，但她們全在我的余光內。我瞟見她抬頭向這邊望，跟著，好像怕人看見似地，連忙轉頭和她的女伴說著什麼，同時，顯出一種極度不安的神情，我知道，她已意識到是我在向她走去。她低頭看著地面，一會兒又朝湖上看看，一會兒看看她的同伴，但在把眼光從湖上調到朋友臉上時，總免不了朝我這兒看一下，而每看一次，她的不安就增加一分，以致到後來她不知該把眼光的位置放在什麼地方好，看看地上，忙轉過去看朋友，又忙不疊地轉過來看湖，終於，在我們即將擦身而過的一剎那，她找到了最合適的位置：我的臉上，但我只看見兩個模糊的面龐，因為我的眼光越過她們的頭頂，看著遠方。

「Xiao Wen！」他忽然叫道。我穩穩神，定睛看時，一個瘦小樸素的姑娘向他迎上去。

「你在這兒散步？」他問

「是呀，」她咧嘴笑了，一排上牙露在外面，門牙稍稍凸出一點。我瞥了她一眼，只見她沒捲髮，打著短辮，戴副眼睛，一雙燈芯絨的開口布鞋像是家做的，而且有點蹩腳。

「這，」他拍拍我。「是詩社的——」

「算了吧，」我推開他的手，感到她射過來的眼光。

他開始complimenting her，恭維她如何會寫詩，如何聽了她的詩後覺得很好等等，不一而足，而她則在那裏謙虛，說她不懂詩，不會寫等等。只有兩次她引起了我的注意。他問她知不知道一個叫XX的女同學。她沒聽清，便問：「你說什麼呀？什麼東西呀？」她把那個姑娘的名字說成東西！當然，沒聽清。過一會，見我一直沒說話，她想打破沉默，便問：「你是哪裏的呀？」這話問得多怪！「我嗎？基礎課部的，你問話的架勢，彷彿我是天外來人。」她笑起來。她老笑，不過，老實說，不好聽，彷彿是掩飾什麼。

她問他關於自由詩韻及散文詩體裁的問題。我觀賞著初月，浸在水中的月色。後來她終於找到機會，大膽向我提出將我那首詩《一瞥》給她看。

「小心，別中毒，這首詩是眾矢之的，」我開玩笑地說。

「不會的。」

她對他說她在讀冰心的《春水》、《繁星》。

「寫得好！」但她沒看泰戈爾，沒讀普希金。

她說：「難怪你把《晚霞消失的時候》讀了十遍。」

我從沉思中驚醒，說：「怕不值得看十遍吧。」她越過他，看了我一眼，我頓覺我高大了，彷彿很有常識似的。其實，這是虛偽！我竟還侈談什麼黑塞，什麼卡門青德。她問了一句：他寫的什麼書？要不是他說卡門青德，她沒再問，我還沒詞。因為我除了看過這一本外，什麼也沒看過。

「小心點，這路不好走，」他叮囑她，當走在工地上時。

「不怕，我走慣了，我小時是在農村長大的。」

「這麼說，你父母下過放？」

「是的。」

「受過很多苦囉！」

「無所謂。」

我忽然對她發生興趣了。

＊＊＊

「你們看過針眼沒有？」他興奮地喊。

「什麼針眼？」我問。

「《針眼》，就是一部偵探小說，中譯本裏那一段完全不譯，那段是有關性的描寫，哎呀。」他兩眼睜得溜圓，半吃驚，半得意。「哈，點點滴滴什麼都寫出來了。好細致呀！」

「這是很自然的，中譯本怎麼會又怎麼敢將這樣的描寫譯過來呢？」我說。

氣溫陡降，捏筆的手感到稿紙的冰冷。我穿著棉襖，三個扣子（掉了一顆至今沒時間補上）全扣上，胸脯抵著桌子，寫著這些字。今天不打算采取那種完全打亂時空界限的所謂「意識流」的寫法，而想一件一件地敘述昨天早晨到目前為止發生的一切。我這樣寫好像很正式，好像是寫給別人看的，其實也不一定，難道人對自己就應該輕率、隨便嗎？（我忽地想起在夜雨中經過湖濱大道時的一個念頭：畢業後傾全力寫《沒有信仰的人》，寫一部長篇，哪怕花十年，也要寫成。現在的一切都要一字不漏地保存下來。）瞧，你又ramble起來了。

前天夜裏過了兩點，還在看那本《晚霞消失的時候》，要不是裏普說：「你什麼時候關燈呀？」恐怕一直要看完看到天亮為止。昨天早晨（總有些怕寫得不好，一怕，筆就顯得滯塞了。春陽，不要怕，大膽地寫！你就會寫好。）七點不到就醒了，沒敢在被子中多呆，便爬起來洗臉、漱口，做完早晨必做的瑣碎事情，挑了幾本書（*Advanced English Book* [I] 和配套的*Teacher's Book*，一本，《美國詩選》，一本*Jungle Books*，一本《絕句三百首》，準備第二天早晨在她那兒背誦用的）順次放進書包。草綠色的軍用書包買了將近半年，因為天天用，從沒洗過，已經蒙上一層暗淡的灰光。我打開箱子，取出拾元錢，以備路上看到什麼感興趣的新書好買。又換上她給我買的黃軍衣和不久前做的黑絳綸褲。這次去，她不會說我髒了吧。

到武大餐館過早，買了兩碗熱幹面。然後上了去碼頭的十二路車。星期六早晨搭車的人稀稀落落。我找到一個靠窗的座位，便掏出那本封皮扯得只剩一半的《晚霞消失的時候》。我不僅為其中的景物描寫所感動，而且更為作者的一些新穎見解而驚嘆。我覺得，這本小說的確是作者思想的結晶。書中（瞧，我到此時才想起漏掉一件重大的事情，在我從學院往車站走的途中，實際上可以說，從我起床的那一分鐘起，我的大腦就被《時候》中的一個思想占據著。它說科學是真，藝術是美，宗教是善。他說得很有道理，怎麼自己從前就沒想到過這一點呢？每逢發現一個新思想，我一方面佩服發現者的智慧，另一方面恨自己的無能，同時覺得如果自己下苦功，也是會發現這樣的真理的。真理就在那裏，它不會長腿，像死的一樣，但誰一旦將它發掘，它就會復活。科學講的是真，是的，地球圍繞太陽轉，如果哥白尼向教會挑戰時說的；人總是要死的，死後沒有什麼靈魂超升現象，這些，都是赤裸實的事實，是真理。而藝術，可以編織著天堂的神話，把它描繪得美麗無比，但卻無絲毫真實性。But, wait a minute！除了創造神話的藝術，there are other forms of art, such as文學、音樂、繪畫等，它們所描寫的東西是美的，但人們卻絲毫不覺得虛假，這美中不就包含著真實性嗎？而科學的真雖然赤裸裸、在科學家的眼中，或愛真理的眼中，不也是美嗎？看來，純粹將這兩者割裂開來，好像有點不對頭。《時候》還說過真中無美、美中無真的話，恐怕要講清這個問題，得給美和真下一個確切的定義。什麼是它們的定義呢？我苦苦思索了一番，毫無結果。那麼善的東西美不美呢？真不真呢？虛偽的言詞和行動能不能使人感覺到美和真呢？我帶著這些問題來到車上，但書中大段引人入勝的談話，將這些關於真善美的討論擠了出去。）的一些觀點很有意思，如是河流而不是太陽養活了人類；等等。（記憶力太不好，臨到寫作，死人的記不起。只好暫時作罷，等它們的出現。）

我在司門口上了電車，在漢陽橋頭下，記得透過車門看飛快移動的橋欄桿和江天一色的灰蒙蒙景象時，腦中閃過一個念頭：車子方向盤失靈，沖過欄桿，下了大橋，我被摔出車窗，掉進波濤滾滾的大江中，仗著水性遊上岸。我剛要從門縫擠出去，被夾住了，於是，同汽車沉入江底，從此淹沒無聞。這念頭一閃而過，並未留下什麼印象。接近橋頭堡時，看見晴川飯店的二十幾層高樓，巍然屹立，比大橋還高，我走過蛇山山腰小道，穿街過巷，下了山，來到美美姐的家，那是一幢老式建築，牆壁漆成黃色，在背後晴川飯店的襯托下，就像一個火柴盒，放在珠穆朗瑪峰的腳下一樣。美美姐和丈夫上班去了，家裏只有小孩和鄒媽。我告訴她準備把放在她那兒的買布錢取走，然後去找《芳葉》編輯，再然後去女朋友那兒。她因為要招呼小女孩，不能脫身，便讓我去找曹叔叔，他在文化局上班。接著就嘮叨起來，我無事可幹，手裏無聊地玩著小孩的鈴鼓。忽然我聽到希噓聲，轉頭一看，見她眼中閃著淚花，說：「我不能走哇，這裏要招呼這個小的，那裏，坎坎說不定什麼時候發病，真想到你屋裏去，他（指丈夫）倔得很，不會做事，又偏要按他自已的辦。」我的腦海中浮起曹叔叔在家裏和她為小事打嘴仗的情景。我安慰了一會兒她。很快，她恢復了正常，又談著其他的事。看看時間不早，我便起身告辭：「bye bye」、「bye bye」地同小姑娘打招呼。（漏掉一點，通過敞開的門，我看見那個專業作家，灰白頭髮亂糟糟的，咳著嗽，捏著一只煙，遲緩地在一堆堆雜物中移動。聽人說，他至今沒寫出很響亮的作品來。）

搭44路到鐘家村，（乘客雖多卻並不擁擠，使我對漢陽人頓時產生一股好感，他們都很溫馴、友好，沒有漢口和武昌那邊人的狂熱勁。）然後搭24路到花橋。問了路，知道《芳葉》在作家協會裏，就往那兒走去。前面那座三層樓我一眼就認出是從前常開通通通送電影片來的地方。門上掛了好幾個單位的招牌。有一塊小牌子上寫著《芳葉》編輯部在二樓西頭，我走上樓，沿著闃靜無人、半明半暗的走廊朝裏走去。鄒媽說這個編輯有些瞧不起人，不過，他看了詩稿後說，寫詩的人可以引導，他想和他面談。我的腦海中出現了一個和藹可親的中年人的形象，他額上印著深深的皺紋，談吐和動作都十分優雅，我和他相對而坐，在大沙發裏，我們大談著各種文藝思潮，氣氛無拘無束。我來到走廊盡頭，沒發現一扇門是開的，倒是兩三間廁所，盥洗室大門洞開，送出難聞的臭味。這個地方根本不像有人住，我正狐疑間，轉頭眼光觸到前邊一扇門上的小牌，牌上寫著《芳葉》編輯部。我走到門前，心跳起來。進不進去呢？進去了要是一屋子的人都扭頭看著自己怎麼辦？要是他問起來，怎麼解釋好呢？我來不及仔細思索，就在一股無形的力量推動下，推門而入。

室內的景象既叫我吃驚，又叫我失望。因為我看到的不是什麼有沙發茶几、四壁掛著名人名畫的作家休息室，而是一間長長的方匣子，牆上一無所有，靠窗擺著桌子，屋裏顯得空蕩蕩的。一個女同志埋頭在一大堆信件中，座位與門相對的一個穿黑衣的中年人抬起頭來，聽到我問：「請問，這兒是不是有一個叫代紹的人？」「我就是」，他站起身迎上來。我本想說：「代叔叔」（在路上為這個稱呼我已想了好久，而且上次還向鄒媽討教過，她說叫代編輯不好，叫代叔叔好些），但不知怎麼叫不出來，只含混不清地吐了幾個類似的音，算是招呼。叫代紹的編輯很熱情地迎上來，但卻不大情願地伸出手，當他聽著我結結巴巴地解釋我來的緣由和所認識的熟人的關係。他戴副眼睛，鏡片後眼睛顯得很黑很大，但不知為什麼不看我，老看著我衣角某個地方。他讓我放假後某個時候來。我朝他桌上瞥了一眼，攤開的稿紙上寫著：「給大地」，落款是「米X」。顯然，他在簽稿。我不覺為打擾了他的工作而感到很慚愧。他口口聲聲稱我的作品，我說主要是想找個老師請教請教，他連忙說不要這樣說，很謙虛的樣子。我把詩稿交給他，並留下地址，他抬頭小聲地念著：「磨山電力學院。」

「電院？」埋頭信件的短髮女同志抬頭問，似有些驚奇。

「是的，電院，」我說，她張開口，好像要說什麼，但什麼也沒說，便低下頭去。

我告辭出來。便乘車去找曹叔叔。一路上淨想著這件事。覺得辦得太窩囊。這個編輯全然沒有面談的意思，他含糊其詞地要我在放假後來找他，但，即使放假後來跟現在來並沒兩樣，因為那時他同樣在忙著簽發詩稿，不可能抽時間談。我來此找他，倒好像在幹一件類似走後門的事。沒看見他垂下的眼睛，吞吐的言詞，接稿時心照不宣的樣子？我的天，我在幹些什麼？走後門嗎？我可決沒有這種意思呀！憑良心起誓，我決不想走這個後門。我只想找一個文學造詣較深的老師，能夠通過跟他的交往，學到豐富知識的。萬沒想到走這個後門。很快，我安下心來，我知道，自己的詩風與世不合，決不會取。那麼，下次我就不往這兒投稿，或者乾脆不來，寫封信向他鳴謝算了。反正，不知怎麼，心裏產生這樣一種念頭，即自己決不可能同這個編輯搞好關係，甚至會大吵大鬧的，如果呆的時間長了。

跟叔叔又爭論了一回。他覺得朦朧詩和西方那種讓觀眾直接參與的戲劇簡直不可思議，說那不真實。當然，他自有他的道理。他認為寫詩就是讓人看懂的，即使不大好懂，那也是作者故意如此，或者含沙射影，或者「聲東擊西」（他用的就是這個詞）。最後分手時，他囑咐又囑咐要寫光明面、要歌頌。

我去她那兒。路上在考慮：我錯了嗎？我像他說的那樣，沒有了朝氣，沒有了上進的要求，眼睛只看黑暗面嗎？他說得也並非沒有道理：「好的東西不少嘛，又不要你誇大，你真實的描寫就行吵！」是呀，為什麼不描寫好的、美的，而淨去描寫醜惡的東西呢？僅僅把一堆狗屎捧到人們面前說明什麼問題呢？是呀，是呀，值得考慮。好像，頭腦裏這個藝術觀得改一改了。我回憶起剛剛和他爭論的問題，他認為把長城比喻成恐龍的屍骸沒有問題，說：「那個東西老早就不起作用了，」但，他認為我在前言裏說「百花凋盡」這就不對，因為從來就沒有百花凋盡的現象。即使在最寒冷的冬天，也有梅花爭奇鬥艷。

我見到了她。（我寫不下去了，因為發生在我倆之間的事是這樣多，這樣雜，這樣親密，又這樣疏遠，以至我的記憶混亂一片，無從下筆。）好像是，我只能說好像是，吃過飯後她自管自打毛線衣，不像經常那樣親熱一番。我被她冷冷的態度暗暗激惱，便站到窗前望著灰色的天空，院牆外面院子裏打乒乓球的小孩。過了一會兒，我感到她貼在身邊，用手拉我，話語軟得像糖。「你幹嘛站在這兒？來吵。」「我並不為她的話語所動。仍站在那兒不動。過一會兒，聽見她悄沒聲地將門閂上，從背後抱住我，把我往床邊拉。我覺得那顆冰冷的心解凍了，溪水又潺潺地流動起來。我得承認，再剛強冷酷的漢子，在女人的懷抱中也無能為力。幾秒鐘後我們緊緊擁抱著裹在被子裏，有什麼必要描寫那種性交呢？一個拒絕，一個要求，種種的溫情，種種的情話，種種的愛撫。仍是一個拒絕，一個要求，最後，同意了。一陣熱烈的顫栗，然後，一切平靜了，她摟著我，靜靜地睡去。

因此，我們晚了，當我們到達余家頭毛紡廠買布時。大路上湧滿下班的人流。倉庫門提前2分鐘關門，所以，4.40分到達也沒用。她不高興，可不高興又有什麼用？事實如此，我們盡了一切力量，馬不停蹄，誰叫它提前關門呢？再說，這些呢布並不是為我一個人購置，也為了她，是作為將來結婚穿的布而買的。

夜晚，我偎在被裏時，已經10點半了，她不肯多呆，到12點鐘便走了。我精神很好，但空虛，想提筆寫兩個字，怎麼也寫不出。只要到她那兒，就會出現這種情況。我覺得靈魂死了，只剩下欲望和肉體。她說你怎麼只想著性交？我說，你一摟住我，我就想，如果你遠離我，我便什麼要求也沒有。「但你會生氣，」她說。是呀，不過一會兒就好了。

今早上又去了一趟，什麼也沒買，因為沒有粗呢和細呢，倆人大鬧了一場，她怪我，我不服，說重了點，恰好這時有個路人走過去。於是，她生氣了，大聲呵斥起我來，我知道她是覺得自己在路人眼中丟了臉，因此想挽回面子，但我忍受不了，便也呵斥起她來。好一場鬧！

回去的路上，她不說話，我也不說話，分手時竟連招呼也不打，像仇人一樣。愛人即仇人，有時就是這樣。

後來我想，今生今世，我不可能同她過一天平安的生活。只希望分到一個安靜的小地方，半年同她見一次面。除此而外，別無所求。

國家圖書館出版品預行編目

綠色：第一卷 / 歐陽昱作. -- 臺北市：獵海人,
2018.10
面；　公分
ISBN 978-986-96227-9-0(平裝)

857.7　　107016376

綠色

──第一卷

作　　者／歐陽昱
出版策劃／獵海人
Otherland Publishing
製作銷售／秀威資訊科技股份有限公司
114 台北市內湖區瑞光路76巷69號2樓
電話：+886-2-2796-3638
傳真：+886-2-2796-1377
網路訂購／秀威書店：https://store.showwe.tw
博客來網路書店：http://www.books.com.tw
三民網路書店：http://www.m.sanmin.com.tw
金石堂網路書店：http://www.kingstone.com.tw
讀冊生活：http://www.taaze.tw

出版日期／2018年10月
定　　價／600元
【限量100冊】